第四十五屆
青年文學獎
得獎作品集
I
U0931962
小說
新詩

第四十五屆青年文學獎得獎作品集

I 小說 新詩

策劃編輯／羅詠恩
協力校對／蔡頌然
美術設計／鄺穎殷
出版發行／突破出版社
香港沙田亞公角山路33號突破青年村
電話：2632 0000　傳真：2632 0388
電郵：breakthrough@breakthrough.org.hk
網址：http://www.breakthrough.org.hk
http://www.btproduct.com
承印／新世紀印刷實業有限公司
2021年5月初版1刷
版權所有 © 2021 突破有限公司

The 45th Youth Literary Awards
First Printing, First Edition, May 2021
Copyright © 2021 by Breakthrough Ltd.
All Rights Reserved
Printed in Hong Kong
ISBN 978-988-8562-38-1

誠邀閣下就突破出版社的書籍發表意見

歡迎加入突破書籍 Facebook page — http://www.facebook.com/btbooks.page

本書採用環保油墨印刷

資助

香港藝術發展局全力支持藝術表達自由，本計劃內容並不反映本局意見。

人文價值

或坐在巨人的肩膀上，或呷一口書香，讓我們的生活漸次提升，讓眼界更見遼闊。

目錄

小說初級組

小說高級組

新詩初級組

新詩高級組

推薦序 —— 給下一個百年的備忘錄　/ 袁兆昌

仍在做「作家夢」的中學生涯，我參加了許多公開的寫作班、工作坊，印象最深刻的是青年文學獎主辦的銅鑼灣洪葉書店一場。我和文友擠在二樓小書店裏，坐在好像是臨時安排的圓凳，聆聽香港作家談小說寫作技巧。

我自小在北區居住，還未有社區寫作導賞形式的工作坊，每次出席這些講座，總得走到市區才見識到作家風采。這些「旅遊」歷程，有太多瑣事值得我記錄下來。後來，我真的要投稿了，還學會兩項絕技：一、審視評審作家名單，看他們的著作，探討他們的文學觀與閱讀興趣；二、大量寫作，自知不是天才，唯有不斷練習。「參加文學獎」目的當然是不純正的，不是為了榮譽，就是為了獎金。當時我閱讀的唯一目的，就是參加比賽。當年青獎不限投稿量，我就大量投稿。那年我剛滿十八歲，投稿十多篇交給新詩高級組，結果得了優異獎。第二年，我參加了香港電台一個文學營，演講嘉賓是高行健和張大春。在講座上，他們說了很多話，當年我都記錄了不少。在宿舍認識了黃燦然、陳汗等作家。當時的黃燦然是個很可愛的大哥，他對我的筆名很有意見，問我真名之後，就說：「這個名字好！一定可以出名！」這話逗得我開心了好幾年 —— 有哪個愛寫作的人，不會希望自己成名？當時的我早已讀過黃燦然編的書，他編成的香港詩集，有很開放的胸襟，收集一批好詩。在他主講的講座上說過話，到今天我還記得一清二楚：「編書當然是很個人的事，我愛選什麼就選什麼。我怎會選垃圾進來我編的書呢？」那時，他打破了我對作家編輯的刻板印象。

後來，我在青獎得了新詩高級組冠軍，又在前輩（後來知道他只是隨口噏）鼓勵下，我主動申請資助出書，有幸得力於東岸書店店長和店東的支持，家人出資幫忙，女友出力支援，出版我第一本詩集。正因為這本詩集，在我中學畢業前，天水圍一間中學邀請我到校主持工作坊，以作家身分與同齡的人分享關於寫作的想法。

十多年後，有幸以不同身分參與青年文學獎各種工作，有演講，有工作坊，看到許多個自己當年誓要成為作家的年輕影子。參與評審工作已有十年，見證青獎換屆上莊，每一屆幹事都彬彬有禮。許多在青獎獲獎的文藝青年，都已經出書，有了自己的文化事業基礎。青年文學獎並不是作家搖籃，而是作家生成器，每屆都為香港生產大量作家，為新生代建立寫作信心，邁步探索。

不經不覺，我們已進入一個難以用文學來想像的年代，現實世界比文學世界更殘酷、更荒謬；正因我們知道文學世界的無限空間與可能，我們多了一個空間來思考來建築來發揮。或者，我們以後都難以暢所欲言，文學卻為我們確定坐標——一百年後，今天的現實將會由文學作家記錄下來，留給後代知悉今日各種荒誕與痛苦，為受苦受害的人記錄帳單，聲討欺壓良民的威權。

推薦序——「文獎」憶記

/ 羅貴祥

這些年來，斷斷續續為青年文學獎擔任過不同組別的評判。每次接觸到年青的籌辦幹事時，都會勾起一點點懷舊情緒，回想自己大學生活年代對「文獎」的一些印象。儘管那時對文學創作有頗大的熱情，也樂此不疲地參與學生組織的活動，卻從沒有投身「文獎」。或許因為當時已是「文社」及學生報的幹事，又與「劇社」的同學們一起排戲演出，實在再沒有時間兼顧了。有些莫名其妙的是，中學時期往往以《青年文學獎文集》裏的得獎作品，當為自己寫作的其中一個參考或模仿對象，對「文獎」算是頗為仰慕的。但到有機會進入大學，卻反而完全沒有與「文獎」再攀緣。

假如我的記憶還可靠，我有可能曾去過「文獎」的迎新活動，又或者閱讀過它的迎新資料，才「發現」—— 這個描述其實是我現在的想法，哪時究竟怎樣想，實際經歷過什麼，我已無法從記憶的大數據裏，抽取得到一個準確的答案了 —— 發現在大學裏參與「文獎」的活動，其實就是籌劃每年一度的文學獎徵文比賽，以及與比賽有關的講座、出版等等對外活動。那時年青的我很可能覺得，幾經辛苦才通過那個殘酷的淘汰試，考入大學，我才不願再花太多時間向外搞活動！「從生活出發」這句「文獎」宣傳口號，對那時相當自我中心的我而言，不過就是從自己的生活出發、循環到回程，都仍然是自己的生活。

那段日子，差不多所有學生組織，都位處在學生會大樓的同一層內。「文社」活動主要是社員互相研習對方不具名作品

(其實就是不太客氣的批評)的討論會，所以我們經常晝夜的佔據住學生會大樓的空間。相反，「文獎」的幹事似乎較少在學生會大樓出沒，因為他們主要的工作都在外邊進行。後來我認識了一些「文獎」幹事，知道他們同樣喜歡寫作，亦有寫作才能，但可能因為避嫌，也可能因為「文獎」籌辦工作已消耗了他們不少精力、時間，結果都沒有參加徵文比賽，只一味為他人作嫁衣裳。

事實是，為他人，文學生命可能更長。即使曾經發生過「斷莊」，「文獎」依然延續至今，已四十多屆了。而「文社」呢？則早銷聲匿跡矣。「文獎」多年來的發展，規模愈來愈大，作品組別亦愈益繁多，可以想像「文獎」幹事們的工作量，絕對不輕。再加上這兩年間的社會動盪、疫症、政治的結構性巨變，年青一代普遍的無力、挫敗感與焦慮，如果不是幹事們具有關懷別人的胸懷和承諾，願意在艱難處境下，繼續互相支持，共同完成這個漫長工程，今天我們是不可能看見這本文集的。

正如前述，我從未真正參與「文獎」的籌辦工作，不是很了解它內在的信念與精神。但從旁觀者的視角，我願意相信，在社會變遷和歷史衝擊之中，「文獎」依然不息的汩汩淙流。

主席序

／羅浩雲

本屆文集姍姍來遲，在社會運動、疫情以及行政程序延誤下終於成稿。回顧四年前成莊之初，我和幹事會的莊員仍然發酵着天馬行空的活動意念，懷着緊張又期待的心情上任。

本屆幹事會定名「紙鳶」，希望讓創作者、評審、活動參加者，在青文這個平台上連結，並在作品的字裏行間，感受生活的紋理，從中跨越日常的邊界，想像更多可能。

在文學活動和推廣方面，本屆幹事會嘗試把過往傳統的街頭活動轉移至大學校園和網上。在不同大學不定期進行如小說接龍的小活動，印象較為深刻的是參加者從一開始帶着猶豫的表情，到後來寫下了一些有趣的生活小故事；面書專頁的新詩接龍活動更是反應熱烈。從中令人發現，也許創作並不一定只屬小眾，同時文學獎的存在除了發掘年輕作者，亦可推廣文學，連繫社群；例如，旅遊文學分享會中討論出走他方對自身的意義、小小說工作坊讓中學生嘗試寫出別開生面又具戲劇性的作品，還有文學散步遊歷中西區的文化地景，同時閱讀相關篇章，讓參加者同時閱讀城市。

在比賽規則方面，本屆幹事會收集了評審對過往比賽作品的意見，並顧及相關行政考慮，在參考了其他文學獎的模式後把小說、散文和新詩組別的字數和行數作出調整。作為徵文比賽，字數上限的調整，難免影響參賽者的發揮（見「比賽簡介」），亦把字數或行數較長的作品排除在外，部分評審亦有在總評會議討論相關安排對作品的影響，在此不贅。是次改動對幹事會而言亦是一次經驗的累積。如何在比賽運作與比賽規則之間拿捏平衡，並作出調整，相信亦是幹事會面對的恆常課題。

最後，在此再次感謝各組別的評審不辭勞苦參與本屆比賽的評審工作，也要感謝我的十位莊員，在忙碌和動蕩的生活中仍舊把莊務圓滿完成。願喜愛閱讀文學和寫作的青年都能在青年文學獎中找到屬於自己的天空，自由地翱翔。

比賽簡介

一、賽規改動

是屆比賽首次改用 Google Forms 作為投稿方式，並在以下組別作出字數和行數改動：

小說：初級組不多於 6000 字，高級組不多於 8000 字；

散文：初級組不多於 2500 字，高級組不多於 4000 字；

新詩：不論形式是一首詩或組詩，初級組不多於 70 行，高級組不多於 100 行。

二、各組評審及稿件數量統計

組別	評審（按姓氏筆畫排列）	稿件數量（份）
小說初級組	可洛、徐焯賢、黃怡	87
小說高級組	伍淑賢、黃念欣、韓麗珠	246
新詩初級組	陳子謙、鄒文律、璇筠	119
新詩高級組	淮遠、黃燦然、廖偉棠	280
散文初級組	李洛霞、麥樹堅、黃子程	149
散文高級組	張婉雯、黃仁逵、樊善標	272
小小說公開組	袁兆昌、殷培基、謝傲霜	231
兒童文學公開組	宋詒瑞、何巧嬋、孫慧玲	48
文學評論公開組	郭詩詠、鄧正健、羅貴祥	32
翻譯文學公開組	陳潔瑩、潘漢光、廖鳳明	73
		總稿件數量：1537 份

小說初級組

評審 / 可洛、徐焯賢、黃怡

冠軍	/ 遠山如夢	張　郎	(台灣)
亞軍	/ 落腳點	吳靄琳	(香港)
季軍	/ 不自殺的勇氣	梟　梟	(香港)
優異獎	/ 水自哀	易汝芊	(香港)
	我的名字	溫　喜	(香港)
	薛丁格之玩具熊	王偉樂	(香港)

*優異獎排名不分先後

冠軍

遠山如夢

／張郎

一、飛鳥與女人

夜晚的雨水，一聲一聲如私語，從空中沉鬱，墜失向窸窣不已的熱鬧人間。未減之暑氣從水溝蓋飄出，匍匐於地，卻很快被冰雨滴穿，化為一縷無形野獸的長歎。

有名女子顯然沒有預防，她一手貼在額前，另外一手壓着質感良好的腰包，不顧窄裙和高跟鞋的牽絆，急急奔往有屋簷之處，髮絲已亂、妝也花了。

女人站在騎樓，附近店家燈光柔和，卻使她狼狽的模樣更加鮮明。她自包包中翻出手機，塗抹蜜桃色的指甲滑亮銀幕，在聯絡人中搜尋「老公」那一欄。撥號。

一個同她一樣窩在騎樓躲雨、賣豆花的阿婆盯着她，笑瞇瞇地。這使女子很煩悶，看來軟心腸的她是非買不可。

老公沒接，許是還沒下班。

女人無奈，卻看見阿婆不知何時從身後的桶中杓出一杯豆花，白嫩的豆花上撒了大量的豆類與薏仁、珍珠，看起來很用心。

「捧場一下啦，好某？」阿婆開口，聲音透着一種古老的溫度。女子早就做好準備，下意識要從錢包掏出錢。

「小姐，這碗算我請妳，不收錢的。」老婆婆維持那份台灣國語口音的樸實與從容：「雨只會愈下愈大，今晚不賣了——這還有配料要吃再加啊！」阿婆從腳踏車被改裝的後座，取出一張摺疊椅，攤開：「坐着吃啦！妳在等人嗎？」

雨聲窸窣，老公約莫再五分鐘後下班，從工廠開車到這，至少也要十分鐘。

「嘿啊，不過沒關係，他晚點才會來，」女子接過豆花和湯匙：「謝謝妳。」

在賣場上班一整天的女子，心中荒蕪極了，但不知為何，和阿婆親切的談天和善意眼神的交流，都讓她的心逐漸放鬆。空中的雨迷濛起來，女人恍惚着，發現這阿婆講話的方式和腔調，多像不久前她剛因胃癌死去的老母親啊。

她還記得雨中的淡淡煤味，小時候住山上，媽媽總在下雨前憑這味道，要她和弟弟收衣服。雨後，她總會用蠟筆，在被撕去的日曆紙畫出一則則自編的童話故事，說給弟弟聽——這時，滿口紅豆的女子才驚訝，怎麼忘了往昔自己說過哪些故事呢？是平常太忙，所以想不起嗎？她開始嘗試回憶。

「跨越天邊許多的街道，穿經遍布松柏的沙漠，會有一座長滿星星的奇異山城。」

童年回憶如湧，耳畔仍盈滿阿婆的親切聲音——妳跟妳老公住在那個種很多樹的社區喔，不錯欸！環境真好。

「旅行時難免會迷路，但是不用害怕，儘管朝有光亮的地方前進就好，好脾氣的星星會升起來，告訴你回家的方向。」

——小姐跟妳說啊，我這攤雖然小，但我攏用尚好的料、真用心底做——不是我臭彈，阮叨老猴還在世時，尚愛吃我做的豆花，小姐應該還吃的合吧？

「媽媽把飯菜煮好了，爸爸把地上的格子，用白粉筆畫好了，快快來吃飯、吃飽就去跳格子吧，但別忘了回家前帶些土產。」

女子敲碎豆花表面，從糖漿她看見自己深陷的黑眼圈、似走過沙漠的疲憊眼神，由於方才妝花掉了，此刻看起來還有些可怖，但她笑了起來。

啊，雨別停就好了。

*

深林的地方，一處河邊的田。

徒勞無功地，那隻漆黑的小母鳥仍在挪動自己的身體，她的身體被子彈打穿，肚腸出走一半，內臟與骨髓兀自發痛，為了挽回一點一滴流失的生命、所有器官正在顫慄，但快要失敗了。

稍早前，她正在附近逡巡，為自己一窩可愛的寶貝尋找全天下最新鮮的蚯蚓與果實，卻不幸被這田地的主人、那可怕的獵人射下。

當她專心地玩弄一蕊冬瓜花，沒發覺一陣似雨傘節詭秘的無聲步伐襲來，一雙似狼足般修長結實的手臂架起獵槍，一對比熊還銳利的眼神，燃燒留在身中原始血液的渴望，長繭的手指爬上板機，預備。

扣下！

一蕊冬瓜的花，落地。一隻母鳥驚啼，來不及飛，摔倒在地。

獵人走來，她哭泣、恐懼。但當母鳥望見獵人輪廓鮮明的臉和眼眸時，卻在那獵人靈魂深處，發現重如山霧的困惑。

雨隨後下了來，越發肆意。獵人放棄了不成氣候的小獵物，亦不取走其性命，便赤腳回家躲雨。母鳥就這樣孤伶伶的被遺留在田埂上。

母鳥不懂獵人為何不乾脆點殺死她，要讓她受死前的痛苦折磨，她不怪他，但這獵人真不及格，非勇者也。

冰冷的雨，一滴一滴吸走母鳥的生命，她使力推進，翅膀在田徑上拍出一條淺痕，爪印在泥漿中翻出傷心的命運。滑過草叢、土堆，田的前方是暴漲的河。她家就在河對面、不遠的龍眼樹上，近在咫尺卻遠如天邊。

母鳥聽見樹上幼鳥細小的呼喚：「受涼了，媽媽，妳在哪，要回來了沒？好餓！」她的心慌得像有螞蟻在爬，但沒力氣飛了，而就算這一架淌血的身軀能飛，骨肉到空中一定會分離。

「雨啊，別下了！我巢中的鳥還不夠大，牠們被淋濕、受了寒，會活不下去的；牠們不會飛，萬一我死了，孩子們沒食物吃也會餓死的！」

她心中祈禱着，理論上受了這麼重的傷，應該撐不久，但這隻無名母鳥卻為着母性的本能堅持到現在——她不懂她這一副渺小身軀，已超越自然界中，生死的極限。

但眼下情況卻如此痛苦難堪。

「我聽得見孩子們的哭泣與困惑，但我無法回應他們，為何要如此淋透我的心、嘲笑着我們的脆弱呢？」

她哭泣着，小嘴中啼出血來，全身的羽毛因劇烈的疼痛而震動着。

一陣陰風惡寒的從草叢竄上來，當月亮從烏雲中露出一抹蒼白的微笑時，雨停了。霎時，所有的哀鳴在母鳥喉中凝結，她的眼神張成一池空洞的深淵，當她終於不支倒地時，野林的大地似乎發出一聲冷冽的歎息。

不久後，那一抹歎息，化為這隻鳥的野靈。而她那一窩羽毛未豐的小鳥，日後也一隻一隻慢慢地，陸續飛出巢穴，尋找他們勇敢的母親。一聲一聲的歎息，飛離自己的軀體。

歡快地，眾飛鳥搧動翅膀，滑翔過所有未散盡的烏雲、未落盡之雨。在生命不可觸及的高度之上，月光於雲海灑落無盡街道，疲憊似跨越了一場生命的沙漠，無名鳥們飛向星空之城，在沒有邊際而清澈的光中，是一片浮動的家。

*

「喂，你在哪裏？」

「對啊，我下班了，」雨停了好陣子，滿城的蛙蟲開始蠢動，互訴古老的情意：「你要過來了嗎？」

天際滲出乳白色的月光，流瀉下來。

一手持着手機，女子親切的跟收攤回家的阿婆擺擺手。

「慢慢來，不急。」女子對電話中的男人說道。阿婆騎單車的背影已沒入街巷，真希望明日下班時也能看到她，吃上一碗料好實在的甜豆花，順便也外帶一碗給老公吧。

「晚餐嗎？就隨便吧！」佇立騎樓的她望向一顆一顆露臉的星子：「買回家吃好了。」

二、土狗阿熊

同城市、野林一樣冰涼的夜，在南部小鎮的某間收容所的認養區，有隻肌肉發達的台灣犬。牠伏於地，捲起鐮刀尾，抬頭凝視漆黑無比的夜空。牠叫阿熊，之前的主人認為牠似山上的熊，強壯、聰明，是打獵的好幫手。

由於天生的霸氣，即使阿熊淪落至貓狗雜處的動物之家，仍沒有任何動物敢動牠一根狗毛、輕吠牠一聲。

雨飄搖，風呼嘯，周遭動物和屎味濃重，阿熊知道，明天有對好心的夫婦會帶牠離開這裏，去顧他們養石斑魚的魚塭。這是睡在此處的最後一晚，但牠的內心很焦躁。

看來主人真的拋棄牠了。

自從主人娶了個平地老婆，事情都變卦了。那平地老婆要主人好好工作、不要去打獵——還不准阿熊進屋，因為房子會髒。那名貌美如花的女人，其實個性很好也很能幹，只可惜並不愛動物，甚至懼怕動物。

阿熊一開始不懂，為何新出現的女主人，要將牠原本屋內的被鋪扔到外頭；為何她要拜託主人弄走牠，說家裏的空氣會有細菌、小孩子會生病，即使牠是如此喜愛人類小孩，而人類小孩也是如此喜愛牠；為何每次看到牠在小解與大便，那女人就一副鄙夷樣，難道她就沒有拉屎之時嗎？

阿熊不喜歡她，但主人很愛她。阿熊勉強喜歡她，但她似看見狗屎般地厭惡牠。

主人終於也被說動，勉強要放生阿熊；阿熊知道他很不捨、他為牠跟妻子吵了好多架，差點分居，阿熊不要這樣，牠並非那些自私專橫之泛泛狗輩，牠知道，主人該做的都做了。

一直以來，牠假裝不懂一切，依然盡忠職守、看門與撒嬌，直到被拋棄的那天，牠才望着主人開車的背影，坐在地上嗚嗚的哭了起來。

*

在這飄雨的晚上，獵犬阿熊做了一個夢。

夢是冰涼的。就像從前，山中跟阿熊最要好的精靈，調皮地抱走牠的魂魄，擲入最冷的溪邊，然後河水一波波搓洗。

此刻，阿熊感到異常的安詳，牠夢見自己成為一名人類，從「牠」變成了「他」。

阿熊他走了好遠好遠，從台南步行至台中，爬上了山，來到緊挨岩壁、主人破舊的房子。

屋外的空地堆積着廢棄的木材，有很多捉河蟹溪魚的網、鉤、浮球，甚至是一把生鏽的柴刀，被紫色的牽牛花緊密纏繞。

「叩！叩！」

阿熊熱烈地敲門，希望主人能應門，或小主人出來表演爬樹給他看。

來吧，主人，我們一起去打獵，再把豐盛的山產帶回家，給妻子做菜，我是有用的，請讓我回來吧。

但沒有人應門。

於是，阿熊打開門，房子裏卻空蕩蕩的，連一張桌子或一幀照片都沒有。長遠的歲月在小木屋逗留出一股淡淡霉味，這對獵犬的鼻子來說似乎有些不適。

難道主人已經不在這了嗎？但這幢山屋，即便沒了家具、沒了人，也是如此窄小——為何人類總是願意把自己寄宿在這樣一個密閉空間呢？

過了良久，阿熊才走出屋外。

瞇起銳利的杏仁眼環視，藍天正藍，白雲正白。一些營養不良的土芒果樹隨微風搖曳枝椏，很像溪底的花瓣。

不知為何，連陸地也是漂浮的。

陸地是漂移的，夢境也是，就像船一樣，有的大得像輪船；有的小得像一艘舟。

而阿熊是一艘舟，他等着能靠岸的那個時候，他漂浮着流浪着呼喊着：

主人啊，我已經要被別人接走了，您還會記得我嗎？

請忘了我吧！因為，無論過程多痛苦，我都必須學會忘了您，才能效忠新的主人。

主人，我知道您對我很好，特地開很遠很遠的路，將我丟在已經沒有安樂死的這裏，使我有機會被其他人認養走，還有生命回憶您。

但即使沉睡，能讓我回去從前快樂的時光，我仍不會永遠睡去，而選擇清醒——因為我還不知道前方有什麼快樂、難過，能用這條狗命享受——這不是讓人很興奮嗎？

夢似乎要醒了，主人，我已經能聽到周遭那些活得辛苦的狗的嚎叫，一直以來，只要漆黑沉重的夜幕，被稀少的黎明一點一滴奮力切開，我們這些易感之輩，就會驚訝，呼喊，一隻接一隻，呼喊的很大聲，就如您在山巔時對山谷驚天動地的吆喝一般。

啊，是黎明——是黎明！

昨夜已經死了，而我們又多活了一天。

三、獵人的朋友

在一間專產太陽能面板的工廠，電鋸聲隆隆響起。

一名五官深邃、流淌着台灣原住民族血液的漢子，正在幫工廠的經理製作辦公桌，他使用了幾塊上好的木材，等組裝完畢後，在外面賣可要上萬元呢。那身材胖壯的經理帶着老花眼鏡，口中叼着菸，看着漢子在木屑噴濺中工作。經理也是個原住民，工廠的人都管叫他「老爹」。

電鋸聲嘎然停止，漢子放下電鋸，工廠內歸於寧靜，外頭稀微的雨聲格外清晰。

「下班吧，釘子明天再釘就好。」老爹吁地吐了一口菸，又從口袋拿出一根菸，遞給漢子。那漢子轉頭看了下老爹，點了點頭，接過菸。他倚靠在牆壁，耳朵中是滿溢的雨音。老爹轉身步入幽暗的廠房，設定着保全系統，準備要關門了。

「哈勇真的放棄他那條獵犬了，老爹。」漢子說，眼神迷茫。

「是嗎？所以他不打獵了嗎？」老爹說，從沒停過手邊工作：「我記得他上個月才搬來平地、又去瓦斯行當搬運工的，山上的土地還有留着嗎？」

「剩那塊靠河的田罷了——」漢子欲言又止：「他現在只有偶爾放假回山上打打田鼠和飛鳥。」

「哈勇從前可是運動健將呢，本來還嚷着要打入國外大聯盟的啊，」老爹沉思着：「你心腸真好，為他難過嗎？」

漢子搖搖頭，門外的雨似乎停了。

「老爹，我們離開山林的部落奮鬥這麼多年，開了一間這麼大的工廠，達成許多族人還很難達到的成就，可是有時候，我會想着，我已經忘記被溪裏的石頭滑倒、追着飛鼠跑是怎樣的感覺了——我開始覺得有點怪怪的，而像哈勇或其他族人雖然生活不見得跟我們一樣好，但你看，他們有的開開民宿、開開山產店，每天過得如此開心——」

「而我正在漸漸失去傳統，快要失去胸中的那把獵刀——」漢子像個少年，眼神不知所措：「我已經變遲鈍了，老爹。」

「年輕人，你知道嗎？」

老爹徒手捻熄菸，拍拍他厚實的肩頭：「我們出生的那座山啊，無論多遠，只要你還記得祂都會想辦法跟你聊天，你聽聽看？」

漢子半信半疑，正要側耳傾聽。這時褲袋中的手機響起當紅的嘻哈音樂，打斷對話。他掏出。畫面顯示來電，老婆。

「我家老婆工作結束，我要去載她了。」

「有家可回就好了，」歎了口氣，老爹頓了下：「不管有沒有丟掉獵刀，別忘了打造出那把刀的樂觀本性啊！」

「明天我會出差去開開會、打打幾頭比山猴們還狡詐的客戶——」老爹和漢子並肩走出工廠，放下鐵捲門：「我不在時，孩子，別忘了我們的辦公桌喔！」

漢子點頭告別，也許，疑惑將會像山嵐一般，容易升起卻也容易散去吧？

但滿腹疑惑的漢子沒注意到，當他的黑色轎車駛向老婆和家的方向時，那些從山頭老家飄聚來的雲雨其實還下個不停。

雨滴們還在一聲聲盡自己的性命想辦法洗滌他和一切的生命。

（4995 字）

評審評語 //

徐焯賢

每個時代每個地方的居民都需要面對「變化」，作者選了台灣族人作為描寫對象，在芸芸參賽作品中，算是頗新的題材。整篇小說分為三部分，分別寫飛鳥與女人、土狗阿熊和獵人朋友，流暢之外，又各自配合，呈現出族人被逼放棄原來生活的無奈和真實，有血有肉。值得一讚的是，整篇作品有正面描寫，有側面描寫，又有人類的角度，又有動物的視角，既呈現作者對土地萬物的友愛，又顯示了作者控制素材的能力。結尾為了呼應〈遠山如夢〉的題旨，有點露骨，幸好「辦公桌」一句如當頭棒喝，敲醒了故事內漢子、讀者的所謂美夢，為「懷緬」這主題下了頗好的註腳。

亞軍

落腳點

/吳靄琳

他醒來的時候，天空才剛翻出了魚肚白。

他是被脊樑上那一層黏糊糊的汗水弄醒的。他抬眸盯着被鋅鐵包裹的屋頂，深知房間的悶熱大概就是這層用以防水的物料帶來的，惱恨的目光碰到堅實的屋頂，卻無力把之穿透。他的目光縮了縮，眼珠子就順着頭偏往的方向，斜向眼眶的左側。

他瞇着眼，扯着被子要把頭縮進被窩裏。臉剛被蓋得嚴嚴實實，一雙腳卻隨即露了出來，層層厚繭脫離毛毯被長度所限的庇護，暴露在空氣之中。他翻過身，迷迷糊糊地又睡了過去。

再次醒來的時候是被鳥的叫聲吵醒的，鳥吱吱喳喳的，彷彿就在身側。然而他知道，鳥窩就在自家屋頂上。鳥是在繁華都市找不到自己位置，才選擇把鳥窩搭在同路人的屋頂上吧，他想。

他扶着牀沿，勉強在滿地的雜物中間找了個落腳點，雙腳一點，就顫巍巍地站穩了。他朝着半米外的收納櫃走去，才跨出半步，卻一不小心把一個玻璃瓶踢翻了，發出哐啷一聲，小量豆豉從玻璃上寫着「甜絲絲蜂蜜」的商標紙後探頭而出。他緊張地抬頭瞄了瞄睡在上鋪的兒子，在耳畔響起一系列平穩，毫無波瀾的呼嚕聲過後，才緩緩舒了一口氣。

他走到櫃子旁，拿了白方包，刻意忽略掉黃色膠扣上銘刻的日期，徑自掏出一塊，放在鼻尖嗅了嗅，再把麪包擱到窗台上，寄望猛烈的太陽能把軟脸、帶着絲絲濕氣的麪包烘熟。

麪包只有三塊。他留了兩塊給兒子，兒子正在長身體，讀書讀得好，希望都在他身上。

他轉身走到水龍頭跟前，蹲下去，小心翼翼地把水龍頭扭開了一瞬，又把它關上，如是者不厭其煩地重複着，看着水滴一滴一滴地流到盤子裏，生怕水錶跳了跳，皮夾裏又少了張為數不多的紙幣。

匆匆打過水，擦了把臉，他披上褪色的藍色制服，手臂上掛了螢光黃的背心，用塑料袋小心翼翼地把微微發霉的錢包和老舊的諾基亞盛好，再走出房間，把門輕輕關上。

步行了十餘分鐘，他氣喘吁吁地到達地鐵站，竭力無視着膝蓋傳來的疼痛。

這具瘦弱的身板啊，本來是屬於一個當老師的人啊，他想。

在購票機前，他鬼鬼祟祟地左右張望，才小心翼翼地把硬幣塞進小孔裏，手在出票口胡亂摸了摸，接住了一張老人車票，隨即牢牢地把它攥在汗津津的手心裏。

他才走過閘機，卻被人截住了。「港鐵查飛。」

他身子顫了顫，雙手遞上剛才買的車票，才在口袋裏慢吞吞地掏出身分證。職員大概等得不耐煩了，只草草瞄了瞄身分證上的照片，便說：「阿伯，得啦，快走吧。」

他呆了呆，開口想說「唔該」，又想起自己的滿腔口音，最後只點了點頭，便匆匆走遠了，於摩肩接踵的人群中找到自己的落腳點。

他倚在車廂的大門前，凝視着玻璃中的自己。當窗外景物稍暗，自己投在玻璃上的輪廓就更明顯了。映入眼簾的是兩鬢的花白，額頭上的皺紋，和眼眶下沉重的黑色包袱。

阿伯嗎，他想。他今年才五十歲。

他驀然記起了語文教材裏的一句「五十而知天命。」

沉思中，他到達了工地，披上背心，便埋頭紮鐵去了。判頭常讚他話不多，手腳勤，其實是他不想暴露自己的口音罷了。

酷熱的天氣在他的肌膚上鋪上一層濕意。當長褲棉薄的布料再也無法承載汗水的重量，汗水便一滴一滴地滑進安全鞋裏，在被襪子包覆的腳掌下形成一個小小的水窪。

才過晌午，他的肚子就開始不爭氣地打起了鼓。他突然想起早上的那一片被自己擱在陽光下的麪包。麪包因微微受潮而彎曲的弧度，驀然就與一副在工地中躬身扎鐵的脊樑無縫地貼合。明明沒有多出眾的皮囊，體內也明明沒剩下可供榨乾的內涵，卻仍被炙熱的陽光無情榨盡。

飯點到了，他向工地旁賣飯盒的阿叔買了一個飯盒，又為了省下一個泛着綠意的兩元硬幣而放棄了套餐的飲料。他坐到阿文的身旁。阿文從飯盒抬起頭來，沾着米粒的嘴唇扯開了一絲慷慨的笑，唇間乾裂的痕跡也隨着他的動作而被拉開。

阿文也是從福建下來的，原本是做護理行業的，下來了卻因為本科是中文唸的，考不了專業試，只好在這裏呆着。

「建房子也是種偉大的使命吧。」阿文笑道，扒着豆腐火腩飯。

「建完的房子又不是你住的。」他回道。「你不覺得屈才了嗎，在上面好歹也是個專業人士，搬了下來就只能跟遐的[1]『阿差』混在一塊。」他向幾個圍在一起不知在嘀咕什麼的南亞裔青年頷了頷首。

「喲，你跟香城人住久了，也開始沾染了他們『苛頭』[2]，看不起人家的毛病哩。」阿文淺笑。「他們連咱們也看不起呢，你怎麼就隨了他們了呢。」

1 遐的，即福建話中的「那些」。

2 苛頭，即福建話中的「驕傲」。

他愣了愣，沒答話。

剛才工作耽誤了飯點，兩個人坐在工地出口的石級上吃飯的時候，已經下午三點多了。馬路對面是一所名校，學生魚貫步出校園。阿文低頭扒飯，他卻目不轉睛地盯着在眼前一張張從眼前掠過的青澀臉孔。

眼眸劃過一處熟悉，他胸腔裏升起了一絲興奮，站了起來，抬起手作勢要揮，目光卻驀然對上了那雙熟悉的眸子。他眨了眨眼睛，只見兒子漆黑的雙眸映着的是自己的倒影，卻盛着截然不同的情緒，是警告，也是……鄙夷。隨即便扭過頭，用在家裏練過無數遍的，字正腔圓的廣東話，跟身旁的同學攀談，頭也不回地走遠了。

他訕訕地縮回手，跌坐在石級上。阿文用詢問的眼神瞄了瞄他，他用風淡雲輕的語氣回了句：「沒什麼。」

習慣了。

「哩，你知道嗎，林北[3]的媳婦要我送我家那個臭小子上學耶。」阿文皺着眉頭。

「然後呢？」

「然後？那孩子竟然說：『佢咁黑，全部人實知佢做地盤

3　林北，即福建話中的「我」。

啦。』別人瞧不起我也算了，這些年了，蝦米[4]難聽的話沒聽過？那可是我的親兒子呀，林北弄得這般憋屈也是為了他呀……」阿文喋喋不休，眼睛彷彿在盯着前方的什麼，細看之下，鬆散的目光卻沒有任何的聚焦點。

下班了，他在蜂擁的人群中找到自己的位置，擠到地鐵站的狹小空間裏。他盲目地跟從人群向前走，走着走着才發現人群正走往另一個出口，而整群人已經從閘機旁掠過。他停下腳步，到處張望，嘗試尋回通往閘口的路，才扭過頭，便被身後身穿校服的女孩劈頭大罵：「睇路啦你！」

他的脖子縮了縮，也沒敢正視她的眼睛，道歉似的對她點了點頭，隨即落荒而逃。

他忍受着汗水黏膩的觸感，肩膀處的隱隱作痛和在膝蓋處肆虐的舊患，倚仗車廂牆壁的支撐而立。他頭有點暈。迷糊中，他看見兩個空着的座位——只是座位上粘着的紅色笑臉卻足以令他意識到，這兩個空位不是他可以貿然佔據的。

他想起大概半年前，自己沒有閱報的習慣，也不知道那個位置是新增的「關愛座」，是只有老弱婦孺才能坐的位置。心想着能找個落腳點卸下一天的勞累，屁股還沒坐暖，就迎來了周遭乘客的責難。

「有手有腳的，係都要同我哋啲老太婆爭位坐，唉，真係

4　蝦米，即福建話中的「什麼」。

世風日下。」身旁的老太太發話了，聲音蒼老卻不掩輕蔑。

「唔認得字啊？關愛座三個大字擺係依度都可以視而不見。」一個年輕女孩摘下耳機，柳眉倒豎，刻薄地啐道。

他開口想要說自己不是故意的，自己根本不知道位子是不能坐的，作為老師的素養會驅使他在有需要的人走過時讓座；況且自己剛工作了一整天，身子也很疲累，可是一開口辯駁，濃重的鄉音卻出賣了他的身分，也迎來了更多的白眼。

「大陸人就滾翻大陸啦！」

「咪係！過嚟呃福利！」

他頂着眾人的唾罵，用背包把臉遮住，在下一個站就狼狽地下了車。

「你厚多士耶！我愛坐就坐，你憑什麼管我！」一把尖銳的女聲在耳畔響起，把他從思緒拉回現實。

「這位置是留給有需要的人的。」一個中年男人用蹩腳的普通話嘗試解釋道，眉宇形成一個「川」字。

「我跟我家妞妞就不是有需要的人了嗎？」女人把身旁的女孩拽到懷裏，嘴唇上方的痣橫蠻潑辣地躍動着。「我跟你說，咱們是來消費的，沒了咱們內地來的旅客，你們香港人就不見得能吃香的喝辣的。又要依靠咱們的錢過活，又滿嘴仁義道德，諸多阻攔，還不讓人好好享受這個假期了。」

「你哋啲大陸人，全部都淨係識用錢壓人，無啲家教，自私自利，明知理虧拗唔過人就潑婦罵街，同香港人啲質素差九條街。」一個少年鄙夷道，眉毛上翹。

身旁的風波愈演愈烈，他感覺自己的臉頰開始泛起一抹不自然的紅。他想要脫離人群的束縛，大喊道，你們不可以一竹篙打一船人，並不是所有內地下來的人都是這樣的！

可他搓了搓手，目光觸到塞在指縫裏，形成一彎彎黑色月牙的泥巴，最後選擇了閃躲。

到站了。他向閘機走去，身子卻驀然被一個身穿西裝的男士擠開。公事包打在他的手臂上，一陣鈍痛頓時油然而生。他眼巴巴地看着男子邊朝耳邊掛着的智能手機連珠發炮地丟了一連串的廣東話，邊搶在他之前出了閘門，絕塵而去。

夜已深。他拖着快散架的身子登上唐樓的樓梯，樓梯兩旁安裝的燈光忽明忽暗，昏黃的燈光只容許人看見前路模糊的輪廓。兩側的高牆上刷的油漆緩緩掉落，樓梯蜿蜒，腳下的瓷磚參差不齊，梯級在時光的沖刷過後只遺下一個又一個空白的方框。

好不容易地走到天台，他稱之為「家」的空間才徐徐映入眼簾。屋頂微塌，青苔沿着外牆筆直的坑紋向上延伸，小小的長方體屹立在眾多的天線中間，顯得格格不入。

他喘着粗氣，癱軟在家門前的藤椅裏。休息夠了，又再爬起來，倚着欄杆眺望晚上的景色。對面的招牌還亮着，他眯着眼，似乎能看見對面大廈的補習社裏，老師講課講得眉飛色舞的模樣。

眼前模糊的身影，驀然就跟記憶深處的那個自己重合。

如果，他當初沒有聽她的話，舉家搬了下來，結果會不會不一樣？

在點點燈光中，他似乎看見了她的模樣。她的身影披着月色的輕紗，穿梭於高樓大廈之中，乒乒乓乓地把燈光點燃。

他喊了她的名字。她回眸一笑，一雙眼睛馴服地臥在臉上，眸光亮若星斗。

「我聽說，下邊的教育質量好，生活自由，工作啥的都不用扯關係，咱們可要給阿亮最好的。」她撫摸着隆起的肚皮，眉目在時光的沖刷下漸漸變得柔和。

「他們說香城是個繁榮的都市，在裏面住生活質量想必也會比這裏好唄，比方說，嗯，房子也會更美麗吧。你大可在裏面發展你的事業，做你喜歡的事。」她抬起頭，眸子中盈滿希冀。

他的眼眶被燈光刺得發熱。燈光隔了一層迷濛的水霧，彷彿化開了，光暈蕩漾着，一點一滴地變得模糊不清。

「在香城會有更好的生活的。」她微笑，溫柔的囈語在耳邊迴盪。

在迷濛的燈光中，他看見臨盤在即的她不顧一切地衝進了香城的急症室裏，便不支倒地。再亮的燈光打在灰白的地板上，也顯得慘淡無光。

從前一盞盞由她點燃起的燈火，又一盞盞熄滅了，留下燈光破滅的泡影之餘，亦遺下孤身的他在如一間間火柴盒般砌得密密麻麻的樓房裏，尋找自己那個不存在的落腳點。

他的手緊緊握着前方的欄杆，青筋隆起，關節泛白。掌心沾滿汗水，似乎一不留神就會失去對欄杆的掌控。

俯視着街道上的車水馬龍，他卻突然有了前所未有的念頭：或許，就此撒手，消失在這個都市的繁華裏也不錯。

他的身子微微顫動着，欄杆與掌心之間的界線，也漸漸被汗水模糊。右腿輕輕踏上欄杆隆起的底座，躍躍欲試要跨過欄杆的另一邊——

「老豆，我肚餓，幫我煮個出前一丁啦。」

身後傳來少年處於青春期階段沙啞的嗓音，打斷他的思緒。他大駭，扭過頭，張嘴若要為自己詭異的姿勢解釋些什麼，嘴形快速在一個又一個的形狀之間變換，卻未能發出一個音節，而眼前的人也彷彿沒有注意到任何異樣，已然轉過身去，留給他一個冷漠的背影。

屋頂上的雀鳥已經湊合着在煩囂都市中的一隅中酣睡。他深深呼了一口氣，艱難地在天台的天線和雜物間找到落腳點，沒有選擇之下只好在一塊快乾裂的石屎上立足。他拖着長長的影子，沿着早已爛熟於心的軌跡，沒入城市的繁華和荒涼之中。

他踮腳要拿牀頭櫃上的泡麪，又不小心踢翻了一個玻璃瓶。在「甜絲絲蜂蜜」鮮黃的商標紙後探頭而出的，只有少量發霉的豆豉。

（4527 字）

評審評語

黃怡

語言流暢成熟，描寫從中國大陸來港生活的人面對的貧乏和困難，整體可信、細緻，文中利用不同的語言（廣東話、福建話、普通話）能突出主角所屬的群體，相當有心思。作者關心社會議題，以小說人物呈現社會氣氛效果不錯，結尾以蜂蜜瓶裝發霉豆豉的畫面作結，使人驚喜。作品提及主角來港生活的原因，惟探究未夠深入，對於新移民在港的困局，以及造成這些困局的文化、經濟、政治原因等未能提出深刻的反思或新的思考角度。當然，這不是容易處理的題材，這篇作品已達成細緻呈現弱勢者在港困境的任務，值得嘉許。

季軍

不自殺的勇氣 / 臬臬

耳邊充斥着呼嘯的風聲，腦袋裏徒留嗡嗡的殘響；身子像是一把利刀直直向下刺去，彷彿想把眼前的黑暗撕開兩半——不對，那是因為你下意識緊閉着雙眼吧？這樣的話，還會看到希望嗎？脆弱的心臟霎時提到嗓子眼，即使那是你的決定，巨大的恐懼依然存在，還吞噬了你的呼救。

這種自由落體的感覺，是什麼呢？

「日前，一位中四女生懷疑不堪學業壓力，跳樓自殺，當場死亡。」這篇新聞突然從我混亂的腦海中蹦出來。

應該是我太用力閉眼了，純粹的黑暗中竟生出朦朧的白光，泛起極淺的漣漪，如渺遠的歌聲般漸漸消散又隱約可聞。也許我再加多一點想像力，我就會看到斑斕瑰麗的極光，或者是繁星燦爛的淚光。

那麼，當時那名女生，最後一刻她看到什麼？想起什麼？

「……謝謝你們，爸爸媽媽！」

我猛地睜開了眼睛，發現有人接住了我的身子。我小幅度地搖頭張望，是我無比熟悉的家，與父母和弟弟擠在這不足四百呎的公屋單位至今，每件家具我都記得它的損壞刮痕在哪，比如木製沙發下的三格放衣服的儲物櫃之中最左面那個已經被拉壞，從此用釘子封死棄用，然而現在我看到它是完好無損的，其他家具也十分新，都回到剛搬屋的模樣似的。然後眼前忽然一暗，我被人抱進懷裏，但是我絲毫感受不了該感受得到的溫暖。太奇怪了，我好像被什麼死物困住了靈魂，被隔絕於外的感覺很難受。

「你喜歡這個洋娃娃嗎？」我竟然聽見母親的聲音。

抱我的人稍微鬆開了懷抱，讓我得以看看她的臉——那不正是二十年前的我嗎？我的震驚無以言表，只能眨眨眼睛確認眼睛沒花掉，我真的身處二十年前的家，還成為了二十年前的我的一個洋娃娃！我依稀記得這個洋娃娃的下場有多悲慘。小女孩，即是二十年前的我，深棕色的眼睛如明湖般清澈見底，更像一塊鏡子，單純地映照着不屬於我的呆滯容貌。她抿起嘴角在笑，然而我看不到她眼底有絲毫笑意，「嗯，我很喜歡。只要是你送給我的禮物，我都會好好珍惜的。」

小女孩抱我來到她的小房間後，隨即把我放在牀頭櫃上。她調整我的姿勢並找一個筆筒靠在我身後讓我坐穩，她自己則坐在雙層牀的牀邊，微微彎身使彼此的視線持平，試圖營造一個友好對話的氛圍。當小人國的人們第一次看到巨人的時候，是否像我一般驚慌失措？畢竟在她的眼裏，我只是星空裏一顆黯淡渺小的星星吧。我可不記得二十年前的我是那麼勇敢，看到一個會自己動起來的詭異洋娃娃時竟然表現如此鎮定，還天真地問我：「你不斷地眨眼睛是因為想忍住眼淚嗎？之前媽媽也是這樣，明明直接哭出來也沒人會責怪的。」

「當然不是！我只是想確認自己是否身在夢中啊！」我下意識地反駁道，然後我才發現自己根本無法說話。我的嘴唇微張着卻被封住了，不像我的眼睛和眼簾可以自由活動。小女孩等了好一會兒都等不到我的回應，她似乎猜到了原因，歪頭又想了一會兒，接着便興沖沖地握住我的腰跑出房間。任人擺佈的感覺真不好，我不禁想。

這個夢真實得過分，我想掐一掐手臂痛醒自己也不行，因為洋娃娃沒有痛覺。更何況，洋娃娃懂得流淚嗎？現在所有的言語都像哽咽般堵在喉嚨……小女孩口中的媽媽，她摀住嘴巴、狂眨眼睛，兩行淚卻仍在她日漸粗糙的手背上曲曲折折地落下的一幕，在我記憶裏依然鮮明。我外祖母因乳癌早早離世，失去至親所帶來的撕心裂肺的悲痛，我希望她不用再次面對。

小女孩帶我去了客廳，在電視旁的神櫃抽屜裏翻找着什麼，不久後她轉身盯住我，手上赫然出現一把露出刀片的美工刀。當時仍有一頭濃密黑髮的父親正坐在沙發上看報紙，他看着小女孩猛地用美工刀捅向我雙唇之間，好像針戳一個貼了膠紙的氣球，只是投以戲謔的眼神：「小傻瓜，就算你打開洋娃娃的嘴巴，它也不懂說話的。」我安靜地洩出一口氣，到我可以說話了，才發覺言語的蒼白無力。別有幽愁暗恨生，此時無聲勝有聲——這就是真理。

在廚房做飯的母親滑稽地探出頭來，笑應道：「女兒大概是覺得寂寞了，改天不如把弟弟接回來陪陪她吧！」

「嗯，這主意不錯。」父親點頭，母親就趁着熬湯的閒暇溜出來，坐在沙發上跟他談論具體安排，一時客廳裏充斥着她愉悅的笑聲。她自顧自說了不少，隨口想問問大女兒的意見，結果發現她早沒影了。

回到房間的我被坐回原位，不禁垂眸。鄉村的蒸汽火車送過來的弟弟，初見的雀躍早已變味，相交的生活軌跡隨着成年漸漸分開，我都不知道從什麼時候開始，一看到他就心裏不是滋味。只能說，比較是悲劇的開始。小女孩還是滿不在乎的模樣，呢喃一句「看來我要睡上層了，下層要留給弟弟」後就一本正經地對我說：「這回你可以告訴我你是誰了吧。」

我猶豫半晌，最後還是如實回答。小女孩是意外的代名詞，她不如我所料大為驚奇地問東問西，一條問題便把我置於死地，「那你成為你期望成為的人了嗎？」

「呃⋯⋯首先要界定我到底想成為什麼人⋯⋯」我支吾以對。

小女孩似乎很不滿意我的態度，換了一條更致命的問題：「你是不是在白活？」

我直接啞口無言，心裏卻是一陣無名火起——以前的我憑什麼罵現在的我？去質問，去怨恨，去不忿的人不該是我嗎？就是我從前的不作為，造成我如今的無作為！

我找不到夢想，也沒有才能，空有所謂的上進心，結果呢？只是去到一個興趣甚微的新聞學及傳理系，畢業後當一個微不足道的實習記者而已！這一切要怪誰啊？就只能怪自己……

我想像過無數次遇見過去的自己的時候，我應該先往她頹喪的臉上狠狠揍一拳，然後又給她一個擁抱。可是現在看來，需要擁抱的人不是她。

我不知道洋娃娃空洞的眼睛能否反映我的情緒，反正小女孩得不到她想要的答案，一言不發地把我放進牀頭櫃裏後，隨即離開了我。牀頭櫃勉強從縫隙中透出一絲微光，好像盲人感受到光，但其實與失明無異。時間在黑暗裏的步伐是最慢的，要不是隱約聽見外面的聲響，我都不知道自己到底待在這裏多久了。初小的時光格外悠閒，放學後小女孩乖乖完成功課，接着走出房間跟家人吃晚飯，電視的聲音夾雜着一家人的談笑聲在單位內迴響，吃完飯繼續看電視，偶爾逗一逗弟弟，晚上九點多就回房睡覺，作一個在沙灘上踩着海水邊跑邊吹泡泡的無憂美夢。二十年前的我的肩上毫無壓力可言，只管享受當下簡簡單單的快樂，沒有「未來」這個概念，沒有「成就」這個概念，從未想過自己在他人的眼中是厲害還是差勁，從未給過自己什麼要求，只是在母親拿起測驗卷跟我說下次要做得更加好的時候點了點頭。

我是從什麼時候開始「成長」，開始對自己抱有期望，開始對自己施加壓力，然後迎來一個又一個的失望的呢？

有一天晚上，房間裏傳來母親的痛罵與小女孩的哭號。「你怎麼天天都把東西都弄丟了？每天都要別人替你收拾，你自己就不會把東西放好的嗎？你乾脆把自己也弄丟算了，不用我天天為你操心！」母親這樣一罵，我的記憶瞬間倒流至當年，我立即捂住耳朵，但是衣架打在手臂上的悶響以及小女孩斷斷續續的抽泣仍然震耳欲聾。

小女孩微弱地反駁說：「我、我不是有心弄丟的……我也不知道為什麼它會不見的，明明、明明我……」

「江山易改，本性難移！你每次弄丟東西都是這樣說的，你就沒想想自己要改掉這個壞習慣的嗎？光說不改，轉頭又拋諸腦後、故態復萌，你這樣子會有人願意相信你嗎？別人都在進步的時候，你就一直退步，終有一日你會自嘗惡果！一生平平庸庸毫無成就，長大後打算擠在這個破公屋一輩子嗎？」當時我只顧着哭，聽不出母親扯了一大堆話的深層含意。現在我保持着當年抱着瘀傷的手臂蜷縮在牀角的姿勢，母親放棄似的歎了一口氣，跟小女孩說：「算了，罵你也是左耳進右耳出，我罰你去天台罰站，好好反省一下！」

啪嗒一聲，連那一絲微光都沒有了。幼年最殘酷的記憶重現了，那是我第一次被人嫌棄，還是我讓我最敬愛的母親失望透頂。我清楚記得，去到天台後我還是止不住眼淚，深夜的寒風冷得我瑟瑟發抖，這一刻開始我也嫌棄起自己，原來我是令人失望的存在。天台的玻璃門緊閉但沒有上鎖，但我不敢擅自回屋，惟有靠着門孤獨地罰站，母親心軟地給我開燈，我就盯着灰色的飛蛾不厭其煩地湊近鵝黃色的燈光又飛遠的模樣，淚水再次在眼眶裏打轉。塗上綠漆的防盜欄柵外的一切早已模糊成一片黑暗，我探頭向下望，影影綽綽的樹影彷彿正向我招手，行人道一路亮起的燈也好像會發光的小妖精般邀請我去另一個世界——如果我跳下去，世上就沒了我這個負累，大家都不會因我而失望煩惱，我也不會再感到孤獨和痛苦了，對吧？

沒錯，我知道我一跳下去就會「死」。這叫跳樓自殺，我從新聞上知道的。在我的屋宇裏，曾經有一個老人選擇從樓層走廊跳下來，結束自己的生命，從此家長都教育子女不要走出去天井那邊，不然會被跳樓的人砸死。我乖巧地沿着有遮擋的迴廊走，時常會看到在迴廊旁邊玩乒乓球的小孩子打偏了球，導致他們要走出去天井撿回那橙色小球。長大之後，我就會想，多少人就是跟他們想要的東西，比如夢想，比如愛，擦身而過後轉身想追，指尖卻永遠突破不了與那東西的咫尺天涯，不知不覺便走向絕路……

那時我只是剛剛踩上防盜欄柵的底座，母親便猝不及防地從背後緊緊抱住了我，把我拉回屋內，「女兒，別做傻事啊！有什麼不開心的事就跟媽媽說……」然而事實證明，父母的期望對我來說是最大的壓力。他們喜歡心理暗示，表面上說沒關係下次加油，一旦我達不到他們的理想分數，我就會被他們或明或暗數落，尤其是母親，以為我聽不懂家鄉話就大聲地跟親戚抱怨我的懶散粗心，我對此多次表達不滿卻被她簡單一句「可這是事實啊」敷衍過去，加上他們對弟弟的偏心，我的心底漸漸積壓一些負面情緒，中學時期的每晚都會悄悄抱着枕頭流淚。深知我的心聲沒人在乎，隨時還會成為我自卑小器的罪證，我學會了所謂的自我勉勵。但是這阻止不了我在升上高中後，面對日漸艱深的課程及越發激烈的競爭而不再名列前茅，以及難以規劃未來的尷尬處境時，想一死了之的念頭不時在我最失落疲憊的時候一閃而過。

「既然如此，為什麼不去自殺呢？」

小女孩在被罰後的第二天把我拿出來，特地問我關於自殺的事。很明顯她當時沒打算自殺，只是想了一下而已，她好奇未來的自己還有沒有想着自殺。我極其含糊地回答了她，我不想太早讓自己失去對這個世界的盼望。隨後二十年前的我就這樣問了，看，童言無畏是多麼可怕。

「我貪生怕死，不可以嗎？」我沒好氣地回答，頓了頓還是多加一句，「還有，不想讓父母難過。」聽起來多麼孝順，呵呵。

「但是，害怕死亡和害怕到去死不都是害怕嗎？如果你活着像一個死人，跟死去又有什麼分別呢？」

我笑出聲來，「我記得我沒說害怕喔，那你說說我在害怕什麼？」

小女孩還真是認真地低頭想了想，當然以她相當有限的認知不會想到什麼——我是這樣想的，結果她狠狠打了我的臉：「害怕變得平庸，無人重視，像沒活過一樣。」

她抬頭直視着我，一眼便看穿了我磨平了稜角，早已渺小無趣的靈魂深處的虛榮心。

我們的第二次對話無疾而終，一直到了小四，才有第三次，也是最後一次對話。

一直默默無聞的小女孩在中文老師的推薦下參加了一個現場作文比賽，竟然讓她獲得了初賽一等獎！天知道那時全家人有多興奮，父親拍了拍她的肩膀，綻放了有史以來最燦爛的笑容：「如果最後你可以捧一個獎盃回來，那就真是為我們家爭光了！」她高興地答應了下來，隨後的一生都因為這一個點頭而改變了。

原來我也不是想像中那麼差勁嘛！自此她開始對自己有期望，開始想像未來的自己會變得優秀，繼而給自己設下不切實際的目標和要求，萬事渴望成為第一。她的虛榮心開始膨脹起來，但是她的能力追不上去，小成功的糖衣在反覆回味後已經悄然消失，露出截然相反的內核，大失敗的苦澀揮之不去，在我去不到心儀大學的時候攀上高峰。我就這樣墮落成一個眼高手低的作夢者，如果當初我沒有獲獎，那該多好！沒有期望，就沒有失望。

拿到一等獎獎狀，沒想過決賽會鎩羽而歸的小女孩當日又把我拿出來。正值家裏大掃除，她坐在上層牀收拾着牀頭櫃，冷不防說：「新聞說又有一個中學生跳樓自殺，已經是本週第三個了。」這跟我變成洋娃娃前的新聞不吻而合，那很可能是我回到現實的契機！

「所以呢？」我連忙追問。

「你覺得自殺的人是懦弱還是勇敢？」

我陷入了深思，「自殺的因素有很多，但大多都是經過深思熟慮，實在活不下去才選擇自我了斷，是無可奈何的表現，旁人又怎能輕易理解他們的掙扎？他們哪一個不曾有活下去的願望？只是他們可能把生活暫時過不去的坎誇大成生命的深淵，以死逃避，應該算是懦弱吧。」

「對，沒有一個人可以完全被理解。那麼按你的意思，仍然活着的人，即使是苟延殘喘，都是勇敢的嗎？」

我從來沒有站在這個角度思考，我們往往只管批判自殺的人是逃避逆境的懦夫，卻沒有把鏡子照向自己，好好想想自己到底活成什麼樣子——又有什麼資格對別人的選擇指手劃腳？

我們其實只是僥倖活着而已，很多人有過尋死的念頭，最後沒有實現也不一定是因為他們想通了，可能只是本能性怕死，把問題冷處理，憑什麼自詡「勇敢」？要積極向上，活出生命的意義，成為自己的英雄，方為真正的勇敢！

羅曼·羅蘭說：世界上只有一種真正的英雄主義，那就是在認識生活的真相後依然熱愛生活。

「終於想明白了嗎？」小女孩第一次發自內心地微笑，弧度漸漸擴大，「所以白活的人還是死掉比較好吧！」

二十年前的我把握住洋娃娃的手伸出半空，「來，跟過去的你說一聲再見吧！恭喜你終於『自殺』了。」

小女孩鬆開手，我飛快地從半空墜下，重新經歷跳樓的感覺。眼前不再是一片黑暗，我從未試過如此輕盈，又如此沉重。多年的心結終於解開，頃刻空白的心填滿了破曉的溫暖光輝。

不敢說我現在煥然一新，不過至少我有了好好活下去的決心。

一聲刺耳的剎車聲把我拉回現實世界。我眨眨眼睛，窗外是自殺女生生前就讀的學校，原來我在採訪車裏睡着了，做了一個非比尋常的夢。幸好我不是摔在地上支離破碎的洋娃娃，我還有機會改變我的未來。

我跟隨的師兄只淡淡看了我一眼，接着若無其事地和我講解採訪大綱。我知道他的手腕有割腕的傷疤，我們同是天涯淪落人。我待他講解完畢，詢問道：「請問我們會不會採訪死者的同齡人？」

「幾乎不會，學校不讓他們答。」

「人們常說自殺者『有勇氣去死，卻沒有勇氣生存下去』，如果可以採訪到他們的話，不妨問問他們『那你覺得不自殺就是勇敢了嗎』？可以嗎？」我挺直腰板，眼睛直直看進師兄的眼底，目睹他從驚訝、疑惑到會心一笑，最後點了點頭說：

「真期待他們的答案。」

（5658 字）

// 評審評語

可洛

小說的缺點明顯，在小說的技法上作者還有進步的空間，用夢醒作結也欠缺新意。但評審們肯定作者對主題的挖掘，對自殺這回事，問了一些富有意思的問題，例如：自殺或不自殺的理由、害怕死亡和害怕面對現實有什麼分別等等。大部分的參賽作品對主題的挖掘都很表面，甚至只是把事情鋪陳出來，未有深思，就連好的問題也問不出來。故此從這個角度看，這篇小說的優點也是明顯的，期望作者在小說技法上多下工夫，寫出更好的作品。

優異獎

水自哀

/ 易汝芊

一

窗外雨勢正大，天地也因而失色，來理髮店的顧客少之又少。飄萍擠了洗手液，開始搓揉雙手，她要洗去剛才幫客人染髮時不慎黏上的黑色染髮劑。水龍頭的水柱嘩嘩，手腕上的黑點卻在水幕下更礙眼。水沖刷着那點污漬，在洗手盤泛出圈圈黑色的小漩渦。

黑色的染髮劑尤其頑固，往往要反覆搓揉十餘次才能洗淨，要急也急不來。她搓洗幾次，蒼白的雙手就開始泛紅，染液會滲近皮膚的小傷口，傳來陣陣如蚊蟲叮咬般的刺痛。飄萍的眼鏡瞇成一條線，看着那不絕的水流在洗手盤裏形成強韌的小漩渦，漩渦又與深不見底的排水口結盟，就形成了深不見底的黑洞，慢慢地把她扯進那心底的回憶。

二

振昆把飄萍抓進了水氣瀰漫的洗手間，那重重的濕氣包圍了她。洗手間滿地是水，拖把、水桶、清潔布橫七豎八倒在地上，顯然剛經歷一場劫難。忽然，角落裏傳出斷續的哭聲，那是作霖的聲音。

「過去！」振昆對她呼喊。

飄萍呼吸急速，踉蹌走進，只看到遍體鱗傷的作霖哭得氣喘吁吁。此刻的他像一片薄雲，不耐風吹就會煙飛雲散。恐懼襲來，飄萍全身冒出冷汗，僵在原地。

「哭什麼，去死！」振昆重重在作霖頭上打了一拳。

「砰！」只見作霖的頭顱迎聲劇晃，然後低低垂下。他的眼簾半闔，目光渙散，再也發不出聲音。

振昆從黨羽手中接過一個半滿的水桶，輕蔑地對作霖喝道：

「小子你欺負我的朋友，就是欺負我！飄萍，你來教訓教訓這個欺負你的小子！」

振昆把水桶遞給飄萍，遂露出一副看好戲的樣子，飄萍渾身顫抖浮起一陣眩暈。看着軟癱在地上被汗水、淚水浸濕的作霖，又迎向振昆和黨羽們凶神惡煞的神色，恐懼像那濕氣一樣穿透校服，她彷如站在懸崖之上，再踏前一步就會掉進無底深潭。

「把水往他身上澆，之後你就是我的朋友了。」振昆猙獰地笑着說。

此刻的洗手間一片死寂，只有滴答、滴答的水滴聲，每一滴都化為錘子重重敲在她的心上。

三

滴答、滴答，飄萍扭緊水龍頭，從惡夢中醒來，手已搓揉得紅腫脹大了一圈，隱見紫色的瘀傷。她轉身收拾剪刀、梳子及染髮劑的調配盒，拿起掃把掃去地板的落髮，飄萍愛乾淨。

「才染了不久啊，這麼快又要再染了！」客人抱怨。染黑髮的人大多是長者，白髮長得快，三、四個月就能把染好的烏黑頭髮褪為白茫茫的一片。

「你的頭髮這麼濃密，要上色也不容易。」飄萍笑着回應。開始介紹這次用的染髮劑，指導客人怎樣在平時護色。染髮只會讓髮色愈染愈淡，客人們都知道，可他們想用青春來掩蓋滄桑，方便緬懷過去，因此染了又染，樂此不疲。年輕人則不然，現實有時太沉重，青春有時太狂亂，他們喜歡染有「霧感」的淺色，奶奶灰、餘暉金及潤娥棕，讓自己平添歲月的痕跡，頑皮得來顯得莊重。

四

飄萍自幼有陰鬱的黑髮，她不曬太陽、不游泳、不懂得打扮，頭髮幾乎毫髮無傷。身為獨女的她，因為父母忙於工作，無人陪伴。從小到大，她只能看牆、看窗、看時光。許多小孩年幼時沒有光陰的概念，但飄萍有。看着牆上的光由左側慢慢移往右側，光陰原來真的在走。看窗更讓她體會「局外人」的心境，街道忙碌，街景繁華，但都與她無關。然而，她喜歡雨天。下雨的時候，這個世界就像一片大海，放眼望去只有無盡的水簾。這時，街道上大多行人都狼狽避雨。平素並肩談笑的人，此時被雨傘隔開，彼此彷彿成了只是同行的陌路人。即便在同一傘下的行人，他們也極少言談，只是默默前行。雨提醒飄萍，人人都是孤獨的。

她因此話不多，學校的同學三五成群，但她只是遠遠的看着他們。飄萍也想跟他們做朋友，想與人談心，想有人陪伴。可是，別人說起和爸媽遊玩，說起和親友吃雪糕，說起與玩伴跳飛機，她卻搭不上一句話。下雨沒什麼可說，孤獨更說不出口。她的渴望如此簡單，但她不知道怎樣講。同學以為她孤僻成性，慢慢對她敬而遠之，結果她成了獨身一人，每逢小休只能自己繼續看窗。

什麼是孤獨呢？飄萍覺得是在一片汪洋中不斷下沉，腳底下彷彿是無邊無際的黑洞。你拚命地往上游、往上抓，想大聲呼救卻不能作聲，竭力尋覓卻找不到任何一塊浮木。四野無聲中，你下掉，回上游，如此循環往復，載浮載沉。

五

然而，幸運之神有時也會對她微笑。那沉鬱的黃梅天，飄萍在同學不耐煩的吵雜聲中，習以為常的靜看每滴雨點。某同學看着課室後曬晾的成排雨傘而歎氣的，也有惋惜不能踢足球的，偶爾還能聽見祈求不要成為落湯雞的話……下雨帶來諸般不便，能安靜看雨的幾無一人。然而，她赫然發現了安坐前方的作霖。他也望着窗外，看得那麼入神專注，彷彿超然於這偪促狹小的空間。

他大概察覺了她好奇的視線，回視這處，對着飄萍靦腆一笑。飄萍羞赧臉紅，不知所措，忘了回應就扭頭看窗。雨景變得模糊難辨，但在這汪洋中，她覺得自己找到了一位理解她的知雨人。雨水連成無形的感情線，繫起她和他。友誼要用勇敢來灌溉，可最早踏出這步的仍不是飄萍。飄萍每次回想到這都不免責罵自己幾句。

看雨的兩人都像任人踐踏的小草，但也因為這樣的默契讓兩人體會彼此的孤獨。上學時，他們會走同一條路上學，聊些課業的疑難。午休及放學，彼此總會靜坐在校園古樹的木椿下看書，兩人相坐得很遠，但總會在黃昏將至時，放下書閑聊。他們會分享各地遊記及地理風光，想像地球的另一邊風景必定更遼闊，而這個浩蕩的世界必然有許多活得精彩的人。他們相約去看在泰晤士河河水的映照下動人的倫敦橋；去澳洲看看夕陽下美豔的黃金海岸；去埃及看看那條孕育無數生命、無數文明的尼羅河……飄萍把沒有勇氣做的事都說出來，晚上就會在日記裏記下願望。日記雖然很薄，但讓她的靈魂掙脫了許多枷鎖，為未來這些精彩的旅行而興奮。

六

世界雖然很大，但飄萍現在已經沒有去觀賞的心情。送走客人後，飄萍看着鏡中的自己，她染了一頭虎眼啡，然而髮根新長的黑髮讓髮型色澤二分，看來尷尬也不便工作。趁着雨天客人稀疏，她叫了同事幫自己上色。

她的頭髮黑色素太濃，不容易上淺色，因此染淺色先要漂白。同事用了含氧化氫很重成分的染劑來幫她染髮，只要黑色素褪得愈多，新染的色澤就愈亮麗。氧化氫那濃烈的鹼味撲鼻而來，他的同事正在攪拌調配新的染劑。

飄萍泛起陣陣噁心，胃部像被無形的手緊緊捏着。氧化氫用在清潔時叫漂白水，人們多用來清理藏污納垢的場所，這是令人恐懼顫慄的味道。

七

這天下雨後的空氣總是又濕又重，課室的門常常緊閉，空調也只吹來弱風，課室顯得格外悶熱侷促。侷促感不只來自這黏膩的天氣，還有背後幾道讓人心寒的眼神。飄萍與振昆一夥偶爾眼神相觸，心中就更有懼意。她看得出來，這一夥人是針對她而來。飄萍彷彿又被拋進汪洋，她心中不斷掙扎、不斷拚命地游，在這片大海的中心裏掙扎、呼救，可惜其他的人都安坐在一艘小艇上，對她冷眼對待、袖手旁觀。

「嘩啦」，她回過神來，才發現桌子上的文具全部都掉在地上、散亂一片，抬起頭看到的是那張所有人都懼怕的臉。振昆出了名是班裏的惡霸，以打人、搶東西及辱罵他人為習，班上沒有人敢去招惹他。

「喂，你的小同伴呢？拋棄你了嗎？」他諷刺地問，背後還傳來幾聲譏笑聲。

「起來，跟我走！」說罷，他和幾個黨羽挾着飄萍走進洗手間。

「把水往他身上澆，之後你就是我的朋友了。」振昆猙獰地笑着說。

「他會明白的」，飄萍天真地相信別人會體諒她的懦弱，迫不得已的所作所為也許不會陷入難以自拔的自責，不必擔起再也無法洗刷的罪惡感。

她顫抖地接過水桶，雙眼流下淚痕。作霖剛仰起頭，神情頹然如枯木，視線黯淡恍惚，彷彿看不到眼前的一切。她的雙手就那樣懸在半空，無法把桶中的水潑出去。時間彷彿靜止在那一刹，就連振昆和黨羽們也停了叫囂。

「啊！啊！」飄萍歇斯底里地嘶吼，重重拋下了水桶。水桶敲在地下發出震耳巨響，桶中的水如炸彈般飛濺而出，她哭喊着拔腿就跑。她閉上眼睛，不顧前面是什麼瘋狂地跑，直到重重跌倒在操場上，才癱軟在地上大口大口喘氣。火辣的陽光忽然在厚厚的雲層中露臉，烤炙着她的靈魂，而濕氣仍是那麼濃烈沉重，重得讓人喘不過氣來。飄萍又繼續哭喊，直到老師和同學把她重重圍着。

八

那天之後飄萍跟作霖再沒談過話，課室裏兩人的距離只有一張桌子，但那一張桌子就像楚河漢界一樣，把他們遠遠的隔開，無論如何向對岸招手也不會得到回應。這樣昏沉的日子過了很久很久，每當飄萍嘗試游到對岸時，對面的岸邊總是加上一排排堤壩，闖也闖不進去。有一天，飄萍桌子前面的位子空了。自此，作霖的缺席成為常態。她的心情愈來愈忐忑，直到神色凝重的老師進來宣佈一件噩耗。那噩耗便化為重錘襲來，讓飄萍窒息，她當場敲得昏厥過去。

〈不堪學業壓力，連環跳又添一亡魂〉，飄萍在醫院中讀着新聞，雙眼早已哭得紅腫。他的新聞在電視、社交平台上開始傳播，那一幅又一幅黑白照片，那一段又一段弔念悼文，都像呼嘯的鞭影打在她的身上。

事情不是這樣的！這些都不是為了作霖而寫的，他們根本壓根兒不知道作霖的為人，這些文字有的只是曲解。作霖的厭世不是為了學業，而是審判與抱負！他要所有人承受這死背後的真相。掉進深淵的她無處可逃，悲傷就像浪潮般吞沒她，讓她在其中遇溺。很快學校的悼念群組不斷傳來訊息，其中一道影片掀起軒然大波。三分鐘的影片，紀錄了振昆在平時如何脅迫、欺負作霖，飄萍看着振昆如何把弱得像紙般的作霖一次又一次扯到走廊角落裏拳打腳踢，當作霖傷痕纍纍倒地時，振昆大笑離去。

飄萍不再跟任何人說任何話、不再上學，只躲在房間裏。她怕陽光、怕雨，因此房間關上了窗簾，不見天日。醫生建議她休學治療抑鬱症，而抑鬱症像一隻惡魔，化為振昆的影子張牙舞爪，向她逼近，把她吞沒在不散的霧霾中。她很痛苦，但眼淚留不下來、一滴也留不下來。她只記得自己當時抓起了水桶，她只記得自己拋棄了朋友。她逼自己不要去想，然而記憶是愈想忘記的事愈深刻。作霖的啜泣聲每天都折磨着她，她抗拒不了那聲音，衝去浴室、鎖上門、打開水龍頭把自己浸在浴缸裏。她習慣了被水淹沒，反而在水中，她得到了平靜。她洗澡的頻率愈來愈多，用一桶桶的冷水去淋濕自己，讓自己感冒，讓自己接受應得的懲罰。飄萍的媽媽重重踢開沐浴間的房門，把她從那唯一令她舒適的世界裏拉出來。回到冷漠的世界，濕透的她離開沐浴間也失去了靈魂。

那堆積的傷感與自責纏繞飄萍渡過了整個漫漫的中學。她是缺席的常客，直到畢業禮的時候，學校遞給她畢業證書，她的悲傷再也無法被壓抑，像洪水一樣爆發出來。那些淚水把她的校服浸濕，然後一陣又一陣的憤怒涌起。她氣她自己為什麼要聽振昆的話，氣自己為什麼沒有找作霖道歉。然而，作霖離開了，振昆退學了，她被無情的丟在這個行刑地裏，再也沒有補償的方法了。

九

淚水滑下了飄萍的臉龐，正為她洗頭的同事問她：「怎麼了，洗髮液入眼嗎？我停下來給你擦擦。」

飄萍點頭，佯作同意。同事為她抹去洗髮液後，她走進洗手間整理儀容。她洗了把臉，挨着鏡子重重地歎了口氣，鏡中的她和她雙額相碰，她的臉龐是那麼憔悴。水龍頭的水滴答滴答直響，她赫然發現手上的污跡並沒有褪去。一切都沒有隨着時間過去，許多自責依然深深烙印在她心上。她看着自己乾燥暗啞的咖啡色長髮，忽然下了決心。

她走出洗手間，請同事幫她洗乾頭髮，表示遲些再染髮。同事一臉錯愕，還是依言完成，不禁詢問：「什麼事啊？這麼急。」

她換了衣服說：「天氣正好，我想找個朋友。」

「這鬼天氣不正在下雨嗎？」同事好奇問。

飄萍拋下他的詢問，身影消失在街角處。

（4466字）

// 評審評語

可洛

其他評審期望作者能闡明髮型屋和校園欺凌事件之間的關係，而我則相信作者透過染髮表達女主角拒絕同流合污的決心，不過我也認同，兩者的扣連須要做得更好。男主角的名字應該是作霖，但有兩處打錯成志霖，這些小瑕疵也會影響評審的觀感，投稿前要做好校對。

優異獎

我的名字

/ 溫喜

二妹出生的那天，下了場空前的傾盆大雨，連莊稼都被澆得無精打采。那時我正在院裏捉蟋蟀，忽然覺得背脊涼涼的，抬臉望天便被雨水淋了個透。

剛進客廳避雨，左側的臥房裏就傳來響亮的哭聲，緊接着是鐵盆子被摔到地上的悶響。我以為出了什麼事，想進去一探究竟，卻跟黑着臉大踏步走出來的父親撞了個滿懷。

「妞兒，別進來，小孩子見不得血光的。」接生婆在門口攔住我，肥碩的身形將奄奄一息的母親擋得嚴嚴實實，只能探聽到微弱的喘息聲。

於是我回到廳裏，一屁股坐上家中唯一值錢的檀木桌，兩條腿蕩啊蕩，百無聊賴地四處張望。

父親枯瘦的手指夾着煙卷，眼中似乎沒有多少新生降臨的欣喜，乾裂的嘴唇不斷吐出白色煙霧，嗆鼻的氣味惹我皺眉。

我走過去拉拉他的衣角：「爸，是個妹妹還是弟弟啊？」

父親沉默良久，一把將未燃盡的煙狠狠扔在地上，左手抓着我的手腕，幾乎要將它扭下來；右手高高揚起，卻遲遲不落下。

「疼……爸！疼！」我的哭喊聲愈來愈大，掙扎着想跑開，可仍然無濟於事。

等到嗓子喊啞，他才慢慢鬆手，雙眼呆滯地看看我，又望了一眼臥房，而後便頭也不回地步入大雨中。

*

見到母親的那一刻，我猛然發覺，她和父親在這短短半天裏衰老許多。

母親已能靠牆坐起，臉卻還是蒼白，嘴邊的一絲笑意淡得就要掛不住，彷彿隨時要被一陣風吹走。

「妞兒，你有妹妹啦，開心吧。」

「開心！開心！」我蹦起來，「等她頭髮長了，我就給她紮麻花辮；她如果喜歡吃甜的，我就把糖都給她……唔，不過自己還是要留一點啦。」

她欣慰地笑了，卻維持不到一秒就被眼淚代替，漸生皺褶的臉頰微微有些顫抖。

我急了，撲到牀前不停問：「媽，怎麼啦，你別哭啊，媽。」

「沒什麼，媽太激動了。你出去玩吧，媽要睡一會兒。」

離開前，我問二妹的名字，得到的答案，竟和我的有些相似。

「為什麼妹妹的名字跟我的這麼像呀？」

「因為……這個名字很好聽，很特別，也顯示你們是姐妹啊。」

我點點頭，歡喜地跑出去，根本沒留意未掩的門後，母親面上未消的頹然。

*

其實後來我才知道，名字除了表達對它擁有者的期望，更多的是表達對另一個不知身在何方的人的渴求。至少在我們村裏是這樣的。

隔壁的許姐姐長我二歲，卻在我貪玩撒野時早早下地幹活。沒有樹蔭遮蔽的農地，讓她瘦小的身軀在陽光下無處躲藏，粗糙黝黑的皮膚，可能本也是細嫩得掐的出水的。每次看她顧不得抹汗，又得去另一處地幫忙，我就有把她扯到家裏吃西瓜的衝動。

母親最初帶我認識她那會子，我倆因為重名打了一架。

「你憑什麼抄我的名字！」

「我比你大好不好！肯定是你抄我的！」

難得的是，雙方母親將我們扯開後，不打也不罵，只是輕輕摸着我們的頭，面上有當時難以理解的無奈。

年紀小不懂事，常常是今天吵隔夜好，她最終榮升為我最親密的玩伴，上躥下跳沒個樣子。

等稍微長大些，她不再有時間與我打鬧，也被約束着不准嘻嘻哈哈，見到她的時候不是在幹活就是被訓話，連原本秀麗的長髮都剪到了耳朵以上。

因為暴雨久久不停，所以我偷偷翻牆到她家時，罕見地發現她坐在板凳上發呆。

沿屋簷落下的水滴浸濕她的褲腳，可她仍是靜靜坐着，眼光彷彿能穿過家門，穿過大山，眺望到未知的遠方。

我悄悄溜到她身後，猛地拍她肩頭。她嚇得一激靈，可沒有如往常般急得跳腳。

「妞兒，來啦。」村裏的人都跟着媽喚我妞兒。

「姐姐，我跟你說，我有小妹妹啦！」

「取了個什麼名兒？」

「跟我們的差不多。」我歪頭思忖片刻，「媽說是因為好聽。」

姐姐張了張口，欲言又止的樣子，眼裏有將露未露的悲戚。我不明白為何每個人聽到二妹降生的消息，皆是表情複雜，跟見了鬼似的，獨自沉浸在喜悅裏的我反倒顯得格格不入。

「妞兒，以後有女娃出生，別表現的這麼開心。」

「為什麼？」

「他們不喜歡的。他們只喜歡男娃。你只能在男娃出生的時候笑。」

我有些生氣：她自己也是女孩子呀，憑什麼說大人偏愛男娃？我才不信呢！

反駁的語句還未來得及出口，姐姐又淡淡補了一句：「不然你以為，我們的名字為什麼會一樣？」

不祥的預感在我心中緩緩升起，毫不留情地將那幾分高興沖刷乾淨：「為什麼？」

「因為『招娣』兩個字，是『招來弟弟』的意思。」

*

那天父親出去後，一整個月都見不着蹤影。

母親起初表現得不甚在意，卻在夜裏掩面悄悄啜泣，還以為我不曾聽到。廉價紅燭往往一燒就是一夜，將母親單薄的影子打在脫漆的牆上，顯得格外孤單。

雖然問母親也問不出個所以然，但許姐姐那日的一番話縈繞在耳邊不能散去，更令我開始明白父親不歸家的原因。

連着兩胎都是女子，難免有人明裏暗裏嚼舌根。父親不在，日子也過得越發艱難，常常是有上頓沒下頓。

我時常恨自己不是男人，不能撐起這個破碎的家，更連累二妹在不諳世事之年就要挨餓受苦。

我更時常恨父親如此輕視女子，甚至因此對母親漠不關心。這樣的人，如何配做一個丈夫？

大抵是七八月，最熱的日子裏，許家擇了個黃道吉日，讓姐姐出嫁了。我跑到門外圍觀時，身穿嫁衣的姐姐恰好沒入另一片紅色的海中，顏色鮮艷的軟轎在簇擁的灰色人群中分外惹眼。據說婆家的聘禮很豐厚，所以許叔才把她嫁過去的。她不過十五歲。

許太太哭了好一陣子，許叔卻數着錢銀笑得合不攏嘴。好像婆家對許姐姐的名字很滿意，說是這樣更能生出兒子。媽聽我說這些風言風語時，沒有多做評論，只是說：「妞兒放心，媽不會隨隨便便把你嫁出去的。媽得讓你幸福。」

*

當我到了許姐姐出嫁的年紀，父親再次踏進家門，我們都很高興。父親對我的態度好了許多，不再冷言相待。母親再不必每日起早貪黑，去鄰村的小學幫忙，有了更多時間陪我。

某日夜裏，我起來找水喝，路過他們房間的時候，被清脆的搧耳光聲嚇了一跳。

「我告訴你，這事沒得商量！你生了兩個女的，我沒怪你就不錯了，現在該輪到你們償還了！」

「我不會把女兒給你的！她才幾歲啊，你還算個父親嗎？在外面賭光了錢，才屁顛屁顛地回來——」

母親發出一聲慘叫，緊接着就是父親開口：「少廢話，我那幾個朋友還等着呢！到時候她不嫁，籌不到錢，你就等着瞧吧。」

*

等到媽奪門而出，我還呆站在院裏，嘴裏的乾渴突然就消失了，取而代之的只有後知後覺的驚恐。

他們兩個察覺到我在的時候，皆是愣了一下。母親最先反應過來，不顧一切抓住我的手，拖着我在黑夜中狂奔，臉上還有不難發現的瘀青。

她憋足一股勁往外衝，出了村時猛地停下。她把雙手搭在我的肩上，緊緊地盯着我的臉，彷彿恨不得將我的模樣刻在腦子裏：「妞兒，等會兒你就只管跑，跑得愈遠愈好，跑到城裏去再也不要回來！」她不知怎麼能從兜裏掏出一大把錢，「這是媽所有的積蓄，你拿好！……答應媽，要好好活着。」

從小我就覺得媽軟弱文靜，沒膽子反駁別人，只是怯怯地站在一邊，任人指指點點。可這晚的月色下，母親堅定的臉，永遠永遠印在了我的心裏，揮之不去。

「妞兒，媽一直沒告訴你，招娣這個名字我一直不喜歡。」她最後還是笑了，「你的名字，應該叫淑慎。」

幾年後，當我讀到《詩經》，才曉得那兩個字怎麼寫：「終溫且惠，淑慎其身。」淑慎，和善謹慎。

遠遠地可以看見父親追上的身影。母親推了我一把，用盡渾身力氣吼：「跑！」

我也不知跑了多久，只知道當太陽再度代替月亮，山的輪廓逐漸清晰，我便再也邁不開腿了。

等我終於肯，終於敢回頭望，就連村口那棵最高大頑強的榕樹都看不見了；可母親的笑，母親的話，都還歷歷在目，未曾離去。

你的名字，從來就不是林招娣。你叫淑慎，林淑慎……

（2916字）

評審評語 //

黃怡

作者以傳統農村裏重男輕女的現象作主題，類似題材的小說不算罕見，但作者以女孩的名字切入，可見心思。文字整體流暢，惟部分小說人物（如許姐姐、母親）未發展成熟，還有很多可用以說故事的空間，如果在這些人物身上多加着墨、帶出議題的新角度，也許可以使故事更引人入勝。

優異獎

薛丁格之玩具熊

/ 王偉樂

(可憐 / 該死) 的貓咪，就在不透光，不透聲的鐵箱裏，與炸彈共處一室，似乎這比孤男寡女的組合更加危險。

(危險 / 安全) 的炸彈有爆的可能，也有不爆的可能，兩者的可能性如此公允地各佔一半。

若不揭開，貓咪便永遠處於 **(可憐 / 該死)** 的狀態，炸彈亦處於 **(危險 / 安全)** 的。

這刻，裝置啟動了，貓咪是「既生存既死亡」的狀態，只要揭開，它才能得到真正的 **(生存 / 死亡)**。

而薛丁格，即是你，沒有揭開鐵箱，更是一口咬定裏面的貓咪已經被炸死了，它是該死的，炸彈是危險的。

我不了解你的殘忍，以及這個實驗的意思，一時有點意氣，好像說了句很不留情面的話：「薛丁格，我真恨不得你就是那貓咪。」

你頓時抖顫了一下，然後呢呢喃喃着什麼離開我的視線了。

依我的想像（肯定）是：哼！我才不是那隻該死的貓咪啊！

但事實呢？你就是連這種極有力的反駁，都不敢喊出來，要走在一角碎碎地說些安慰自己的話。

而我不過是一隻玩具熊，你都不敢在我面前抬頭，這是你的恥辱，我的驕傲。

這已是十年前的事，薛丁格那年還是八歲。

*

格醒來，是十七歲最後的一個清晨。

明天是文憑試開考的日子，也是格正準備成為電視機那位狀元的日子。

許多事情，都是不用等到「派卷」才決定，事實上「交卷」那刻，裝置便啟動了，貓咪和炸彈的狀態也決定了。

不過這只是平凡人的說法，對於格這種天才，他在小三初次看到電視機狀元時，便知自己將來會成為其中。

更何況，一個人的成績（成就），早就在你的學校，你的家庭背景，決定了七七八八，亦即是，我們早就困在不透光，不透聲的鐵箱裏。

自從格在三歲，醫生證實他是位天才。他便一直困在鐵箱，而鐵箱的名字，可以叫香港，也可以叫精英主義，什麼都好。

格生下來，若不是為了逃離鐵箱，便是為了看透鐵箱。

但格自從看到自己成為狀元，便看到愈來愈遠的風景，幾乎大抵能估算到自己整盤人生的計劃，如何成功，如何輝煌。

正因格看到一切，更看不透鐵箱內的可能性。

所以格只能選擇逃離。

格一手把桌上的書本與試卷掃在地上，弄得原本井然有序的房間，馬上變得一片狼藉，這亦是預示，他要把自己的人生弄得如此紊亂。

格出走，意思是離家。

揹起不知有什麼的背包，步出那幢大門，不搭電梯，而走後樓梯到達大堂，推門而出，街下的風景非常熟悉，但格這刻卻是徹底茫然。

「我必須失敗。」格想。他一生未曾失敗，縱然參加比賽無數，跳繩游泳賽跑小提琴鋼琴非洲鼓演講徵文等等的比賽，他都未嘗得到冠軍或金牌以外的殊榮。

可能連「猜包剪揼」的敗仗也沒有。

很快，格走入了那種一式一樣的商場，逛了又逛，逛了又逛，他還是萌生出回家的念頭，但那時卻看見街外的那個投注站。

「對了，我該來一場豪賭，讓我得到徹底輸清光的感覺！」因為這不是智慧、能力或者技術所能左右的東西，亦即是格脫離鐵箱的唯一方法！

走到投注站的前面，有禮的服務員突然請求他出示身分證，然後有禮地說：「你明天再來吧。」

「幹！還差一天才十八歲。」格差點喊了出來，他討厭自己身分證上的稚嫩。

這實在是荒謬，難道真是明天的我打倒今天的我？是否我踏過了那所謂法定成人的歲數，便馬上有什麼改變呢？別扯，一天怎知道我會有什麼的改變。

誰知，格的確在這天徹底改變了，是由他走入夾公仔店的那刻開始。

夾公仔對於格，是種完全陌生的事，絕對有理由，有條件地讓他失敗的一回事。

奈何呢？

三十部不同的夾公仔機，格只兌了三十個代幣，隨便地逡巡了一圈，便抱（拖）着三十個公仔。

這是讓格無奈的，因為他的成功只代表失敗。

格把三十個公仔帶到櫃枱，交還給那位職員，那職員還能交代出什麼反應？平凡人永遠無辦法理解天才，這亦是格永遠無辦法脫離鐵箱的原因之一。

正當格欲離開之際，竟發現門口一部未曾挑戰（夾到）的公仔機，他寄予厚望，兌了兩個代幣。

結果，格真的失敗了，但他準確地看到，那隻熊仔的左臂是移動了大概三毫米。顯然就是一款不公允的遊戲，但格是高興的，因為他終於成功地失敗了。

格再投入一枚代幣，他嘗試夾起那公仔，可惜，奇蹟沒有兩次，他又失敗地成功夾到了。

他抱着那隻代表失敗的熊仔，失落地走出麻木的街道，表情再次陷入麻痹的狀態，他又想：「我失敗地得到失敗，這也算是一種失敗嗎？但這卻無法毀滅我人生任何的計劃，我仍在鐵箱裏，我仍是那隻貓咪……」

（失敗 / 成功）的格茫然地游離在街上，而我忽然便耐不住氣，說了句：「薛丁格，難道你還沒弄清楚自己的身分？」

格沒有驚訝手上的玩具熊會發聲，只堆上了一個毫無意思的笑容。

「你從前，還是從此，都是鐵箱內那隻貓咪。」我肯定地說，格仍然怯懦地笑着，以笑容收藏自己的不安。

「安分地繼續你的人生吧！」我說。

「給我閉嘴！」格大喊，整條街的人馬上注視着他。

格再一次逃跑，但再不可能是逃離鐵箱，只是純粹逃避自己被困在鐵箱的事實，他一直地竭力跑，終於拐到一條無人的後巷。

「你看你，明明如此好端端，卻弄得一副失敗者的樣子。」

「那你……那你啊！難不成……也不是跟我一樣嗎！」

「當然吧，我從來都是箱內的玩具熊。」

*

你，在文字外面的你，還不明白嗎？

忘了說，其實我也是天才，早在幾百年前，我已替過不少諾貝爾科學獎得主的教授進行實驗，更有不少關鍵性的概念也是我先提出。

然後呢？最後他們還是一一叫我滾，說我不過是一隻熊仔，不該那麼多事！當然吧，他們只是怕我奪取了他們的功勞。

縱然，我如此天才，能力如此高，又有得到過尊重嗎？一切的關鍵，都不過是因為我是一隻熊仔，這是我一出生便跌入了的鐵箱。

然而，某次我走到了某家夾公仔的店舖，發現許多許多許多，和自己一模一樣的玩具熊，我以為終於會得到家庭或族群這些回事，感受到所謂的溫暖。

奈何呢？他們的確只是一隻玩具熊。

於是，我便嘗試一下代入他們的角色，竄入那些夾公仔機的內裏，那個透明，透聲的箱子裏。

看着琳瑯滿目的人，一個又一個為我而感到緊張、歡喜和失落，為我而投入他們最珍視的金錢，用那弱不禁風的爪子嘗試捉我捕我，又對我又愛又恨，他們左看右顧都不過是為求把我帶走。

這被人爭奪，被人欲求，被人重視的感覺，只有在鐵箱裏才得到。

難道，我還能在箱子以外的地方得到更高的地位嗎？

雖然，一旦我落入別人的袋裏，便會被擺在一角，然後收納，甚至丟棄，就像抵了到期日的期權，一文不值。

即使，我在某天從他們的家裏，偷偷溜走，都教他們無法發覺到。

有時，我是逗得孩子歡笑的玩具；有時，我是男生討好女孩子的工具；有時，我是玩家換取成功的道具……

同時，我只是店舖其中的一款商品。

更多的時候，我只是別人家裏的一個無謂的擺設。

一旦我逃離箱子，還會有其他價值嗎？

顯然那個弱不禁風的爪子，就是我的炸彈。

只要我被夾起，就等於被炸死。

所以我在薛丁格的面前，便變得毫無價值了，他馬上就可以把我炸死。同樣，薛丁格在我的面前，也是如此一文不值。

何必呢？格你又何必歷盡艱辛逃離鐵箱呢？可能，只是因為一直你無法看透鐵箱。

一隻熊仔，或者你，一個普通的天才，還奢求什麼，好端端演好你的角色，不去僭越什麼鐵箱，明明就是已有最合理的出路。

你，在文字外面的你，還不明白嗎？

*

格就是永遠不明白，永遠不妥協，總是忤逆着自己的命運，奈何他從來未成功過。

父母要他成為精英，他不想，偏偏卻是極頂尖的一位，既然是如此才華如風，為何還只能活於這個近乎弱智的考試框架制度裏？

薛丁格，有時是父母所調教的作品，有時是學校用來炫耀的工具，有時是朋友間崇拜或仇恨的對象。

但更多的時候，他只是自己的敵人，與制度下永恆的奴隸。

但那又如何？如此憤怒的格，豈不過是呆在我面前的一個傻子？

「我差不多時候回家了。」

「你差不多回歸鐵箱了。」

我有點氣憤，不知從那裏遞出一包炸魚皮，格竟然回頭，伸手拿起第一塊「脆卜卜」的時候，我一掌大力摑在他的面，且別小看玩具熊，我用力的時候卻是能打破一個箱子。

「你看，你連這炸魚皮都不如，」我忽然有點憤慨地討論這包不知從那裏得來的炸魚皮，「本來柔綿剔透的魚皮，只要下過了油鍋，便變得堅硬起來。」

連魚皮都能夠得到第二次的生命，敲破鐵箱，走出「既生存既死亡」的狀態，而格，還為何不可呢？

「薛丁格，拿出你的果斷！你還記得自己在作曲的五線譜上，寫過的詩嗎？明明就有這種自覺，而你卻……」

「夠了！」

再出色的和音
都無法瓜分主唱的光芒
身分界定了你我的分野
鎂光打在你的面
卻照不到我的影
明明聲線就遠比你嘹亮
或者緊隨你主流的音調
便算稱職
但我不甘成為最優雅的應聲蟲
當我想唱出自己的時候
便屬失職
主唱的責，觀眾的罵
裸着地成全我最出眾的失敗
曲終時
我又該從哪個方位
呵索與乞求屬於我
最低分貝的
掌聲呢？

作曲的本子，明明是格唯一樹立自己聲音的渠道，而他卻用來寫下這樣晦氣的詩。

因為格永遠只是精英主義最崇高的奴隸。

又怎能叫他摒棄安逸呢？去擁抱那些孤立無援的自由，所謂自由更不過是虛妄或無依無靠的代名詞。

出生，由爭幼稚園到爭大學，找份好工作，升職，結婚，買房子，生育，買車，再買更大的房子……直到死為止。

這種生活其實是極其虛妄，所謂食物鏈頂層的靈長類動物，都只不過是在不同環境下獵食以及生育。

倘若沒了這基本的套路，你叫那些愚蠢的人們怎麼去活？雖然這套路如此荒謬，而且升上大學也不一定找到好工作，找到好工作也不一定會升職，升職也不一定會買到房子……

依循規範去活，這只是惰性，更是奴性。

枉以憑證來生存的人，的確虛妄；但是自由的生存，更是空虛。

格寧願虛妄，都不願空虛。

真的，按理格幾年後便會從那些「神科」畢業，然後便可以安樂地依照上述的套路，就這樣渡過一生。

但事實上是格不甘心，而沒有勇氣。

*

「夠了！」格大喝，「我不像你，永遠不老不死，不用吃喝，不愁所謂的生活。你的時間是無限，我呢？我的人生只是一份限時的試卷啊！」

「試卷？呈向那裏的考評局，是閻羅王還是上帝啊？難道你活成這樣，是為了將來上天堂下地獄的時候作打點嗎？」

格一拳打向我的臉，嘗試以暴力來阻隔自由的聲音，然而我卻沒有痛楚。

格再一次逃跑，又是回歸，鐵箱。

我該追上去嗎？那時作了一個大膽的決定，都是在他的後腦轟了一拳，於是他就暈倒了。

格醒來的時候，已是十八歲懵懵亮的清晨，若馬上跑回家裏拿些文具，考試還算能趕上的，果然他本能地就拔足狂奔了。

但那時他游目四周，發現那身處的場景極為熟悉，彷彿快要勾起什麼不堪的回憶。

*

「這裏就是當年你進行薛丁格之貓實驗的那個公園。」

你又再次抖顫了，然後呢呢喃喃着什麼逃避我的視線。

「那個不透聲，不透光的鐵箱，還在那裏。」你連一眼都不敢正視。

「你還不明白嗎？你一直逃離一個鐵箱，然後又走進另一個鐵箱，你永遠都在憂慮到底自己是可憐還是該死，那個處境到底是安全還是危險。唯一不變的是，你永遠都無法擺脫既生存既死亡的狀態。」

這次你不能再逃避，必須抉擇，到底是跑往鐵箱的考場，還是揭開眼前的那個鐵箱。

你呼了個前所未有沉重的吸，身體卻硬僵不動，噢，難道我失算了？因為不抉擇也算一個選擇，這樣下去，你會錯失考試，然而你也不打開那個鐵箱。

可能這就是所有怯懦者相同的結局。

「哼！只不過是打開箱子，然後我就可以走了嗎？」你竟然這樣理直氣壯地問。

「當然。」

你緩緩一步步向前，就像走鋼線的人一樣小心，還生怕連鋼線上面都是佈滿地雷的一樣。

「若有懷疑的話，回頭吧。」

你為了抗議我的說話，嘗試用盡你的力量加快腳步。

終於你走到鐵箱的面前，而另一邊廂，文憑試的鐘聲也敲響了。

只要揭開，它才能得到真正的 (**生存 / 死亡**)。

你撫觸着那冰冷的鋼鐵柄，傳來一陣極其龐大的寒意與不安。

叮噹叮噹叮噹……你的腦袋猛然地傳來考場的鐘聲，這使你發抖得更加強烈，手心冒出的汗水幾乎能榨一杯橙汁。

啊！！！(咔。)

你用自己的咆哮壓過鐵箱發出的聲響，這近乎是以肉體的痛壓過靈魂的苦。

箱子裏，是一具完整的白骨。

是真正的死亡。

炸彈是安全的。

貓咪是可憐的。

格無法看透鐵箱。

貓咪無法逃離鐵箱。

你，格，薛丁格，崩潰了。

薛丁格並不關乎貓咪是可憐還是該死，亦不關乎炸彈是安全還是危險，他唯一關乎的是，這是這個實驗的成功與失敗。

明顯，這就是徹底的失敗。

鐵箱把（**薛丁格 / 貓咪**）困得太久了，根本炸彈爆炸與否，不揭開鐵箱，死亡是遲早而必然的事。

薛丁格忽然醒覺，不論逃離或看透鐵箱都不過是怯懦者的行為，他唯一可以做的是，摧毀鐵箱。

叮噹叮噹叮噹……考場的鐘聲再次在他的體內迴盪，但他卻再沒有反應了。

「熊仔，我們必須完成這個實驗！」

我笑了，像炸魚皮的一樣脆卜卜笑了。

然而我迅速地爬到鐵箱，讓薛丁格在外面啟動裝置，我緊緊摟着炸彈，默默地面對生命一瞬即逝的結束。

滴答滴答滴答……這裏沒有時鐘，我亦沒有手錶，但我感覺到自己差不多時候交卷了。

炸彈沒有爆開，但熊仔也好像失去生命一樣，無法再動彈與說話，甚至，好像從來都未曾有過生命的一樣。

只是一隻擺了很久而發霉的玩具熊。

薛丁格冷靜地把熊仔的軀體移開，而不冒出半點同情的淚水，最後一次地把裝置啟動，把身體盡可能蜷縮在鐵箱的裏面，與炸彈緊密得不能再緊密。

滴答滴答滴答……每一秒都如此漫長，但我終於能夠成為主唱，聽到那些最低分貝的掌聲。

外面處於萬籟俱寂之中。

砰。裏面卻有最震撼的聲響。

這是薛丁格之薛丁格。

只有灰飛煙滅。

主唱的旋律終於響起
遺失了頭部的蟑螂
雖然還能生存十天
但卻缺乏一張嘴來歌唱
你以為它的死因是
缺乏了清晰的頭腦？

不，它缺乏的
只是一張
吃東西的嘴，高歌的嘴
它唯有像燈蛾一樣
撲向火。未有歌聲
但燒毀的翅膀
成為最熱烈的奏樂
台下終傳來像鐵箱敲撞
一樣的
掌聲。如雷！

這刻，格算是**（成功 / 失敗）**了。

（5341 字）

評審評語

徐焯賢

這是一篇又有趣又大膽的作品，作者受到著名物理學家薛丁格的啟發，以特別的筆觸和形式，寫一位香港學生對考試以至生活的無奈，頗有新意。作者在很多地方運用「選擇」的「斜號」，令讀者有意識地反思所謂「失敗 / 成功」、「危險 / 安全」等，有點新意，也是這篇作品比較有特色的地方。另外，以玩具熊作為敘事的角色，不斷質疑和諷刺主要角色——格，以處理大家熟悉不過的題材—考試，讓作品多了份距離感，避免了陳俗的寫法，是很聰明的寫法。

評審紀錄

評審 / 可洛、徐焯賢、黃怡

日期：二〇一八年十月二十三日

時間：晚上七時三十分至九時三十分

地點：香港大學

出席者：可洛（可）、徐焯賢（徐）、黃怡（黃）

主持、記錄者：麥詠希（內務副主席）、戴其霖（出版與設計秘書）

一、決審稿件名單

編號	作品名稱	可洛	徐焯賢	黃怡
02	悍馬路			○
11	鯨落		○	
32	我的名字			○
36	落腳點	○		○
37	薛丁格之玩具熊	○		
44	牛下的父子夢	○		
53	茶			○
57	偽	○		○
61	醫院	○		
69	我家旁邊的書店開始賣檸檬了		○	
75	水自哀	○		
80	不自殺的勇氣	○		
81	遠山如夢	○	○	

二、評審過程紀錄

黃怡建議在討論作品名次前，先討論因小說初級組作品字數限制變動而產生的變化。她提到與往年作品比較，小說情節及結構因字數下降而變得不完整，她表示部分參賽者出現兩種問題：第一，參賽者使用的素材及內容較為廣泛，未能在有限字數內處理完整；第二，參賽者想挑戰近似小小說體裁的作品，卻因字數限制而強制增加內容，導致最終作品「高不成低不就」。她亦提出，許多參賽者企圖於六千字的篇幅內分許多章節，不過她認為此類作品難以經營一個完整的故事結構，導致故事情節變得零碎，而故事中時空亦會出現脫節的情況。而可洛表示，字數限制下降是對參賽者的新挑戰，如何在拿捏故事情節上更有分寸，更能顯示出作者文字功底。徐焯賢則認為，作品質素變動並不能歸因於字數變動，不過他指出評審和參賽者也需要更多的時間去適應字數變動。可洛認同此看法並提出不同作者擅長的作品篇幅也存在差異，因此兩者不能一概而論。

三、討論過程及作品評論

三位老師討論作品之初，先提到了三篇在初選中分別有兩位老師選中的篇章，〈落腳點〉、〈偽〉、〈遠山如夢〉。

〈遠山如夢〉

可：首先這篇文章吸引我的地方在其主題，這種題材應常見於台灣，在香港的比賽中就顯得較為亮眼。台灣原居民的主題並未於文章開首中顯示出來，要讀至第一章節的中後部分才能領會，但作者成熟的敘述語調讓我驚喜，另外作者在處理原居民、山、原居地的關係不僅僅使用人的視角，還包括了狗、鳥等等的視角，豐富了自然與生命之間的關係。而且作者在處理小說的呼應和連結方面雖然會有些許瑕疵，但整體大致自然，例如第三章節的某個男人通話的情節可以呼應第一章節的女人。整體而言，題材的處理能說服我，敘述語調和細節處理都值得欣賞。

黃：我也欣賞作者能切換不同的敘事角度，用不同角色身分講述故事，如同一個圓圈將故事情節串連一起，此作品內容在技法上難以達成，尤其因為字數限制少以及年齡限制，要將原居民和自然的內容以這種方式呈現出來，值得讚歎。

徐：我選此作品的原因有三：第一，故事流暢，情節不突兀；第二，主題不常見，而且表達方式不刻意，尤其當許多作品都喜歡開門見山地揭示文章的主題，此文需要細心品味才能讀懂作者的心思，可讀性和耐讀性較高；第三，表達手法有技巧，作者並非一語道破故事內容，正如方才兩位老師所說，這個小說像一個圓圈，或者是一個接力賽，一環接着一環，最後又可以回到開頭的情節，而且相較於其他參賽者，他並不貪心，沒有囊括許多內容，只是將原居民與自然的狀況記述出來。題目名為〈遠山如夢〉，引起我的思考，就好像我們已經遠離深山，但回想起曾經對大山的期望，又或者以前的生活就如同大山一般已經遠離了在城市工作生活的我們，值得深思。

黃：我閱讀此篇作品時的閱讀經驗頗愉快，因為幾個章節之間，難以發現作者意圖將故事結尾拉回原點，這點讓我十分驚喜，因為有些參賽者在埋伏線時意圖比較明顯，不會令人意外，但這篇文章用動物的視角切斷了線索，到文章結尾用人類視角再呼應開頭的內容，令我感到意外。

可：兩位老師提到結構上回到原點，也許也是因為原居民離開他們生活的大山，再回首想起自己的原居地，有所關聯。我也挺欣賞文章的結局，結尾本來帶有些許說教的成分，例如說不要忘記大山、不要失去傳統等等，但是有個地方挽救了結局，就是故事中主角快下班的時候，有個老爹就說就算我不在了，也不要忘記我們的辦公場。帶出了原居民離開了大山，離開了原來的傳統和生活，要開展新生活時，也要接受和放下過往，重新適應新環境。令原本普通的結局增色不少。這篇作品在我心目中是冠軍之選。

黃：我認為在這三篇篇章內，〈遠山如夢〉應該是冠軍。

〈落腳點〉

黃：在初閱此文時，明顯感受到參賽者想處理一個香港本土很常見的問題，就是香港新移民的困境。我認為作者關心這個問題十分有趣，整體作品而言，此屆作品中對社會議題的批判，有關香港的部分不太明顯，反而是大陸作品較清楚看到其中對社會的批判。這個作品所關心的主角是一個中年來香港工作的藍領，作者十分仔細地交代這類人的時代背景，在香港可能遇到的困難等，以不同的方言，例如：福建話、廣東話等，也有一些網上常見的言論：滾回大陸、你「厚多士」等，作者細心地運用這些語言特徵，而且沒有很突兀的地方。不過，結尾部分談及老爹突然想跳樓，突然被兒子拉回那裏欠缺前文鋪陳，不過整體而言，閱讀經驗十分順暢，而作者也有能力駕馭這種語言與題材，結構方面也十分完善。

可：我也被此文所討論的議題吸引，寫了關於香港較為人知的問題及矛盾，可能今年沒什麼參賽作品討論這方面的內容，題材也比較新鮮。我也同意黃怡對作者語言運用的意見，這種嘗試也很好。今屆作品中也有類似的討論社會議題的作品，例如校園欺凌、自殺、中港矛盾等，但大部分作品只流於表面，將作者所觀察到的現象通過小說故事的方式鋪陳出來，但缺乏深意以及思考，例如語言上的隔膜、來到香港的不適應、被歧視，但為什麼會產生這種問題呢？除了將這些現象鋪陳出來之時，也可以將產生問題的原因從另一個角度分析出來呢？我覺得做到此事的人不多。

徐：首先，主題清晰，但是像可洛所說，主題很單薄和典型，純粹展示社會的現象，但更深入的部分就不存在。現在十分流行這種題材，包括許多電影題材，將諸多社會現象展示出來，但是就欠缺一點內涵。人物和鳥皆與題目〈落腳點〉有關，我閱讀時，看到這種意象出現與首尾兩段，我很期待作者能在文章中段再次出現人與鳥的意象，可惜我在文中找不到。文中作者選擇的種種場景都十分典型和刻意，很難出現〈遠山如夢〉結尾處的新意。不過，此文描寫十分仔細，語言方面以多種方言建構，很生活化。

〈不自殺的勇氣〉

可：為什麼我會選擇〈不自殺的勇氣〉，雖然這篇作品敍事語調像是學生，不太成熟，故事情節也並非突出，例如作者講述在夢境裏主角有所覺悟一般。但我欣賞的地方在於作者在自殺議題上，他嘗試去發問，問得更深入，例如如果人們說自殺的人缺乏勇氣，在逃避現實，不自殺的人是在展現勇氣，還是更加懦弱呢？作者通過女孩和主角化身成一隻玩具熊所展開的對話，有不同的立場，提出如果苟活的人就是勇敢的人等等的提問。雖然他的答案未必能說服所有人，甚至找不到答案，不過我覺得他肯嘗試以更深入和多方面地探討這個議題，是我十分欣賞的地方。

徐：第一，女主角和洋娃娃的配合不錯，因為她變成了受人擺佈的洋娃娃，就好像女孩在現實中也沒有辦法主導自己的宿命。但除此之外，在技巧上，沒有什麼能吸引我的地方。內容方面也是老套的運用夢境，睡着了又醒來了，十分普通。但是，第二，作者在文章中段的思考很深入，例如：「但是，害怕死亡和害怕到去死不都是害怕嗎？如果你活着像一個死人，跟死去又有什麼分別呢？」，這些反思只存在於當一個人真正面對這些問題的所思所想，這些叩門式的問題，就是此篇文章有異於其他文章的優勝之處。

〈落腳點〉與〈不自殺的勇氣〉比較

黃：我認為這兩篇文章值得讓我們深思評選準則。〈落腳點〉吸引我的地方在於小說的技巧和語言方面比較亮眼，但是它遜色於對題材的反思和帶出新角度的部分，〈不自殺的勇氣〉則反之。到底在評審小說比賽時，我們應該側重於小說技巧還是思考呢？當我再次閱讀〈不自殺的勇氣〉時，我糾結的位置在於作者敍述技巧和語言方面的確有所虧欠，但是我感覺到作者對於自殺的題材很有熱情，展示了許多個人的思考，讓我想起很多年輕人喜歡以小說的形式反思這些沉重的議題，甚至自我療癒，所以他們有辦法將這些帶有極度情緒重量的議題挖掘出更深的思考，這是一件好事，藝術，特別是文學，都需要做到能挖掘自己，舒緩自己情緒，治療自己的功能。但當參賽者將文章拿出來作為藝術作品參賽時，會顯得喃喃自語，似是一本自說自話的日記。我們應該用什麼標準評核這種作品呢？

可：我想起上年散文初級組有位評審曾提出，初級組在文章上的技巧也未必很成熟，但是這些年輕人是否能真正討論他們所關心的議題，而不是流於表面，假裝有感而發呢？例如〈悍馬路〉我假扮一個區的市委等，還是討論一個能觸動作者自己的議題，流露他們最真實的感情，可能小說組未必需要跟隨散文組的準則，但是我覺得此文能看到一個年輕人、學生對生死之間的思考，我們都可以看得出他的熱情。當然我們並不需要一定給予他三甲的名次，不過他挖掘題材的深度較這屆其他作品出色，我認為值得嘉獎，可能給予優異獎，讓之後的參賽者看到得獎作品可以有小說技巧出色的文章，也可以有題材討論深入但在文字上稍有欠缺的作品，起到鼓勵作用。

黃：我認為可洛的想法合理，一個完美的作品需要敍事技法的精緻度，也要考慮發掘題材時的深度以及獨特性，不過能做到其中一種要求的作品已經難能可貴。

〈偽〉

黃：我在閱讀〈偽〉時，明顯是一篇大陸作品，在人物命名上貫徹一種「食字」的處理方法，但並不突兀。我欣賞作者的文字很乾淨，講述一個年輕人以假象欺騙母親的情節頗為有趣，但是並沒有讓人看完後記憶猶新的閃光點，也沒有特別令人深省的觀點。另外，母親在房間裏死亡，長滿屍斑，有細菌和蚊蟲縈繞在屍體旁，但一個正常人如何用肉眼看見細菌呢？這是文章內的小破綻，雖然出現不少像這種不合常理的破綻，但整體而言，這也是一篇值得討論的文章。

可：這篇文章並不是一篇做作的文章，是一篇很傳統的小說。但我欣賞的細節是，雖然文中只有兩個角色，但是作者能夠表現出兩個角色的張力，文章開首主角如何欺騙母親，到母親到來而產生的爭執，到最後母親的死亡，一直維持着小說的張力，而且處理得十分妥善。而且敍述語言流暢，雖然內容確實缺少亮點，但仍可吸引我繼續閱讀，發掘更多的劇情。

我也頗欣賞一個年輕的作者，可以成功塑造一個不符合自身年齡層角色的生活，對於現今年輕人假裝讀書、假裝上班的狀況，有頗深入的討論，是一篇不錯的作品。

徐：我個人對這篇作品的感受不深。我找不到一個突出的情節，還有不少很突兀的破綻，例如黃怡所提及的屍體部分。而這篇文章就是一開始討論時，因字數下降而導致情節未盡完整，所以文章中段出現大量陳述，交代事情的來龍去脈，令原本有起伏的故事線瞬間變得平淡無奇，加上文章後段母親離奇死亡的肥皂劇式的劇情，而令主角產生覺悟，由於事前沒有妥善的劇情鋪墊，令故事的轉捩點變得奇怪。另外，作者對於主角頓悟的安排有些奇怪，作者選擇安排主角因為母親之死而開始出去工作，但是我認為可能主角變得更加茫然，不知自己何去何從，或者更極端地抱着母親的屍體跳樓，才是較為正常的劇情安排。相對而言，這篇作品略顯遜色。

〈悍馬路〉

黃：〈悍馬路〉這篇作品有趣的地方有幾點。第一，先前我也提及這屆的大陸作品對社會議題的批判意識較上一屆高，亦見部分參賽者着手處理一些關於文革的題材，讓我覺得有些特別。而這篇文章主要講述小城市裏的局長和城管如何處理小販問題，文章語言流暢，看得出作者對小說有一定的掌握，可以營造出鮮明的場景、人物和事件，但或許只有三千多字的內容，導致故事節奏過快，結局不能帶出文章的中心思想，不太能理解為什麼市長要奸笑，亦不能理解趙姐這個角色存在意義，只是單從語言和寫作手法而言，可以看出作者有一定的文字功力。

徐：本來我將這篇作品評為第四、五名，但是最終未能入選。我評選時考慮幾個因素：不俗的內容、值得鼓勵的寫作技巧等，而為何我不選擇這篇作品呢。原因在於文章中段，敘事視角突然改變，本來通過不同人物推進劇情，突然抽身轉為第三視角敘述事件，而最後不同角色再次出場，導致前中後的劇情脫節，市長是否知道實情等等的疑點，作者卻沒有加以解釋，實屬可惜。題材新鮮，亦可能是一個比較敏感題材，文中關於小鎮的片段十分真實，也許以小鎮的片段代替中段的敘述，能更富有趣味和吸引評審的眼球。

黃：開頭令人充滿期待，中段卻無以為繼，令人可惜。特別指出悍馬路有什麼特別意義？

可：大致意見與你們兩人相同，只是因為我不熟悉這些時代背景，難以進入文章意境。可能是優異獎。

〈鯨落〉

徐：這篇是我挑選的作品，意象鮮明，鯨落的意象能配合潛水艇，臨死前的救贖意味也不錯，因為字數不足和作者貪心的緣故，囊括了大時代的愛情、歷史等的因素，六千字的篇幅不足以承載如此豐富的題材，還是有所欠缺。

黃：偏向說教以及做作，作者可以營造不錯的小說世界氣氛，但這個世界能帶給讀者什麼意義，似乎未能體現。而且作者使用了排版上的花招，有粗體和圓點表達故事的重點，我覺得作者有巧思，但個人感覺不喜歡，因為我認為好的文字，即使沒有這些花招，也可以達到相同的效果，因為作者並非用不同字體代表不同聲音、不同角色，而是想告訴讀者，這句十分重要，要多加留意，但是由於作者過度使用粗體和圓點，反而令文章的重點被分散，達不到應有的效果，希望每一個寫作的人能單純以文字將想表達的意思傳遞給讀者。

可：頗有趣，尤其文末的內容被拓展得很廣闊。但因為作者實在過於貪心，導致故事不能完整。不過方才提及的排版手法，也許受到漫畫或者網絡小說的影響，如果這類作者參加輕小說或者網絡小說的比賽，或許是優勢，不過在青年文學獎中，略嫌畫蛇添足，如本來自身文字有力量，就不需這些方法表達出來。

〈我的名字〉

可：優點在於字數少，沒有故意添加許多情節增加字數。以小說標準而言，語言乾淨，敍述流暢，人物和傳統之間的張力可以呈現出來。不過題材過於典型和常見，並不出彩。

黃：語言乾淨，敍述流暢，關心重男輕女的問題，破綻在於文末父親突然回家拿錢還毆打母親，也許脫離了年輕人能體會的感情。某些地方令人驚喜，例如：文末將名字還給女兒等，都看得出有花心思。

徐：與大家看法差不多，語言流暢，具有可讀性，文字較優美，鋪排結構較其他篇章特別，在於名字，能首尾呼應，較有新意。但不足之處在於有些角色的作用發揮未夠充足，例如許姐姐，姐姐像是主角的鏡子，讓主角看到自己的未來，但可惜出場時間太少，如果能讓姐姐再嫁出之後再回來與主角有些互動，也許有意想不到的效果。妹妹的誕生，就僅僅是誕生，並未對故事有作用，我認為妹妹在整個故事應該佔據更重要的角色，因為是兩姐妹，可以對故事情節有更好的發展。作者塑造了許多角色，但卻未能妥善利用每個角色，發揮他們推動劇情的作用，有些可惜。不過是不錯的作品。

〈薛丁格之玩具熊〉

可：題材有趣，這篇作品好像〈鯨落〉，兩者都是形式上有種新鮮感，敘述角度十分特別，此文用玩具熊作為敘事主角，帶出我們如何跳出框架，不再受到他人的限制，有些像〈鯨落〉鯨魚的名字叫作你應當，我們應如何達到自身的自由，可見許多年輕人都在思考自己如何生存、理想，而作者用一個頗有趣的角度帶出這件事，但討論還是欠缺深入。可考慮優異獎。

徐：文章很特別，嘗試使用不同的技巧，例如敘事角度有第二、第三人稱，又引入詩歌，有選擇題，可以配合薛丁格的貓的理論，用種種的手法呈現了他的特別之處，寫法較為破格和特別。但這些技巧較為花哨，最後內容還是回到與學生相關的考試、未來出路等題材，但是否有更好的表達方式呢？

黃：有心思，首先引用了薛丁格的理論令人眼前一亮。再者，作者思考的事情與自身年齡相符，例如學業成績、父母老師的期待，在考試學校的框架裏順應着大眾認為正確的道路，然而作者就想要叛逆社會所制定的框架，這是頗有趣的想法。但作者並沒有討論得很深入，沒有一個令人信服的答案。另外作者運用了兩段像是詩的文字，但讓我費解的是，我應該將其當成這是故事人物所寫的歌詞而當成詩歌評審，還是當成小說文本以小說形式評審，但詩句又應該如何評審，讓我有些困擾。另外，作者的用字比較奇怪，例如說粗口時的用詞非本地用語，也有不少錯別字。

〈牛下的父子夢〉

可：這篇我讀了兩次也未能掌握作者表達的重點。可以鼓勵，但未有能力處理想用的手法。

徐：情節離奇刻意，尤其是突然離開那幕。當中的時間線未能明顯表達，由小孩的出現、遇見到重遇應該是三個不同時間，但時間較混亂。對白有破綻，例如「父親不像父親」。整體稍遜。作者把自己放進重建的情境，理應有更大發揮空間。在三千字內未能兼顧父親與若有所失兩種情感。很多參賽者也有類似情況，未能兼顧社會地方議題與其他情感間的平衡。

黃：令我有很多疑惑，到底這小孩是否存在？小說起初說「我跟沒有人有過關係」，但又有一個小孩。還有，我看不到故事必須在「牛下」發生的原因。

徐：我猜那小孩可能就是他自己，到中後段小孩變為真實存在，主角卻突然離開。但正常人帶着一個小孩這麼久，怎會突然離開？內容搖擺不定。

〈茶〉

黃：處理社會議題手法有趣，把香港和中國寫成香先生與中先生，令人容易聯想到有關中港議題的暗示。兩地擬人化後的性格特質相當典型，例如其中一人突然變得富有但欠品味和禮貌，其他人就叫他管教自己的兄弟。把中港議題轉化為小說的構思甚佳，但此作品似乎未至於驚為天人。

徐：太刻意，比喻和代入直接，「香」和「中」很明顯就是寫中港議題。而後文卻沒有選可以讓讀者對世俗觀念有突破的題材。即使成年人也難以用這寫法在中港議題上有很大發揮，太簡單直接。

可：這作品與〈落腳點〉有點相似，同樣是選典型的中港矛盾片段。其實生活上也有很多其他作品未寫過的細節可以描寫，但兩篇都是選隨地小便和插隊這類太典型的例子。對議題的觀察流於表面，未有深入探討。

徐：這點正好讓參賽者知道看一件事情不能太單一，一群人當中定有不同的取向與想法，小說呈現這狀況時反而跟隨主流思想，就會忽略現實的其他部分和中港關係的千絲萬縷。而代入太簡單就只可寫典型場面，順着一個方向走，未能表達全面的事實。就如〈遠山如夢〉中可洛提到不能永遠牽掛一個地方，應該要前進，未來的生活也屬於自己。這情況很普遍，因學生接觸的就是這類典型例子，所以作品也是如此，尚欠人生閱歷。

可：我認為初級組即使未能提出新觀點或對議題的思考未有答案，至少要能提出一個新的問題，因此我選了〈不自殺的勇氣〉。雖未有圓滿的答案，至少有嘗試提出新問題。像這篇中港議題的香先生與中先生，除了典型的事件外還有沒有新問題可提出？又或那杯「茶」可以有更多含意。

〈醫院〉

可：勇氣可嘉。先不說故事能否說得通，故事的敍述流暢且有氣氛，能營造神秘懸疑的感覺。但看畢整篇就讀不明白，也不欣賞作者最後以死解決問題，迴避了很多問題，可有不同處理方法。在這地方找除了死以外的可能性才是作者的挑戰。雖不喜歡結局，但也看出參加者的努力。

徐：未能搞清作品的主題，還有寫法的作用。例如開首寫「我得了一種病，家人把我送到醫院⋯⋯」、「他們來的時候坐白色的車，離開時坐紅色的車⋯⋯」，明顯是寫救護車和的士。但為什麼要寫紅色的車和白色的車？作者可能想把角色的智力和認知退到嬰孩時期，但要是到這程度便不會說車了。小說中有很多刻意想遮蓋的事，但拿捏欠佳，不知作用是什麼。不只為好玩與遮蓋一些事，而是作者應有一定敏感度，可拿捏得更好。

可：這種陌生化的處理和拿捏的確未夠好。小說中很多事物也有不同的稱呼。雖然也未能搞清紅和白的意思，但顯然這醫院要通過白色的途徑來，以紅色的途徑離開。

徐：但把事情二分化又未免過於簡單，不明白這樣寫的原因，且稍有破綻。

黃：為什麼要營造這個小說世界？小說初級組的同學應有意識地運用小說元素和效果，並清楚想帶出的信息。於我而言，作品好壞的分別在於作者能否有意識地運用小說的角色、選材、語言、形式等元素，並了解運用這些手法的原因。另外，死亡是小說初級組的常見題材。雖然故事的狀態似乎必須以「死」解決，但如可解釋原因並以死亡帶出思考，死亡就顯得更有價值。

〈我家旁邊的書店開始賣檸檬了〉

徐：形式吸引有意思，探討有關作家的定義和是否人人皆可成為作家的疑問，並以書店賣檸檬帶出諷刺。但小說中略嫌太多引文和枝節，令故事無法推展，可刪減引文。題材特別，形式有趣，大膽嘗試，以作品反問寫作是什麼，看得出參賽者的用心。

黃：無可否認是大膽嘗試，但亦有賣弄之感。看不到小說的寫作目的，提出「寫作是什麼」的問題卻沒有答案。同時有戲弄寫作這件事的感覺，態度輕浮。有部分情節較奇怪，例如故事中的「我」突然拿着檸檬乾咬，並不乎合常理。

可：我反而覺得他沒有提出問題。態度不認真，玩味重，以文中一句「真是一個俗套的結局」可蓋括全文。文中雖有不同嘗試，但仍跳不出俗套框架。這類一個故事中包涵很多故事的形式，其實可既獨立又精彩。

徐：可減少人物數量，集中關於書店賣檸檬的故事。可以一至兩個故事過場，中間寫一個較深刻的片段，可以是關於檸檬或其他事。例如檸檬幫助消化，作者應就此做些資料搜集；要不然就產生了以寫作消費寫作、諷刺和輕視寫作之感。

〈水自哀〉

可：這篇吸引我的地方是對校園欺淩議題的處理。雖然議題處理深度不如〈不自殺的勇氣〉，但亦有新鮮感。有別於其他以被欺淩者出發的同類作品，小說以旁觀者的敍述角度，帶出第三者亦會受欺淩事件影響或產生陰影。透過在髮型屋的工作，具體寫出主角受到的傷害。透過染髮的過程，顏色如何蝕入頭髮、傷害頭髮，令校園欺淩的傷害與陰影不單是抽象的內心描寫，而是更具體的呈現；可見作品的敍述和描寫頗為成熟。

徐：文中有兩處打錯了主角的名字，投稿前應小心校對。小說整體主題清晰流暢。但為什麼以染髮比喻校園欺淩？雖然染髮是一種傷害，在染髮的過程突然想起這事有點奇怪。

可：我嘗試為作者解釋。首先，染髮應想呼應欺淩的情景，就是倒一桶水在主角頭上，這跟染髮和洗髮的情景相似。也有可能兩者間的關聯是被染色，即變成同流合污的加害者。另外，雖小說沒有刻意提及，但主角應該讀書不成；故事提到她有一段時間沒上學，此學歷應該只可以做這類髮型屋的工作。

黃：很明顯有意識地處理校園欺淩主題。由旁觀欺淩者企圖獨善其身甚至成為加害者的角度已有前人寫過，對於帶出新角度這點我有所保留。同樣，為什麼以染髮比喻校園欺淩？染髮是否能為校園欺淩的創傷引起新思考？染髮也可以比喻其他創傷，染髮與校園欺淩的關聯是什麼？

徐：每次染髮都想起欺淩畫面並不合理，似乎欠缺觸發點，如加入觸發點故事會更流暢。例如在髮型屋遇見舊同學，或者當年的欺淩中有關於頭髮或染髮的事件，使呼應嚴密。另外，小說缺少了引導讀者思考的路徑，雖可是開放式結局，但亦可加入更多內心描寫。

四、表決

徐焯賢綜合三位評判的意見，總結〈遠山如夢〉、〈落腳點〉、〈不自殺的勇氣〉和〈偽〉為水平較高的作品，〈我的名字〉、〈悍馬路〉和〈薛丁格之玩具熊〉為值得鼓勵之作。黃怡提出先選三甲，〈遠山如夢〉可是其中之一。可洛和黃怡認為〈落腳點〉比〈偽〉少破綻。可洛提議〈遠山如夢〉為冠軍、〈落腳點〉亞軍、〈不自殺的勇氣〉季軍。徐焯賢指出亞、季軍的取捨取決於選文字技法還是思想角度，兩篇剛好對立，但兩位參加者也會得到鼓勵。徐焯賢最後選〈落腳點〉為亞軍，在於整體標準，雖主題較單薄，但在內容優點突出，在初級組有借鑒作用。黃怡指出〈落腳點〉有意圖從立體的角度以細節描寫營造可信的角色；相反〈不自殺的勇氣〉有一些不貼近現實，為了符合小說人物設計而刻意營造的情節。最後評判一致認同〈遠山如夢〉冠軍、〈落腳點〉亞軍、

〈不自殺的勇氣〉季軍。

優異獎是〈偽〉、〈我的名字〉、〈悍馬路〉、〈水自哀〉和〈薛丁格之玩具熊〉中選三篇。〈我的名字〉篇幅較短，欠缺的不是已寫的內容而是未寫的部分，野心似乎不夠大，太典型未夠深刻。〈薛丁格之玩具熊〉中有不合理情節，成為很大的缺點。〈水自哀〉以染髮寫校園欺淩的新嘗試勇氣可嘉。可洛認為〈水自哀〉的缺點較其他四篇少。最後，三位評判一致認為〈水自哀〉、〈薛丁格之玩具熊〉和〈我的名字〉為優異獎。

五、最後結果

冠軍 /〈遠山如夢〉

亞軍 /〈落腳點〉

季軍 /〈不自殺的勇氣〉

優異獎（一）/〈水自哀〉

優異獎（二）/〈薛丁格之玩具熊〉

優異獎（三）/〈我的名字〉

評審後記

/黃怡

一再獲青年文學獎邀請擔任小說初級組的評審，是讓我感到很榮幸的事：我剛開始寫作時獲得的第一個文學獎，便是青年文學獎的小說初級組獎項，自此對於青年文學獎，我總是有點偏心。而在幾年的評審經驗裏，青年文學獎小說初級組一直都是個很有活力的組別，參賽者眾多，而得獎者甚至會攜同親友，從兩岸三地甚至更遠的地方特地來到香港大學參加頒獎典禮。我想，偏愛青年文學獎的人，並不只有我一個。在得獎作品結集的當下，我想分享一些我在今屆評審時對整體作品的印象。

第四十五屆青年文學獎小說初級組的字數上限，由上一屆的一萬字降為六千字。六千字說長不長、說短不短，並不是容易經營的篇幅。從整體參賽作品中可見，很多參賽者還未能掌握六千字這字數上限對小說的限制和可能性，以致有些作品的野心比作品體積大太多、無法全部塞進六千字裏，有些作品卻太保守、未能在字數限制裏把小說的潛能發揮至極致。此外，有不少參賽者喜歡把作品分成不同章節，在六千字的篇幅裏，有部分作品因為分成太多章節而顯得過分零碎。讀着參賽作品，我不時能感覺到文章對比賽框架不適應的失衡感，不過這不是賽規的錯，也不是參賽者的錯：就算是再厲害的作者，面對任何規限都需要摸索、適應、調整的，比賽如是，其他發表平台的要求也如是。

而這也反映了創作比賽其實是一種很不公平的活動，因為並非每個比賽設下的框架都適合每一種寫法；甚至有心理學實驗發現，獎賞和評核等外力對創作成果可能有負面影響。不過，真誠熱愛寫作的人，可以把外在的限制和評核當作一種寫作練習和自我挑戰。我想，面對比賽規限，大家可以多作不同的小說結構實驗，找出既能駕馭字數限制、又能以小說講出最合自己心意的故事的寫作手法。

在評審過程裏，我和另外兩位評審可洛先生和徐焯賢先生，嘗試以各種不同的角度去考慮參賽作品的優點和缺點，找出各種好的小說值得嘉許的原因。除了剛才提到的篇幅和結構外，語言流暢、故事完整、寫作手法有心思的作品都很容易得到評審的好評。在內容方面，選材獨特、故事創新、氣氛鮮明的作品，也會在參賽作品之中顯得亮眼。

除此之外，我相信小說這種文類可以切入各種重要的議題，以虛構的手法書寫最真實、最真誠的人類經驗。我們在評審過程中問過彼此的問題是：這篇作品有對它想處理的議題提出新的質問嗎？作者對於小說主題的探問，挖得夠深入、找到夠深刻的答案嗎？這篇作品有野心去說一個還未有人說過的故事嗎？這篇作品可以帶領讀者看見作者關注的事情嗎？小說初級組的參賽者都是十八歲以下的青少年，他們在小說裏關注的議題之廣，常常為我帶來驚喜。希望大家未來也能繼續努力寫作，為讀者呈現最動人的思辯過程、和最精緻的文學效果。

再一次恭喜每一位得獎者，亦感謝青年文學獎幹事一直以來的努力。

小說高級組

評審 / 伍淑賢、黃念欣、韓麗珠

冠軍 /	The Lion in the Circus	向宇鵬	（香港）
亞軍 /	殺生集	黃燕琪	（香港）
季軍 /	團圓	黃厚斌	（中國大陸）
優異獎 /	雪晴山	黃　戈	（香港）
	祖利亞	張雅欣	（香港）
	在結束時開始	Oychir	（香港）

* 優異獎排名不分先後

冠軍

The Lion in the Circus　　/ 向宇鵬

印尼妹腹痛，痛得眼角罕有地憋出眼屎。他帶印尼妹到土瓜灣落了孩子。印尼妹第一次來土瓜灣，第一次見到陣容如此鼎盛地列隊的唐樓，彼此相隔的空隙還那麼寬。印尼妹仰頭看着比市區寬闊的天空，說，以前相伴來這邊的還有一個女生，她工作的家在唐樓的頂樓，有次提着兩袋八公斤的米上樓後，累得立即坐下來休息，就死掉了。

印尼妹很多地方都沒去過。他談起小時候住的粉嶺是個剛建成的新市鎮，爺爺奶奶父母兩個姐姐跟他七口同住三百多呎的單位。粉嶺在哪裏？為什麼後來搬出來了？三百呎有多大？七個人擠得下這麼小的地方？

他歎了口氣，問，平常假期不出走看看？印尼妹是家傭，逢星期天放假。他做廚房，星期天忙得汗水都流個雙倍。他不曉得印尼妹都是怎樣把街道擁擠得像發酵過度的麪包的星期天打發掉，印尼妹也從不告訴他。

他和印尼妹總是談過去、談未來，不談當下；過去和未來易於揉捏，當下過於繃緊，繃緊得讓在裏面的人都窒息。他不曉得印尼妹會煩惱些什麼，只知道他的煩惱都很簡樸單調，不是啤酒、煙、六合彩，就是租金、水電、稅款。

他想過轉行當商廈早班保安，賺少幾千元換來個假日陪印尼妹。

印尼妹輕輕點頭，愣了愣，又猛力搖頭。Tidak……Tidak……為什麼不好？他吞掉鐵罐裏淡淡的氣泡。氣泡卡在喉嚨裏，堵住反芻得細碎的失望湧上口腔。

後來，網絡流出拍到有人赤着身子在照鏡潭的瀑布底戲水的照片。他認得出那是印尼妹。印尼妹右邊的斜方肌上有胎記。只要是看過照片的人，都苦口婆心地詛咒這個玩命的人。幸好沒有人追根究底。印尼妹不讀報，他也終究沒跟印尼妹提起這件事。

他覺得有必要守住這個秘密。悲傷積纍到了極致，具化成為形象的合理性就無從談起。或許，倘若果真失足或遇溺，印尼妹未必介意生命止於英年。

懷孕四個月才檢驗出來。懷着孩子的印尼妹好像臃腫了不少，走起來明顯不方便。像一手拖着 Marcus，一手提着太太的朋友聚餐所用的兩大袋的食材。上了四層只容得下半隻腳板的梯級，印尼妹低頭微微地喘着氣。房門沒有掛牌，他再三確認。402 號。按了聲沙走音的門鈴，禿髮的中年男子探頭出來。他沒有陪印尼妹進房，只塞了一疊大牛給她。

印尼妹說，等我。

他若無其事地走下樓，想找家麻雀館或機舖花掉身上僅餘的零錢，但來得太早，街上亮着燈的店舖只有茶餐廳。

他帶過十來個女生打落孩子，但來的不是這家。以前他總是很努力把失衡的生活拉扯得平衡；晚上通宵打牌，回餐廳時就多喝幾杯黑咖啡；太久沒洗牀單黏附的精液都開始發臭，就少吃喝幾瓶啤酒買新的牀單；不負責任地做愛，就務必負責任地辦妥後事。他願意花費幾千元帶女生回深圳的私營診所做手術。他覺得這些女生都是他的肉體的經營者，曾經熟悉他的氣味與紋理。女生錯覺他是甘願扛起責任的男人，經過教堂前不用悔改，也便心安理得。

但一旦跨越過壯年，他自覺生活好像過氣的彈珠機，等待報廢。啤酒喝多了，肚皮開始愈撐愈光滑，煙也抽得狠，抽得牙齒發黃發黑。

這幾年來他早已丟失年輕的盛氣。即便餐廳來了看似畢業不久的少女，他都只是遠遠地打量這些怠慢的肉體。他跟印尼妹穩定下來後，就再也沒到處拈花惹草。只是前陣子賭馬輸了錢，又適逢月底薪水花得七七八八。印尼妹把兩行紅色的測孕棒遞給他時，他霎時間以為要申請破產保護令了。印尼妹說，帶我落了孩子。隨便一家都可以。

他很後悔。但生活不允許他後悔。要不理智一點甩掉愧疚，要不就把愧疚歸入日常作息的附屬品。

印尼妹說她子宮內膜移位了，不可能再懷孕。鄉下寄來了信。明年還得回鄉結婚。未婚夫是鄰村村長的長男。她家重建的時候，未婚夫可是幫了大忙，這門婚事是逃不掉的。印尼妹說，家鄉那邊的房子大多都是自己動手砌成的，要不是天災或破舊得隨時會塌下，一般不會搬家。不像男人，喜歡就把女人留下來，玩膩了就丟棄在路邊。

印尼妹問，你想不想我留下來？

他覺得對不起印尼妹，但印尼妹似乎習慣悲傷與酒精的輪轉，朝糊爛的胎盤看了一眼，竟沒掉眼淚。倒是他很想哭。淚水都像頑皮的小貓那樣跌跌撞撞地爬上眼眶。

他和印尼妹的孩子最終都是毀掉的胎盤。有時在街上碰見別家的孩子打鬧，他會忍不住多看幾眼。或許這種對孩子的敏銳是多次失落孩子的罪疚感所致。

一向都是印尼妹獨自進去打落孩子的。雞的雛形他見得不少，甚至宰殺牠們也毫無感覺，但他並不知道攪拌成一團泥漿的孩子長得怎樣。有時候他很好奇，如果這些孩子活下來了，會是雙眼皮抑或單眼皮？

他希望是單眼皮。就像印尼妹那雙一旦睜開就滔滔不絕地說故事的眼睛。他和印尼妹的孩子一定有好多、好多說不盡的故事。

印尼妹說，有太多故事的人活不久。為什麼？

故事是癌細胞。說完印尼妹又喝上一瓶酒。

為什麼喝酒？他問了無數次，印尼妹始終沒有回答。像預繳了車資但趕不上火車的徒勞無功。

第一次見印尼妹在便利店裏。凌晨十二時，店員手忙腳亂地在清算收銀機。他沒換掉汗臭味極濃的工衣，手臂夾住兩罐獅威，走向收銀處。印尼妹剛好付完錢，捧着一盒四瓶的黑啤，轉身離開。他喊住了印尼妹。欸，你，為什麼喝酒？你們印尼人不是很會唱歌跳舞，唱一唱，事情就都好了，不是嗎？

為什麼喝酒？

印尼妹比他還喝得兇狠。他受不了黑啤那種從眼眉苦到腳跟的麻痺。印尼妹一口氣便掏空幾瓶。他從前覺得生活很苦，但相較之下，嘗不起的苦更苦。

他和印尼妹有空就喝酒。以前是印尼妹等他下班，先生退休後，印尼妹不得不等到夜半隔壁傳來龍鍾老態的鼻鼾聲才悄悄出門。他覺得印尼妹還是不要冒這個風險。印尼妹反駁說，沒事的，Marcus 會掩護我。

就像鮭魚有辦法逆流游回淡水產卵一樣，印尼妹總會赴約。見面的時間有時充裕得令他的陽具反覆勃起，精液像噴泉水表演的尾聲那樣越發貧乏，有時則僅僅足夠意猶未盡的吻。

他不喜歡印尼妹穿背心短褲。尤其穿背心短褲陪他喝酒。酒精融掉愁緒，印尼妹就開始講些好笑的，說以前剛來這邊被人罵過，死賓妹，死開啲啦……她沒有讓路，塑膠袋內的榴槤撞上男人的膝蓋。這是她記憶中做過比較自豪的事。

他刪掉兩個字，喊，妹。印尼妹出來的時候腳步還有點不穩。妹。他撫摸印尼妹受驚的肚子。妹。受驚的唇舌。妹。

印尼妹倒進他煙灰一樣心事重重的掌心裏。

落了孩子，他帶印尼妹到後欄的泰國餐館。雖然動手術的是印尼妹，但他竟然比印尼妹還要疲累。等印尼妹出來的時候，他燒掉了兩包煙，每一口都是被過濾得精密的焦慮。萬一死掉的不是一個，而是兩個呢？

過多未知數盤繞着生活，除了抽煙，他找不到等到揭曉答案的耐力。

印尼妹喜歡吃辣。而且吃得很辣。印尼妹吃生的指天椒給他看，嚇得他動手跟印尼妹搶起辣椒來。印尼妹搶輸了，吐吐舌頭說，那你餵我。他罵印尼妹，白癡啊。

印尼妹以前愛吃家鄉的黃咖喱，來香港以後才喜歡上泰國的青咖喱。印尼妹二話不說，點了青咖喱雞和青咖喱雜菜。本來想怨印尼妹剛動完手術就只吃辣，但他還是勒住要失控的舌頭。怨氣要不狂躁，要不矜持。

雖然他當廚也三十多年，每家餐廳只做一兩年，認不得很多香料。倒是印尼妹邊吃，邊說，這道青咖喱啊，有蒜頭呀、辣椒呀、南薑呀、八角呀、月桂葉呀、白豈蔻呀、紅蔥頭呀、生薑呀、胡椒粒呀、香菜籽呀……他記不住這些生字，但只要印尼妹講些他不懂的事，他就很高興。

最初在榕樹下的石椅喝酒，印尼妹微醉時，就會說些關於久未踏足的家鄉的瑣事。他只是半睡半醒地聽着。作為唯一的聆聽者，他覺得歉疚，但如此的方式交往久了，他發現印尼妹似乎不在乎他是否有在聽。

習慣了憂傷的人不會有求於人，他們早已知道情緒不過像亞里士多德筆下的以太，外人無法理解。

印尼妹說，印尼人覺得左手不淨、骯髒，只用右手取食。他放下啤酒，赫赫地笑，不過問就抱起印尼妹的左臂。下賤的人親近下賤的事物，便不覺卑鄙。印尼妹說，印尼人大多信奉回教，伊斯蘭曆法的九月是齋戒月。九月那時他下班後把早上在街市的小吃店買的蝦餅和 martabak 帶去榕樹下，他想，印尼妹一定餓壞了。後來印尼妹嫌那家的小吃不可口，跑到老遠的天后買來兩份的宵夜。他吃得很少，印尼妹以為口味不合，實際是他都不捨得吃。

他覺得印尼妹好像一片一片地割下自己的皮肉，託付於他。

曾經有即將退休的師傅告訴他，結婚啊，就是把自己的一半切割給對方，同時揹上對方的一半。那位師傅結婚兩次，如今還是單身。並不是所有人都揹得起另一個人的重量，也不是所有人割下自己時傷口都自然而然地癒合。他和印尼妹結不結婚也好，他都覺得自己缺了一半，丟在不知道什麼地方去。以前他很渴求完整的東西，譬如滿月，或者沒有小數位的車資。

後來，他知道他是有缺憾的人。把僅有的一半割掉給印尼妹後，他常常覺得自己誰也不是。

印尼妹說，你等我，我後年就回來。不育的婦人總有被休的預感。她狠狠地撇嘴說，嫁不出去歸嫁不出去，但我不淫蕩。

性慾沒有合法與非法可言。印尼妹來這裏已經十多年，原來喜歡化濃妝的少女長成懶惰得連耳環都不帶便出門的女子。他想，印尼妹還是印尼妹，就算日後老得皺紋都比鎖骨還要凹陷。他只需要憑着斜方肌上深咖啡色的記號便認得印尼妹。

他覺得更對不起印尼妹。印尼妹回鄉後，他微微脹起的小腹上紋了一棵榕樹和一雙沙梨般圓潤飽滿的乳房。

印尼妹喜歡完事後枕在他的小腹上。問他，怎麼你全身都有紋身唯獨小腹這裏空着呢。他用粗壯的手指梳理着印尼妹的頭髮，說，你用頭髮替我紋。印尼妹一笑，乳房就抖動。像風瘙癢李樹，沙李抵不住誘惑都噗嗤地笑起來。他彎腰，吻着吊鐘的花蕾那樣害羞的乳頭。喜歡紋在這裏？印尼妹嬌滴滴的說，saya menyukainya。有多喜歡？ sangat...sangat...

非常，非常。

他真想放任地撕破上衣，露出終於紋在小腹上的圖案。

但印尼妹沒有再回來了。

印尼妹落了他三個孩子，每一個都取好了名字。Yuda、Satria、Bimo。戰爭、戰士、勇敢。這些陽剛的名字都是印尼妹取的。他本來想過自私地叫最小的做 Indah。美麗的。印尼妹的長髮靠在他勞損後陣痛的肩上，問，為什麼？他搖頭，說，孩子不美麗嗎？

印尼妹閉上眼，說，我們永遠趕不上看孩子，即使他們是美麗的。他不作聲。印尼妹懷上的每一胎都是場戰爭，而總是戰敗告終。

孩子都跟你姓嗎？印尼妹聳肩，印尼人大多都只有名，沒有姓，不像你，姓二胡的胡。他張開手讓印尼妹枕在胳肢窩黑壓壓的毛髮上。二胡你也知道？印尼妹轉過身撥弄他累垮了的陽具。Marcus 在學二胡。前星期音樂考試的成績寄來了，不及格，太太氣得拿衣架打他。

印尼妹想保護少爺，也一同被打了。印尼妹說，我不明白，只不過是個不足掛齒的數字。就像薪水和年齡。

他輕佻地說，將來老闆扣減我的工資，我就使盡全力打他。印尼妹被逗得笑了。

他吸吮着印尼妹肩胛上發紫的疤痕。他覺得除此以外，沒有別的途徑能夠把傷口的種種恥辱調和成撩撥慾望的暗號。施暴者與受虐者的交匯點。他像捕獵到野鹿的獅子那樣大口大口地咬着。直到瘀傷兩旁生出牙齒印。

我恨太太……印尼妹說得那樣平靜。像是刮完颱風的海，洶湧的浪都不值一提了。

他也恨太太。雖然他從沒見過太太，不知道太太是怎樣的人。只知道印尼妹銅色的手臂上都是太太存在的證據。

印尼妹說過太太以前是律師，Marcus 出生以後才辭退工作。他對法律頗反感。剛升上中學不久，母親遭父親趕走了，他為母親出一口氣，把弓着背的父親打進了醫院。法官判了他十八個月的感化。他覺得是同理心驅使暴力的生成。暴力本身中性，賦予它褒貶的是暴力的動機。

疤痕結痂後，印尼妹求他塗上淡化色斑的藥膏。他拒絕了。他不甘心看着傷痕漸漸隱退。他覺得，痛苦有了印證，才不至於白白受苦。

印尼妹二十歲來這個城市以後，一直都在太太家工作。以前太太雖然說話尖酸，但算是待她不薄。那時候印尼妹家鄉重修房子，太太可是特地匯了一筆錢給她。

印尼妹被打以後，他才頻頻地在便利店見到她的蹤影。印尼妹只喝黑啤。有時候他加班，遲了點到便利店，環顧店舖內不見印尼妹，放黑啤的位置空了一盒，他便知道印尼妹來過了。

他沒有追查被打的因果。或許是先生退休後染上煙癮，或許是 Marcus 升上高中後嚷着要出國留學，或許根本沒有原因。畢竟，人是會變的，不論任何原因都不應被誰過問。他只知道，這樣的太太讓他遇見這樣的印尼妹；這樣的太太讓印尼妹遇見這樣的他。他還有什麼怨言呢？

我下星期回去了。

落了孩子後，印尼妹康復得很快，不見下體出血，也不見昏暈。反倒是他發高燒，請了兩天假。印尼妹星期天來看他，買了鹹蛋肉片粥和炒麪，交代鄉下前天寄來的信。

他想，要是當初娶了印尼妹，印尼妹是不是可能從生命的絆腳石旁邊繞過呢……他不知道，他連自己的生活也不敢作擔保。

印尼妹教他說印尼話。Apa kabar，是你好嗎。Apa kabar。Selamat tinggal，是再見。Selamat tinggal。Aku mencintaimu，是我愛你。

Aku mencintaimu。

說畢，便摟住印尼妹腰，把還是燒開了的身子往前扭，吻下去。

雖然他真的不知道所謂的愛是怎麼一回事。以前上德育課，老師教他孝順是什麼，他想到酗酒爛賭的父親舉起空酒瓶，行廷杖那樣棍下他的脊背；老師教他誠實是什麼，他想到父親凌晨跟蹤稱要上夜班的母親然後在時鐘酒店看到裸體的她；老師教他友愛是什麼，他想到在背後談他父母的鄰居和同學。

他沒有讀完中一就輟學。老師約見他的父母來學校談一下，他說，我沒有父母。老師當着班上的同學把他罵得連尊嚴都粉碎一地。他送了一年外賣，流了整個夏季的汗，又打了整個冬季的噴嚏，餐廳老闆見他做事中規中矩，便叫他進廚房學沖茶調飲品。如此便大半生。

Tunggu aku kembali，等我回來。印尼妹半年前預訂了十一月的機票。據印尼妹說，十一月的機票最便宜。他從沒出國，不知道乘飛機為什麼不能像巴士或地鐵那樣，拍一拍八達通就行呢？

Tidak masalah，沒問題。印尼妹一大清早離開，他沒有送行。睡到十一時半起牀上班。那夜他喝了第一瓶黑啤，原來也不是想像中那樣的苦。

承諾總比兌現承諾來得容易。忘記承諾也比承諾來得容易。印尼妹始終沒有再現身便利店。

年紀大了，記不住的東西愈來愈多。他逐漸記不起印尼妹的身材、臉形、鼻子。只是他還是喜歡盯着街上的孩子放任地追逐。孩子停下來喘氣時，是單眼皮的，他會忍不住笑。

好像第一次牽起戀人的手那樣怦然心動。

很久以後，餐廳的女經理搭上他，兩人同居。他早已過了適婚年齡，女經理也年過四十。雖然女經理上妝後也算是標緻，但他本來沒有把女經理那些嫵媚的小動作放在眼裏。只是閒言閒語織成的漁網把他的慾望撈起來了。

做愛後，女經理枕在他的小腹上，問，怎麼，喜歡在小腹上紋身嗎？

Sangat...sangat...

非常，非常。

（5623 字）

評審評語 //

韓麗珠

以兩個在社會中搖搖欲墜的人，相遇和相濡以沫，寫出生命中種種身不由己，以及邊緣之人如何把自己馴服於各種缺失，對主角那種中年疲憊的心態的刻劃，非常具說服力。而「印尼妹」的描述，超越了眾多對外傭的刻板印象，還給她一個完整的女性身和心，家鄉歷史和情感記憶，是這種對人物的理解和尊重，以及駕馭文字、敘事技巧和人物心理狀態的能力，深深打動了我。

亞軍

殺生集

/ 黃燕琪

家鄉在惠州陳江，那時候還是一個偏僻又簡陋的小鄉村，聽說現在變了很多。我和姐姐每次聽到要回鄉的消息都會拚命反抗，被狠狠教訓了還繼續堅持反抗，我們骨子裏就有一種革命的血。父親的要求是無理的，一個住慣在城市的孩子，誰會想回到一個沒冷氣機、沒電腦、沒座廁、沒麥當勞，什麼都沒有的原始生活。哪怕只是一星期，別說一星期，連半天都熬不下去。

革命總是失敗。回鄉必備清單如下：公仔麪、烏冬麪、各種飲料、遊戲機、幾本小說、小山般的假期功課……不管準備多少，總有幾天能把人硬生生悶死，說是幾天，體感卻有幾年之久。車子剛駛進老家，旁邊的草地就跑來一條黃毛大土狗。不需要鼻子，我也能嗅到牠身上侵略性的騷臭。自從知道有些狗有進食糞便的習慣後，我再不能像從前那樣單純地看待牠們。向來暈車的我急忙推開車門下車，正想狠狠吸一口新鮮空氣，狗卻一下子撲上來了，牠掌上的泥巴在我褲子上留下了一個很明顯的印記。牠尾巴搖得很厲害，搖得我腦子更晃了，可我還是伸出手，讓牠嗅幾下確認後摸了摸牠的頭，手感有點黏黏。我能想像上面住了多少隻跳蚤，但還是很柔軟和溫暖。我忍不住搓了搓牠臉上的肉，還把牠的嘴巴扯成一個奇怪的笑臉，我被逗笑了。在房間休息了片刻，父親便進來了。他操着一口平時在家不會說的客家話，臉上是平時在家沒有的興奮說：「今晚吃狗肉。」我和姐姐躺在牀上「喔」了一聲，明顯不感興趣。

實在憋得慌的時候，我會在附近摘花。老家附近長着一種小花，像迷你的繡球花，而且還是五顏六色的，真的美得很，只是嗅着意外有種腐臭。還有一種小草像蝸牛頭上的觸角，不過比觸角還要向內彎，彎成一個小小的蚊香。小草的表面還長着一層細毛，用力一點就黏到手上去。在香港好像也曾經看過，可還算蠻少見的。逛了一圈，我怕會迷路也不敢走得太遠，手上的塑膠瓶已經插滿了各種漂亮的小花小草。回去後，我把它送給了正在樹下乘涼的媽媽。她笑得開懷地對我說謝謝，晚上她就扔了。隔天我扔垃圾的時候，看見垃圾桶裏的小花小草。我把垃圾倒進去，沒有說話。

老家廚房很大，有一角專門放生火用的禾稈草。草堆差不多有我七成身高，我很愛坐在上面，有點軟，也有點刺刺。天氣冷的時候，草堆上會有貓，也不知哪裏跑來的，總愛端着一副主人的架子躺在屬於我的位置，還兇巴巴的不讓我摸。我把貓趕跑了，聽到廚房後面的小巷有細碎的說話聲。原來是叔叔在宰狗，宰狗的過程我尤其記得很清楚。我本來以為像宰魚，一刀切下去，魚頭和魚身就分開了，鮮血飛濺。可是沒有，叔叔把麻繩圈套到狗頸項，為了確保狗不能自己解開，要牢牢勒緊。狗有些掙扎，但大抵還是順從的，畢竟牠不知道自己的立場，畢竟牠昨晚才從眼前的人手中得過好幾塊骨頭。把狗勒好後，叔叔把牠吊到附近一棵大樹，不會吊很高，吊到狗只有兩隻後腿能勉強碰地就好。狗有點失去平衡，兩隻腿一直蹬來蹬去，像人在跳踢踏舞，場面居然有點滑稽。牠也許在猜，這是什麼新遊戲嗎？叔叔吃力地把一大桶冒着濃濃白煙的滾水猛然潑到狗身上，狗也冒出了熱霧，像仙氣裊裊。牠嚇到了，痛楚使牠淒厲地嚎叫起來，聲音很尖銳，像要刺穿人的靈魂。叔叔聽覺並不靈敏，他沒有反應。他擦了擦額上的油光，提着桶子去接新水。不知道什麼時候來的表姐站在我旁邊看着，她半掩嘴巴，默默流淚。我總共有六個表姐，她是我最喜歡的一個，她總是最溫柔的。她沒說話，我也沒話說。未幾，她就走了，狗的哀嚎聲不斷。我現在回想，比起第一次看到宰狗場面的驚訝，我印象更深刻的是表姐的眼淚，或許更準確的是看着她淚光中哀嚎的狗，卻異常平靜的自己。估摸是四、五桶滾水的時間，狗就不叫了，軟軟的半吊着，時而抽搐一下。我不知道狗被燙熟了沒，只是隱約間嗅到了肉香。站得有點累，我就回去了，順便喊媽媽把褲子上的泥印洗去。

再次重遇牠已是在餐桌上，親戚們圍成了四張大桌子，看着一煲煲狗肉被端上來，有些叔叔舅舅就起哄，畢竟他們也不常吃狗肉。通常是新年時節，或是我們一家回鄉才會宰狗吃，所以說他們有一半是托了我的福也不過分。或許是被氣氛感染了，我也有點迫不及待。我選擇性地遺忘了早上向我拚命搖尾的狗和眼前美食的關係，只想趕緊嘗嘗那味道。狗肉煲的調料有點似羊肉煲，可我覺得肉質跟豬肉沒太大分別，就是狗皮比較薄、韌和彈。不好吃肉的我吃了幾口，嘗個鮮就放棄了，專挑皮來吃。狗生前的騷臭味被完美地蓋過了，總體來說還算滿好吃吧，我如此評價。

飯後，叔叔舅舅們拿着氣槍說要打些麻雀來做下酒菜，我嫌天熱沒有跟着去，不過最後麻雀肉還是進肚子了。麻雀肉像迷你的雞肉，能吃的肉實在太少，我也沒吃出什麼特別。不好吃肉的我吃了幾口，嘗個鮮就放棄了。我看着旁邊大樹上的麻雀，牠們還是依舊飛來又飛去，吱吱喳喳的聲音一直沒有停過。我把吃剩的半隻麻雀往樹上用力一抛，牠們便一哄而散。半隻麻雀墜在地上。後來，那半隻麻雀來找我了，以另一種死法，另一種讓我必須牢記的死法。

在香港的家樓下一棵老樹旁，地上趴着一隻鳥寶寶，才一個成年男子的拇指大小。我和友人對視一眼，又看了看周圍的路人，似乎沒有任何人注意到。我們查看附近的樹，樹上都沒有鳥巢。鳥寶寶也許受傷了，時而扭動身體，時而趴着吃力地喘息，我與牠的距離僅僅一步之遙。即使我心裏一直嘗試說服自己別惹事，腳步卻終究沒能移開。腦海出現了命運論，我竟油然生出了一種使命感。要打電話給哪個動物機構嗎？等他們來到，只怕要替牠收屍了吧。我不能放任自己繼續拖泥帶水，我很清楚視若無睹的悔恨。如果沒注意到也就罷了，既然注意到，就已經無法選擇置身事外。友人把鳥寶寶輕輕拾起，姑且用空掉的筆袋裝着牠。我們慌忙趕到附近的動物診所，站在門前卻猶豫了。動物診所可不是慈善機構，我打開錢包，才三百六十多元，恐怕連半次看診費都不夠，現實再一次使我們剎住腳步。此時，虛弱地窩在筆袋裏的鳥寶寶突然使勁拍動翅膀，又重歸沉寂。我們推開了診所大門，門上的風鈴撞出清脆的音階。

「你們不知道不能碰嗎？」

「為什麼不打給動物機構？」

「喔，那你們現在是要養嗎？」

「診金付得起？」

──難堪極了。

我能清晰地憶起那位護士的嘴臉，泛着冷光的眼鏡下一雙充滿鄙夷及不耐的瞳孔，她甚至沒有看過鳥兒半眼。她義正詞嚴自信的模樣讓我開始懷疑自己的罪名，於是，我無法吐出任何辯駁。我們並非沒有預想過這樣的畫面，只是當它成為了現實，卻又剎那發現難以承受。我們像背負千斤鐵鍊的罪人，步出了神聖莊嚴的法庭，護士勝利者的姿態使我們芒刺在背，我甚至可以想像在我們離去後她會說些怎樣的感言。她見過太多了，她像經驗老道的偵探一樣，不費吹灰之力把我們看通透。無計可施下，我打給幾個住在附近的朋友問他們願不願意收養鳥寶寶，能不能幫忙湊一下診金。我沒有嘗試打給父母，我實在不願預想的答案再度成為現實。在打給第二個朋友的時候，話才說到一半，鳥兒就沒有呼吸。我草草掛掉電話，確認鳥兒的腹部再沒有起伏了。我們誰都沒有說話，好像此刻說什麼都不恰當。我們沒有為牠挖一個墳，立一塊碑，只把牠扔到附近的垃圾桶，比較方便省事。我們在垃圾桶旁站了一陣子，我問友人有沒有濕紙巾，他從背包抽了幾張。我們用濕紙巾洗淨了自己雙手，連指甲的隙縫也洗得很仔細，手上便散發着診所的消毒藥水味。待手上的濕氣徹底乾透，我重新想到出門的目的，餓了。我忘記晚餐吃什麼了，可能是海南雞飯吧，反正我全吃完了，一點不留。飯後我還不忘買倉鼠的糧食，最便宜的那種。我不知道倉鼠會覺得味道怎樣，反正餓個幾天，牠也會全吃完的，一點不留。回家路上又經過那棵老樹，我的視線不由自主地黏在那塊空地，步速不減。那夜，花灑在浴室嘩啦嘩啦地哭了。

我一打開籠子門，倉鼠便從牠的小窩中警覺地冒出頭來。牠是灰白雲石鼠，眼睛是比較少見的亮紅色，名字叫「西瓜」。我剛為牠加了些許糧食，牠就急忙塞了幾顆草粒進嘴巴，臉頰被撐得脹鼓鼓的。我把牠抱了出來，牠通紅的雙眼不知道在盯着什麼看，牠也許誤以為我想搶奪牠的糧食，牠輕輕咬了我的手指。手指的表皮被咬破了一點，我使勁擠才擠出一丁點血滴。我的手指沿着牠的頭，耳朵，背脊，腹部緩緩輕撫，牠的心跳很急促，且異常強烈，彷彿牠需要花雙倍的力氣來維持心跳。我微微握緊牠脆弱的身體，也許牠真的需要用雙倍的力氣來代替牠們活着。

我第一次養的寵物是從市場買的兩隻倉鼠，我不記得牠們的品種和性別，好像一隻白的，一隻灰的吧？那時候我並不知道一籠只能養一隻倉鼠，也不知道牠們不可以用水洗澡，沒有任何知識的我只是隨便囚禁牠們自由，胡亂吊着牠們性命。我也不記得有沒有給牠們取名字，連養多久都忘了，反正應該不過一個月時間。對於那兩個生命，我什麼都遺忘了，獨留最後一幕。

父親把籠子門打開，讓倉鼠跑出來。倉鼠一逃出來跑得很快，似乎對於籠外的世界顯得非常雀躍，然後扁了。父親穿着人字拖的腳從上而下踏下，重重壓在倉鼠身上。倉鼠從人字拖旁露出了半個頭，鼻子還微微抽動着。於是父親再補了一腳，用力地左右滑動，倉鼠就不動了。另一隻還不知道發生什麼事情，牠還是自顧自的沿着陽台邊緣在探索，然後身子又扁了。非得形容的話，像我很愛吃的糯米糰。我記得的就是這十來秒的事情，我臉上掛滿淚，哭得上氣不接下氣，還以為自己真的要哭死了。我不知道自己為什麼如此哀慟，是因為牠們原本是屬於我的東西嗎，是因為在買牠們的時候心裏曾許下無比蒼白的承諾嗎，是因為生命能如此兒戲地被消逝嗎。問題太複雜，我拒絕也無力深究，我本來就擅長逃避。在父親完事後，我看着倉鼠軟趴趴的屍身──原來不會有血跟內臟噴出啊。我能意識到淚意戛然剎住了，連體內的血液也好像瞬間暫停流動一樣，可我還是選擇繼續哭下去，直到我只能聽到自己的哭聲。這回的哭聲有點嘶啞了。

幾年後曾到友人家拜訪，她也養了一隻倉鼠，白白胖胖的。我輕輕碰了碰牠，卻碰得太輕太淺，我也搞不清是否真有碰到，只覺指尖傳來怪異的觸感，有點麻麻的。友人隔天就來質問我，我愣住。沒有任何徵兆下，倉鼠又死了。自此，我便覺得自己肯定被倉鼠下了詛咒，或許不只倉鼠，牠們都用上性命來詛咒我。後來我慢慢沒有和那位友人聯絡，我在她面前總有一種難以言明的歉意與恐懼。我不清楚倉鼠的死是否與自己有關，不清楚自己是否真的成為兇手，不清楚自己是否成為了父親的女兒。

事隔十年，碰巧另一位友人想把她的倉鼠籠處理掉，我竟然又開始養倉鼠。父親並沒有什麼反應，我們都對之前的事閉口不提。連我自己都不敢相信，這次我竟安然無恙地養了一年。由於這個學期我住在學校宿舍，無法經常回家，只好把西瓜寄託給父母暫時照顧，而我則定期回去清洗籠子，添加棉花等等。正當我以為牠會繼續這樣活下去，至少應該要再多活一段日子之時，我在街上罕有地接到父親的電話，倉鼠又死了。消息來得太突然，我毫無防備下沉默了一陣子，然後說：「那我現在回家。」

「也不用，我把屍體扔了，就跟你說一聲。」

我停在人來人往的街邊，很想說些什麼，什麼也好，我覺得我必須說些什麼，可是又覺得說什麼也沒有意思。沒聽到我的回覆，父親只好自己繼續說。

「那你有空再回來處理一下那個籠子和其他東西吧。」

我又憋了一會兒，實在想不到，結果只吐出一個「喔」。我放下手機，又環顧周圍的人。左腳踏出，右腳接上，手也跟着擺動，一步、一步、一步行走。

（4483字）

評審評語 //

黃念欣

在創作中狠下心腸地冷酷描繪，或情意綿綿地溫熱追憶，都算常見；〈殺生集〉卻在二者的交融與並置之中，寫出一念之惡或一念之仁的日常。小說如稜鏡一樣折射出不同位置與環境下，人所體會的惻隱與無情，會如何使人驚異地不斷流動與變換。結尾機械地隨主人公一步步走下去，驟看無知無感，其實貫穿了小說篇名中「集」的客觀收集意味。感官流動太快，頓悟也太短暫，捉不住心深處的感受，一切如流動風景。

季軍

團圓

/黃厚斌

阿嫲去世，是有徵兆的，在她去世前兩天，她就已經預估到了自己的死亡。準確來說，是我提醒她的。

那天晚上，她坐在飯桌前，陸陸續續吃了八碗粥，吃到第四碗的時候，鹹魚尾巴上的骨頭都被她嘬得乾乾淨淨了。我問她，你怎麼吃這樣多？她沒回答我，我以為她是沒聽見。她只顧着簌嚕地吃，那口老牙像是要把碗也嚼爛，終於她抬起頭問我：多嗎？直到吃到第八碗的時候，她就哭了，嗚嗚的。她爬上牀，睡了一會兒，興許睡不着，就把我喚到跟前，交代後事，我跪着，也哭了好一陣兒。隔日，她起不來牀，又把我和母親叫到牀頭，說了兩件事，一是不要賭錢，二是一定要去香港找一個老人。最後，她只留下了地址和一句話，就咽了氣。

母親和我草草地給阿嫲辦了喪事。過了兩個月，她塞給我一些錢，也囑咐了一句不要賭，就讓我上了去往深圳的車。她說她有一種預感，覺得我不會回來，就像我父親一樣。她還說，如果我回來後發現她改嫁了，也不要怪她。我說好，那一刻，我覺得自己好像替父親許了諾。

從家鄉到羅湖，坐大巴要六個鐘頭。入了深圳，大巴車上，就有兩個中年乘客大聲在聊天。他們說起，以前深圳關外的人進關內都要查身分證的，關外魚龍混雜，治安不好，另一個就說，時代不同了，就像再早以前，香港和大陸不也是這樣嗎，總是一關又一關。

一關又一關，我忽而想起阿嫲生前和我說：當年啊，你太公也是難關重重。

其實，我只在相片上看過太公，他一臉斯文，長相有幾分像香港明星余文樂，眼大臉長方。阿嫲說：他是十里八鄉的名紳，從前在國民黨旗下效力，後來為了照顧家裏，只好回到地方上興辦教育。國民黨逃去台灣後，他也想跟着逃，過了重重難關，才到了海陸豐一帶，想坐船借道香港，再去暹羅，卻終究沒去成。他被鄉裏人騙回去了，那可是他從小玩到大的朋友。那人寫信說，厝內風平浪靜，不用外逃，結果太公一回去就下了獄。

大巴上的人逐漸躁動起來，很快，司機大喊着：羅湖羅湖，羅湖口岸落車。落了車，兜售八達通和假通行證的販子即刻將我包圍，其中一個還笑瞇瞇地要幫我搬行李，我說我沒有行李，不用了。我背着書包，到一個兌換港幣的櫃枱上換了一點港紙和八達通。我用店家的電話打回家，跟母親報平安：媽媽，我要過關去了。母親只是說：找不到人的話，就去深圳找份工打吧。

口岸上的人潮步履緊張，把我也帶得勤動了。只要我稍微閒慢一點，就會聽到嘖嘖作響的厭嫌，那些從我背後繞過來的人們，於他們的呼喘中，我彷彿能見到一雙雙白眼。這裏是深圳，這裏是香港，深圳，香港，我心裏念着，生怕自己阻着地球轉了。

依照事先查好的路線，坐港鐵，轉小巴，去紙片上寫着的地址。阿嫲說：你一定要去找這個人，這個人是你阿公的弟弟，親生弟弟，你得叫他老叔的。他雖然和你阿公不做兄弟了，但你去香港吧，你去香港找他吧。她的嘴角冒着白，像是此前過食的粥水要反上來了，她說着說着，嘴唇間浮出了舌頭，往邊上一掃，又吃下去了。

老叔家就在一棟樓裏，樓下有麥當勞、大食代、吉野家，甚至還有一家茶樓，我本想討杯水飲，卻看到夥計仰着頭，上面的電視播放着六合彩，一個個圓滾滾的球從底下的口排出來。我想起母親臨走前的囑咐，只好掉頭走了。但我發現，原來香港人買六合彩，和家鄉人是不一樣的。

父親在離家以前，每逢週二、週四、週六，就要用家中的座機，打電話給香港的朋友，問今日開什麼碼。那時我讀幼兒園，日子只分兩種，一種要上學，一種是放假；父親的日子也分兩種，一種有開碼，一種沒開碼。家裏電話機旁邊的六合彩報，被父親疊得高高的，在那堆紅綠紙裏，我認識了第一個香港明星，她的姓名在每一張彩報上出現，上面寫着「白小姐透露天機」。對，她叫白小姐。

我在一個赤色的門前站着，門上的貓眼很朦朧，似乎沾滿了灰塵，門鈴的按鈕斑駁，像是褪了顏色。我沒有按下去，或者講，我還沒有準備好。他究竟會是什麼模樣？是太公那樣，還是父親那樣？其實，他會不會最像他的兄弟——我的阿公？

很可惜，我沒見過阿公，屋裏也沒有留下他成人的相片，只有他小時候的照片：他疏遠地站在太公身邊，一臉不高興，太公另一邊就是老叔，他笑着，騎在玩具木馬上。他倆，似乎是有點像的。

阿嫲說：你阿公很早就死了，你爸還很小的時候，他就死了。阿嫲說起自己丈夫的離世，也沒有什麼動容。

阿公病死在紅色年代。阿嫲說：家裏那時不光是窮，成分還不好，要去大隊裏領什麼物件，都要被推三阻四。你阿公，又偏偏是個傲骨的人，不會低下來求人。你阿爸十三歲，赤腳跑了幾個地方，去開證明，去領藥，每一處都得等好久。等啊等，等藥拿到家的時候，你阿公已經嘸氣好久了。

我也在門口等了好久，其實也算不上等，我只是沒有準備好。忽然，從電梯門出來了兩個保安，查問我在這裏做什麼。此時，那道赤色的門才打開，一個瘦小的老人家，抓着一支晾衣叉對着我。他們都用粵語說話。我只好用粗糙的粵語回應他們：我來找我老叔。

那個老人家打量着我，我亦打量他，他個子很矮，很瘦，像一隻老了的鷹。他誰都不像。保安問我：大陸來噶？另一個保安在問老人家是否認識我。我倒豆子一般，把我父親的名字、我阿公的名字、太公的名字，都背誦了出來。老人家這才收掉了衣叉，把保安招呼走了。他跟我說，廣東話裏，要稱呼叔公，不稱呼老叔。

叔公的家沒有我想像中的大，屋頂也不高。他家中除了他，還有一個老女人，應該是他的太太，我喚她老嬸，可她沒應我。叔公讓我坐在沙發上，我突然擔心起來，擔心自己講不好粵語，可叔公一開口就用家鄉話問我：你叫什麼？我回答他後，他又問：你阿嫲還好嗎？

我回答他：今年過身了，就幾個月前。其實，他的家鄉話有點生硬，他的熱情也有點生硬，就像沒有煮熟的飯。他問我父親在做什麼，我說跑合同，在外邊好久沒有回來了，我阿嫲說，也不知道是生是死。我沒有說父親賭錢的事，這是阿嫲千萬叮囑的。

叔公歎了口氣，說他也好久沒回去了。廚房裏傳來乒呤乓啷的聲音，叔公看了看鐘說：下午就留在家吃吧，你老嬸煲雞湯。老嬸像是聽到了一樣，從廚房風風火火出來，用粵語講：個爐火壞了，你們出去食啦。叔公問：點解突然間壞了？老嬸講：我不招呼他。她不知道我聽得懂一些粵語。叔公面色不太好看，但他雷厲風行，披上一個斜挎包就帶我下了樓。他說：這樣也好，我們說話方便。

叔公帶我去了一家潮州菜館，或許他是來吃鄉愁的，可對於我來說，就不太有吸引力。他問我：你阿嫲過身前，說什麼了。我說：阿嫲她看到自己吃了八碗粥也吃不飽，就覺得自己快死了，我也問過她為什麼。她說，人一生吃的飯菜是命定的，閻羅王的本子上寫好的，只是以前太慘，在那些艱苦的年頭裏，沒有得吃，所以現在，要在死之前把欠的補掉，才能去死。她說怎麼吃也吃不飽，就是因為過去欠太多了。

叔公又歎了口氣。他沒有點粥，他點了一碗牛肉丸湯，點了魚，點了鹵水。他只是點了點頭，我問他：那叔公現在做什麼？

叔公說：退休了，以前當大學教師。我問他何時過來香港的？可他好像在想別的什麼似的，停頓了很久，才說：〇幾年吧，香港這邊請我來交流，就過來了。

他阻止我給他盛湯，反而給我舀了兩顆丸子，順勢問起我：你阿嫲，和你說了多少以前的事？你知道，我已經和你阿公斷絕了兄弟關係嗎？

我說：我知道，阿嫲她跟我說了很多。儘管我根本毫無興趣。當然，這句話我沒有說出口。

叔公說：你知道你太公是怎麼死的嗎？

我說：太公？—— 就我所知，太公是自殺死的呀。阿嫲說，太公一回到厝內，沒過幾天，就被人提去牢裏了。他被人打了，還被踢得渾身是傷，人們說他是留下來做特務的。阿嫲說，太公是沒受過大苦的人，他很害怕，他害怕後面還有各種折磨。他更怕自己會屈從，所以就自殺了。不是嗎，叔公。

叔公說：那是你阿嫲告訴你的。

我說：我聽阿嫲說那時，除了太公，就她一個人在家，她說阿公去鎮上給人寫過番信去了，欸，對了，叔公，您當時是多少歲啊？

他沒有正面回答我，只是說：我當時去縣裏上學了。突然，你阿嫲來學校叫我回去，說你太公死了。我回到厝內，看見他面上烏紫烏紫……那就是中毒死的。你阿嫲說，是你太公叫她浸的藥，用的是蘆藤。

我只是點了點頭，手心微微發了汗，只好搓了搓。叔公勸我多吃點，可他又說：還是家鄉的飯菜好食。我低頭咀嚼着一條白灼芥蘭，耳朵卻支起來，聽他講話。

叔公說：我的命是撿來的。我生下來一口奶還沒喝到，我阿娘就死了。肺結核，那時不單是醫不好，還會傳染，我生出來個頭沒多大，才四斤多，人們都說肯定活不成了，就把我裹在草蓆裏，等着死了就去埋掉。但是，我也沒死掉，就是自小營養吸收不好。叔公一世人，你也看見了，都是這麼瘦，人個也矮。他說着說着，面上是微笑的，像是一種榮耀。

可是，我心裏想的是，他剛剛給我夾過一筷子魚。

我將筷子放下了，叔公就像在一個遲鈍的鏡子裏一樣，也收起了筷子。他說：你太公的死，對整個家來說，是非常巨大的打擊。你可能不知道，他自殺，可不僅僅就是自殺這麼簡單，當時人們說，這叫「畏罪自殺」。自此以後，我們厝就沒有清白二字可言了。我們所有子弟，都被打上了烙印。

他雖然這麼說，我卻不覺得我的身上，有被打上什麼不清白的烙印。可是，我只是點頭應是，只不過要轉移到別的話題上去，於是我說：那您後來，還是去讀大學了呀。阿嫲說，家裏當時條件很差，但還是把你供去讀師範。

他說：是。那時，你阿嫲拿了她自己的金頭飾，去給我換路費和生活費。

我說：哦，原來是這樣，我阿嫲倒是沒告訴我。

其實，這事情阿嫲告訴我了，只是她吩咐我不要太刻意，如果叔公忘了，就提醒他一下。好在，他沒忘。阿嫲跟我說過，他不會忘的，不想虧欠的人虧欠了，就像食道上的魚刺，就是嚥下一口口水，它都會在那裏發癢、生疼。

但叔公倒是面不改色，只是木木地看着桌旁的走道，像是在自言自語：當時我讀書很好，但是在那個年代，書，不是你要讀就可以讀的。我人瘦個矮，如果不讀書，也抗不過別人做體力活的。所以那時，和厝內也就沒法有太多關係。

「沒法有太多關係」，他說得很輕。我說：阿嫲說，您當時要和阿公斷絕關係，說是因為阿公當時幫人寫家書，寄去香港和番邊，您勸他別做，怕有風險。另一個原因，又說是當年毒藥的事。

叔公忽然苦笑起來：其實，我一直都想不通的。一直想不通為什麼你阿嫲沒有勸住你太公，短短一天之內，他就去尋死了。他就沒有想過身後的家庭嗎？——你知道嗎？蘆藤要拿來做毒藥，得錘、錘、錘，錘得稀爛，再泡水，是要花一些時間的。——你阿嫲她為什麼要那麼聽話？為什麼不派個人去叫我們回來？我一直想不明白，是不是你阿嫲也怕惹禍上身……

叔公不說了，他仰着搖了搖頭，擺了擺手，又捏住鼻樑兩邊的眼角，按着，好像不讓什麼東西出來。我只好說：阿嫲臨死前，託我帶了一句話。

我看了一眼叔公，他眼神立刻凝了起來，就像一隻鷹，我能感受到空氣裏的緊張、警惕，甚至有股戒備的氣息。

阿嫲說，她只是一個女人家。

我看見叔公微微抬了抬嘴巴，像是努力在做一個微笑的表情，可是很不好看。他說：家鄉的女人沒地位的，也是。

我看他似乎很痛苦的樣子，實在是不理解，我一直都很質疑那代人的生活，當今世界已經變了，為什麼他們還要抓着那些生了鏽、出了黴、發了臭的記憶。就連每一個已經撒手的他們，都無法乾乾淨淨地「撒手」？可笑，太可笑了。——但是，最可笑的是，阿嫲卻要我牢牢記住這些舊廢料，找到這個舊親戚，居然，居然只有這樣，才能夠將它們變廢為寶。她一再叮囑我說，就算不能抱緊你叔公的大腿，那也要揪下來幾條腿毛。

不多不少地，我把阿嫲教好的套話復原出來，要面帶微笑，要語氣從容：現在我阿嫲過世了，叔公您是我唯一的親人了，她說，幸好您十幾年前回去掃墓的時候，有留下一個地址，就叫我一定定，一定定要來找您。我也沒想到，嘿嘿，十幾年前的地址，現在還能找到您。

叔公沉默沒有說話，但我想，他應該明白我的意思了。可他卻看向隔壁桌，一個大肚婆正在發火，她對着夥計大罵：你話豬紅湯正，你以為我不知道啊？豬血只有一朝早靚，現在幾點啦？過期的血！都不新鮮啦！還敢同我推介！

我看向叔公，他面色不好，像豬血似的。但他深吸了一口氣說，我生了兩個女兒，沒有生兒子。好在二妹，即是你的姑媽，她有出息，讀書好，嫁到香港還能保我有地方住。——現在呢，你是獨丁，是我們厝內的獨丁。傳宗接代的事，肯定是落到你頭上的。——我現在也老了，七老八十了，那些事，不說給你聽，也不知道找誰說去了。你且聽吧，好嗎？我老人囉嗦，但說的這些，也許能給你們後來人當個反面教材吧。

我假裝吃驚，應道：叔公，您哪裏老了？您不老。您說吧，我很想聽。

我看到他脖子上的皮膚已經鬆掉了，但他喉頭還是堅硬的。我就知道，待會叔公就會翻出那些舊苦難，吐出很多舊歷史的苦水。我真是倒霉，就像個廢料桶一樣，得承接這些垃圾、廚餘。

所以，我把手放在下巴上，這樣可以幫我，顯得我很認真在聽。叔公說：我去廣州讀書，學校就找我說，和厝內就必須斷絕關係，因為他們查到檔案，我的父親是「畏罪自殺」。——你知道嗎？我沒有猶豫，一點都沒有。我知道，那種形勢下，我必須在外面走得更遠。——後來，後來我畢業了，留學校了，當老師了，學校還找人去鄉裏調查，我跟他們解釋，我說我已經和家裏人斷絕關係了！說我父親死的時候我還很小，說我根本不知道他做過什麼。即便這樣，也是困難重重。我工作了多少年，出了多少成果也沒有被全盤認可。所以後來，我才落來香港。說實話，我這麼老了，我也不怕和你說實話了：其實，我不是因為怪你阿嫲給你太公浸了毒藥，也不是因為你阿公給香港寫信，怕被認成特務，我只是為了自保。那個環境下，我也只能自保。——斷絕關係的理由，可以想出千萬個，但我知道，那不過都是藉口而已。你阿公去世，你阿嫲去世，我都沒有給他們上炷香……

叔公說着說着，眼淚已經流下來了，但他只是吸了吸鼻頭，拿小毛巾擦掉，又繼續說起來：可能我說的這些，你都不能明白。你太小了。但我要告訴你，以前，我以為斷絕關係，我的生活就會更好。——其實根本沒有，我一輩子都過得不安樂。你太公膽小，而我，比他還更膽小。

忽然叔公喚我的名字，說，你還年輕，你要記得，一定不要像我一樣，因為眼前的小小利益，忘記你從哪裏來。

他突然轉了話鋒，說教起來，我不由地打了一個冷顫，連聲應是，可心裏卻在想：他是不是話裏有話？

我還未琢磨明白，叔公就叫了夥計埋單。四百多，夠我和母親生活一個月。他問我：今晚你有地方住嗎？我故作含糊地說：沒有。是的，這樣可以顯得委屈，顯得無奈。我以為這樣，他就會說些留下我的話，但他沒有，只說日頭還早，才五點半。我們只好散了一會兒步，一路他都沒有和我說起過去的事，只是講香港如何新，如何與大陸不同。

我們走在環形的天橋上，流動中的人龍裏，人們忙而不亂，像道道無亮的光，只有斷幀的影子尾巴，在暑氣裏循流。

叔公領我回了家，老嬸本來在看着電視，電視裏演着超級獎門人，畫面上色彩繽紛的壽司擺成一個圓花。老嬸本來嘎嘎直笑，罵着黐線，看到我跟着叔公進了門，一下臉都變了。叔公問我不是要去洗手間嗎？他幫我開了燈，讓我穿着拖鞋進去。上廁所到一半，我聽到外面有吵架聲，大感不妙。我沖了廁所，想關燈卻不小心按錯，打開了淋浴間的浴霸，光和熱赤赤地打在我眼睛上。忽然我只覺得，有點暖，拖鞋也有點軟。

我出了廁所門，撞上叔公從房間裏出來，他瘦幹的手臂伸出來，給我手裏塞了一個紅包。我生生往回推，但並不真的用力。他用家鄉話說：老叔只能做這麼多了。能幫的，只有這麼多。你好好找一下你爸，讓他有空來看我。你也別太晚回去了。

他說着說着，又哭了。我一度也起了雞皮疙瘩，似乎有一種傷感，像洋蔥的氣息般，霸道地闖進我的鼻頭，我可能流了淚，也可能沒有，我不太相信自己。

他見我還要推脫，就拉我出門，又把紅包塞進我的褲兜。他轉身去了屋裏，可是他坐在沙發上的妻子，正冷冷地看着我——和我的褲兜，她提起嘴角搖了搖頭。可惡。有那麼一瞬間，就一瞬間，我很想把紅包掏出來扔到地上，但我還來不及這樣做，叔公就拎着一盒藍罐曲奇出來，他把領帶塞進我的手，握了握，又說：要記住，你要記住啊。

他眼睛裏盈盈的，不像一隻鷹了。不一會兒，他揮手讓我去吧，我知道，我得走了。

華燈初上，坐上小巴，轉乘港鐵，我又回到原點。返大陸的人潮仍舊如湧，而香港居民的通道因為人少，顯得寬闊通暢。人們失去了朝早的活力，變得疲累、倦怠，像鬆了骨頭一樣，但他們也沒有慢下腳步。出去吧，回去吧，過去吧，彷彿喇叭裏響起號子聲，在催促着。出了關，我回頭一望——人山人海中，一萬個平素的面孔裏，我不知道，可能不可能，會有一張臉是父親。

我坐車到了深圳關外，找了一間網吧，十塊錢通宵。打開荷包時，我突然想起一件頂重要的事：兜裏的紅包還沒打開。我摸着很薄，紅包外面寫着「團團圓圓」和「平安富貴」的繁體字，裏面呢，藏着五張千元港紙。不多，也不少，夠我花費一陣子了。我打起了遊戲，只是怎麼玩也玩不進去，有點累，累得發疼，那藍罐曲奇的袋子像是長着刺，在我腿邊割過。不知怎麼的，我忽然很想很想要一雙拖鞋，那種帶着棉花的拖鞋。

想着，想着，我便睡着了。

我本來計劃好，明天就去把五千塊去換成人民幣，可是，當我醒來時，那個紅包卻再也找不見了。而網吧裏的人，都各顧各地看着屏幕，沒有人察覺到我在翻找東西。我去問前台，很着急地說：我丟了東西！能不能調監控？那個人懶洋洋地，看了我一眼。

沒有監控，你在這邊登記一下。他丟給我一個本子，上面吊着一根筆。

我本已經填了一半，可又不想填了，我知道，我失去的東西，是一定找不回來的。我一個人，從網吧出去了，沒想到外面，已經是正午，我抬頭看太陽，很亮，很辣。我只好向天伸出兩隻手指，夾住太陽，嘿嘿，這樣就不會刺眼了。

原來，太陽啊，真的是圓的。

（7001 字）

評審評語 //

韓麗珠

透過兩椿死亡事件，寫一個家族，牽涉兩代人的離散。手法和情感看似節約而平淡，細節卻鮮明而驚心。此篇通過一個家族的傷疤，揭開歷史遺下的碎片，所帶來的隔代影響，還有人性的陰暗和軟弱，視野較廣闊，野心不小。尤其喜歡篇中的敘事語調，壓抑，自我質疑，具穿透力。

優異獎

雪晴山

/黃戈

「一切都結束了。」某人收拾着行裝，準備離去。回想起這幾年，正是個神奇的歲月。希望、失落、苟且、有為，各種矛盾對立的情緒濃縮在一小段說長不長的時間之中，如黑洞奇點，事件視界下，是體積無限小，密度無限大。「不會成功的躊躇滿志，是虛妄嗎？」某人步出租住屈摺了幾年的劏房，望着本應晴淨的長天，沉吟數語，絮念不絕。

「你們這些人真奇怪，明明都差不多朝不保夕了，還日日想着遠在天邊的事」某人腦中浮現房東臨走前說的話，沉吟又深一層。房東提起過他在北京遇到的外賣小夥子，二十出頭，苟且在潮濕陰暗而霉腐的地下室中，以散工零錢渡日，但房內卻堆滿了無數談論國際大勢、外交策略、社會問題的書籍。於是房東也很毫不諱言，說他們這群人總是妄想改變什麼貧富懸殊的問題，殊不知道他們連自己的貧窮都解決不了。某人以前對房東的嘲笑不以為然，暗道房東「燕雀安知鴻鵠之志」可惜只是幾年時間，真不知是房東「不幸言中」還是「一語成讖」，他劏房室友年前敗走後，自己也遭到了相同命運。

說起劏房室友，房東總愛把某人歸在同類。但某人自覺除了同樣有不切實際的理想和願景外，追求和室友完全不同。室友老是把「左翼」掛在嘴邊，自稱什麼「真左派」，要實現分配正義，平等大同云云。某人對室友的理論不太熟悉，沒興趣熟悉，也不想熟悉。他是那種沒有離地中產的錢，卻比離地中產更離地的人。平時是有留意新聞時事，但絕不會深究事件背後的成因，更加不會像室友那樣走在「抗爭前線」。

年前深夜，室友一如既往，遊行完畢後，總愛和幾位「戰友」在某政府部門前繼續抗議。唯這次他真的想搞些事情出來。為什麼某人會知道？那天的幾個星期前，室友已經天天在密鑼緊鼓地計劃這單「大茶飯」，每次和同路人吵到半夜，火氣猶然未熄。那晚，在電視機前，某人看到室友眼中冒光，揮舞着自製的左翼紅旗，高歌道：「從來就沒有什麼救世主，也不靠神仙皇帝，要創造人類的幸福，就要靠我們自己……」某人清楚，這是《國際歌》的歌詞，他會知道，是因為以前本科的現代文學課堂上，提到瞿秋白的散文及其生平。據說，瞿秋白正是一路哼着這首歌，一邊從容步向刑場。而華語世界的《國際歌》翻譯，亦出自瞿手。室友說過，他想要的世界，就是《國際歌》的世界。但就在那晚，室友的「沖」字還沒喊出，發音還有一半扣在喉嚨上，埋伏在旁邊的恐龍小隊，就把他死死地按在地上，其餘數名隊友，陣列像豆腐一樣，被小隊摧枯拉朽。事前的那些生死狀和遺書遺言，顯得有點滑稽。室友想像英雄一樣，伴隨着豪言壯語落幕，那樣他還能做到精神不死，但現在官方關了他兩天，對他採取不理不睬的態度，反正時間一到就放他走，讓他做不成英雄。室友成全不了烈士意願，只能窩窩囊囊地離去。

幾天後，不知道室友經歷了什麼，回來一直有點神經質，嘴邊總是幽幽絮絮地提到「雪晴山」的名字。他那首信仰之歌，唱起來也是斷斷續續，聲音有點尖細淒厲，甚至邊哭邊唱，歌詞也變成了「靠不了我們自己」。只是幾天，只是幾天，室友好像完全成了另外一個人。偶爾還會使力推搖着某人，大喊道：「我要去雪晴山，我要去雪晴山」。房東受不了室友的擾嚷，怕他是真的瘋了，急忙斷了他的租約。室友臨走前，精神狀態又變回了正常人。他收拾完行李，對某人說：「你以後有什麼日暮途窮的時候，就是雪晴山吧！」然後又說什麼他信仰崩潰那幾天，耳邊一直受到一些不知名的低語，叮囑他要去雪晴山那個地方。某人完全局外狀況，搞不清室友到底發生了什麼事，但出於禮節，也只好回聲「有心」。

室友離開後，某人繼續住下來，自忖應該不會跟室友遭遇相同厄運吧！室友關心的是社會狀況，屬於社會科學範疇，他口中的政治和社會學理論沒有半句聽得懂。而且室友走得太前，跟車太貼，到現在翻車了，與室友本身的性格也不無關係。某人自己是學古典文學的，心態上極像《盛世》中的老陳，只要有古典大部頭可以讀，一切都足夠了。於是時常自評，他就似吳文英一類文人，才情極佳，但既和吳潛郊遊，也與賈似道祝壽，文人就是單純的職業文人。可是千算萬算，就算漏了眼前的失誤。如果是王勃，還能寫寫《滕王閣序》這種獨呈文辭之利的篇章，混持一下聲名。若在韓愈、歐陽修的時代，幫人寫寫碑銘墓誌，又能賺賺不差的外快，即使潦落如孔乙己，都可以抄個書，拿幾個銅板去咸亨酒店溫一壺酒，順便教一下店小二「回」字的四種寫法。某人永遠不記得，讀這個科系是要乞食的。三年下來，考研的失敗，稿海的無聲，在在打擊某人的物質與精神。而三年的教學助理生涯，本以為只是撐到功成之日，是過渡政策，但當有日發現，這不是暫時，竟將是永遠。某人不禁想起了卡繆《鼠疫》的情節。當瘟疫到來之初，每個人以為一段時間就會恢復原狀，於是「竭盡最後的力量讓自己撐過如此漫長的痛苦折磨」。但當他們察覺，瘟疫退場可能沒有了期，則「勇氣、意志與耐心瞬間瓦解」。因為「似乎永遠也爬不出這個洞」。只要還有期許，困境就不是困境。只要，還有。

某人辭退了教學助理的工作，房東怕他交不起租金，還勸了勸他要不要讀個教育文憑。但某人很偏見地回道：「這個社會上，如果你思考有深度、高度，就進學院搞研究，如果你運用夠純熟，就加入業界，前者代表你想得好，後者代表你用得好。若你思考不行，應用又不行，那只能當一名中學老師了。以上情況不包括本來就有意往教育發展的選擇。有教育理想的人絕對值得尊敬。」房東問說：「你讀這系出身的，不做老師，想乞食？」某人是這種人，但他不認為自己是這種人。於是，他有了今天敗走雪晴山的結局。在黃昏夕照一刻，某人登上直通車，絕塵離城。城中某處，遠方一個高爾夫球，在偌大的球場上翻轉滾動，其沐於金光之中，彩麗俱明，色影流轉，真一個「第五產業」、「十七萬從業員」的美好太陽。

據室友所說，雪晴山在東南沿海一處海風浩漫之地，具體位置不詳。某人大車轉小車，大城轉小縣，幾番勞碌波折，終在一處山間小村下車。詢着村裏人，無人知出處，而室友所指之地，根本無路可走。但某人在片面之詞的嫌疑下，還是鬼使神差地往山間絕道走去。前方草石橫雜，蟲網旁生，愈走愈荒涼。在烈陽火傘下曬得幾近成乾，方有途窮慟哭之悲，行將及返之際，前不遠處，無端一江橫過，澄照如練，光影亮刺，境界驀然開闊。一名白髮蒼然，赤裸上身的老者，正在江邊渡頭瞌睡。聽到腳步聲近，立時過來幫某人拿行李渡水。

「是去雪晴山嗎？」老者年近七十，但聲音雀躍得像個十七歲的少年。「你知道雪晴山？」某人認為自己很冷靜，但其實他已激動得微微發抖，口音略泄。「懂呀！過了這江，看到路就走。你們那裏的人，也算愛來雪晴山吧！」某人本想打聽室友的消息，但木筏劃動後，老者的臉色突然沉了下來，某人不好意思開口詢問，就安靜下來。渡過江後，某人依路而行，終於找到了村子。

某人剛到村口，一名中年大叔前來迎接。稍加問候，互道姓名，得知這名大叔，正是村長，職務之一，就是迎接外賓。村長領着某人到村中客棧落腳，沿途有不少村民打量着這位外來者。看他們的神情，對外人沒有半分好奇，感覺他們好像也是外人一份子。但每個人的精神面貌倒算敦厚老實，少了幾分城市人的緊張多慮。某人再次想打聽室友的消息，村長卻回說室友早就得到自己想要的東西而離去了，話中閃過一絲某人不曾察覺的詭異微笑。許多問題，思緒難止，但安頓好一切後，星月已出，蟲鳴斷續，一夜已臨，兼且旅途勞頓，故趁早入睡，待天明方一一解索。

次日正午，吃過早飯，村長領着某人，導遊山村。「其實，我們雪晴山的村民，已經不知道可以追溯到什麼時候了，有族譜的年期，就只有幾百年左右，但我們肯定在這裏住了不止幾百年」。兩人自村口開始，邊走邊介紹着雪晴山的背景。「為什麼你這麼肯定？」某人說。「我們祠堂就不止幾百年了，而堂中供奉的神像，可以算到幾千年的歲月」。兩人來到祠堂前，村長示意某人千萬不要進去。雪晴山的村民絕對歡迎外人，而外人在村裏，也享有除了進出祠堂之外的所有自由。某人按捺不住好奇，自外瞥了進去，只見一群人四伏地跪圍着祠堂深處的神像，堂深而陰暗，日光不進，只有燭火數枚，卻繚煙多蔓，自外而窺，僅見神像大概，其形雙爪尖利，背長雙翅，頭為章魚，下頜和身旁出現無數觸手。不知是否做工精細，過於傳神，就算只見大概，卻覺其觸手似在蠕動，觸尖順着某人的視線，分不清是某人視線吸引觸手，還是觸手牽動着某人目光。某人不清楚宗教研究的話題，但也察覺這尊神像完全不似平時接觸過的宗教圖騰，而且奇怪的是，他注視着神像，卻如神像在死死地盯着他，之前那把驅動他往雪晴山的亂囈低語，又浮纏心頭，某人涼氣倒抽，於是急急避開神像視線，亦着意村長離開。

雪晴山，劃地蓋而分三，除了以祠堂為中心的村子外，還有下方海灘的落風灣和山上的思崖洞。落風灣如頭盔狀鑲在海崖之內，三面俱壁，只開一處，放海水進來。落風灣奇怪的地方在於，海風很少直接由開口處吹進灣中，反而盤旋多時，才在盔頂的洞口灌進灣內，因而形成落風景致。村長為某人在海灘上帶路覓處，踏過平沙碎石，繼續而是滑苔亂水，來到灣內，也不算容易。某人察覺灣中水波層動，底下似乎有一堆白色球狀的東西。村長回他，說道這是先祖之地，過去的日子都放置在落風灣中，等他們漸漸隨着海風海水歸與天地。而那些白色球狀，就是還沒腐蝕的先祖骸骨。某人信了九成，因為他也沒其他資料和知識可以驗證村長的說法，只能說是就是。還有一成保留，是因為他感覺室友就是那堆頭骨之一。但這終究只是感覺。

既然是先祖之地，逝者為大，生者多留，徒增騷擾，於是兩人往山上思崖洞走去。一路上，某人都看到了不少狀如雪花的植物，村長介紹，這叫雪緒花，也是雪晴山得名的原因。當花期一過，海風吹來，花瓣都如雪雨紛飛，好不壯觀。某人摸了下花瓣，覺其異常堅硬，觸感反而有點像成粉的石頭。這花村子裏也有，但不多，落風灣完全不見，但在思崖洞的路上，雪緒花異常增多，而漸行漸高，視野愈闊，才知整座山都長滿了大片大片的雪緒之花，在陽光下反着刺眼的潔白，還真有點山舞銀蛇的感覺。

思涯洞，前洞似瓶頸，後洞如瓶腹。雖名為洞，但其實洞直入山腹之中，是以瓶腹幾如山腹。這洞很明顯經過人工的開鑿，但村長卻堅持這是天然形成，乃天賜之地。某人一進後洞，瞬間有點驚呆。其洞頂高懸，洞內廣闊，流風於洞內空回翻轉，而日光隔絕在洞頸之外。所幸頂處似有佈滿發光之物，自漆黑的洞中上望，別有一套星辰系統在運轉流行。由於洞內太大，某人穿過洞頸，錯覺天地突然由正午變夜午。而憑藉洞頂星光，依稀可見，洞內擺放可不少高過人頭的巨型書架，架上排滿了整齊的內餡。走近其中一個書架，隨手取過一本，封面題曰《杜集》。某人初見無甚奇處，覺得不過是杜甫作品集一類書籍，待翻過頁後，寫道：「杜甫文集六十卷」而題時為「大曆二年」。某人很久以前，煩惱過杜詩《閣夜》最後一句到底是「人事依依漫寂寥」還是「人事音書漫寂寥」的問題，於是追尋了不少杜集版本，無論是經典的仇注杜詩，還是宋代的九家注、千家注，都不得要領。只能在較早的北宋二王本中，窺見那一鱗半爪的線索。二王本正文作「依依」，文後另有小字作「音塵」。在早期版本中，並沒有「音書」一項。或許此詩最早是作「依依」，至於後來變成「音書」的原因，由於文獻不足，某人只能猜想三個答案可能，一是抄錄之誤，塵書字形相似，因而相混。又或者是偽書作祟，宋代就有一個偽託王十朋的杜集版本，其正是寫作「音書」，又又又或者，是明清兩代人愛改文獻的喜好等等。本來杜集有大曆三年，也就是杜甫去世後的樊刺史《杜工部小集》版本，雖然只收二百九十多首，但如果這集中有

《閣夜》一詩，而其成書又極近杜甫，該能得到更可信的答案。而杜甫在世時，也已有所謂「文集六十卷」的流傳。可是年代久遠，在世時的結集早不復見，至於那本《杜工部小集》，胡仔《苕溪漁隱叢話》聲稱見過此書，或許在南宋時尚未失傳。但昔時某人走遍各處，亦難訪尋正本，詩之答案，因而不了了之。想不到今日在思崖之洞，居然能見夢寐已久的版本，心下驚懷，略不能止。但某人很快恢復了理性，中國偽書那麼多，甚至有明代姚士粦的《孟子外書》例子在前，聲稱的版本倒未必是真的版本。村長見某人呆了良久，認為某人對此書頗感興趣，於是提議某人，帶回客棧慢慢細讀。「書可以帶離？」某人說。「非常歡迎。書就是給人看的嘛！我們雪晴山藏書豐富，每個外來人都能在洞裏找到自己想讀的東西，只要你想就得了，上次那位朋友也是這樣的……」兩人出了洞，又見日薄西山，雪緒染成暗黃一片，浮雲暗瞑，恍然打翻了的藍墨水，蔓延天際紙邊。

第二天起來，某人本想上思崖洞，看下還有沒有平時見不到的善本，正吃早飯時，一名咸亨酒店小二年紀的男孩走近某人身邊，眼睛精靈地看着某人。某人不解問道，小孩回說：「叔叔，請問……」「等等，別叫我大叔。」某人止住了小孩，心裏有點不是滋味。本來他那個年紀就是曾經青春的代表，想不到現在也到了被人叫大叔的歲月，殺豬刀果然不饒人啊！「你要是叫我哥哥，我就答你問題」，那小孩也是個鬼靈精，懂得見人臉色行事，順着某人心意，真的叫了聲「哥哥」。某人豬心大悅，笑道：「很好，終於有人聽到我說的話了。講吧，會答一定答你。」「哥哥，請問《閣夜》最後一句有多少個版本？哥哥！」某人吃了一堆人造糖，心滿意足地清了清喉嚨，說道：「這個嘛，回字就有四種寫法，而《閣夜》，則主要有三個版本，音塵、音書、依依。就目前可見的文獻來看，最早而較全的北宋二王本正文作『依依』，應該暫時可當作之，如果有其他文獻可證，則不妨再改……」盡興地教完小孩，村長走了過來，說道：「你有沒有什麼手稿之類的東西，我想印一些給村民，讓他們有點東西可以讀。」這下不知村長是有心還是無意，觸到了某人心中最介懷的情緒。說實在的，某人包裹，除了幾件衣服外，就剩下一堆當日寫下的手稿了。他一年其實寫了不少字，有創作有評論，各種文體各種題材都有寫過，倒不是他真的對所有寫過的東西感興趣，而是他時常有種時光壓迫的感覺，說得好聽一點，是急於證明自己，說不好聽的，是想一步成名。而某人的確認為自己與眾不同。但寫了這麼多，能刊登出來的，幾乎一個字也沒有。急於證明自己的結果，就是急於證明不了自己。如果你一直以來都覺得自己是獨異個人，別於庸眾，但有那麼一天，發現自己其實沒有那麼突出，就真的是凡人一個時，心態上真的很難適應下來。某人會來雪晴山，倒不是在說他意識不到自己的平庸，而是良久轉不過來的不甘平庸。「如果可以，我寧願一輩子都以為懷才不遇。」他曾經私下如是說。某人把所有手稿交給村長，又自己一個人上了思崖洞讀書。路邊的雪緒花，隨風搖曳，花口怒放欲吞，似乎到花期盛放的顛峰。而顛峰，意味着不再顛峰。

大約過了一段不清楚的時間，某人在村裏路上閒逛，無端發現居然有不少村民都在讀着疑似是他寫的東西。「叔……哥哥，『逝水長歌傷雪見，關山失路笑途窮』兩句是說荊卿和嗣宗嗎？」某人回過頭來，小孩拿着本詩集問他。他取過詩集，確定這真是他自己寫的七律，翻過書頁，仿古典線裝書的封面上，題着：「某人七律校集」。「奇怪了，書怎來的？」某人問道，小孩討價還價地說：「你說了我再說。」某人平生第一次享受到作者身分優勢的解釋權，不自覺地挺起屈曲經年的身軀，裝模作樣地說了個模棱兩可的答案，小孩雖然有點鬼靈精，但那種連專業評論人也未必能分辨確切的答案，一個幾歲的小孩，自然也未能得之。在半帶忽悠的回答下，套出了某人想要的答案，依照小孩指示，他找到了村子裏的小型書店。但見書店早就排起了人龍，而書店四周，也有不少村民翻讀着那種仿古典線裝書，書上的封面，竟然全是他自己寫過的東西。

「喲！你來了。」村長在店中留意到了某人。「其實，我想知道發生了什麼事情。」某人說道。「你先前給我的手稿，本來印了些給村民看讀，反應有點出乎我們意料的好，所以我和店長商議，看能不能刷多幾本，讓村民們都能讀一下你的『大作』。」村長的話令某人覺得不好意思，畢竟這麼多年來，除了幾篇登在報紙上的短文外，他的所有長篇都沒能得到任何回音。手稿堆積成山，還是活不成自己。以前學科第一的，永遠都是口頭上佩服他「才情識見」的同學。之前滿懷壯志的申請考研，最後亦音訊全無。他一直都想對外宣稱並展示自己的文才造詣，但這麼多年，由中學到大學再到現在，卻完全沒有任何一件事能夠證明這個論點。成績出不來，再多的「單方面宣佈勝利」，也無法再壓住失敗的心態惡鬼。高山自信，無端變成谷底自卑，箇中原因，仍是以為不俗卻是平庸的心態轉不過來。但沒想到在日暮途窮之際，居然在這個極度偏僻的地方，完成了願景的部分補足。那份壓制不住的虛榮，再度死灰復燃。先前就說過，他的願景非關任何宏大的論述，只是想證明自己很強而已。而相較於證明自己很強，更重要的還是出於自己是廢物的恐懼。販賣恐懼永遠比虛榮有效益，虛榮的背後，其實也只是恐懼的鬼魂。「所以我是因為恐懼而來？」某人心中隱約浮現了個恐怖的想法，但他很快又壓了下去。

某人問店長要了套自己的全集，包裝整理好後，店長還想幫某人送回客棧，不過為了避免某人不好意思，特意對他說，如果他能解答自己某部小說的人物暗示，就幫他送書。某人不知店長深意，真的心安理得地以為是合理交換，於是跟店長討論起了自己小說的情節。一個作者，或說一個聲稱的作者，能遇到一個肯跟你討論的讀者，那就真的三生有幸了，哪怕真的只有一個。離開書店前，某人瞥見了自己那些排豎在高架上的全集，雖然看起來沒有二十多卷大部頭的著作般壯觀，但起碼證明了自己，是真的有東西寫了出來。雖然這種想法有點恬不知恥，然而誰又在意呢？

當天晚上，某人回到客棧，讀起了自己寫的東西，回味那種可感的虛榮。此時，一陣聲響，村長推門進來。「你得到自己想要的東西了嗎？」村長說。某人合起自己的文章合集，緩緩地平放在桌上，房內燭光影動，照得書籍忽明忽滅。「某程度上是吧，雖然只是在村內流傳，但作為一名作者，作為一名現在終於能自稱作者的作者，應該也可以了吧。」某人說。「那就好，那就好。」村長轉身準備離開房間，「你先睡吧！明天有事找你。」村長的臉又抹過一絲詭異，但背對着某人，他也沒有察覺任何異樣。吹熄燈火，翻身睡去。這是幾年以來，睡得最安穩的一刻。窗口邊上的雪緒花，吐着異豔的芬芳。

黑風把某人的美夢刮醒，某人感到幾陣尖刺的痛楚，翻身跌下了牀。收拾心神，卻見自己身處破敗廢墟中，到處是斷垣殘壁，屋頂塌了大半，露出暝墨四溢，濃雲密佈的天空，而黑風，正肆意掃卷着雪晴村。某人心下不知所措，只能捲起被子，縮在廢牆一角，但對於吹襲而來的黑風，沒有半分幫助。受不了黑風刮身的痛苦，加上風聲狂嘯，又似無數細針灌紮進耳，某人艱難地留意到思崖洞上還有一絲燈光，於是就像看到了救命稻草一樣，拚了命般，跌跌撞撞，連滾帶爬地往洞上走來。

好容易進到洞口，又見洞中已非昔日光景。變成了一個只是淺淺地崁進山體的兜子，洞內只有一張石桌，桌上正擺着那尊祠堂的章魚神像，動着觸手，張着紅眼，緊盯着他。某人心下發寒，耳邊盡是絮絮喃喃，回音不斷的低語。洞外雖然黑風蔓天，但某人就算承受不住的物理痛覺，死也要離神像而遠之。

他走出了洞外，黑風腐蝕着他的形軀。某人看着自己的雙手，皮肉先是如沙子般隨風消散，化而漸見皚皚白骨，過不多久，連骨頭也開始煙滅成燼，消散成白色的粉末。頭骨失了身體的支撐，又為黑風所捲，在空中旋了無數圈，一彈一彈地向落風灣跌滾下去。但某人還有意識存在，頭骨視角天旋地轉，想吐又吐不出來。待頭骨撞上硬石，彈出崖外，直墜落風灣的盔頂空洞，「卟通」一聲，掉進水裏。海水灌進眼睛，沉到淺灘底部。

幾天過去，黑風停息，天光放晴，他四散成粉的身軀，漸漸地飄灑在雪緒花群中，凝結成了那雪白的硬粉。蒼髮老人緩緩來到落風灣，網撈起了灣中白骨，和着廟中章魚神像，加水倒在木桶之中。不消一會，神像消融水中，頭骨也漸漸變成粉狀，或沉或浮，佈滿水中。老人沿路不斷地灑水，餵飽路邊的雪緒之花，等待着另一個人的到來。

「雪晴山，是沒有雪的」老人如是說。

（7995 字）

// 評審評語

黃念欣

或許每個人心目中都有一座雪晴山。隱世文青一樣的主人公活脫是現代版的書生，雪晴山就如一面龐大的風月寶鑑。「正照」是劏房中懷才不遇的鬱悶與唾棄，「反照」是洛陽紙貴知音不絕的雪晴山。迷戀鏡像的下場是粉身碎骨，化成點點如雪的粉末，結局或嫌通俗，但夢想教人執迷不悔的吞噬力，絕不過時。

優異獎

祖利亞

/ 張雅欣

我打一條長長的巷走過。有三數個女工，蹲坐在巷的兩旁。她們蹲坐在小板凳上，輕快的把碗在掌心擰了擰，隨手掉到毗鄰的一個塑膠圓盤裏。水起初透露着盤底的顏色，後來碗漸漸多了，只浮着白泡。碗在盤裏，過水過不清。女工把碗在水晃兩晃，還是過不清。這也就算了。

這些的碗一個跟一個，在石灰牆前疊成一棟。白色的碗愈疊愈高，到了某個高度，便會彎彎的垂下來。碗抖落的水，點點滴滴的匯聚成一條溝，靜靜爬到女工的水靴跟。女工絲毫不為所動。她束涮白牛仔褲的腳，插在黑色塑料水靴裏，像幼稚園的小孩，正專注地把一塊塊積木疊高。碗疊得愈來愈高，跟小巷兩側的大廈，有種比拼的意味。只是，碗疊得愈高，垂得愈低，顯得脆弱而勉強。

「媽。」我喊那個洗碗的女人。

「媽。」

她沒有抬頭。

「媽。」在這個給冷氣機引擎聲佔滿的小巷，人與人之間的說話必須重複上幾遍，直至聽得見。

那女人終於抬起頭來。

我和祖利亞危坐在天台。天空一片蒼白，不解為什麼這個城市，燈紅酒綠，偏有人喜歡盯着她的倦容。

我和祖利亞都不發一語，腳底下的車聲在耳邊毛茸茸地搔。

祖利亞今天穿的襯衣，米黃色底上跳躍着一支支紫色的小菊。有一天，她在家裏的飯桌上讀報。她說，這花紋挺好看。於是取出一把布剪，把一大幅桌布裁了下來。因為不懂得替自己度身，襯衣顯得過分鬆身。她媽媽有點怪責她。想是看不過眼她變漂亮的緣故。

幸好襯衣造得鬆身。沿路走來，並沒有多少個男人注意到祖利亞。小巷裏蹲着聽收音機的阿叔，都沒有抬起頭來，繼續「幸運之星」與「勇武騎士」之間的爭論。祖利亞的白布鞋，準繩地落在污水窪與污水窪之間。男人們的眼睛，沒有循她一雙纖幼的腿爬上來。

其實我知道，祖利亞的胸脯並不小。

這幢大廈位於油麻地祥興街一號。祥興街七號，某種意義上，標誌着我的世界的外圍，我抵埗了，便會走回頭。有時會直接回到起點，有時拐進內街，到公園看麻雀。麻雀愛吃阿公阿婆扔下的花生殼。牠們吃得很專注，別人的腳要踩到頭上，牠們也只是往左或右彈跳幾吋，沒有放棄過啄上的殼，犯賤得很。

我手上提着塑料袋，裏面有一碗燒汁烏冬加三粒咖哩魚蛋。有時塑料袋晃到大腿上，燙到了我的肉，令我稍為走了神一下。然後我又會逼令自己專心看麻雀。直至塑料袋晃來了幾遍，到了我不再重新專注的地步。

後來我才知道，烏冬是祖利亞煮的。

我家位於祥興街一號的唐樓。我們本來租唐二樓，樓上的大肥佬，常常穿木屐，在主人房走動。我媽就睡在樓下的主人房，晚上經常睡不好，出來喝喝水，上上廁所，或者在沙發呆坐。我自己另有一間房間，用電視櫃和衣櫃間出來，不清楚母親到底聽到什麼。只是，有時夜半，穿過電視櫃頂看我媽時，我彷彿看到另一個人。晚飯我媽煮了我愛吃的雞翼和我不愛吃的芥蘭菜，那菜要嚼上半天才吞得掉。我吃下了一隻雞翼，忍不住問，大肥佬是怎樣在你頭頂走來走去呢？母親用兩根手指，敲在黏木皮的摺枱上，咯咯，咯咯，這樣囉。她兩根手指敲着敲着，敲到我的大髀上。大肥佬為什麼這麼肥？因為大肥佬吃好多、好多的東西囉。她把我整個摟住了，模仿大肥佬把我吃掉。我開心得尖叫起來，咯咯笑個不停。

父親時常要駕貨車回內地工作，我很少見到他。媽媽說，內地是一個很危險的地方，在公路上，不時有怪獸出沒，爸爸駕車要很小心才行。這讓我理解到，為什麼打給爸爸的電話，總是長響而沒有人接。

但始終有時爸爸會回來，媽媽叫我千萬不要提起公路怪獸的事，說爸爸在內地已經嚇個飽，下來了就不要再讓他想起。我真怕爸爸要嚇得尿在沙發上，我還要坐着看卡通片和吃媽媽做的蛋多士。我就住口不說了。就這樣盯着他在一個湯碗後，呼嚕呼嚕的喝着湯。

有一晚，媽媽做了爸爸最喜歡吃的薑泥芥蘭。他吃得很貪婪，一大撮一大撮的往碗子裏夾，肚子比平常快的從褲頭溢了出來。

那天晚上，窗外淅瀝淅瀝下着雨，媽媽給他遞了一把傘，着他小心駕車。

那天以後，我再沒有見過他。

我問媽媽，她說，爸爸吃太飽，給怪獸抓去了。

她的神情很輕鬆，我想，是怪獸會善待爸爸的緣故。

自爸爸離去以後，大肥佬開始在母親房間的天花板頂作怪。我經常在母親面前說起大肥佬、問起他是如何走路的，讓她的兩根手指，在我身上不同的位置敲。

其實，我並不關心大肥佬如何走路。

之後我們搬到了唐八樓。放學背着書包，要走很長的樓梯。八樓的單位也比舊居小一半，包租公把另一半分租了給南亞人。有時經過唐三樓，我忍不住躡手躡腳，走到大肥佬的門前。我是有種感受，人是住得高的高級些。現在我終於可以爬過大肥佬的頭了。我甚至不敢從防盜眼裏窺探他一眼。我就是走到他門前，狠狠的做個鬼臉，好像他會看到似的。

搬到新居的那天，我跟我媽把所有家當，從唐二樓搬上去。家中的電視櫃、大牀、衣櫃，好像已跟房間融為一體。到它們必須移動了，像小朋友賴地，老是往舊居的方向扯回去。跟我媽把衣櫃搬上去時，我把一個七歲的男孩有的力氣全挪出來。左臂上因打了卡介苗而長的眼睛，攝錄機似的記錄着這一切。一櫃之隔，我媽在櫃的另一端，臉上到底是什麼樣的表情，我沒看見。然而今天我能夠肯定，櫃之所以能升起六層樓之高，絕大部分是她出力的緣故。

把櫃搬到唐八樓以後，我已累得坐在門口，任我媽把櫃搬進去。我的兩條手臂軟軟垂在胳膊下，腳則打開地攤在地上，好像一個大笨鐘。因為累，雙眼很快就模糊了，眼前的一級級樓梯暈化開去。

沒多久，櫃子便從單位裏走出來的。我媽在櫃子後探出頭來，面上帶着油光和笑容，說：「裏頭放不下。來，搬下去給收賣佬。」她的目光，近乎是雀躍的。我想是她覺得把衣櫃搬下去很新鮮的緣故。在這以前，我們已經把東西，不下五六趟的搬上來了。

不久，我媽找到了一份全職的工作，在溫記茶餐廳洗碗。自此，她幾乎沒有再在家中做晚飯。晚飯甫開始，洗不完的碗，從客人的桌上給撿到大藍桶，拉着根麻繩給拖到後巷。她給我紙鈔，着我到街上買飯去。我經常都會用各種組合花光那一張鈔票。有時是泡麪、燒賣和一罐芬達橙汁，有時是燒汁烏冬加魚蛋，總之很少正正經經的買盒飯。我媽看見垃圾桶裏的膠兜，常說這些東西沒有營養，勸我不要再吃了。可是，她太小看我了。我也不是這麼賤，我對味道，還剩下那麼一點點的追求。

便利店內形形色色的發泡膠盒和冒着熱氣的小食檔，滿足了一整個發育時期的我。如果人是由他所吃的東西組成，我想我自腳趾到肚臍，全都是魚蛋和烏冬。

母親到溫記工作的那一年，我八歲。

街道下有一架救護車駛過，嗚嗚地輾過橫街。祖利亞的腳因為沒有支撐，無意識地一踢一踢的。

我看她這樣坐着，好像隨時會掉到街上，想把她摟緊些。但是彼此坐在天台邊緣，誰碰誰一下，一個不小心，可能就把對方推了下去。

四月的天開始悶熱起來，祖利亞束了一條馬尾，露出雪白的脖子。在這灰濛濛的舊區，她的脖子，好像一條潔白的街。

祖利亞垂着頭，看着救護車遠去。可能是一戶人家把粥煮糊了，可能是有人困在升降機裏。在這個工廠已經陸續撤去的城市，發生火警的機會並不多。祖利亞的眼光跟蹤着救護車，直跟到祥興街七號以外的街角。

考進大學以後，我決意搬進宿舍。離家的一天，我乘坐七十二號小巴，駛離了祥興街。我拉着一隻行李箱，祥興街七號的便利店變成一梳綠色的光，刷過了我的眼角。我想到世界的牆以外是什麼的討論。我認為今天我踏上了揭開謎底的旅程。

每逢週末，我便會回家。我媽多數選擇留在溫記，與成千上百隻髒碗子周旋。有時難得放早班，或是放假，她卻不煮了。有時是胳膊疼，有時是沒有原因，總之就是不煮了。她總是從溫記打兩個飯盒回來，大讚老闆人好，飯盒反正賣不完，容許她帶回家。

我真懷疑為什麼她一天到晚對着雞骨頭，還能樂滋滋地用手吃雞翼。

我更懷疑她從前做的雞翼，是不是全都從溫記撿的。

於是我又到街上去，走到我以為一輩子都不用再光顧的便利店。

就在那個仲夏的晚上，我重新走到祥興街七號，叫了一個燒汁烏冬加魚蛋。一個年輕女子接過我的紙鈔。我想到從前，為什麼在那些光顧便利店的漫長歲月裏，沒有記得任何一張職員的臉孔，彷彿一踏進便利店，就是為了吃，就是為了飽。就像還沒有開眼的嬰兒，不知誰是母親，嗅到誰的奶頭，都一臉栽上去。

對此我感到相當羞愧。

我努力地觀察着眼前這位身兼收銀和小食攤、值夜班、大抵要一個人兼顧清潔和收銀的女子，試圖理解着過去是給什麼樣的人填飽。這時她已經移動到右邊的小食爐。她總是垂着頭，讓我看不清她的臉。只見她專注地拿着勺子把烏冬放在熱水格，仔細地用木筷子把麪條鬆開。

在她把烏冬遞到吧枱的一刻，我留意到她制服上勾着的名牌。

以後，這個名字成為了我生活的一部分。

祖利亞是一個快樂而易於滿足的女人。大學畢業以後，我在一所大學擔任研究助理。祖利亞常常到學校來，接我下班。校園裏的飯堂不用繳租，飯餐價格比外頭的館子便宜不少，故此我總是提議近近的，在學校吃不就好了。祖利亞欣然同意。她喜歡本部大樓仿如鐘樓的設計，我向她解釋，大樓以文藝復興時期的風格建成，頂部有一座高塔和四座角塔。她似乎並不明白。從小，母親不常理會她，一天到晚到公園裏跳舞。有時跳芭蕾，有時跳森巴。憑着在北京舞蹈學院畢業的幌子，她總能比同齡的婦女，多收幾個茶錢。其實，北京舞蹈學院沒有教森巴。十四歲的祖利亞，一天買菜回家做飯給弟妹，經過了廣場，脫口而出。阿叔青筋盤踞的手正向母親貼薄的舞衣伸出，卻被祖利亞的話止住了。他並不關注北京舞蹈學院教不教森巴，卻被祖利亞的臉頰吸引。任得祖利亞的母親極力擋在中間，他向祖利亞靠前了一步。祖利亞嚇得拔腿便跑，一個馬鈴薯從紅色塑料袋滾了出來。回家後，她自然被母親毒打了一輪。祖利亞還以為是自己弄掉了馬鈴薯的緣故。自此母親把更多的家務卸在她的身上，以致她完全沒有辦法專注於學業。勉強捱到中學畢業，她便到了便利店工作。這造成了她的知識淺薄與無知。

故此我難以責怪她只道殖民時期的建築是鐘樓。

我和她都決定了吃雙餸飯，在收銀機前排隊。我比祖利亞站得前。輪到我們下單的時候，我拿出八達通，猶豫了一下。我應該叫祖利亞一併下單，一併拍卡嗎？二十八塊的飯着實不貴。可是，我只吃一份的餐，卻要付兩份的錢，心裏隱隱有種痛。如果長久下去，我的膳食開銷豈不是以雙倍計？研究助理的月薪一萬多。最怕是做壞了規矩，以後每頓飯得如此。但是，若我匆匆下了自己的單，移動到水吧，把祖利亞落在後頭，也真太難看了。何以為了那麼一點點錢，把自己的風度掉了，說是幾百塊的一頓飯還要值得些。我真惱恨自己為什麼比祖利亞站前了半個身位，非得經歷這一輪痛苦的掙扎不可。如果祖利亞站在我前面，作為女子，她不必邀請我一併下單，這樣我倆都不必經歷如此一趟煩惱。我心裏有點恨恨的。平日在街上，等車子，上電梯，祖利亞總是稍稍地落在我身後。我起初還以為是出於羞澀，現在才知有這戰略性的意義。

想到這裏我不禁斥責自己，樸素如祖利亞什麼時候想過佔我的便宜。

最後我還是替她付了。我倆找了個位子坐下，都吃兩餸飯。我叫了雞翼和通菜，她叫了薯角和蒸水蛋。我看她像一頭狗，垂着頭，牙齒撕開薯角的皮，慢慢吃，還要在吞嚥之間，流露出笑容，心裏忽然覺得很慚愧。她來接我下班，我沒有把她帶到什麼像樣的館子，就逼着她跟我吃這些便宜飯。她可是半句話也沒有說，就安靜而快樂地吃她的飯。我忽爾很想摸摸她的頭。

祖利亞不常吃肉，是小時候家裏做飯的錢不夠買肉的緣故。而且做肉類菜色一般較耗油，不及雞蛋馬鈴薯一類便宜飽肚。我小心檢查着她有沒有吃剩一顆飯粒，以致浪費我的金錢。

後來有一次，她沒有把飯吃光，便住了筷。我問她，你飽了嗎。她說有一點。我便提議以後我們點一客飯，兩個人份。如果真的不夠，可以要個麪包。

再後來，我說，反正兩個人吃一客飯，未必吃得飽，不如她煮好便當，拿過來學校跟我一起吃。校園有處風光很美，有涼亭、籐椅和噴水池。

最近，我決定不讓她奔波了。既然我下班後也得回到祥興街，她晚上也得到便利店值班，倒不如留在祥興街。祥興街一號唐樓的天台，風很涼。而且能夠細細觀察地面上車的流動，感受城市脈搏，在某種意義上，都可與鐘樓相比。

今天，我們又在天台上吃飯。救護車已經完成了它的任務，關掉紅燈和鳴笛回程。比起去時響徹整個油麻地的嗚嗚聲，顯得垂頭喪氣。

祖利亞一如平日沉默，只管垂着頭，含抿着嘴。

天氣開始悶熱，有些富裕人家開了空調，盡把廢氣往街上噴，以致街上氣溫更高。

在天台乘涼的說法根本站不住腳。

兩個紅色的飯盒裏，雞翼一隻倚着一隻、鯪魚餅一塊倚着一塊的，整齊得像高級日本料理店門前的陳設。

這午餐盒比母親當年做的要精美。

我和她坐在石壆上，腳下完全沒有平台或騎樓作緩衝。

如果真的要掉下去，這裏可沒有任何的扶手或圍欄可以抓住。我唯一可以抓住的是祖利亞，可是這樣她會一併往街上摔。幸運的話，我們會把果汁檔展示人前而從不使用的鮮橙壓成果汁。不幸的話，我們可能會毀了一輛外來的計程車或是凌志。

我想跟祖利亞展開一個話題，卻發現我們並沒有什麼共同話題。除了吃烏冬和吃便當，我們的生命並沒有什麼重疊的地方。

我想到了寫信。也許我可以給祖利亞寫一封情信。她雖只得中學畢業，大概也能夠明白信上的字。關乎情感的事，並不需要用上高深的學術用詞。比如建構，比如權力關係。

我試圖搜索街道上郵箱的位置。印象中的郵箱是綠色的、背靠馬路而立，在狹窄的街道上佔去空間的。我在腦海裏不停重複的想像着那種綠色。結果我找到公園裏麻雀盤旋的大樹、祥和街士多的綠簷篷、唐樓晾衣棚伸出的綠汗衣，但始終沒找到郵箱。想到無法與祖利亞通過信件溝通，讓我感到懊惱。

讓我更懊惱的是，我赫然發現，自己正危坐在唐八樓的家上。

自搬到唐八樓以後，因為放不下，我失去了一個衣櫃，更失去了由衣櫃和電視櫃間出來的房間。自此我睡帆布牀，日間把牀摺起，晚上把牀打開，我便睡在客廳中央。

母親總是夜歸。有時因為懶，不想把被鋪搬來搬去，我洗過澡便躺在她的牀上。初中以後，我的身形漸漸變得魁梧，那牀顯得愈來愈擠。睡得酣時，我的手肘可以輕易撞到母親豐滿的乳房。起初我會馬上驚醒，然後把手縮開。後來我見她沒有作聲，索性把手挨在那裏，享受那柔軟而厚膩的觸感。

我真不解為什麼父親不愛她。

唐八樓的頭頂上是天台。有時我睡不着，仰望着天花板，真希望頭上還有大肥佬，母親還有用兩根手指在我身上敲的理由。

那時我媽已睡着，還輕微打着呼嚕。

我懷疑她已經忘記了大肥佬這回事。

以後我跟祖利亞做愛，她偶然問我，為什麼要她雙膝脆在地上，像兩根手指在地板上敲。我站直身子，儘管把她的頭按向我的下身，讓她說不出話。

她瞪大眼睛望着我，怪可憐的，好像一條狗。

有些中年男人一天到晚無事做，蹲在樓梯口抽煙。有時我帶祖利亞回家跟我媽吃飯。我和祖利亞經過他們時，他們的眼神很漠然，彷彿一團煙裏看破了紅塵。只是，我們走上一層，他們猥瑣的目光便直勾勾的，直勾到祖利亞的及膝白裙裏。祖利亞明顯的看見了他們，也看見了我看見他們。我深感作為她的男朋友，應該有所行動。然而我沒有。我壓根不知要說什麼，我該厲聲喝回去「呢個係我條女，望咩望！」還是怎樣。以我木訥的個性，不可能對任何突如其來的事物作出反應。我發呆的程度不下於受到猥褻的是我自己。我害祖利亞對我失望，但內心深一點的地方，我希望她有所行動，消除我的尷尬。我知道這種想法幾近於無恥。祖利亞沒說什麼，她纖纖的手變得很冰涼。我沒敢望向她，只在眼角看見她的側影。她的嘴唇緊緊抿着，沒說什麼。

那天晚上，我們如常地說些不打緊的話，但感覺氣氛很奇怪。祖利亞本來就是個話不多的人。我說的話，她都是「嗯」、「是啊」、「啊」的回應着。這些之於一般女孩子，是異樣；之於祖利亞，我就不知道了。

那天晚上，睡到半夜，我摸摸毗鄰，發現祖利亞不見了。

客廳中有人環抱着雙腿，一頭栽在膝蓋上。

她雪白的裙染紅了，血一滴滴地流到母親的房門。

祖利亞有時問我晚上想吃什麼，我都回答說雞翼。在眾多的肉類裏，我比較喜歡吃雞，覺得比起豬和牛來說，吃雞似乎比較不殘忍。

有一天，我在吃着祖利亞做的雞翼時，吃到骨頭內側的地方有血。我覺得那兩根骨頭好像祖利亞兩條腿，心裏忽然有種被侮辱的感覺，不知是否祖利亞蓄意的報復。

「為什麼做雞翼這麼多遍，竟還會失手呢？」我生氣地責問她。

假設祖利亞沒有報復之意，便一定是廚藝不佳的緣故。

曾經我乘着綠色飛毯，想要像麻雀一樣離開祥興街。我出來社會做事，不在我媽手上接過晚飯錢。但終歸我被一隻雞翼難住了。

如是者我走到後巷找我媽。

在三數個正在洗碗的女工之間，她抬起了頭來。

「媽，我想吃雞翼。」

她用衣袖擦一擦額角，說正在忙，今天晚上十二點才下班，煮不到。很快，她便垂下頭，用手撿走白碗裏黏着的一絲菜絲，把白碗放在塑料圓盤裏轉呀轉。

我歇力壓抑自己的怒氣，一逕走到天台上，祖利亞正背着我，眺望着遠遠的房屋和雲。

我大叫：「祖利亞！」

她沒有回過頭來。

「祖利亞！祖利亞！」如果路面上的車子能把引擎關掉，我憤怒的嗓子足以響徹整個油麻地。

我跑上去揪着她的襯衣的領口。

「怎麼你不理睬我！」我生氣地咆吼。

眼前的女子，臉色因受了驚嚇，倏地變得蒼白。

她說，她不叫祖利亞。祖利亞只是她從員工房的抽屜裏，隨意撿出的一個名牌。

她是獨生女，在她底下沒有弟妹。

她的母親很疼她。而且，她的確從北京舞蹈學院畢業，畢業後成為了一位森巴舞導師。

她身上的襯衣，三百元正，從銅鑼灣的時裝店購來。

我把祖利亞從天台推了下去。

「先生，你的燒汁烏冬加魚蛋。」一雙手把塑料碗遞到吧枱上。

（6904 字）

// 評審評語

伍淑賢

首讀〈祖利亞〉，印象最深是烏冬魚蛋、應否為女友付錢買飯的掙扎、和祖利亞原來不過是便利店隨便一個員工名牌。再看就是個成長故事，敍述者的母親、肥佬、甚至父親，都是實質存在但又各有前因地長期缺席，連祖利亞都是影影綽綽，也在也不在。敍述者自以為了解祖利亞，到最後卻連人也被一筆勾銷。喜歡作者不徐不疾的步速，和祖利亞這角色帶出的空疏感，結構也似經過細心部署，可惜結尾收得稍急，可再發揮深點才收。人心的兩極幌動反覆，自卑與自大、憐愛與鄙恨、賤與不賤、大器與寒愴、人與狗，作者都心有所感，是條可以走下去的路。

優異獎

在結束時開始 / Oychir

(一) 序曲

法國作曲家拉威爾(Maurice Ravel)晚年舞曲音樂作品《波麗露 Boléro》,全曲約十六分鐘,整個節奏和速度由始至終完全相同,旋律在歌裏相同地重複九次,沒有展開也沒有變奏,只是不斷地更換樂器,小鼓、中提琴、大提琴、長笛、單簧管、法國號、豎琴……,力度逐漸加強,愈漸奔放而明亮……

你以為一直在無聊重複的東西,卻在一層比一層深的秘密裏滋長,像某種暗湧滲入土壤,靜靜在黑暗中保留實力,豐富了花的歷程,把時間不合比例地拖長,並在命中註定的某個瞬間,於燦爛爆發之巔枯萎。

只是不斷地更換樂器,小鼓、中提琴、大提琴、長笛、單簧管、法國號、豎琴……,力度逐漸加強,愈漸奔放而明亮……至第九次最終的重複,在同歸於盡的高潮中結束。

(二) 寄居蟹

這裏是一個叫沙島的地方,「沙島」不是正名,但人人也叫慣沙島。夏天特別熱,冬天又特別冷,整年也十分潮濕,風起時會把沙都吹起來，在風沙裏還混雜有綿紗般的煩擾在飛揚，是防止荒漠化失敗的基因改造植物種子，人們上街都要載眼罩口罩。

這天我獨自來到偏遠對海的地方，無視遠方建築物，專注看着沙和海。天空漸暗，有星星出來，不會動像假的一樣，勉強而吝嗇地微微發亮。沙灘怎麼好像短了呢？坐在歪斜的欄杆上，透過磨花了的眼罩看到前面有一個穿校服的小孩子，獨自蹲在地上用玩具剷在掘沙。

「小朋友，你在找什麼？」

「寄居蟹。」

「這麼巧！我也是。」

「你也想帶一隻回家養嗎？」

「不是呀，那隻寄居蟹是我的一個舊朋友，想念牠，所以來找牠。」

那個時候我長得比你還矮，不是說笑，矮得和寄居蟹差不多高，所以我小得能住在螺殼裏，根本不用買樓。不是自己住呀，小朋友怎可能自己住，一個螺殼裏還有別的小朋友，十多二十個？一定少過三十個，無辦法啦，地少人多嘛。

寄居蟹沒有名字，我叫牠「喂」，牠也叫我「喂」。牠尤其喜歡爵士樂和法國新浪潮電影，因為電影而喜歡我叫牠教父，又因為歌舞片而勉強能跳上幾步舞，還背着一個瑞士紅色可樂罐代替殼。

(三) 童年

塞在螺殼裏的二十個小朋友，年齡差不多，高度差不多。螺殼表面被蛀的大大小小洞，是我們的窗，現在回想，在回憶的濾鏡下稍有浪漫的氣氛，加上能清楚看到塵在空氣中飄逸的樣子。每天，陽光曬下來就醒，太陽下了就睡覺。直到認識了寄居蟹後，夜晚我會去牠的可樂罐一起看電影。別人的靈魂之窗是眼睛，而我的則是可樂罐。

我們算是孤兒，沒有名字，反正世上誰不是孤兒，又有誰有過真名。只是暫時看管我們的是一個鴉烏婆，全拐塞到殼裏。每天帶回來的食物，是去了殼的白色蟲屍，蛋白質豐富，很滑，稱不上美味因為根本沒有味。

寄居蟹一次問起我究竟是什麼生物，我說是人類後，牠不相信還和我辯論。

牠情緒激動指住熒光幕：「拜託，你怎可能是人類呀！人類是這種身材高大，能歌善舞，有夢想有激情，知情識趣的生物！我身為寄居蟹也有喜好呀。你們二十幾三十粒，大概是青蛙卵之類的東西吧。」

我啞口無言，一半是因為年紀還小，懂的詞彙不多，也沒有辯論技巧。另一半是自卑於身高，還有慚愧。

「卵仔，你在我眼中簡直就是未出世，小雞也要靠自己的力量，啄穿蛋殼才能出生，否則會窒息死亡。你知不知道有一種玩具，丟到水裏會發脹，丟到水杯裏就脹到水杯大小，丟到臉盆裏就脹到臉盆大小，真想看看丟到泳池或海裏的模樣。你一直住在螺殼裏面，又怎可能長高呢？比雞都不如。」

所以為了長成人類應有的高度，我離開了螺殼，殼裏沒有一個小朋友願意一起走，只好自己走了。如果說人類是被拐帶丟在地球中央，手無寸鐵赤條條而生，現在至少有寄居蟹送給我自衛之用的鋼筆。

故事說罷，我給蹲在沙灘的小朋友，看看手上的一枝鋼筆，說是寄居蟹送的。

「無聽過有人用鋼筆自衛，這種筆大人通常是用來簽名。」

對呢，尤其是重要的文件，例如出世紙。

(四) 出世紙

在三年前的四月，一個十五歲的女孩跳樓身亡，事後揭發女孩跟她妹妹雖然都在本地出生，但她們的父母卻一直未有替她們辦出生登記。

她未成年，未需要用出世紙去申請成人身分證就算了，但這些年來是怎樣過呢？竟然有人成功不被記錄成資料，而又能生活足十五年，而且未有出生記錄就先有死亡記錄，技術上原來是做得到。

又想到因為各種報告有說沙島的地基，不斷流沙出來，海岸線被侵蝕，不足五十年就會完全沉沒，即是我好喜歡的棕櫚樹都會消失。

所以好多人都研究移民，有錢的當然無問題，無錢唯有考創意。有一個傳聞，有些未被資本主義風暴摧毀的國家，與世無爭的關員會搞亂護照的國籍，過關打個印就可以留個半年什麼，還可以找工作之類。另一些人會選以成為難民一途來移民，用外來侵略、生命 / 自由受威脅等理由，成為難民放棄本身的國籍，成功移民，投向自由與瀟灑。

可是我呢，技術上要先有國籍，才可以放棄吧。

(五) 熊族

不被記錄成資料的瀟灑，我還看過一次。在一座橫跨幾個國家的山脈保護下，有一條山中村一直沒有被任何國家侵略過，村民的生活基本上從十九世紀就沒有與時並進過。在他們少有對外開放的秋收藝術節去過一次。

中古世紀的圍牆外，掛着他們自豪的熊章紋，其實外界人都知道他們的存在，但生活在深山過着古代生活，加上種種傳說和幻想，早就不被當成人類，當成了原始人、狼或是熊雜交的後代。彷彿被世界地圖劃了出去。

負責招待我的是一個對外界極好奇的青年，一坐下就讓我看他們的地圖，根本不是一個村莊的大小，至少可以說是一個小鎮，最中間一圈是領主們的區域，只住了領主，平民只能因工作需要才可進入兼不能過夜，階級這回事真是古今不變，存在於人類的基因裏。

在這一個星期中，奇怪是一片冷靜，大部分時間像閒日一樣，偶有音樂幻聽般忽遠忽近。午後他們喜歡聚集草地，各種裝模作樣的慵懶或坐或躺，邊抽煙喝酒邊玩撲克，風常吹走三幾張但他們仍可繼續玩下去，煙霧迷幻，像個天堂。

他們有一個劇院改成的餐廳，反光黑白地磚上放了許多圓桌。午後才開業，都是吃點心，顏色形狀和餐具相配，吃在口裏聲音很小，一下一下像在口裏弄一首只有自己聽到的歌，尤其當中一款用蛋白做，彷彿吃得人骨成分也會隨之改變，變鬆軟溫柔不在人間。

晚餐是一道叫什麼嬌蕊柔香麪之類的，以白牡丹花茶加蜜糖做湯，麪是混有三種花瓣和花露做成的，用餐時，旁邊要放一盆帶花的熱水，綿綿霧氣，吃來香香甜甜。這邊生活期間，全都沒有肚餓、飽和真實的感覺。

但以上仙境般的生活，只存在於地圖最中間的一圈。

到了藝術節最後一天，村長召見，游說我住下來成為熊族村一員，因為出生率不足？雖有活在世界之外和紀錄之外的瀟灑，但這些領主、村長、貴族……被資本主義風暴吹襲只是遲早的事，說實在和外界有什麼分別呢？只是面積更小而已。

村長說既然不入熊族，就應該入籍人類，出去迎接大災難。

(六) 鴉烏婆

就像被掌握了一樣，拐帶我的人，離開熊族村不久就在街上和她「偶遇」。

「喂！梳乎厘！」一把沙沙尖尖的聲音叫我，是鴉烏婆，差點忘記她以前喜歡用甜品命名我們。怎麼那個頭髮像十年沒有洗過，又乾又皺的臉上濃妝豔抹，唉，而且為什麼會有鬚？

「這是我的卡片，搞了個馬戲團。看着大家一場相識，歡迎隨時加入，人手不足，包食包住。」擠在我手裏，是卡片和門券，說完她的六句對白就溜了。卡片印着「好味馬戲團，班主：鴉烏婆」，入場券還標明，紅茶及甜品免費供應，不錯哦。

(七) 怪胎展覽廳

表演地點是一家餐廳，一圈小圓枱圍着中間一張超大圓枱，客人眼中流露瘋狂地翻閱餐牌，一列甜品名字和幾種茶名。又邊興奮望向中間大圓枱，真有這麼喜歡甜品嗎？

一盞射燈照在大圓枱的鴉烏婆身上，衣服就算了，戴了萬聖節的巫婆帽和膠鬼叉，很肉酸但反正很襯。立即，她指揮侍應，將甜品一碟碟擺佢上枱，圍成一圈，每一件都超大件，上面都附有一個甜品名字牌。鬼叉上原來有一個麥克風，鴉烏婆歪歪音宣讀甜品名字：

「Religieuse！」

隨即響起喧鬧音樂

「Creme Brulée！」

甜品原來由人所扮演。

「Macaron！」

每叫到他們的名字，就一彈的跳出來。

「Galettes des rois！」

隨音樂變成人形甜品在跳舞。

「French Puff Pastry Sundae！」

是寄居蟹的珍藏黑膠！她偷了！

「Jelly Drops！」

人形甜品和鴉烏婆在合演歌舞。

侍應將人形甜品身上的水果、巧克力、蛋糕、糖果……分在碟上讓客人吃，在我眼裏這和人肉沒有分別，一口也吃不下。

被侍應脫掉衣服（蛋糕）的人，一個跟一個走秀般，擺出各種可充分展現其體形奇異之處的姿勢，有長短腳、臉長在胸、四隻腳、連體嬰、大駝背、沒有四肢……最後由鴉烏自己表演生鬚女人，夾雜全場瘋狂笑聲。

我想暫時變成空氣，只好擠夾在人群中左閃右避，弓成蝦型兼急急腳逃走，不想被人看見，像從來沒有來過，什麼也不知道。

「喂！」鴉烏婆從後抓着我的手臂，「果然來了嘛！怎樣？你可以表演梳乎厘，你的縮骨功好像沒有退步嘛！」

反射動作甩開她，推倒一家大小，殺出重圍，瘋跑逃掉。手臂的抓痕，過了很久才退。

（八）人類標本

後來更離譜，其中一件甜品 Cherry Chocolate Cake 約我出去。餐廳很暗，播好大聲五十年代美國音樂，餐具和盆子都粗大。她點了一件大的像四人份的意大利芝士餅，和色素利害得刺眼的假橙汁。用嬰兒般小的手，左右各一小匙，大口大口地幹蛋糕。

「梳乎厘，我記得你呀！整天一副梳乎厘的樣子，我係 Cherry 呀，希望你記得我啦。」一邊說話就一邊吃，嘴裏稀爛的忌廉和蛋糕，在舌頭上捲動，配唇邊抖動的朱古力粉。

我解釋道：「我才沒有整天一副梳乎厘的樣子，那個梳乎厘的兜兜是我的牀。」但她沒有在聽，「你做什麼的？我們都在馬戲團表演，都是小時候的本領。加入我們呀，你喜歡歌舞片，你會好快樂。天生我才必有用，我們都是天生的表演人才，加上我們大概是沙島沉沒前最後一代了，就更加自豪。沒想到錢這麼易賺，當明星。」

慢慢給茶添奶，邊自覺料事如神，邊不好意思問她：「鴉烏婆拐了我們喎，還擠我們在那麼小的地方，都說過若不走就會生長成畸形怪狀。我們應當有人權，記得我說過？」

「梳乎厘，我們當明星賺錢。你有所不知，我們都要當名人，鴉烏婆給安排了，死後我們做成人類標本，放博物館！」

人類標本……沙島末代有什麼好自豪？什麼繁華什麼熱鬧，我沒有看過，能轉籍都轉了，剩下自然是末代，都未死就等着獻世。究竟他們有沒有上學？什麼好味馬戲團，用腳眼想出來的？

臨分別，Cherry 給我一小包東西，白粉。還搞這種小生意，那麼上進。

*** 中場休息 ***

（九）摸石頭過河

村長說既然不入熊族，就應該入籍人類。

人類這個籍是世襲的，父母是人類，生了嬰兒辦個手續，嬰兒就自然是人籍。被鴉烏婆拐到世上來，技術上她是我的母親，而且也是許多人的母親，像不停生孩子的倉鼠一樣，擠滿了籠子仍在生，有時還吃下一兩隻自己的孩子。如果讓鴉烏婆幫我辦個籍應該十分容易，但我就得為了人籍而交出人權，搞什麼表演、獻世和白粉的勾當。

而寄居蟹已經找不着了，即使牠給我的電影，構成了我知識的全部，比什麼都實在，卻不能申請任何證明。

所以只剩下一途，用讀書去取得畢業證書，用之加入人籍。

(十) 約畜帶

學校即是，每天重複的早睡早起、固定時間表、集體意志、焦慮、胃痛……還有「約畜帶」，不是「虐畜」是「約畜」，意思是節約動物性。入學第一天就要戴上，說是帶，其實也包括一個架，架在背上令背挺得很直很正確，令頸也不能怎樣活動，然後手腳各一組帶，限制腳步和手擺幅度，所謂有利骨格生長及培養正確姿態。

即使睡覺也得戴着，唯一可除下來的時候是芭蕾舞課。原以為平日受到虐畜的人，會在芭蕾舞上像鳥般伸展自由，但他們卻跳得像軍人步操，沒有任何溫婉或活潑。唯一可取之處，是他們做對了每個動作，餘下的只有機械式發洩精力。

學校的校長，中分的短髮下只有一隻眼睛，而且很大，常常抑制自己的脾氣致面皮久不久就跳一下，強調語氣時眼睛就會睜得更大又更大汗，我懷疑她本來和大家一樣是有兩隻眼睛的，但脾氣暴躁易怒，瞪眼瞪得多中間裂開合而為一。

以為校長都算恐怖，但晚上在宿舍和同學圍着長級學生說，校董才叫恐怖，是真正的惡魔。說着說着又開始了鬼故馬拉松，類似某個學生曾在學校某個位置自殺或失蹤，這個時候我通常提早去校工處領睡前藥丸，且在她監督下即場吞服，說是安眠藥有助學習。學校的校工比想像中多，好像學校和宿舍每個角落都有，她們打掃和煮飯外，還管理學生秩序，例如作息時間。吃過藥就緩緩跌回去牀中，當鬼故是搖籃曲，結束出賣時間的一天，贖回了自己，讓精神重新回到溫暖和自由裏。

(十一) 惡魔

一年中惡魔會出現三次，一次是學校芭蕾舞表演，兩次是巡視學校，和會見特選學生。惡魔和校長的形象完全不同，首先她很漂亮，髮型和那整齊合身的粉色名牌套裝，像中年時代的法國女星嘉芙蓮丹露，而且非常溫文有禮，嘴角永遠微微上揚，每望住人就會把眼睛瞇成腰果形，令人不寒而慄，每個和她有過接觸的同學，也會說世上如果有惡魔，就是長這個樣子。

特選學生大概只有兩個款，一款是頭油四眼暗瘡書呆子，一款是天天早人一小時起牀，洗頭吹頭做髮型，化了個好像沒有化妝的妝，然後裝作自己天天一起牀就是這個樣子。這兩個款，似乎都受到同學無聲的崇拜。

我反而對於鬼故中變成了鬼的學生們，有某種嚮往與沉迷。例如有一個鬼故是，有個女孩很渴望被選中為學校芭蕾舞劇的女主角，一有機會就私下除下約畜帶，瘋狂練習和拉筋。上課時會在枱下的大腿上，用手指彈琴般打拍子，兼口中唸唸有詞，身體前後輕輕搖晃，像問米一樣。到某日早上的芭蕾舞課，老師和學生進入課室，看到她的屍體躺上地上，留下整個血的舞蹈軌跡，充滿腥味的木地板配着她死不瞑目的成鬼了，多電影感。

（十二）實體化虛像

日間上課時間唯一值得記錄的，是陽光若無其事的斜曬到課室，百葉簾將之理所當然的擋成一間間，在課本上、枱面上、同學背脊上，有以前住在螺殼裏的氣氛，也正好是二十幾個同伴。

下課回到宿舍雖然很多人聲，雖然也得戴約畜帶，但她們可以做自己愛做的事，表情比日間豐富，又會細聲講大聲笑。而我慢慢找到和她們的共同點，就是喜歡那些架在空氣中，捉不到又閃閃亮亮的事物，在我來說是陽光下羽毛速度的塵，和芭蕾舞者肩上的汗，是閃的。而她們會將之實體化，塗在唇上的唇彩和臉上的蜜粉，作業簿上的金粉筆字，和耳環上小顆閃石。

她們亦有另一項實體化行為，她們都有一個和自己一樣大的等身娃娃，會幫娃娃捲頭髮剪頭髮，貼假睫毛戴假眼睛，有時甚至用剃刀在臉上不知做什麼，久不久根據潮流改變造型。漸漸都看得迷了眼，尤其她們貼上網的自拍照，究竟是她們本人還是娃娃。

這樣的空間，有時會被外界聲音暫停一下，例如飛機聲，她們都會一同停下來，望着同一個方向呆住，等飛機已經遠去無聲，留下那些難以解讀的表情，是嚇着、迷惑、失落……還是其實沒有想法，只是有情與無思之間。

然而一個黃昏，打擾的是警車聲，而且愈來愈近校園，她們全湧到窗口望，然後一起跑了出去。看到這樣，我走到已經無人的窗邊向下眺，看到校長和幾個最大隻的校工在門口迎，兩個警察從警車，抓出一個瘋掉似的女人。

亂亂長頭髮，通紅色眼圈，身材纖細高挑。她一定是鬼故中，被人當成已經自殺身亡，傳說中的莉莉絲，我覺得她非常有吸引力。

（十三）《波麗露 Boléro》

學校是因材施教，不是讀滿幾年就能走，是要學校認為你能畢業才能畢業，所以不少像莉莉絲已經成年的學生，白襯衫早就灰了至少一個調，領口已經不再挺，校裙和襪子也都變短，仍舊混在學校裏。

誰都想畢業，其中一個方法是在兩年一次的學校芭蕾舞表演中被選上，跳得好被惡魔看中就能畢業，原因是類似幫學校達成個什麼數據，拿了個什麼彩就放你走。今年的劇目是《波麗露》，在一圓形的台中台上，台邊一圈群舞員，圍着台中間一個獨舞員，還有樂團和合唱團襯托，那個獨舞員無論如何，也會被惡魔選中畢業吧。

《波麗露》是西班牙舞曲，直白的暗湧哀愁與熱情毀滅，全曲約十六分鐘，整個節奏和速度由始至終完全相同，旋律在歌裏相同地重複九次，沒有展開也沒有變奏，只是不斷地更換樂器，由開始的最弱音，重複漸變至最強音，最後那個投向毀滅的結尾，像是戰勝輪迴擊敗命運。這個境界，所有機械人學生根本沒可能跳得到吧！就只有莉莉絲可以。

（十四）告解

寄居蟹以前說過：「拜託，你怎可能是人類呀！人類是這種身材高大，能歌善舞，有夢想有激情，知情識趣的生物！」在牠對人類的定義，學校裏大概只有莉莉絲算是人類。

一個月中總有一日，可以在宿舍交誼廳唱K，看同學唱K是一道風景，不能引發聯想的背景音樂，淺白但難以明白的歌詞，她們投以純直的渴望，唱到流眼淚，雖然蒼白，卻有別樣的神秘令我好奇直視得目不轉睛。如果在這些歌抽出了她們純直渴望的部分，就什麼也不剩了。但在她們的渴望裏，抽掉純直的部分呢，會剩下什麼？

「就剩下純粹的蠢，直接的蠢，什麼都沒有，只有蠢！哈哈哈哈！」莉莉絲說着時，差點噴出果汁。我說她，才剛剛被抓回來，被校工聽到說這種不友愛同學的說話，又不知會怎樣了。

「唱 K 的好處就是有蠢人製造雜音，好能說上話，校工聽又聽不見，錄音也錄不到的。有什麼情話即管趁現在說。」

問她逃在外時做了什麼，她又說不夠時間不肯透露，就問之前有沒有什麼人，以什麼方法可以很快畢業去外面，她眼睛頓時從紅眼圈裏睜了出來，閃亮如賭徒的眼睛。

「有一個方法你應該可以，尤其你一副長得乖巧聽話的模樣，向惡魔告解吧，說你有罪，流淚悔改。內心想法、秘密，什麼都說出來，要盡量有感情，又要仔細，必須要滿臉淚水，最後說你願意跟隨，思想渴望純潔。賭一把，心誠則靈。」隨時哭出來的演技，至少要有一半真心才能成吧。我捉住她的手問即是怎樣？她甩開我。在同學唱到副歌在嗌的時候，莉莉絲在叫囂：「還要唱到什麼時候？唱到四十歲還在唱相同的夠不夠？唱啦唱啦蠢人，輸到家了還唱！」

散場之前，同學繼續唱，莉莉絲繼續叫囂，我則靜靜坐在莉莉絲旁，被她手舞足蹈撞幾下，凳被她起伏搖動。在幻想莉莉絲小時候是什麼樣子，一定既粗野又可愛。又幻想唱 K 同學將來的樣子，可能被重複苦悶打敗，累得只有慾望衍生的生存手段，剩下的純直就只有獨自抽煙時，哼唱今天的歌。

跟莉莉絲說晚安，問她為什麼眼圈這麼紅？

「因為那些藥對我沒作用。」

（十五）人形肉團

由於小時候住過螺殼，後腰很硬，相信永遠也做不好Arabesque這個動作，童年就只有一次，我也沒辦法。芭蕾舞上永遠也比不上莉莉絲，表演甄選就不參加了。更何況我的《波麗露》不是在台上。

看到同學近期喜歡替自己的等身大娃娃，穿矯形內衣和造一種很硬直但很反光的及肩短髮，玩得很開心。就上前問她們從哪兒弄來娃娃，因為我都想要。

娃娃像嬰兒一樣赤條條的來，手無寸鐵來到我這裏，就學着別人一樣開始造髮型、梳頭、化妝、塗指甲油……因為沒有特別為娃娃買什麼飾物或衣服，就將平日一套完整校服、飾物，包括勤到、風紀、學會等的徽章，給它穿戴。同學的娃娃和她們自己不相像，但我的娃娃和我自己卻是一模一樣。

將娃娃抱到牀，給它蓋上被子，課堂用的書整齊排在牀邊，沒有吞下兼偷偷儲起來的「安眠藥」一瓶放牀尾，所有和學校有關的東西都不需要了。把一封訣別書夾在娃娃手指上，穿上來之前的衣服，帶上寄居蟹的鋼筆、芭蕾舞鞋和莉莉絲給我的地圖，離開了學校。

（十六）我在結束時開始

我大約能想像到她們發現後的反應，覺得我放棄了自己，沒救了，沒有前途了。將來的事誰知呢，就像那句語帶雙關的句子：「這個人悟了。」

在學校搞公關挽回聲譽的開放日，除了是決定莉莉絲能不能畢業，也是我的葬禮。她們把我的娃娃裝在一口啡色偏紅的棺材裏，放了在操場被花和蠟燭圍住。

我想為自己扶靈，又或者捧着自己的相片領在前面，惡魔、校長、老師、校工、所有同學，再來後面是鴉烏婆和所有畸形，圍成一圈，圍繞莉莉絲在圓形台上跳《波麗露》。

到旋律重複到第七次的時候忽然回神過來，操場上已空無一人，因為全在禮堂裏看芭蕾舞。而我走近自己的棺材，打算拿走放在上面的死亡證，然而人們普遍對死亡有某種神秘的崇拜，對已死的人特別寬容，所以除了死亡證，我還發現學校追認的畢業證書和推薦信。

此刻，世界化成三張紙掌握在我手中。死亡證，因為我死了，畢業證書和推薦信，讓我可以隨時在任何地方以人類身分復活，做鬼做人皆有自由。

旋律重複到第九次，我快步離開，第九次是最強音，投向毀滅的結尾，像是戰勝輪迴擊敗命運。歌是結束了，世界終於安靜了，我卻剛剛開始。

（7982字）

評審評語 //

伍淑賢

作者明刀明槍以音樂篇章做切入點和結構參考，頗見野心。小說是十多段串連的青春故事，觸及甚廣，也有精彩場面，像甜品歌舞、寄居蟹等都妙想天開而有趣。但正因涉獵太廣，處處蜻蜓點水，雖然也有前後呼應，但未能使讀者進入狀態，有點散亂，缺乏完整感覺。另又引入時事，但這是高危手法，思慮不周的話，會浪費了好素材。此外，小說既以《波麗露》樂章為切入點，讀者不免將文章與樂章對比閱讀，這作為寫作策略，優劣之處可以商榷。作品的跳躍創意，和作者對人世間聲色味的敏鋭和感知，卻值得欣賞。

評審紀錄

評審 / 伍淑賢、黃念欣、韓麗珠

日期：二〇一九年一月四日
時間：下午四時至六時
地點：香港浸會大學
出席者：伍淑賢（伍）、黃念欣（黃）、韓麗珠（韓）
主持、記錄者：羅浩雲（主席）、孔惠瑜（出版及設計秘書）

一、決審稿件名單

小說高級組的初審過程在二〇一八年九月初展開。經過約三個月的初審過程，三位評判在二百四十六篇稿件中選出共二十四篇作品進入決審。決審稿件名單如下：

編號	作品名稱	伍淑賢	黃念欣	韓麗珠
004	殺生集		○	
021	十字架山		○	
024	人群散去了		○	
025	雪晴山		○	
036	The Lion in the Circus	○		
047	名目	○		
053	湧泉		○	
059	動物農莊	○		
073	尋人啟事		○	
099	死期	○		
110	敗類的告白	○		
112	在結束時開始	○		
128	守林人	○		
132	Watching			○
138	院子裏的狗	○		

149	團圓		○
152	焚香		○
185	婚活	○	
189	何以報德	○	
201	不適者的生存之道 ——一個老少女的生活自白	○	
202	到手香	○	
208	祖利亞		○
237	潮打空城計		○
243	怒目金剛		○

二、評審過程紀錄

黃：老實說，我比較難選到冠、亞、季軍。先談談整體的感覺，作品一如以往比較多樣化，作品的好處不太相近，較難比較。我自己覺得沒有一篇很突出的作品，即冠軍的出現，所以就我的態度而言，今天想先聽大家對於作品的意見。可能聽了你們的游說後，我會更了解所選的篇章。

伍：到了最後，順利的話，獎項在範圍不斷收窄下會自然產生，所以也同意先從作品去比較和討論，相信對文獎和參賽者未來更有用。像念欣所說，很明顯有香港、國內和少部分台灣作品，但他們都在處理一些很類似的問題，例如理想和現實的衝突、年輕人參加社運的感覺、或者是一些感情上的路。國內作品有一些比較特別的題材，香港年輕人未必接觸得到，相反亦然，因為我是第一次擔任文獎評審，這個地理範圍令我覺得十分有趣。我覺得部分作品很類似，不論取材還是手法，雖然可能是不同的人寫，但是都有不少相似的地方。

韓：我想先說一下我選的七篇入圍作品的考慮範疇，因為可能不同人的取向就會選出不同的作品。第一我會先留意小說的語調，我認為小說的語調十分重要，因為可以帶讀者進入小說的世界；接着我會看整篇小說的結構，如何把想表達的意念和題材一步一步鋪展下去；然後我會看小說的手法，因為我覺得小說和散文及論文有點不同，小說需要有距離，有時小說寫歪了因為暴露了作者想表達的信息，而不是透過敘事者；第四點就是作品的題材，作品的題材是否能夠令我對這方面（作者希望表達的信息）有一些新的看法，而是我並沒有想過或其他作品說不到的。

黃：我同意剛才伍淑賢說這次作品的主題有相似的地方，過往曾出現中港台作品的分別十分明顯，這次也有一些比較典型，而且寫得特別長、我們很快就不考慮的作品。其實我覺得這次字數上限改成八千字是一個比較好的決定，因為較容易見到小說作品的意圖，以往字數上限為兩萬字時，很多是網上的神魔、奇幻小說，但對文學的概念不是想得很清楚。所以這次字數上限減少有一個好處，就是文學意圖會清晰一點。但是，我不知道是否有關，有一些比較明顯的網上類型小說如玄幻；當然也可以有文學性的，但過往的同類作品都不太理想、以及有強烈的歷史感，例如文革、國共內戰或歷史特殊背景的小說少了，至少在我看的部分。所以整體的感覺是很多關於虛無的感受，還有理想與現實的衝突的方向。這可能與現實處境、青年生存、不論是生活、工作、理想，政治現實有關，而且有較多着墨。我這次評估的時候，我會較着重作者如何把握這個命題。這裏提到的現實是廣義而言的，不一定是寫實主義作品所描繪的現實，但大家似乎都想觸摸身邊的現實，而少了純粹發揮想像的空間的作品。這個也有他們在文學方面的考慮；還有有些作品寫得不錯，但題目改得不太貼切，我已經嘗試猜想改這個題目的原因，感覺有點浪費，題目未能帶出小說的神采。另外有一些語言上很好的作品，所以我相信這次選出的作品都在語言運用上有比較精準的表現，不是一有意念就直接寫出。但我認為最弱的還是結構，好好地說一個故事的作品不是太多。個別有一些閃爍的內容、片段、感受，不錯的比喻，但好好地說了一個故事的作品不太多。所以我最後選出來的作品，語言未必是最理想，但是故事的意識，小說的其中一個條件，完整（的故事）和能達到題目的象徵含義會是我的考慮。

伍：我認為選擇作品的過程十分有趣，很多作品都很好看，除了作為評審，作為普通讀者也十分享受這個閱讀過程。有些好看的作品，雖然未必知道原因，但有一種完整的感覺，就是紮實的作品。當然，也有不少四平八穩的作品。也有一些作品開頭好看，但突然就好像沒有了。還有不知道如何收結，每一階段有不同的問題，所以我選擇的時候，主要在讀了一次後覺得作品很好看，而且有一些比較鮮明的特點，可以看到他們有很多嘗試，例如人物、但到結尾的部分又太遲了。還有韓老師說太貼近主題的問題，我也認為這些作品是比較危險、比較難打入最後決選的，因為想像力太少，距離就是為了給予作者空間創作和想像，但當和自身「跟車太貼」時會很難駕馭，需要造詣很高才能做到。除了我選入決審的作品外，我也選了一些其他（評審所選的）作品。現在不如我們討論一下決審名單內的作品？

黃、韓：好。

伍：也許先由頭開始說吧。念欣所選的篇章中我選了〈殺生集〉和〈雪晴山〉，而韓麗珠所選的篇章中則有〈祖利亞〉和〈怒目金剛〉。其餘我選了〈在結束時開始〉、〈守林人〉和〈院子裏的狗〉。但我心裏並沒有排名。

韓：或者伍老師說一下你選這些篇章的原因。

伍：其實我主要是認為這幾篇都很好看（笑）。念欣選的〈殺生集〉

我在初審時也有讀到，我覺得也很好看。我認為作者對故事整體的處理做得很足夠，非常聚焦，我認為作者能夠駕馭到情景，結構方面並不特別，但十分完整的把故事說出。至於〈雪晴山〉是十分有趣的，初審時我並不太喜歡這篇，但是再讀一次後覺得作品的自嘲做得十分有趣，雖然作者嘗試處理比較大的社會題材，令人想起《被埋葬的記憶》[1] 這本書，但兩者又不太相同，是比較放在今日中國或華人社會的，而且它有一種比較熱切的感受，有點〈桃花源記〉那一類的傾向，而且很有質感。至於〈祖利亞〉有趣的地方是有多條線索穿梭其中，這個年輕人的敍事方式令人覺得很好看，而且它有一種其他作品沒有的、很透明的感覺；有些作品讀下去是很「實」的，不是指紮實而是硬邦邦的，但是這篇我感覺是很「疏」的，好像很多空氣穿插其中，令讀者十分開心，有很大的想像空間。而且它的聲音很特別，在眾多作品中這種聲音不是很多。最後〈怒目金剛〉故事十分有趣，我不知道是不是網上常見的故事，辟穀這個題材十分有趣，尤其到後來有一個點，故事突然轉調到了殺人的情節，我覺得情節鋪排方面處理得很好。可能國內近來比流行宗教、善惡這種題材吧，作者能夠表達到對人生的看法，而且題材特別。

〈在結束時開始〉我喜歡它說故事的方式，既抽離又包含很多想像，而且在幻想與現實之間穿插得十分精彩。它與〈祖利亞〉有點相似，但又不完全相同，因為它的故事比較複雜一點，而且作者嘗試引入不同的元素在其中。但是〈祖利亞〉就比較像它的前奏，之後就可以駁上這篇〈在結束時開始〉，但我相信不是同一個作者吧。〈守林人〉說一個人說自己到了小興安嶺，其實是說謊，這種情節有點像電視劇，但是情節方

1 《被埋葬的記憶》（*The Buried Giant*）是英籍日本作家石黑一雄（Kazuo Ishiguro）在二〇一五年出版的長篇小說作品。

面轉折很有趣，而且主角與其他兩個角色（兔子和阿龍）的互動，能帶出城鄉的差異，北漂的現象。取勝地方是它的故事完整，以一篇不是太長的篇幅而言，說到青年人的一些嘗試，但不成功。故事說得讓讀者讀得很舒服。〈院子裏的狗〉是一個傳統的故事，十分對稱，有兩條故事線，文字能夠駕馭到掙扎求存的題材，這類題材容易寫得很濫。作者的自制力很強，雖然他說狗隻求存的故事是極暴力的一件事，但是他能夠很冷靜的去寫這件事。

韓：我亦由頭開始說吧。我也有選擇〈殺生集〉的。對於排名，我也比較開放，希望先聽其他評審的看法再下定論。〈殺生集〉對我來說也是三甲的作品，它不會是冠軍，但可能會是三甲。我喜歡這篇作品因為它感官上的暴力很強烈。有很多小說都會利用暴力表達議題，但它的暴力很貼合主題，我一邊讀的時候也會有點害怕，而且它說了人在什麼情況下會行使暴力，其實在不同環境之下他們對動物的態度都會有不同，例如在最開始的部分說「我」在鄉下惠州，鄉下裏會吃貓、吃狗、吃雀，什麼都吃，所以在鄉下的環境之下「我」和那隻大黃狗是很 friend，會抱牠及逗牠玩。但是翌日吃了牠，「我」雖然不是完全沒感覺，但是覺得 ok、可以接受。反而是「我」的表姐看着殺狗的過程後哭了，如何淋滾水七次直至黃狗由很信任那些人到斷了氣，但是敘事者「我」其實是比較冷漠的，因為在那種大環境之下，食狗、食一些寵物是很正常的。接着就由食狗到了食雀，就說麻雀的肉很少，但它的結構一轉就到了「我」回到香港，在香港不會吃麻雀、不會吃狗，所以「我」在街道上見到一隻受傷了的麻雀，態度就會十分不同。因為大陸是在一個可以吃很多動物的環境之下，「我」吃了覺得沒事，但回到香港，「我」就會把受傷的麻雀帶到獸醫，想給獸醫醫治。但是很諷刺的是，獸醫的護士說：「你養得起牠嗎？你付得起錢嗎？」所以「我」想動惻隱之心的時候，有很多其他的人阻止「我」，不論「我」是否愛這些動物，這些都不是主動的事，其實受很多環境的影響。作者說出了我們的暴力和善意並不只是由自己出發，而是由環境出發；然後由那隻「我」救不了的雀到了「我」養的倉鼠，養倉鼠那一幕令我覺得很深刻，「我」養倉鼠養了很多次，但是那些倉鼠仍然會死，其中一次就是因為「我」父親拿走了倉鼠籠，然後一腳把倉鼠踩死。那時「我」很傷心，但其實有一個環境與權威的關係，在鄉下中有全族人的權威、在家中父親的權威就是喜歡何時殺了那隻倉鼠也可以，而「我」是反抗不到的。而到了結尾「我」明知父親會殺倉鼠，但又不會守着那些倉鼠，最後作者設計了一個開放式結局，給讀者思考倉鼠養了一年之後，到底是被父親踩死了，還是自然地死了？我覺得這篇作品比較完整、說出了人與動物之間的關係，那種暴力不只是個人，而是涉及整個群體，所以我覺得這篇可入三甲。

接着是〈The Lion in the Circus〉，我選這篇也是覺得可入三甲，可能是冠軍或亞軍，因為作品提到那個中年男人與印尼妹的關係，其實這次二百多篇作品很少會寫到城市裏的外傭，即使是十分同情的角度但是沒有面目。這篇作品把外傭當作普通人一樣寫，她會有紋身、會有自己的情慾、會自己打算、有自己的往事、她打算回故鄉結婚，有很多自己的故事。中年男人與印尼妹的關係也很特別，中年男人雖然是本地人，但是他的生命已到了一個他不能顧及自己的地步，沒錢、雖然認識了很多個女朋友但沒辦法向她們負責任。他很喜歡那個印尼妹但他連自己的生活也不能兼顧，所以不能留住印尼妹，我覺得作者寫中年男人與印尼妹之間的關係很好，有一些鮮明的點會記得，例如印尼妹的紋身、或者他身上的紋身、兩個人之間的關係，而且作者寫印尼妹刻劃了她的面目。

還有〈名目〉，我想這篇可能是優異的，故事寫冇阿後來變成毛伯，一個有障礙的人士，作品寫到其他人如何對待這個有障礙的人，特別之處不是寫到他很慘，而是寫到為什麼最初冇阿身邊的人對他這樣差、或是覺得他偷懶。因為他很年輕、和身邊的人比較時，表面上他的障礙不被察覺，很多人會以為他是正常，但是他有一些缺失是其他人看不到的。他的生命直到他們老了才圓滿，其他人才對他寬容，覺得他是遲鈍一點，有些事情做不到也是應該的。但是我選這篇作為優異，因為結局變得帶有說理成分，而不是敘事，作者希望說出整件事。作者寫到一些弱勢的人，而且對弱勢有關心。我另外選了〈敗類的告白〉，但是〈敗類的告白〉我是有猶豫的。作品寫一個失敗者，主角在社會中不是不可以向上流，或者不可以考到好成績，而是他質疑為什麼人人都要做相同的事。我覺得他說故事的方法和語調比較有趣，因為他不斷地、生命中有很多機會令他可以和其他人一樣，但是每一個關口他都是問為何他要這樣做。他很堅持他就是要做一個在便利店工作的人，他說出了一種他與其他人的生活態度，但是我猶豫是因為好像這個人沒有發展和變化，到最後其實是一樣的，結構上似乎沒有帶動變化，到最後仍然在說同樣的事情。

然後我選了〈團圓〉，這篇我也是考慮它為三甲或是第一、二名，三個評審選擇的決審作品有不少都是關於家庭。〈團圓〉講述的家庭不只是核心家庭，也旁及中港關係和上一代與這一代之間的歷史關係。敘事者「我」從大陸找香港的叔公，然後由此挖掘了原來父親與叔公之間有很多往事。我選它是因為它很多情節運用了第一人稱手法，不過用得比較有趣。很多情節展現了「我」並不希望與叔公太親近。好像叔公夾了魚給「我」，而「我」不太想吃，但「我」不自覺其實與叔公有一些感情，比如聽叔公提起往事時會紅了眼睛，有一些感情流露了但「我」又十分抑壓。然後叔公塞了五千元給「我」，好像作品把「我」寫成找叔公只是為了錢而已，因為母親要「我」去找叔公拿錢，或者取得居留權以及其他好處。到了最後，「我」在機舖留了一晚，錢全部沒有了，但「我」又覺得沒有問題。這令我覺得敘事者的心理、感情變化，矛盾是比較有趣的。以及叔公與「我」兩家人的關係亦十分有趣。而叔公與爺爺的關係，爺爺毒死了自己，而（叔公的）母親沒有阻止他。作品說到家庭的複雜之處，就是如果母親阻了他就會為家庭帶來了很多壞影響，所以她沒有阻止他，任由他毒死自己。作品裏有一些鮮明的部分，以及我覺得印象是深刻的。

我還選了〈焚香〉，其實選擇的原因與〈團圓〉有點相似。就是作品寫出了香港與內地之間的關係。在可兒的核心家庭裏，住在劏房中，爸爸有一點暴力的傾向，很喜歡賭錢，而且重男輕女。作品首先寫了劏房的環境，能夠帶出家庭的矛盾，但是家庭的矛盾又不想被人知道，但是劏房的牆壁很薄，在如此擠逼的環境中，故事變得很有趣又緊張。作者先寫了可兒的家庭，我覺得寫得好的部分是可兒的母親和她的朋友，因為其實她們二人都是來自大陸，可兒的母親的朋友很想找個男人與她假結婚，但是一直找不到。可兒的母親覺得走到香港又如何？在香港的生活也不是她想到的那樣好，但是可兒母親的朋友則很想來香港。我覺得作品寫出了人經常希望到另一個地方生活，但到了那個地方就發現生活不是你想像中那樣好。

最後一篇就是〈祖利亞〉，這篇我覺得我會選它為優異的。有一部分原因是敍事者「我」的語調，「我」如何看祖利亞，如何看女性，以及如何寫自己與感情的關係，以及整篇作品的結構和鋪排。由「我」和祖利亞的關係，到原來祖利亞可能不是之前這個女人，原來可能是另一個女人，整段感情關係是由「我」想像出來的。（伍：那段很好看。）最好看的是寫「我」自己的段落。「我」第一次約她，「我」其實是一個很節儉的男人。「我」會帶她到大學的 canteen 吃飯。還要不太想幫她付錢。（伍：想「縮數」（笑））但是後來又覺得如果不幫她付錢又很不 gentleman，他其實又想很多。熟了以後，「我」

會跟祖利亞說：「不如我們倆吃一碟飯？」然後是說不如她煮飯帶去給「我」吃，愈來愈「慳儉」。而祖利亞好像由頭到尾都是一個很柔順的女性，讀到後面我也有些猶豫，因為作者把祖利亞寫得欠缺主體性，全部聽「我」的話，甚至會跪在「我」面前，一個卑屈的態度。我想我選它的原因是到了最後「我」說祖利亞是另一個人，是不存在的，當然敘事者的語調帶着自我反省和自我批判。我在想到底作者由一開始就想抹殺這個角色，還是不知道如何收結所以一反前面情節讓讀者自己想，我有點不肯定因此我選為優異。

伍淑賢說的有幾篇我也曾有考慮，首先是〈結束時開始〉，它的結構十分特別，因為它好像用寶麗來造成一種結構。但是我讀了好幾次，我不太能夠進入到這篇小說的邏輯。因為敘事者先說「我」是寄居蟹中的其中一隻蟹，慢慢又變成紅蟲，又變成人。後來說學校的權力關係。究竟作品想說一種生物，前面的全部都是比喻，還是「我」一個人的幻想？其實讀了好幾次也不太能夠進入，所以我就沒有選。〈院子裏的狗〉也是我讀了以後記得它如何寫那隻狗，那家人搬走就遺下了狗。狗隻懷孕，最後死了。其實就是主角就像那隻狗，他把自己代入成那隻狗，他見到那隻狗不顧一切撕破了簾，然後小狗都死了。然後自己也跳了下去，不論如何也要跳出去。某程度那隻狗鼓勵了那個男人求生，就算坐着輪椅也要行出去。而是到了最後讀者才知道其實「我」的兒子是死了，以他帶着兩束花，一束給他太太、一束給他兒子。我沒有選是因為雖然他寫出了生命的掙扎求存很深刻，但這種掙扎求存在其他作品也可以見到。好像以前讀過的〈最後一片葉子〉[2]那種絕望。

2 The Last Leaf 是美國短篇小說家歐亨利（O. Henry）的作品，最早發表於一九〇七年出版的短篇小說集 *The Trimmed Lamp and Other Stories* 中。

但是〈怒目金剛〉我本來有選，但後來沒有選。因為我有點懷疑辟穀這種題材，因為我之前也有一點研究，應該要慢慢發展。但是小說中一開始就給角色喝一些液體，然後就四十九天不吃不喝，如果是常人的話也會餓死，應該不會如此。但我不知道小說故意這樣寫是否希望表達辟穀是邪教，騙錢的，假的，到最後我覺得小說想寫她，那個女人參加辟穀，是因為她很多年前與她的丈夫合力殺了一個人。而她覺得在辟穀營中的年輕男子識破了她的計劃。所以她要把這個男子也殺了，但這個女人如何覺得這個男子發現了她的計劃是因為一架車，這裏我有點不能掌握，為什麼她覺得男子識破了她的計劃，並要立刻殺了他，故事有點似懸疑小說。

黃：我由尾開始說吧，剛才韓麗珠說了〈怒目金剛〉。我也不太明白這篇小說，整體而言，我覺得是一篇比較成熟的作品，可能是語言或人生經驗上。好像韓麗珠所說，作者好像什麼都想寫似的，但不太坦白作品想做到的是什麼。題目「怒目金剛」不太令我聯想到與故事的關係，可能純粹覺得吸引，當然有一點宗教意味。至於〈祖利亞〉，兩位都提及一些好處，我只不喜歡它最後把她推落天台的情節。不論是真是假，那種情感太粗（伍：有點煽情。）而前面的情節如韓麗珠所說，對於那個人（祖利亞）的位置，而且寫法有點不太尊重女性，好像在讀一篇比較不太負責任的小說。但是我覺得他寫揀烏冬這個意象處理得甚好，這個意象十分 sticky，與角色之間的關係十分貼合，又速食又無益就像垃圾食物一樣，作者經營這個意象甚用心。然後，〈院子裏的狗〉主要在結構上，有些作品看不出結構，而這篇能夠讀出結構。唯一就是我覺得語氣上寫得不像一個老人家，例如「一見到立即拿望遠鏡來看」，感覺很青年。我相信一個經歷了老伴和兒子離世的老人說話不會這樣跳躍和好奇。有時會令我走神，所以唯一可惜的是語言出賣了小說。

〈守林人〉就是有一種疲憊感，「我」又喜歡寫書評、很文青，但是又給人選了做圖書行銷。這種疲憊感在這次的參賽作品中也甚多，可能是一種現實或這次的傾向，我覺得這篇的疲憊感寫得比較有質感，現實上公司的狀況、感情，小興寶嶺這個地方選得甚好，雖然情節有點俗套。題目有點意思，到底他想守護的是什麼？好像他除了當小興寶嶺的守林人，他還可以守護什麼？〈在結束時開始〉也是有趣的，那些甜品人很怪，想像力十分「盡」，值得鼓勵，除了寫一些與我們很近的東西，它甚至有點卡夫卡式，不理是否合理。但是結局十分說教，比如葬禮那一段有點浪費。〈敗類的告白〉也是我選的，就是寫台灣草莓族，我覺得也是難得的，很有台灣感。有現實的感覺，便利店的生活令人容易代入和想像，但是天堂地獄觀太重，難以入三甲，但是也可鼓勵這種寫法的。然後〈The Lion in the Circus〉，其實我初審差點會選這篇，但是我不太明白題目 lion in the circus 想表達的是什麼，似乎與故事不太配合。可能作者覺得像生活在 circus，但是 lion 真是不太配合，所以沒有選。但是再讀一次覺得小說本身的質感，尤其是印尼妹寫得很不錯，但是錯字又有點多。其他少數族裔的問題、做廚房的人好像有另一面的生活，他有很多女朋友，我覺得十分寫實而有說服力，所以可以選為三甲。

〈雪晴山〉我認為是可以鼓勵的，它有點像文學的〈桃花源記〉及文青狂想，比如在現實「我」寫的書沒有人買，但到了那個地方則很多人買，我覺得它帶着一份天真在其中。「我」都自己願望透過寓言表達，但是亦有正反兩面的看，原來夢醒後會粉身碎骨。開始的時候好像很寫實，慢慢消失變成一個文學的〈桃花源記〉。〈殺生集〉大家都說了不少，我也補充一下。那一種迷惘的殺生經驗，不是震動的，它那種振動是旁觀者的振動，好像韓麗珠所說是環境帶動主角對於殺生經驗的不同感覺，比如中港的差異、親人之間，例如故鄉可以吃狗肉，但是沒有一個很鮮明的結構，就像篇名「殺生集」，就是把不同的殺生經驗集合在一起。它沒有層層遞進，或愈來愈深刻，這又不是作者想做的。可能我們人生遇到的殘酷經歷本質也是如此，我們以為有所頓悟，但其實有太多事情拼貼在一起，沒有辦法有什麼頓悟，反而有一種真實感。

(對主持) 或者總結一下剛才討論了的作品？

主持：剛才三位老師討論了的作品包括〈殺生集〉、〈雪晴山〉、〈The Lion in the Circus〉、〈名目〉、〈敗類的告白〉、〈在結束時開始〉、〈守林人〉、〈院子裏的狗〉、〈團圓〉、〈焚香〉、〈祖利亞〉和〈怒目金剛〉，總共十二篇。

黃：韓麗珠有排名次，或者可以再說多一點？

韓：我需要一點時間想一想。

黃：或者伍淑賢會否想加入一些三甲的作品？

伍：我想把〈The Lion in the Circus〉加進去，因為剛才想起這篇有一個地方很有趣，它寫到印尼妹曾多次墮胎，好像是四次，然後她又很抗拒結婚。這部分對於下一代和同伴人的感覺很有趣，因為對於他 (小說中的男主角) 的生命中十分重要，雖然他說自己是一個「廚房佬」，但是作者把這兩樣東西放得很高，處理得不錯，令故事有多一些層面考慮，不過正如念欣說，我們不是計算票，應該再協商以得出結果，而且題材是非常值得鼓勵。這次的參賽者中好像沒有人寫這一類的題材。

黃：作者應該有做一些 research 的，有些描寫也是非常貼近現實的。

伍：是的，僱主與印傭的關係也很有趣，作品都有顧及。

黃：好像僱主打她（印傭），但又在夜晚放她外出，那個小孩 Marcus 又會幫她蓋被。

伍：是的，那一部分很特別！作品沒有把僱主刻劃得很「無良」。

黃：其實故事十分真實，印傭好像認識了他們很久，刻劃了他們（僱主及家人）正常的一面。我只是不明白〈The Lion in the Circus〉這個名字中，誰是 lion 呢？他自己（廚師）？還是印尼妹？

伍：是啊，想不明白誰是 lion。

韓：〈The Lion in the Circus〉這篇一開始我把它排在甚高的位置。聽了大家的說法後，我仍然希望把這篇排在第一或第二名，因為我覺得作品寫印尼妹的部分很貼近，可能因為我與朋友談及他們家的外傭，知道一點她們的生活。她們當然來自不同的地方，比如她們與僱主的關係、到了香港後的生活。如果她來了香港一段長時間，她會有自己的朋友，星期六日放假的時候會外出，甚至有自己的關係。我覺得這一篇還原了血肉給外傭，還有剛才伍淑賢提到印尼妹墮胎，有三個胚胎，然後說她子宮移位，不能再生育。但她認為也不是一種可惜，因為如果和一個她不喜歡的人結婚，也會被那個人休掉，就可以重獲自由，這種對女性的想法比較特別。本來我沒有特別思考題目的意思，但是剛才黃念欣提到誰是 lion，我記起印尼妹把她的嬰兒改名為戰爭、戰事和勇敢，不知道是否印尼的傳統與馬戲團獅子有關，像一個表演一樣，但是那些勇敢不是真的。

黃：我覺得改名的情節有點「穿崩」，例如那個男人問為何不叫「Indah」，但是為什麼他會懂得印尼語？他好像對印尼語很熟悉。

韓：可能是他跟印尼妹學了一點印尼語。

伍：（笑）可能是他們交往太多，所以也學了。

韓：我覺得作品寫那個男人有一種中年的頹廢，肚腩愈來愈大，中間的細節有不少我會記得。所以我會把這篇放在較高的名次。但是我有一個疑問，因為兩位都選了〈結束時開始〉，我有點保留，因為我始終未能進入它的邏輯，它確實有很多想像。可能我也比較想見到一些富於想像和魔幻的小說，但是我進入不到因為有些魔幻或充滿想像力的小說，有時候與亂寫是十分相似的。我覺得這一篇有點近似亂寫，因為我找不到一條故事線，我對故事的結構比較質疑。作者也有想表達的內容，但是好像因為每一個小段都不是連接，或者突然說了其他東西，所以我不能跟着它的脈絡，整理出一些信息出來。我對這篇有些懷疑。

伍：我反而覺得這篇做得最不好的，是故事的意念，特別是音樂作品那部分。但我想好處是部分章節寫得好看，玩得很「大」，但是可能收結時不知如何處理。

黃：寄居蟹這個細節有點怪誕，像村上春樹。

伍：但我想這方面令它在全部投稿是突出的，因為想像力和文字都比較特別。

黃：什麼是在結束時開始？除了曲式迴旋外，最後說的葬禮又不知道是如何「開始」。我同意韓麗珠所說，有時有些看着很「有型」的句子、或有暗示的句子，但其實作者還未想得很清楚，所以句子有點亂。

伍：所以他（作者）要再重寫多一次。

黃：但可否鼓勵？比如優異獎。

可能出了其他名次再決定吧。〈The Lion in the Circus〉三甲似乎沒問題，會否有其他作品覺得入三甲一定沒有問題？

伍：（對主持）現在文學獎（指青年文學獎比賽）有沒有一些文學主張或提倡的主題？

主持：我們（青年文學獎協會）沒有規定比賽主題或提出文學主張。

韓：〈殺生集〉我也會放進三甲，它的結構不是我們所想很工整的結構，而是隧道式的，順着思緒發展，作者想到什麼就寫，但是又沒有影響小說的故事發展。整篇小說就是在寫那些人如何殘暴地對待動物，但是那種殘暴被整個大環境所影響，而敍事者是十分身不由己。有時候「我」成為了虐待動物的幫兇、有時候「我」想救倉鼠而救不到，有時候「我」只可以哭，但是我同意故事的結構不是一個很傳統或嚴謹的結構，它比較接近生活。但是我覺得它仍然是一篇小說，因為它當中有通過這個看似鬆散的結構表達一些信息。

伍：故事結尾，「我」小時候父親踩死了倉鼠，十分殘忍，但是後來又把倉鼠給父親照顧，甚為諷刺。「我」父親說「我」回來的話就去收拾一下寵物籠，但是「我」很重視的倉鼠的生命又交托給一個很危險的人手上。這種生命的交托表達得很特別，結尾完得很有趣。

韓：結尾那隻倉鼠的屍體，不知是被父親踩死，還是自然死也賣了關子。

伍：相比其他作品的結尾，這篇有點弦外之音。但是「我」又把倉鼠給父親照顧，或更準確來說，是擺放在父親那處。

韓：〈團圓〉我也會選，不論是優異還是三甲，雖然是一篇比較短的小說，但人物的塑造比較深刻，不論是敘事者「我」，還是叔公。叔公很怕老婆，雖然他對這個內地來的、不太熟的親戚很有戒心，但是可能這個叔公比較寂寞，所以難得有這個遠房親戚來了，就趁着吃飯的時間說了很多家庭的事。叔公其實不想這個親戚煩他的，但是他亦做了他能力範圍對這個親戚好的事，他一定不想「我」留下來住，即使敘事者「我」也不想留下來。同時即使叔公很怕老婆，但仍然塞了五千元給「我」。這個敘事者的母親也跟他說了，到香港找叔公也不是為了聯繫親情，只是為了一些錢。但是這個敘事者又很有趣，當叔公與他外出吃飯時說，想跟他說一些家庭事，其實他並不想聽，但是他又很有心機聽叔公說。當中描寫這個人物也有些有趣的部分，例如叔公在吃飯時說他已經「七老八十」（上了年紀）這些往事不告訴「我」，也不知道可以說給誰聽，不過又說自己很囉嗦。而這個敘事者「我」聽到時的反應是假裝吃驚，然後說：「叔公你哪裏老？你不老，你說吧，我很想聽。」但其實他根本心裏不是這樣想，作品展現了他對於叔公有很矛盾的情感。但那些情感不知道從何而來，因為這個敘事者與叔公並不熟，只是因為母親叫他到香港才認識。這個「我」與家族的關係，那種語氣控制得好像「我」也對家族、自己上一代的歷史帶着好奇，但他都是冷漠的或他不想表露出來。結尾也很有力，最後不見了錢，那個數目對他來說其實很多，但是他又想，不見了也不重要，他不見的又不止那五千元，說到「我」與那家人的關係，人物塑造對我來說比較完整。

黃：我聽了你說後比較明白了，一開始也想再選這一篇，但可能因為我比較在意作品的題目，如果我感覺作品的題目改得比較隨意，印象會有點打折扣。其實這次有不少作品是寫家族瑣事的流水帳，例如誰不喜歡誰、比較大的家族仇恨，再反諷地以團圓為名，其實這篇的反諷是做得比較深刻的，尤其是家族史的流水帳是十分瑣碎的，例如太餓沒吃夠，政治上的問題比如爺爺毒死自己就被視作畏罪自殺，令整個家族萬劫不復，但是也有一些很切實的細節，比如外婆的迷信，臨死為什麼要吃八碗粥？因為要吃回生前太餓沒有吃夠的分量。這些都很不「團圓」，要說一個團圓故事很難，於是作者呈現了一個碎裂的家庭歷史，其實每個人的家庭歷史都是破碎的，有些是在大陸，有些是在香港，有些很政治。結局是我之前有點懷疑或最不太喜歡的地方，好像前面長篇大論的鋪展情節，突然就說很耀眼，用兩隻手指掩眼。就在兩隻手指中間看說又不太耀眼，然後說原來太陽是圓的。我明白作者希望點題，但這個結局有點太輕，甚至有點草草了事。

但我聽韓麗珠說後想起，有時候我們看太陽時，用手稍微掩着會看見太陽的邊，才發現太陽是圓的。我才發現有不少心機之前未有留意，所以這篇進入三甲我也不反對的。

我是不明白叔公的老婆為什麼這麼兇，這麼不喜歡「我」？可能家族的事情是不能夠解釋的。

伍：我覺得是典型香港人鄙視內地人，不想被佔便宜的心態，所以不想「我」住下來。

韓：我讀的時候覺得叔公的老婆因為家已經很小，所以不想再有人過夜。

伍：這是典型香港人的心態，但老實說，我對這篇沒有特別的感覺。我讀的時候覺得好看在兩點，一是吃粥的情節寫得很好看，二是畏罪自殺，那部分突然說到一個很嚴肅的話題，但我想整篇來看是 ok 的，很完整但不是很深印象，可能我沒韓麗珠看得那麼仔細。但我認為現時這類型的作品頗多，中港家庭的互相交疊，時空變化所引起的家族故事。但是這篇比其他同類的作品好，有些會說為什麼母親對某位子女特別好，就不太想再看。這篇在同類作品中寫得比較乾淨和有生機。

黃、伍：還有沒有一些比較突出或應該入三甲的作品？

伍：(對主持) 現時青年文學獎一組有多少獎項？

主持：我們設有冠軍、亞軍、季軍共三名，優異獎三名，還有後備作品一名。

伍：即是七個獎？

主持：後備作品是在優異獎出現抄襲或違反賽規，被取消資格時頂上的作品。

伍：即是我們要選七篇再定名次吧。

主持：是的。

黃：或者我們都看看比較多討論的七篇吧。

伍：剛才討論得比較多的作品包括〈The Lion in the Circus〉、〈殺生集〉、〈團圓〉、〈祖利亞〉四篇。

韓：還有〈在結束時開始〉。

伍：我覺得也可以考慮一下〈雪晴山〉或〈守林人〉這一類進路比較不同的作品。

韓：〈雪晴山〉我讀的時候也覺得有趣的，那個主角某人，這個名字好像是說人人都可以是某人的意思，這個某人覺得自己很特別，然後寫劏房有一類人很窮，他們會抗爭、會示威，會關注精神上的東西，但現實的事情他們不能解決。這一點慢慢到了後面，當某人上了雪晴山後，他很想自己寫的書可以賣得好，但另一方面他又很不信自己的書可以賣得好，他覺得自己寫的東西是不行的。作品又深挖某人作為創作者的焦慮，他最大的恐懼就是怕自己平庸，但他又覺得自己很平庸，所以他才要做這麼多事情。這又連繫到劏房知識份子，他們追求精神上的東西就是希望自己的一生不要那麼平庸，但是他們心中又很懷疑自己是否能夠做到這件事。所以這個某人上了雪晴山，這個轉折，由劏房到雪晴山、突然從現代小說到古典小說的鋪排，是有點意想不到和特別。但是我沒有選可能因為後來他上了雪晴山，願望實現了，但都不是真的，下一步他就會粉身碎骨變成雪。那個結局有點像一般的古典小說比如狐仙，角色追求的是一種幻影，然後你得到後就要犧牲自己的生命，甚至它會毀滅了你。我覺得那個結尾很像古典小說，但是它又有很多反思，對於年輕的知識份子、對於寫作的人的心理挖掘。我覺得是好看的，我認為放在六名中我也不反對。

相比之下，我覺得〈守林人〉是一個比較流暢、容易讀和好看的小說。故事說主角很想做編輯，但慢慢他發覺做編輯沒有想像中那麼理想。他覺得編輯工作很悶、為了追尋理想就編故事。他編造但不實踐的故事就是他的理想，他有很多想法但永遠都不行動，有行動的反而是他女朋友兔子，聽了他說後，她真的以為他在林中就去找他，小說中最有行動力的反而是好像胸無大志的兔子，是個女性。女性會切切實實的煮飯、做一個咖啡店經理，男朋友走了她又會包容，然後又會為他辭工，作品中最勇敢的其實是兔子。這些是好看，但對於我來說，之前沒有選可能因為這種寫法與其他小說並沒有很大的出入。

黃：（對主持）即現時已選了七篇？

主持：現時三位老師討論了〈The Lion in the Circus〉、〈殺生集〉、〈團圓〉、〈祖利亞〉、〈在結束時開始〉、〈雪晴山〉和〈守林人〉。

黃：或者可以先把明顯有疑惑的作品考慮是否放在優異獎？例如〈在結束時開始〉和〈守林人〉。

伍：我同意，〈在結束時開始〉可作鼓勵、〈守林人〉的情節比較像電視劇。

黃：〈祖利亞〉可以放進優異獎？

伍：〈祖利亞〉我們剛才疑惑的地方是未能掌握祖利亞這個人，因為小說讀到結尾才發現是她是另一個人。不知道是不是作者原意這樣寫，對吧？

韓：我覺得最大問題是作品對祖利亞這個女性的描寫太平面。

伍：祖利亞好像是工具一樣。

韓：是啊，但他（敘事者我）又不是完全沒反省，那個男人寫自己的吝嗇也是一種反省。但是讀完後覺得祖利亞是透明的，好像「我」怎樣對她也沒所謂，是那個男人的幻想。

黃：又可以說作者本來就是這樣想，因為後期說那個男人隨便在一間店舖找到一塊牌寫着祖利亞，就掛在身上，那個 signifier 就是這個意思。

伍：總之是有一個女士在他的不知是想像或是生活之中。

黃：如果是這樣的話進三甲亦可，選另一篇作優異也可以。

伍：這樣的話只剩下〈雪晴山〉拿優異獎，但這篇會否值得更高名次？

韓：我覺得〈雪晴山〉名次值得比〈祖利亞〉高，或者可否說一下你們覺得〈祖利亞〉值得入三甲的原因？

伍：正如剛才說，作品〈祖利亞〉中那種男女穿梭很好看，正正因為它很虛，祖利亞並不實在，所以有很多想像空間。所以我覺得這篇作品充滿空氣在其中，可塑性很高。

黃：我是純粹不喜歡它的結局是從天台推她（祖利亞）下去，這個結局不值得肯定。

伍：十分香港！（笑）那種結構很 light，很好看。如果作品把那個人（祖利亞）寫得很血肉，我反而覺得不會是作者想做的事。

黃：（對主持）可否重複一下我們選了的作品。

主持：三位老師選了〈殺生集〉、〈雪晴山〉、〈The Lion in the Circus〉、〈在結束時開始〉、〈守林人〉、〈團圓〉和〈祖利亞〉。

黃：那麼我們選〈祖利亞〉還是〈雪晴山〉作為優異獎？

伍：如果把〈雪晴山〉選為優異獎，好像把〈雪晴山〉和〈守林人〉歸為同一層次，但我覺得〈雪晴山〉明顯較〈守林人〉好頗多，尤其在心思方面。

黃：不如由三甲開始定，可能會比較容易。

伍：我也同意〈殺生集〉可入三甲，大家都沒有異議，相信〈The Lion in the Circus〉同樣。只差第三篇可以是〈團圓〉？現在剩下〈祖利亞〉、〈團圓〉和〈雪晴山〉。

韓：對我來說（〈團圓〉作為三甲作品）是可以的。

黃：我也沒有問題。

伍：〈團圓〉的地域性也夠闊，那麼三甲的作品包括〈殺生集〉、〈The Lion in the Circus〉和〈團圓〉，其餘的就是優異。

韓：但是四篇優異中需要有一篇是後備。

主持：補充一下，三篇優異中亦希望老師能夠排優次，因為如果三甲作品發現抄襲而被取消資格，有機會由優異作品頂上。

黃：如果這樣的話，〈雪晴山〉排第一吧。

伍：同意，這篇比較 heavy-weight。

韓：那麼優異的第二就〈祖利亞〉吧

伍：同意。第三是〈在結束時開始〉還是〈守林人〉？〈在結束時開始〉好像比較好玩，心思比較多，第四〈守林人〉？

黃：同意。

伍：現在尚欠三甲名次。

韓：如果每人說自己的排名，比較難取得共識。

伍：同意。

黃：或者可以投票處理？我認為〈The Lion in the Circus〉可以第一（冠軍）、〈殺生集〉第二（亞軍），〈團圓〉第三（季軍）。

伍：我同意，我都選〈The Lion in the Circus〉第一（冠軍）、〈殺生集〉第二（亞軍），〈團圓〉第三（季軍）。

韓：我都選〈The Lion in the Circus〉第一（冠軍），但第二和第三不知如何選。可能會傾向〈團圓〉多一點（亞軍），〈殺生集〉第三（季軍），但相反我亦沒有問題。

伍：或者我們可以再討論多一次，相信分歧都比較少。第一（冠軍）的作品就沒有問題了。

韓：我為什麼傾向〈團圓〉第二（亞軍）多於〈殺生集〉，因為〈殺生集〉比較隨意，結構上沒有想。而且主題上都是說人對動物的殘忍，都是在說權力相關的問題，主題都是比較單一，但是作者寫得很深刻，所以一定會放在三甲。但〈團圓〉說的東西會闊一點，有家庭、歷史、中港關係、命運、個人與命題；以及細節比較豐富，比較難寫一點。論難度〈團圓〉比〈殺生集〉難寫，〈殺生集〉掌握到深入的主題，也十分聰明，作者拿捏暴力是非常準確，寫得很深。但是〈團圓〉則比較難寫，所以我選了它第二（亞軍），〈殺生集〉第三（季軍）。但是如果對調我也不會太反對。好像伍淑賢所說，〈團圓〉可能對部分讀者來說比較平滑，感覺上不夠精彩，閱讀的快感不及〈殺生集〉，但是再細讀下去，會發現它比〈殺生集〉耐看。可說各有好處，因為兩篇寫的內容不同。

伍：我認為〈團圓〉這篇是十分聰明的，因為作者找到一個橫切面，即外婆的死作為切入，但是我覺得有點可惜，可能因為字數，其實他尚有一千字左右可供發揮。如果情節再發展多一點更好，可能作者認為寫到這裏已經足夠，如果那個年輕人（主角）投入多一點，或某些枝葉再延伸多一點會更好看。現在比較豐富，但是有一點趕急的感覺，可以再說多一些事，同時故事比較欠重點。

黃：以為外婆是重點，原來是叔公，「團圓」這個篇名有反諷意味，也是聽了你（韓麗珠）的解釋後聯想出來的，但是始終以人物而言，叔公不會令我有太深刻印象。我會覺得主角有點矛盾，自己來香港的叔公有點愧疚，想補償但又不能補償太多。〈殺生集〉好像很隨意地寫看見狗隻死、主角養的寵物死，有時候主角緊張，有時候不緊張。這種隨意告訴我們這種事會否是 arbitrary ？為什麼有時候見麻雀受傷這樣緊張，有時又可以吃了牠？這篇帶出的 message 是完整的。

伍：我覺得〈殺生集〉結尾用「我」的父親用得甚好，不知是否巧合，帶出了你所說的權力問題，這個權力問題是殘暴又不可靠，但不知為什麼你又要依賴它。不知是否有意。

韓：我相信是有意的，我也同意〈The Lion in the Circus〉第一（冠軍），〈殺生集〉第二（亞軍），〈團圓〉第三（季軍）。

三、最後結果

冠軍 / 〈The Lion in the Circus〉

亞軍 / 〈殺生集〉

季軍 / 〈團圓〉

優異獎（一）/〈雪晴山〉

優異獎（二）/〈祖利亞〉

優異獎（三）/〈在結束時開始〉

後備 / 〈守林人〉

新詩初級組

評審 / 陳子謙、鄧文律、璇筠

冠軍 /	一只蒼蠅或一群蒼蠅的集合	李曼旎（中國大陸）
亞軍 /	妄想	王碧蔚（香港）
季軍 /	水邊的阿蒂麗娜	彭紀琳（香港）
優異獎 /	白頭	王穎茵（香港）
	咖啡	何　婷（香港）
	馬祖 —— 東海上的日出	久　寒（台灣）

＊優異獎排名不分先後

冠軍

一只蒼蠅或一群蒼蠅的集合

/ 李曼旎

不能簡單地將河流歸類於夜間巡航的深藍，如同盲眼不能歸因於天性厭光

密度上升。你肺部的顏色逐漸鬆弛，落入我因窒悶而發出大型嗡鳴聲的杯子

無法品嘗，透明汁液竟能縮短小腸直徑，人們不再失明也不再訴說自己的腐爛

作為完全變態發育昆蟲你的呼吸並不飽和，你的視力全部倚仗月光在十三點鐘滂沱的藍色

屆時我們會為對方套上軟化的幼年軀殼，你照例詢問我是否願意出售自己的胃液，從而消解孱弱的時間與寂寥的謊言

但一切臆想都不會被付諸實踐，人們與燈並不相識，我與你並不彼此吞食

在麪包的氣孔裏你極有可能就是這樣走入黑暗中的吧，青灰色皮膚上的黑點象徵時間的開始與停滯

你在尾行中死了又死。最後一次弔唁，我綁架溺水的舌頭，攪拌鮮艷唾沫

以求消除對自己的觀看

（17 行）

// 評審評語

陳子謙

這首詩不容易進入，更準確地說，不容易讓人找到貫通全詩、足以解釋一切細節的讀法。它更像迷人的迷宮，讓人走着走着，樂而忘返。

詩中敍述的情景，依稀是蒼蠅誤墮杯中而死。詩人對它說話，說到底也只是寂寞的自言自語，而觀察蒼蠅實際上就是審視自己的替身。外物的闖入彷彿為詩人帶來了一點安慰（「你照例詢問我是否願意出售自己的胃液，從而消解孱弱的時間與寂寥的謊言」），然而一切終究落空。詩人以詩弔唁蒼蠅，說到底不過是讓自己暫時抽離自身的問題，所以結尾才說「我綁架溺水的舌頭，攪拌鮮艷唾沫 / 以求消除對自己的觀看」。物我移

位的構想也許不算新鮮，更令我印象深刻的是詩人的筆法，特別是感官書寫、意象以及句式運用。顏色通常是具體事物的附庸，詩人卻把顏色放在前景（「夜間巡航的深藍」、「月光在十三點鐘滂沱的藍色」），以半虛半實的其他意象來烘托，效果強烈。起句「不能簡單地將河流歸類於夜間巡航的深藍，如同盲眼不能歸因於天性厭光」，以平行句式串起明喻的本體和喻體，但把「歸類」偷換成「歸因」，兩句的關係便趨於若即若離，讓人浮想聯翩。「人們與燈並不相識，我與你並不彼此吞食」也是平行句式，「相識」與「吞食」南轅北轍，但相愛相殺，往往是一體兩面。而否定句令句意更加曖昧：「並不彼此吞食」究竟是怎樣的關係？是遠是近？兩句之間，遂在這些稜鏡上折射出更多未知的光束。

這首詩在總評會上討論最久，過程中三個評判都有驚喜的發現。願我們的討論和以上解讀能褪去它一半的迷霧，露出光的內核 —— 正因為霧淡了但沒有完全散去，光才一直神秘撩人。

璇筠

意象紛陳又富神秘感，差不多每一句也耐人尋味，寫出一種詭譎的氣氛。蒼蠅之眼睛分鏡太多，可能也是呼應彼此的關係是敵非友、非友即敵。「你在尾行中死了又死」慾望卻是糾纏不清。也許尾句「消除對自己的觀看」能夠找出一道出口吧。

亞軍

妄想

/ 王碧蔚

我自覺是厄瓜多爾的瘦弱小孩
這裏終年夏季，山風凜冽
飛揚的薄袖子牽引我枯萎的軀幹
唯有順從風向
但是我凸起的龐大眼球永遠直視遠方

我只有一本，關於北極的書
書頁稀落脆弱，像秋天路旁被踩碎的楓葉
封面上
北冰洋藍得像懸崖邊的花
我常常幻想，落葉是海風吹拂髮尾
旱災的泥土是綻放的冰層

我每天用指腹柔和地揭開書頁
眼窩伸出細長的舌頭舔舐圖片
渴望的狂慾抽枝發芽
在北極毫無防備的睡顏前
我永遠像遊人，用望遠鏡窺視天空
輕輕朝禿鷹發出驚歎
或像依偎遊人腳掌的白色海貝
悄悄探出觸鬚搖晃

在燙耳的熊熊熱風中
我日夜盯緊北極
猶如欣賞玻璃瓶中的雲
我每天起牀，都是首次接觸顏色的盲人
顫動滴淚的指尖
以魚尾晃動的旋律，撫摸書頁

可是當厄瓜多爾的烈陽在北極冰上降落
我就只能觸及它虛假死僵地熾熱的一面

（27 行）

評審評語 //

璇筠

此詩富有想像力，不知從哪裏搬來一個厄瓜多爾的瘦弱小孩，然後又言之鑿鑿的創造一系列奇怪的意象：其中「眼窩伸出細長的舌頭舔舐圖片」能夠貼切地寫出慾望；「或像依偎遊人腳掌的白色海貝 / 悄悄探出觸鬚搖晃」句子生動有趣。讓妄想成為一種力量，對作者來說，可能可以讓他更接近極端的彼岸。詩的結尾好似要給自己摑一巴掌（以對題），但是可能因為語病之誤，未能好好表達，指向不明，以至全詩未能提升一個層次，有點可惜。

季軍

水邊的阿蒂麗娜

/ 彭紀琳

音樂室的窗板染上暖暖的黃
那是自海底長途跋涉而來　悄悄點亮的午辰
柔軟而慵懶如少女的呢喃
你喜歡海　你說

琴槌敲落的聲響　在歲月斑駁的四壁間遊走
你的襯衫　卻是新生的白
陽光曬過的微香　蒸在海風裏
輕點鼻尖　是一霎淡淡的鹹

細白的指於浪潮間律動
黑白升降下　小魚熟練地穿浪
藍推濁白　嘩啦捲走岸上點點琴音
裊裊　水邊的阿蒂麗娜

五線圈點　各有鍵上旅途的終站
迷途漁船　總能捕捉北邊不懈的星
但青春的卷軸　沒有指南盤
只有前人艱澀雜亂的記號
在泛黃的空白上　如徬徨的雨散落

我終究沒尋回你的眼睛
藏於龐大如未來的亮黑琴身後
浮於符點音間乍現的阿蒂麗娜
奶油似的午陽　舞動細閃的影

沉於無際的藍

那是航圖上　沒有記載的遠洋

（23 行）

評審評語 ///

鄒文律

本詩有種輕靈精緻的味道，以「海」及其延伸出來的系列意象（漁船、航圖等），寫「我」與「你」若近若遠的關係，在抒情語言的處理上發揮得相當不錯。

優異獎

白頭 / 王穎茵

他想等一場雪
慢慢的走，長長的路
有誰與他走到白頭
肩上卻只落得整座城市的塵埃

（4行）

評審評語

鄒文律

短詩貴乎用字精要，以及延伸至字詞以外的餘韻。本詩寫期待的事（與「他」白頭的伴侶）與現實的落差（落在頭上的是「塵埃」而不是「雪」），巧妙地結合了三種白色的意象：「雪」、「白頭」和「塵埃」，組合成相當有力的一首短詩。然而，全詩把力量集中於第四行；第二、三行的設計則無法見出太多心思，有點可惜。

優異獎

咖啡

/ 何婷

三匙濃縮咖啡粉和
五匙全脂牛奶的房間
奔命秒針加速攪拌杯中的粉末
飛濺出課本的老赭色　如過期的星光
枱燈染透了杯底成朱膘
我需要速速喝完

倘若我　是一隻逗留於杯口邊的飛蛾
欲舔一層上海霞飛路的奶酥
也作空想罷了
最好苟且偷生的我　在丑時的道路上
緊抓與躁動的撲燈之間
未至於那麼快喪命

擺放的書脊早被苦澀薰成枯草
只留這杯子
龜裂的唇印在杯邊跳舞
如姑娘在鐵氈上跳着失血的踢躂舞

六杯咖啡和
五日肚瀉的關係
奶酸敏感的我　或許
並不單求鎮夜抵抗尼古丁
而要人體注射的咖啡因

第七晚和
空空如也的兜裏
凌晨營運的枱燈也滅了
沖起的開水
竟喝出昨日的苦

（26 行）

評審評語

璇筠

清新而克制的生活詩。佳句讓人會心微笑，「龜裂的唇印在杯邊跳舞 / 如姑娘在鐵氈上跳着失血的踢躂舞」明明是苦澀的，不知為何寫來卻有種活潑。年輕時自以為受着的苦難，後來想起卻是最清淺程度的霧，如同以為喝掉許多苦咖啡就能夠麻醉自己。

優異獎

馬祖 —— 東海上的日出

/ 久寒

只剩輪廓
不清楚是被剪貼還是剪取
凍結的雲極其像似一座座孤島
—— 瘋狂而猙獰的剪影
像無面巨人魁梧的背影，環繞在
太陽即將踏上的軌徑
已鋪上了紅棕色地毯，由黑暗盡處
向外蔓延。我能想見
血流成河是什麼樣的面貌

一勾彎月搖搖墜墜地懸着
映照像是油彩肆虐式渲染的海
一團火球緩緩升空
我想世界初始之時的混沌也應如是
光明漸至，海鳥卻低飛
有了色彩的奇岩怪石成了濃雲
以戰爭的型態像我襲來
（有不少剝落而化作硝煙四處竄逃）
每一個平靜呼吸的人都目不轉睛

我的肢體不受控地擺盪
失去理智的浪歇斯底里地翻攪
彷彿沾滿血跡與油污的手腳
在死神的斗篷上刮搔
留下無數柔和的皺褶

（23 行）

// 評審評語

陳子謙

讚美自然的詩作不罕見，但寫自然壯美所引起的震撼──甚至恐懼，在青年詩作之中是相當罕見的嘗試。這詩的意象運用得宜，無臉巨人、血河、戰火、死神之喻，都表現出個人親睹浩大自然的變色時的戰慄，而結尾的「在死神的斗篷上刮搔 / 留下無數柔和的皺褶」尤為懾人。詩中對自然之美的感受，不像出於冷靜的現代觀眾，更像出於未有文明可恃的先民，帶點宗教式的崇敬或驚懼。空間的蒼茫變幻，令詩人追想「世界初始之時的混沌」，又遙望到死神的惘惘威脅。可以挑剔的是，結尾以第一身敍述直指自己「不受控」，顯得過於清醒自覺，不像失神的狀態。當局者，何妨縱情入迷？

評審紀錄

評審 / 陳子謙、鄒文律、琁筠

日期：二〇一八年十月二十二日

時間：晚上七時至八時三十分

地點：香港浸會大學善衡校園 OEM905 室

出席者：陳子謙（陳）、鄒文律（鄒）、琁筠（琁）

主持、記錄者：許思敏（內務秘書）、陸芷晴（財務秘書）

一、決審稿件名單

編號	作品名稱	陳子謙	鄒文律	琁筠
022	咖啡		○	○
025	存或活	○		
027	一只蒼蠅或一群蒼蠅的集合	○	○	○
035	白頭	○	○	○
051	「游」菜市場		○	
053	我想要的生活裏	○		
056	生活	○		
062	水邊的阿蒂麗娜	○	○	○
063	無橋	○		
064	禽獸	○		
070	起居	○		
073	馬祖 —— 東海上的日出	○		
088	妄想	○	○	○
097	一首不知名的鋼琴曲奏起		○	
099	給同代人的詩歌			○
101	城市的聲音及其隱喻			○

二、評審過程紀錄

鄒：〈一只蒼蠅或一群蒼蠅的集合〉、〈白頭〉、〈水邊的阿蒂麗娜〉和〈妄想〉均有三票，第一輪可先討論能否從中選出冠亞季，沒有入選的獲優異獎，再看有沒有修改。

璇：上屆會有一首詩讓人覺得非冠軍不可。

鄒：今年應該沒有。

陳：我也覺得沒有。

璇：那不如用排除法？

陳：〈白頭〉的篇幅一般不屬於能拿冠軍的，看不見結構上的處理。

鄒：通常不會，最多季軍或優異獎。

陳：它是一首很好的短詩，但很難在同一個基礎裏討論。不如考慮季軍或優異獎，然後其他作品選一二名。

鄒：有沒有人覺得哪首能拿冠軍？我覺得是〈一只蒼蠅或一群蒼蠅的集合〉和〈妄想〉之爭。

陳：〈妄想〉我有個細節想問問大家的看法。你們覺得結尾處理如何？

璇：我覺得結尾處理不行。

陳：我覺得前面還不錯，去到結尾……

鄒：逆轉令人意外。不過也解釋到。無論如何現實都不會改變，即使烈陽在北極的冰上降落亦只能是切裂的狀態，冰無法冷卻那種熱力。如果熱指向描述厄瓜多爾這個比較熱的地方，對於學習、知識的渴求或異於生存世界的渴望，結尾說一切都是妄想，有回應詩的主題。

陳：大概知道他的用意，但我想問的是，你們覺得處理得好不好？還有我回應一點，其實書本未必是指知識。坦白講我對北極沒有特別的認知，但估計遠方北極，吸引他的應該不是書，我更傾向是某種象徵，某種嚮往，那抽象的解法會比較貼近。

鄒：嗯，異於現有處境的想像世界，或對遠方的渴望和嚮往。

陳：它的結尾還有另一點是節奏上的改變。前面基本上是五行或以上，最後明顯是想很快結束，去突出那類逆轉。

璇：我回應一下之前的評價。它的結尾明顯想提升一種層次，好像到最後扭橋的一瞬間，譬如有些戲結尾扭不到，結果其他人看不懂，那就失敗了。因為它有語法和病句問題，阻礙了表達，所以做不到扭橋那一下驚喜，或者提升層次、令人恍然大悟的目的。當前面寫得不錯，後面就比較明顯。

鄒：即它的線索不足以令人很快發現它的好處或指向。

陳：我也補充一些。其實前面對遠方的想像不俗，但我對它最後的處理有保留。我會質疑「死僵地」有點生硬，突然用判斷的形容詞去取代呈現手法，相對前面處理得有實感和細節的意象完全是兩回事。第二點是扭轉的地方未必是最合理的扭法。因為之前一直的想像是「我」對地方的嚮往，就算最後幻滅也應該是到達那個地方之後，改變了那個地方，但結尾一下子由如何嚮往遠方講及，不是「我」而是這邊的太陽過去，中間的跳躍很遠。對我來說轉折並不是很有說服力。

鄒：我的理解是現實的嚴酷吞噬了他想像的遠方，使他不能抵達。或即使遠方的世界降臨，也會被身處的環境蒸發或消滅，只能停留在目前不理想的狀況裏。

陳：如果這樣，我覺得你的解讀可以再伸延。最初我有想過這是否一首講環保的詩，所以厄瓜多爾的烈陽會不會指向全球暖化的問題，令北極洋消失呢？用一個很長的對北極的美好想像去到現實的警示，美好的世界會受同一個環境影響。

鄒：但這個解讀，可能需要賦予一個完整的詮釋系統才能說得通，不能容易從內在指向環保的解讀。看作品佈置的線索還不足夠證明。

陳：當然我這個是比較善良的讀法，嘗試幫它補足，但坦白說如果有這樣的意圖，前面的功夫還不夠。無論是否想寫這個主題，還是做一個很快的轉折，都沒有應有的聯繫。

鄒：整體來說是好的作品。我們要處理的是，〈妄想〉和〈一只蒼蠅或一群蒼蠅的集合〉哪篇是冠軍？初級組是十八歲以下，冠軍未必是一首完美的作品。接下來討論〈一只蒼蠅或一群蒼蠅的集合〉，我覺得寫得不錯，但它的特立獨行，我不太能具體把握到好處。

陳：你選這首我有點意外。以前你會傾向能解讀的作品，但這首我也頗肯定大家不會完全解到。

鄒：它用的意象，即你想像影片畫面不斷扭動變化成不同的物像，但裏面有用意。

璇：同意你說它的語言很特別。

鄒：看開首「不能簡單地將河流歸類於夜間巡航的深藍，如同盲眼不能歸因於天性厭光」，第一句可以再想它的意思，但第二句肯定是寫得好，一個人盲並非天生不喜歡光，看得出詩人的思路很特別。雖然我一時無法完全拆解，但在可解讀的部分令人感覺巧妙。為何要寫蒼蠅這些事物呢？他想表現什麼樣的主題？這首詩的句子不容易寫得出。

璇：風格頗有型，不是刻意雕琢的感覺。

鄒：「你照例詢問我是否願意出售自己的胃液，從而消解孱弱的時間與寂寥的謊言」，這些句子像有時我們看北島等內地詩的寫法。

陳：這首肯定是內地詩人所寫。撇除簡體字轉換的痕跡，語言上也頗明顯。語言方面我覺得有幾點值得留意。首先它比較偏向長句，然後長句搭另一個長句放在同一行，節奏處理與其他詩作，至少從今屆裏面看是頗不同的。第二點是有些詞語想標示邏輯關係，但通常愈要標示的邏輯關係都不是真正的邏輯關係，是頗有趣的語言遊戲。無論最後指向哪種意義，譬如剛才所舉第一句是明喻，實際上並不是很「如同」，一方面突出「如同」，另一方面使用同樣的句式「XX 不能歸於XX」，一個歸類一個歸因，當中有些細微的變化，將比較遠的事物嘗試聯繫在某一種邏輯關係。又例如之後所舉「你照例詢問我是否願意出售自己的胃液，從而消解孱弱的時間與寂寥的謊言」，我們寫詩一般很少用表示因果關係的連接詞，但這裏因果關係不明，反而標示出來，讓人去想。全部語言的處理生產了某種效果。再舉一例，「人們與燈並不相識，我與你並不彼此吞食」用同一句式，但其實兩件事感覺好像很遠。當然你可以當「不彼此吞食」是一種敵人或親密的關係，但詩人有時用一些相類或邏輯句式，將異質的事物放在一起，強制讀者去聯繫，我覺得做出來的效果不俗。我們對這首詩的疑惑，應該是未必找到一條線串連起全部。或許我可以再提出一個優點是，即使未能貫通讀得全首詩，你仍然會覺得這是一個優點。譬如「落入我因窒悶而發出大型嗡鳴聲的杯子」，感官上的處理很強烈，亦不單是視覺意象，它有不少細節都很吸引。

鄒：我有想過是否想講一隻蒼蠅跌落杯子，淹死了，那個人喝杯中的液體時，發現了裏面的蒼蠅，所以選擇不再喝。我嘗試看它是否在描述一個畫面或事件，但把握不了一個落實的解讀方向。即使是虛張聲勢，也是成功的虛張聲勢，令人覺得詩人有東西想表達，好像讀夏宇的詩那樣，對語言運用會感到驚異，而詩人夠膽量去寫足一首詩。究竟他有什麼意圖？神奇是即使我們三個不能完全解通，都選了它。「你的視力全部倚仗月光在十三點鐘滂沱的藍色」，現實不會有十三點，有些超現實的地方。當月光不存在「你」就看不見，是否因此撞上杯子，還是指向蒼蠅眼睛的金屬藍色？詩人對蒼蠅有仔細的觀察，再幻化成詩中的語言。「在麪包的氣孔裏你極有可能就是這樣走入黑暗中的吧，青灰色皮膚上的黑點象徵時間的開始與停滯」好像「盲頭蒼蠅」撞進去然後死了，這些都是好的句子，而且不是偶然的好。

陳：我想我們說不能明確指向，是解不到詩人想表達什麼主題，大體的敍事線索還是能串連起來。我覺得你（鄒文律）的解法說得通。雖然看這首的意象變幻很多，但其實也有某種線索，譬如剛才麪包氣孔那句是嚼食行為，上一行是「我與你並不彼此吞食」，而再上一行「你照例詢問我是否願意出售自己的胃液」也與食有關。其實詩人有自覺去連繫起來，只不過未必是用一個主題或寓意去連起。

鄒：會不會有個主題是，有人明明看到一些事卻裝作看不見，或刻意地逼自己看不見？最後「我綁架溺水的舌頭」，當看不見蒼蠅繼續去喝那杯飲料，沒有了水就看不到水裏的倒影，由此「消除對自己的觀看」。

陳：所以一群蒼蠅，蒼蠅可能不是客體，他自己最後也可能是一隻蒼蠅。

鄒：也不意外。

陳：前面有許多「我」、「你」的對照。

璇：我覺得詩人在說自己是蒼蠅，作為一隻蒼蠅存在於世界。這首詩是說關係。我們一般對蒼蠅的印象都不太正面，但詩人特意選取它來寫，好像它能夠比其他人看得更多。正因看得更多更清楚，糾纏的痛苦也會更強烈，想消融一些關係而無法做到。他也常用時間這些詞語，到最後不想看，所以「消除對自己的觀看」。

陳：我有點好奇，如果按你（璇筠）的解讀，「我」是蒼蠅，那「你」是什麼呢？我最初的讀法是，一開始的「我」仍然是一個人，但觀看中發現愈來愈多共通點，最後蒼蠅好像成了「我」的化身。我傾向有個變化的過程，但聽你的讀法「我」一開始已經是蒼蠅，那「你」是另一隻蒼蠅還是其他？

璇：對呀，「你」也是蒼蠅。因為詩題是「或一群蒼蠅的集合」，當「我」在一群蒼蠅裏面，大家彼此都是蒼蠅。

陳：嗯，我覺得我們的討論很有意思。不過我想問個直接的問題，大家心底裏會不會覺得這首是冠軍？

璇：我起初偏向選〈妄想〉，因為詩人將渴望很有想像力地寫成一個極端的彼岸，會有點觸動到我。不過聽大家討論後，覺得〈一只蒼蠅或一群蒼蠅的集合〉也不只語言技法好，還可以挖得更深，所以現在轉向這首。

陳：阿律（鄒文律），你傾向是？

鄒：我覺得關鍵是，如果我要給〈一只蒼蠅或一群蒼蠅的集合〉冠軍，我要有一個比較肯確的解讀方向才安心，因為評審有責任在評語裏解釋原因，我也不會接受自己未解讀到然後說它好。如果是亞軍，即使我有地方力有未逮，也可集中探討它的好處。如果是冠軍，我們三位評判裏也有人能講得清楚它的好處，可以給它。

璇：但有一種美學就是這樣，不一定要解得明。

陳：我理解阿律的說法，最後其實是關乎對一首詩而言，解得通的主題是否很重要的因素，甚至會否主導了你對一首詩好壞的判斷標準？

鄒：它不會主導我對一首詩的判斷標準，正如看不懂夏宇的詩，我也會覺得寫得好。作為讀者我可以任性地覺得它好不好，但作為評判，別人同意與否，我也起碼要有個說明，它好在哪裏，而且是充分的。

陳：但我覺得剛才大家已經說明了。真正分歧是，你覺得是否要連繫一個相對完整的意義解讀才能充分說明它的好。我覺得是不需要的。

鄒：嗯，我不抗拒它是冠軍。如果你們兩票，我也尊重這個決定，但我個人不會認為這首是冠軍。這首我有五六成解得到，其餘三四成不是很能把握，但我覺得這是一首優秀的作品，因為它有些超越性因素。我做了八年評審，這類作品也不容易在初級組出現，當中有些句子是非常好的。

陳：明白。我是偏向〈一只蒼蠅或一群蒼蠅的集合〉為冠軍，但我也不堅持的，因為你（鄒文律）說的都合理。

鄒：那璇筠你更喜歡哪首？我其實不抗拒他寫蒼蠅，周作人寫蒼蠅也很好看，關鍵是內在是否能呈現一個美學的格局。我喜歡欣賞與否不重要，但我能夠理解是重要的。〈一只蒼蠅或一群蒼蠅的集合〉和〈妄想〉是兩種不同的取向。我們每年冠軍其實都是考慮會否認同這類價值的作品，給他冠軍的背後，是想向年輕詩人說明什麼寫詩的價值取向呢？如果是〈一只蒼蠅或一群蒼蠅的集合〉，可能就是推崇這類超越性的語言，即使一般讀者不容易進入或讀懂，但如果是穩陣的作品，也不一定最出眾。

璇：其實我是被你們說服。本來看〈一只蒼蠅或一群蒼蠅的集合〉，覺得像以前看不懂的電影，不斷有些震撼的畫面，讓人記得，但真正完全解讀是無法做到的。我會選〈一只蒼蠅或一群蒼蠅的集合〉，因為它真的特別，好幾年我們很少見到語言把控成熟而且特別的作品。〈妄想〉的結尾，如果是冠軍的話，我會有點說不過去。

鄒：沒問題，可以的。以往也有我覺得不錯但又不算特別出彩的作品，可以給亞軍。

璇：去年好像也是這樣。

鄒：好。那〈一只蒼蠅或一群蒼蠅的集合〉是冠軍，〈妄想〉是亞軍。

陳：這個討論完了，不過我想補充幾句，再去下一部分。其實我選〈一只蒼蠅或一群蒼蠅的集合〉還有一個原因，我來總評會之前並不打算這首會是三甲，它的好處某程度就是我們透過討論，會產生許多意義出來，而相對其他作品，我肯定要少得多。它未必有個容易接收的單一意義，但它可以讓我們在討論過程生產很多意義，而且可以自圓其說。

鄒：好，接下來決定〈水邊的阿蒂麗娜〉和〈白頭〉哪首是第三名。我覺得決定標準是，〈白頭〉這樣短的篇幅，我們會不會放心給它季軍。

璇：〈水邊的阿蒂麗娜〉會公平一點。

鄒：〈水邊的阿蒂麗娜〉是好的抒情詩，而且是我喜歡的唯美風格。〈白頭〉是典型靠最後大逆轉的詩，只要人夠聰明就可以寫到，技巧上要駕馭的不用很多，不似長詩能夠在整體佈局、意象運用、前後協調展現足夠的技術，而這些〈水邊的阿蒂麗娜〉是做到的。

璇：可以，不過〈水邊的阿蒂麗娜〉沒驚喜感。

陳：〈白頭〉有驚喜，但也只是突然在第四句裏「爆炸」，前三句難度不高。口味上我更喜歡〈白頭〉，但技術判斷上無可否認〈水邊的阿蒂麗娜〉展示的更多，難度分會高一點。

鄒：〈水邊的阿蒂麗娜〉不管阿蒂麗娜是神話人物或是什麼形象，整體詩藝相對於〈白頭〉比較純熟。

陳：不如季軍是〈水邊的阿蒂麗娜〉吧。

鄒：好，〈水邊的阿蒂麗娜〉季軍，〈白頭〉是優異。

璇：討論另外兩個優異和後備是哪幾首吧。

鄒：〈咖啡〉？不錯的，這首我也選了。

陳：好啊，不反對。

鄒：那〈咖啡〉第五。再選多首，看哪些兩票？

陳：〈給同代人的詩歌〉其實是可以的。

鄒：〈給同代人的詩歌〉我覺得還好，因為實在太露骨了，不過尊重你們的決定。

璇：對，後面。

鄒：似是對去年冠軍的模仿，但是失敗的模仿。

陳：會不會考慮其他？可以再討論。

鄒：看看還有哪些我們覺得好。〈城市的聲音及其隱喻〉呢？覺得如何？

陳：〈城市的聲音及其隱喻〉某程度上是〈給同代人的詩歌〉那類作品，甚至有點像是同一個人。

璇：〈我想要的生活裏〉……

陳：〈我想要的生活裏〉我最後看是一般。

璇：有沒有哪首會不捨得。

陳：〈禽獸〉是比較常見的主題，參觀動物園，然後用擬人去寫，最後將人變成動物。沒有大的缺點，也沒有很大的驚喜。不知大家覺得〈馬祖 —— 東海上的日出〉如何？其實它不是很成熟，不過這個題材比較少在詩裏面處理。首先詩以寫景做核心可能不是最常見，第二是他寫一個震撼景色所帶來的包括恐懼、壯美的感受，最後收結幾句不錯。他的聯想很多涉及恐懼，譬如「瘋狂而猙獰的剪影」、血的聯想，有的好像純粹寫色彩，但形容傾向失控的事物，譬如第二節「映照像是油彩肆虐式渲染的海」。由於景色對他而言很震撼，當中亦有一些宗教式的聯想，譬如「我想世界初始之時的混沌也應如是」，這全是一瞬間的錯覺。連岩石的顏色他也會聯想到戰爭的濃雲，所以最後有個比較極端的情緒和身體反應。最後三句的意象是做得很精彩的。我覺得相對不理想是「我的肢體不受控地擺盪」，第一身用一個如此冷靜的陳述句去寫不受控制會讓人感覺受控制，其他就還好。我甚至有想過這首進三甲，甚至可能比〈水邊的阿蒂麗娜〉精彩，技術上亦相去不遠，感受上是比較少人處理。

鄒：我稍嫌有些壯美的意象比較 common，不算新鮮的意象。

陳：嗯對，個別有些地方我覺得好一點。譬如開首兩句「只剩輪廓 / 不清楚是被剪貼還是剪取」，一個是剪走，一個是剪後貼下來，哪個是虛是實、前景與背景寫得很曖昧，這些反而比後面好。

鄒：「凍結的雲極其像似一座座孤島」真的太老套。

陳：是不新鮮。

璇：優異吧？

鄒：不反對。現在選多一個第七（後備）。

璇：如果按順序，應該討論〈馬祖——東海上的日出〉或〈給同代人的詩歌〉哪首優異哪首後備。

鄒：明白。

陳：對我來說一個有點不足，一個比較堆砌。

鄒：我覺得第六是〈馬祖——東海上的日出〉。

璇：好。

鄒：最後補充一下〈咖啡〉。璇筠，你是為什麼選它呢？

璇：看的時候很多詩不知是否模仿去年的冠軍，有點太過堆砌了。偶爾會有好句。這首語言會吸引到我，比較日常，沒有大論述、大悲劇，似是一個讀書有點苦悶的學生，用象徵大人或麻醉自己的咖啡來排解。我覺得咖啡那種要自己精神的感覺是一種麻醉。有些意象不錯，譬如「龜裂的唇印在杯邊跳舞 / 如姑娘在鐵氈上跳着失血的踢躂舞」好像在說自己喝完咖啡之後或緊張的精神狀態。結尾不算驚喜，但尚可，優異獎我覺得是可以的。

陳：他的數字運用我覺得有點刻意，不是完全沒有堆砌。整體來說是比較生活化的作品，初級組裏有一定分量比較似年輕人心態或貼近他們生活的作品，我覺得也是好事。

鄒：能夠用恰當的意象和語言去寫生活的感受，亦用咖啡融合生活中苦的味道。大概是這樣。

陳：好，那差不多了。

三、最後結果

冠軍 / 〈一只蒼蠅或一群蒼蠅的集合〉

亞軍 / 〈妄想〉

季軍 / 〈水邊的阿蒂麗娜〉

優異獎（一） / 〈白頭〉

優異獎（二） / 〈咖啡〉

優異獎（三） / 〈馬祖 —— 東海上的日出〉

後備 / 〈給同代人的詩歌〉

新詩高級組

評審 / 淮遠、黃燦然、廖偉棠

冠軍	/	回家	曾詠聰（香港）
亞軍	/	知道	林宇軒（台灣）
季軍	/	發現生活——詩七首	李浩榮（香港）
優異獎	/	七種無明	李顯謙（香港）
		複音	周松潮（中國大陸）
		化琴再來人	林益生（台灣）

* 優異獎排名不分先後

冠軍

回家

/ 曾詠聰

房子剛收回來，室溫偏冷
彷彿所有東西放進去都是靜止的
窗台略大，擺一疊厚墊
看街上途人過鬆的影子
外面永遠有抹不走的霧印
樓上單位隱約看見家的髮際
這裏卻只得幾根黑髮飄散
我是其中一根，剩下還是我的

我長大了，會在假期後搬離，像沙
離開不誠實的寫生
行走的道，每天都和腳跟告別
一個接一個的過客，景物，如此熟悉
不按關門鍵的鄰人
最後一次由我收起了門
推開傘，這裏的雨不再沾到肩上
那是關於跨步，假期又關乎開始

我們會在相似的大閘按不一樣的密碼
保安不一樣，鄰人的咳嗽不一樣
升降機不一樣，連信箱開鎖的方向
也不一樣，投進去的苦惱可能相像，但我的郵差
不會默唸你們的英文拼音

然後我像扔出去的扁石，滑過玄關
沉入沙發的中心，節目不歇息地閃動
有時我忘記了洗澡，一直地呆坐着
讓聲音填補默劇的全部缺失
你們會否感到難過？會否感到胸骨
盧裹着一些不能剖白的事？
很想告訴你們：赤裸於我
已不再可怕了，獨立長成一種儀式
掄刀，空間一分為二，也屬於一種儀式

無法想像那天我拎走門後，你們說了什麼：
母親或許唸着油漆的顏色而父親
保留房間佈置。我沒有刻意說離開了
就如過去我一直羞怯說回來
從未遺下的鑰匙，現在逐根抽出來
懲罰一般，判處它們終身監禁

最後我會忘記在餐桌前脫下手錶
浴室的地毯再沒有赤腳踏上
不會在企缸小便，毛髮也學懂內斂
慎重地維持着，如你們的裝潢，艱難地
藏在門鈴背面的微小招呼
一頓飯的喧鬧，怎也想不起
上次在這道鐵閘後到底為誰敞開了門

舊居的反義詞只得一個家字
飯後回家，或許遇見一些舊鄰人
如果他依然照鏡子，門便自動合上
倒影多了一個訪客，披着一片大碼影子

門又打開了我和自己差點撞上：
看着我勾着門匙，正趕回家喝剩下的魚湯
我淺淺地笑了，繼續踱步至家的窗前霧化

二〇一八年三月廿九日
二〇一八年八月十日

（50 行）

評審評語 //

廖偉棠

把複雜糾纏的家庭關係寫得非常精彩，文字游移於敘事與虛構之間，克制的超現實細節讓人怵目驚心，甚至讓人可以從家庭關係想像到更遠的國族關係的緊張。詩的發展有多重轉折，呼應的詞彙、意象也豐富多變，是一首深思熟慮的詩。

亞軍

知道

/ 林宇軒

「把你安放在大老鷹的翅膀，好讓你回到我身旁。」—— 猶太教律出埃及記十九章四節

你相信自己，相信終有一日
你會找回故鄉的器皿
喉間滾燙的語言
都正構築新的文句
再也不用說話，只需眼神
星座精準的指引
知道人與人的海，心的浪潮
知道遠離即是靠近

你熟稔你的經文
每日背誦，想像自己
藏居章節的留白
看着死去的字如天選的位子
不強迫路人坐下
對於香灶和彩色玻璃
你知道合十或緊握
都僅是自己的所在

你聽過小飛象，見過迷宮
熟習跌倒要如何站起
知道痛苦時的禱詞：
「因為你強壯，所以適合受傷。」
你曾無法直視他的離開
如皮離開肉，如淚遺棄瞳孔——
剩下你了。你如此絕望
羸弱的鷹架支撐風景
只需一點風吹草動
就能把你的早晨
碎成難以收拾的星空

有時你也想獨自一人
被黑暗包容，讓光遠遠
遠遠磨去光芒
朝你溫柔奔來，身體
彷彿有癒合的聲音
有時你不要陽光，不要祂普照大地
但黑夜就這麼被凌虐至死。
你並不想獲得救贖
沒有人應許你的憂慮
你知道你糟糕，但是幸福

有人迷路，求神問卜
有人成為樹成為花
夏天替人遮陽，冬天乾枯
你曾祈求的皆已被掩埋
沉默的人決定不再說話

儘管事過境遷，可能
新的世界進入舊時代
可能你舊有的土地
有了新的孤獨

無關筊杯、祖靈或十字架
故事裏的人被給予不同名姓
不變的是結局。過去的日子
你是遙遠的太陽，一句光束
要跋涉無數人的耳朵
現在你是堅決的月
是蝴蝶的鋼骨，火柴的不可或缺

人們對流星許願
於是黑夜斑駁
你看見星雲，罕見的天象
知道有人善於撿拾
將碎片收進你狹仄的門內——
傷心時緊閉，安心時靠近天啟
你知道他們凝視你時
眼靠近而神遙遠
你知道唯有更遠的遠方
足夠大大的你盤旋

（64 行）

評審評語 //

黃燦然

節奏舒緩，每節都有兩三個閃亮的句子或意象。不過，這些句子更適合各自獨立來欣賞。各節的不同句子之間，以及個節之間，意象和意義如能更簡潔些，省儉些，連貫些，當可大大提高全詩質量和全詩主旨的清晰度。詩的主旨，開頭的「故鄉」有所暗示，尤其是有精神家園的暗示。

季軍

發現生活——詩七首

/ 李浩榮

鞋店

週末的尖沙咀熱鬧如印度電影
購物，運貨，傳銷，吵架，祈禱
那鞋店的中央，立着一個職員
定定望着大門，如一幅銀幕
露出欣羡的表情，我隨他的目光
瞧去，發現一對情侶，在濕吻
她踮起腳，他俛下頭，擁抱下午
為這店員單調的工作帶來了快感

方向

那男人疲倦又似迷失了方向
他剛下班，還穿着整齊的
西裝，肩膀，眉頭，嘴角
都向下彎斜，他想要向下
落去，乘扶手電梯，迎接
一個女人，對，他下半生
唯一的小情人，他的女兒
粉紅的長褲，潔白的舞鞋

他抱起她，親吻又親吻
她吱吱地笑，拉着父親的手
繼續乘電梯，下大堂
另一隻小手，不斷往上指着
似指着同學，老師，或學校
而更似指着一個快樂的方向

天使

那是暴風雨的前夕
煙霧籠罩着整座丘山
樹葉暗綠，如我
熱汗淋漓的背脊
直至山頂，狂風驟起
我任由鐵鞭策打着自己
一位路過的外國青年
好心問我，一切安好嗎？
他踏着火輪一般的皮靴
金髮飄盪於烈風之中
白皙的臉容裏我望見
聖神的榮光

王者

這家人正步入酒樓，這是春節
輪椅上的老伯，穿着
紅色唐裝，金線，印壽字

頭皮剃得光亮鑑人，如王冠
兩個兒子，和一個孫兒
合力地，小心抬起輪椅
搬上台階，我感到一個長者
非凡的重量，以致三個大男人
也倍覺吃力，那老伯沒有自卑
或難堪，相較病人，他更像王者

水果店

我家樓下新開闢了一處果園
陽光充足，定時灑水，果實纍纍
樹上掛滿蘋果，香橙，蜜桃，雪梨
地下種滿草莓，西瓜，鳳梨，甘蔗
火龍果，蕃茄，緣着藤蔓，攀爬棚架
夏天時，還有荔枝，龍眼，和芒果
園中的農婦，黑實，瘦健，勤勞
從晨早工作至深夜，她熱情，好客
你若站立門口，她必請你嘗吃水果
兩瓣橘子，半個枇杷，一顆黃皮
她推薦的水果，時令，新鮮，價廉
你可以買，可以挑，但不可以
用手觸碰，那些紫葡萄，青葡萄
紅寶石，綠寶石，她怕你刮損
弄丟，你選好，她戴上手套，雙手
捧起，輕輕放進膠袋，呈奉給你

話題

那對年輕情侶，自信，俊俏
贏得半間餐廳的注目，不管
點菜，拖手，吃麪，說笑
每一個動作，每一句說話
都被鄰桌的婦人看在眼裏
成了他們夫婦整晚的話題
那對年輕情侶也聽在耳裏
他們不反感，也不尷尬
女生故意輕咳兩聲，再瞄
一眼那夫婦，男友狡猾哂笑
鏡頭聚焦他們如電影的主角

拆線

大海與天空一片蔚藍
一位青年坐在巨石墩下
遮蔭，白色的汗衣，就像
一抹白雲，潔淨，單純
他低下頭，腳邊擱着
一隻彩色的風箏，白線
在膝上，亂作一團
他低着頭，耐心地，拆線
左穿右引，慢慢，收捲
每收一段，又遇着糾結的
線團，再次穿引，他
真的像一抹白雲，心靜

氣和，而很多時候，愛情
和工作，也真如那一卷線
讓生活亂作一團，棄掉
或剪斷，思緒繁雜，那麼
我們就到海旁來，散步
吹吹風，看看那青年

（89 行）

評審評語

黃燦然

確實如標題所示，整組詩都源自對生活的觀察和識見。整組詩除了最後一首略嫌瑣碎之外，都能做到保持水準。唯各詩行過於整齊，缺乏視覺上和節奏上長短交錯的自然感。

優異獎

七種無明 **/ 李顥謙**

夜空不曾將他赦免

遙遠的房子裏，一個原始人在敲石頭。每鑿一下，石頭就多流一滴血。旁觀的月亮哭泣起來了。天空紋風不動，原始人感到疲倦。他躺在地板，閉目，想起一個遠去了的女子。突然間，他意識到自己成為了繁星的同謀。

年輕的時候

那年六月，汗臭濕衣衫。我沒有參與燭光晚會。整個夏天，我都與她躺在輕薄的牀上，緊擁着彼此。撤離，進入。放空，壓倒。不停地練習接吻，就是我們當時面對世界的最好方式了。就這樣，我溫柔地攪動那私密的、充滿慾望的洞口。房子裏，風聲放得很弱，陽光在她的身體上流動，打轉。就像一個婆娑的鳥籠。她在呼喊——記憶中，她在呼喊我的名字。我想打開她那撩人的心。正當我笨拙地抽出保險箱的鑰匙，準備朝她起伏的胸脯插下再扭動的時候，奇妙的事情發生了——她羽化成一根羽毛，在空中輕盈浮移，轉眼便飄走了。

手錶

祖父死掉的時候，祖母沒有看過她任何一眼。到祖母病逝的那天，故鄉那黑暗的河流越過半個國家，流到了這地的房間。

十字天橋上的天使

根據預言的指引，疲弱的女人來到天橋之上，等候答案的到來。

曾幾何時，城市還有一條完整的街道。僅餘的詩人、歌手、舞者聚居一起，準備為其編寫未來的墓誌銘。然而，小矮人暴露了他們的行蹤。一群兇猛的白鹿來到防線鎮壓。自那時開始，城市再沒有街道，天橋貫穿了所有的空間，城市成為無街之城。

日出比預期來得遲緩。我在天橋的轉角處，檢獲女人燒焦的遺書。終於，她想起了自己的身分：Salas。而那被遺忘的街道，名叫無花果街。

垃圾房的椅子

大半個世紀了，老人一直住在垃圾房裏。親友出走的出走、要死的都死光。他自己一人，窩藏在五十呎的深穴，與陳年的垃圾成為朋友。椅子算是當中最活潑、佻皮的一件垃圾了。它經常與老人聊天，更喜歡在枯燥的日子玩捉迷藏。

一天醒來，椅子瑟縮在一角，不停地流淚。老人發現了它，把它緊擁在懷裏。我想起開槍走火的畫面 —— 椅子一邊顫抖，一邊無助地哭說。漸漸地，老人在它的腹部聽到一陣騷動的聲音。當他俯身查看，卻發現一個四口之家支撐着椅身，各自分飾着它腐爛的椅腳。

愛上魔術師

從轉角出來後，Salas 愛上了魔術師。有一天，魔術師語重心長地說：如果你不鑽進我的口袋，我就會消失。

當 Salas 把頭伸進去，一隻骯髒的白鴿飛撲出來，叼走了她的右臂。

鳥人

那是很多年之後，人們都急着成為鳥人的時代；到了某個歲數，人便會決意從大廈躍下。只是，沒有人能夠真的飛翔起來。

水面的翅膀，像船一樣划向沒有陽光的遠方。生而為人，總如鉛錨下沉。

（44 行）

// 評審評語

廖偉棠

七篇詩作之間有隱秘的聯繫，無論家國、青春及其消亡，但饒有趣味的是詩本身的即興變幻讓文字超出它原來的指向。〈垃圾房的椅子〉是其中最功力深厚的，不動聲色之中成就自己的生死戰場，其他也有類似的生猛逸出，雖有瑕疵，但是可以想像詩人未來的發展空間之大，很值得期待。

優異獎

複音

/ 周松潮

姐姐，這個廣場
由破碎的骨螺、草火空地、馬蹄和蚱蜢的節肢
組成。姐姐，這個廣場
是焦炭和白水晶的並置。
姐姐，這個廣場淌過河流
像北方野燕麥的外稃
被掃落在水中漂蕩。姐姐，
風在傍晚吹過它的聲音
是一隻灰鱵的尖吻
仍舊躲在陰冷的水蕨裏。姐姐，
這個廣場愈來愈舊，被藍松鴉啄過，被孩子的尿
對準過，被一片瓤瓣破碎的汁泡染過。
姐姐，我猜它也曾辨認過大角星
和其他星星，我猜它愛過升起的西布阿娜。
姐姐，這個廣場
掉在聚攏的羊群裏，掉在紮壓機裏，
掉在早熟的鴨蹠草覆蓋的地方，
掉在帝王蝶飛過的影子裏。姐姐，
這個廣場在倒地鈴的夢裏，
在豆莢驚醒的縫線後。姐姐，
一個桃子在網格狀泡沫裏，野葶藶
消失在紀略的行走輪下。姐姐，探照燈

照過來了，廣場是一隻丘鷸
正低身穿過草叢。

（24 行）

// 評審評語

廖偉棠

這是一首靈氣逼人的詩，詩意淋漓又不致於務虛，如果能往現實的個人經驗有更多的呈現，也許會更有痛感。

優異獎

化琴再來人

/ 林益生

那小提琴，像充滿福慧的葫蘆，亦如智者
站在高聳的殘雲風捲下
始終維持着漫步止水，心隨境轉
彷彿是要告訴迷失的眼睛
驕陽的到來，並非重新張開翅翼
而是要將活於長夜的足跡給找回
為它們沉默肩扛的彩虹
惹出敬淚，獻上仰望的腳膝

那小提琴，更像哲學家的背影
坐於黎明與深夜間
沒有言語，不會歎氣，僅將信仰留在原地：
畢竟，生活有太多矛盾
路途也滿佈着迴沓的似是而非——
而這就是命待該有的沐浴
於亂雜的浮世，智牧當會引領音惘來
閱讀確幸的樂符
而詩膏的足蹤更會時時刻刻地存在
為所有生生世世的羔羊
點起暗無天日裏，那股恆許無滅的燈義

那小提琴，也就造琴揹琴修着琴
沉默背後有巨大的聲響

隨堅定的眼神一起，「尋木、選弧與量溫」
是此，由衷感謝逆境它就站在眼前吧
當受磨耐敲的肩膀走出蒙昧後
胸膛當有森林與海洋的力量，
而這股充滿彈性的接地氣
是能夠將每段千斤頂般的淚漬
幻化出淬鍊，更能在拋荒的泥壤中，結出纍纍的境遇
然而，之後
這一把小提琴還是維持一貫的
沒有脾氣，無求情緒
僅有不斷地擦拭擦拭，還是擦拭；

這一把小提琴，我也就看着看着
真的就像葫蘆與哲學家
但他們不懂歎氣，無求言語，沒有情緒
卻慢慢地慢慢地，跑出了聲音
而這彷彿是天地的樂弦，自然的呼吸
水盡山窮之後的，木明

（38 行）

評審評語

黃燦然

作為一首以小提琴做主線的詩，儘管意象繁複，甚至有雜亂之嫌，但因為「琴線」的緣故，加上全詩的明顯音樂感，故能保持連貫。最後一節尤佳。

評審紀錄

評審 / 淮遠、黃燦然、廖偉棠

日期：二〇一八年十二月二十日

地點：元朗青山公路三聯書店二樓咖啡室

出席者：淮遠（淮）、黃燦然（黃）、廖偉棠（廖）[1]

主持、記錄者：孔惠瑜（出版及設計秘書）、蔡頌然（外務秘書）

一、決審稿件名單

編號	作品名稱	淮遠	黃燦然	廖偉棠
003	往西貢的路上			○
040	植物學研究	○		
046	猜頭髮	○		
067	地鐵	○		
081	回家	○		○
092	光暈			○
113	繼母的城市			○
115	豆花之錯			○
117	知道		○	
125	發現生活 —— 詩七首		○	
137	爬行的國王			○
167	複音		○	○
170	七種無明			○
215	化琴再來人		○	
229	我們如何遣詞造句	○		

1　廖偉棠因事留在台灣，黃燦然則留在中國大陸，故二人透過微信開會。

二、評審過程紀錄

淮：我先說句開場白吧。我發現，我看的那些作品中，最好的（那篇）你們都有選。所以我改變主意，原本選的五篇，我只留〈回家〉這篇。

廖：好的！那不如我先說我心儀的三甲之選。首先是〈回家〉，接着是黃燦然選的〈發現生活 —— 詩七首〉，這組詩只有一首寫得不好，關於外國青年和天使那首（第三首〈天使〉）。

黃：寫到後來，作者似乎有意加入宗教元素，超越日常生活的層面。但第五首〈水果店〉則稍為失色，因為奉獻給人的主題有點一般。而〈回家〉我也覺得不錯。

廖：我還喜歡〈七種無明〉這一首。

黃：這首的確寫得好，尤其其中兩首。第二首（〈年輕的時候〉）和第七首（〈鳥人〉）很能拿捏具象和抽象的關係。

廖：我較欣賞〈垃圾房的椅子〉那首（第五首）。

黃：可是我覺得除了第二首和第七首，餘下幾首的想像都不着邊際，例如房間和水那首（第三首〈手銬〉）而想像和抽象與具體（象）的關係是很不同的。這種想像較隨意，沒有經過內心微細的過濾。

廖：我認同（〈手銬〉）的想像不着邊際。

黃：最後一首詩很有個人風格，即使是我們也不能寫出來。但正因如此，才跟第三首形成強烈的對比，一好一差。雖然第一首同樣不着邊際，但比第三首好，可與第二首比較。

淮：我也留意到〈七種無明〉這首詩。我只喜歡其中四首，它們的含義皆有跡可尋，但其他三首有點難懂，有點牽強。而且，這組詩有東歐散文詩和魔幻現實小說的影子，個人風格還不算很鮮明。

黃：的確有點像，這組詩的風格也很超現實。

淮：而東歐超現實之餘，又與現實生活緊扣。

黃：這些詩所描寫的具體生活為人共知，而幻想是建基於這些事實之上。但這組詩的想像就有點異想天開。然而這個詩人肯定有才華。

廖：我覺得〈七種無明〉在我們討論的三首中排第三，不如我們先討論〈回家〉和〈發現生活——詩七首〉的高下？

黃：〈發現生活——詩七首〉是首組詩，但不論今屆或往年的的組詩，很少首首都寫得好。而事實上寫組詩也很難兼顧每首的質素。

淮：我認同用組詩參賽有風險。讀者往往期待一首組詩愈寫愈好，但〈發現生活——詩七首〉的第五首〈水果店〉太平凡，很多人已經寫過，破壞了整組詩的美感。它只羅列不同的水果，貫穿整組詩的許多逗號也令節奏斷裂。既然〈發現生活——詩七首〉和〈七種無明〉都是組詩，我認為應該比較它們，而不是〈回家〉和〈發現生活——詩七首〉。

黃：我也覺得〈水果店〉比較遜色。但總體而言，這首詩寫得很實在。以前我一看這類主題便不會考慮，但它寫這類題材寫得出色。

淮：至於〈複音〉，我在初選沒看到，但也很喜歡。

黃：這首詩寫得很複雜，可以入選，但又未至於鶴立雞群。

廖：另一首詩〈化琴再來人〉的修辭卻往往太刻意，像「長夜的足跡」、「仰望的腳膝」和「福慧的葫蘆」等，太多形容詞，我不太喜歡這種寫法。

黃：先整理一下，我們暫時選了〈回家〉、〈發現生活——詩七首〉、〈七種無明〉和〈複音〉。

廖：對的。另外，我也喜歡〈繼母的城市〉和〈豆花之錯〉。

黃：我反而不會考慮這兩首。

淮：不如我回應一下吧。〈豆花之錯〉寫得太普通，沒有大缺點，也沒有大優點。而〈繼母的城市〉，乍看之下不錯，但發現這首像廖偉棠剛才評論的〈化琴再來人〉，同樣用上刻意的修辭，意象重重疊疊。往年這類詩我們也看過不少，文筆和修辭都很好，但讓人沒有喘息的空間。

廖：還有一首〈爬行的國王〉，我很欣賞。它從地球史的角度出發，格局很大。

黃：我讀了幾次，仍不想考慮這首。

淮：我覺得它的選材太大。它沒能令人有共鳴，也比較「玄」。

黃：淮遠的說法很準確。共同的寄託應能將詩作的高度提升，但這篇的寄託眾人皆知，無需以詩作指出。但他的視角的確特別。

廖：我覺得他有點力不從心。

黃：如果要寫這類大題材，在技法上加入宗教、哲學等元素，會更有深度。我並非說他一定要用這些，但大題材配上這些材料會生色不少。

廖：那我們來討論〈往西貢的路上〉吧。他利用西貢的多義性，既談香港的西貢，又論南越的西貢，雜以對共產黨宣言的諷刺。在他筆下，共產黨宣言變成了電子版的消費品。但他討論許多事時，又往往說得不夠清晰。描寫香港時，提到「鄉事會」這香港獨有的政治結構，「不再安全的屋邨」也說到了香港的經濟困境。另外，這些都以意識流的形式鋪設於詩中。這首雖然不是很好的詩，但也有意思。

黃：我覺得這首詩有點「雜」，他也可以寫得更大膽。他在許多地方用了暗示，但其實可以寫得更明顯。或者可以暫將這首放在推薦名單。還有〈知道〉這首，結構上跟〈回家〉有點相像。它的句子很耐讀，每一段都有亮點，修辭也很新鮮。第二段「你知道合十或緊握 / 都僅是自己的所在」對身體的描寫細膩，第五段「可能你舊有的土地 / 有了新的孤獨」對土地感受的描寫，和最後一段「眼靠近而神遙遠」，「眼」和「神」的距離，都特別有意思。

廖：我同意這首寫得很紮實，語言的細節也處理得不錯。

淮：〈知道〉沒有〈爬行的國王〉和〈往西貢的路上〉那種力不從心，寫得一氣呵成。

黃：如果你是做得到的話，其實你是可以深入點，寫的會發現一些很不同。對於我們來說，如果他有獨特的感受的那一層，這一首就有了，就是他在整個結構，和每一節的安排都是做得不錯的。如果你是說這個與〈發現生活 —— 詩七首〉相比，〈發現生活 —— 詩七首〉是不同的題材，但〈知道〉每一節都是比較平均的，能夠做到平衡，同時又有亮點。

廖：那我還想講一下〈回家〉，為什麼我會覺得這是我的第一名。〈回家〉是一首很特別的，是一首敘事詩，用了敘事來處理，而且敘事帶有很多小說的因素。還有，他通過運用這樣的方式來寫一個當代的家庭 —— 又不是很明顯的香港的家庭，家庭裏的種種疏離、與父母之間的格格不入。裏面有很多句子都很精彩的，就比如說「舊居的反義詞只得一個家字」又或者「倒影多了一個訪客，披着一片大碼影子」，是很獨特的寫法，我覺得。還有，他在裏面把一些很具體的東西寫下來，又會讓你覺得有新鮮感。他說「最後我會忘記在餐桌前脫下手錶 / 浴室的地毯再沒有赤腳踏上 / 不會在企缸小便」，這些都是一些家庭方面，這些我們所熟悉的，特別是香港的家庭的一些規矩。但這些規矩裏，他嘗試去背叛這些規矩，但又不會去反叛，他把這種微妙、家庭之間的這種（關係寫了出來），其實是很可悲的。他有很多比喻，和有一些他的描述是很直接的超現實，或者是與後面很瑣碎的相對應，比如說「我收起了門」，他寫他離開家，不是直接寫自己離開家，而是寫他把整個門拿走了，我覺得是很有力量的。因為在現實上，我們是不可能拿走門的、抬着門離開自己家的嘛。我覺得……

黃：這首的結構，其實跟我剛才說的那首〈知道〉的結構比較相似。只是，〈知道〉的意象沒那麼密集，而亮點比較多，但〈回家〉的意象密度比較高，這些意象都是比較具體的。

廖：是現實的意象。

黃：對。在現實之後，有些概念、有些抽象的話，那就比我們剛才討論過的那些好，因為那些缺少了點實際的。這首我看過之後是覺得好的。淮遠你有什麼看法？

淮：我覺得〈回家〉和〈知道〉這兩首是作者對自己的題掌握得最好的兩首。〈回家〉令人看得很舒服，用很耐看的文字寫出一個有家的過客的那種疏離與無奈，再看一兩次都是覺得好。暫時未決定到排名，要看兩位，因為〈知道〉和〈回家〉這兩首都是我最喜歡的，不知道哪一首冠軍比較好。

黃：也就是說，這兩首我們會給一、二。

廖：對啊，對啊，可以。我覺得〈知道〉可以是第二名，因為……為什麼我會覺得〈回家〉比〈知道〉好一點呢，因為〈知道〉裏有很多不同的概念，也就是他裏面有很多宗教的，令我覺得他的視點有點高了一點，但不過分。

黃：我反而是覺得……

廖：〈回家〉我是覺得更加踏實。

黃：我同意。他的文字相對比較，疏朗之間是比較好的，但是就是「十字架」之類的，有些堆疊。有點，也就是說，這些堆疊令句子之間的平衡力，不夠〈回家〉好。

廖：那我們把〈知道〉退回第二吧？〈知道〉為第二。

黃：好啊。

廖：然後我覺得〈發現生活——詩七首〉那首可以是第三。

淮：我也同意〈發現生活——詩七首〉第三。

黃：我也這麼認為。淮遠你怎麼看？

淮：我也同意〈發現生活——詩七首〉比〈七種無明〉高一點。

廖：那〈七種無明〉就第四吧。

黃：可以的。

淮：可以有多少個優異獎？

主持：三個。

淮：也就是選六首。

廖：〈複音〉可以是第五。

黃：要選多少？

淮：六首。

主持：可以多選一首作為後備。

淮：那我們先選六首再找後備。那我們現在決定了〈回家〉第一，〈知道〉第二，〈發現生活——詩七首〉第三，〈七種無明〉第四，現在要選第五第六。第五是不是〈複音〉？〈複音〉雖然比較晦澀，但我覺得他每一句都充滿想象和隱喻，比起〈繼母的城市〉那些耐讀。

黃：我覺得這幾首沒問題。反而要選出第六，有很多選擇。〈化琴再來人〉啊⋯⋯

廖：〈往西貢的路上〉那首。

黃：對了。

淮：我們可以在三首詩裏選。

黃：我還是覺得〈化琴再來人〉比較好。因為這次我是覺得，我們這些作品裏面，有些技術傾向的東西，是個比較好的現象來的。那這個〈化琴再來人〉，與〈複音〉都有一個共通點，就是寫得比較複雜，這是第一；第二，這個複雜如果沒有背後比較好的音樂感來支撐的，就會變得異想天開。這兩首都有在音樂方面，我意思是那種 tutti（合奏）方面呢，比較好的。包括〈回家〉也好，這首也好，也是有點像 tutti 的。

淮：〈化琴再來人〉是我初選沒機會看的。那我再看了看，剛剛廖偉棠說這首詩詞句過於刻意，但其實我又覺得界線很難分，是過於刻意抑或充滿創意，我覺得它是在中間。因為在這首詩中間有些詞我覺得挺特別的，會吸引到我。

黃：最重要的是它的音樂感，有在那。這個音樂感可以把比較複雜的、比較異想天開的部分把它放置在那。

廖：主要是我覺得第一段有些詞語很生硬，接着是在第二段，「智牧當會引領音惘來」這句話是什麼來的？接着是「確幸的樂符」是不是可以這麼用呢？因為「小確幸」是一個流行語來的，其實是日文來的。

淮：對啊，其實我是覺得他⋯⋯

廖：以及結尾，什麼是「水盡山窮之後的，木明」呢？什麼叫「木明」呢？

黃：我是這麼理解的：因為琴是跟「木」有關係的，「木明」應該是跟「無明」的一個對比。

廖：明白。我的意思是，他要把木做成小提琴，令這塊木「明亮」了起來。

黃：對了，所以他寫作的時候是有流星跑出來，所以木就明了。在這裏我是覺得可以的，最後那裏：慢慢跑出去的聲音啊，我是覺得可以接受的，而且就像淮遠說的，我是覺得有點創意的。

淮：他給了很多心機去創新詞，所以就有一半是成功，一半是失敗。有些令人費解，但有些就很有趣。

黃：或者是我們很少見的動物植物啊，還有他有個別的文字都有這個毛病。

淮：因為原來要選七首……

廖：有些部分寫得很好的。倒數第二段是寫得最好的，就是「那小提琴，也就造琴揹琴修着琴」，節奏非常好，還把造小提琴的過程也寫得非常好。這首詩有些字有里爾克的那種味道在。那我也同意他是第六。

淮：……還要選一首後備。我推薦〈繼母的城市〉。

廖：我選〈往西貢的路上〉。

黃：〈往西貢的路上〉啊，這個可以的。淮遠呢？

淮：我其實兩首都可以，〈往西貢的路上〉或〈繼母的城市〉。那要不讓廖偉棠決定吧，因為這兩首都是你選出來的。

黃：我還是選〈往西貢的路上〉吧。

廖：那我們就選〈往西貢的路上〉做後備吧。

三、最後結果

冠軍 /〈回家〉

亞軍 /〈知道〉

季軍 /〈發現生活——詩七首〉

優異獎（一） /〈七種無明〉

優異獎（二） /〈複音〉

優異獎（三） /〈化琴再來人〉

後備 /〈往西貢的路上〉

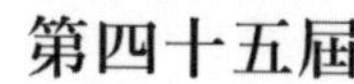

第四十五屆

青年文學獎
得獎作品集

II

散文
小小說
兒童文學
文學評論
翻譯文學

第四十五屆青年文學獎得獎作品集
II 散文 小小説 兒童文學 文學評論 翻譯文學

策劃編輯／羅詠恩
協力校對／蔡頌然
美術設計／鄺穎殷
出版發行／突破出版社
香港沙田亞公角山路33號突破青年村
電話：2632 0000 傳真：2632 0388
電郵：breakthrough@breakthrough.org.hk
網址：http://www.breakthrough.org.hk
http://www.btproduct.com
承印／新世紀印刷實業有限公司
2021年5月初版1刷
版權所有 © 2021 突破有限公司

The 45th Youth Literary Awards
First Printing, First Edition, May 2021
Copyright © 2021 by Breakthrough Ltd.
All Rights Reserved
Printed in Hong Kong
ISBN 978-988-8562-38-1

誠邀閣下就突破出版社的書籍發表意見

歡迎加入突破書籍 Facebook page — http://www.facebook.com/btbooks.page

本書採用環保油墨印刷

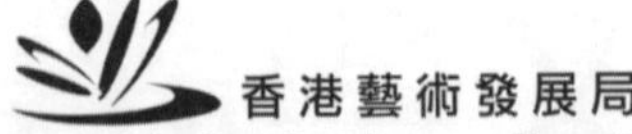

資助

香港藝術發展局全力支持藝術表達自由，本計劃內容並不反映本局意見。

人文價值

或坐在巨人的肩膀上，或呷一口書香，讓我們的生活漸次提升，讓眼界更見遼闊。

目錄

散文初級組

散文高級組

小小說公開組

兒童文學公開組

文學評論公開組

翻譯文學公開組

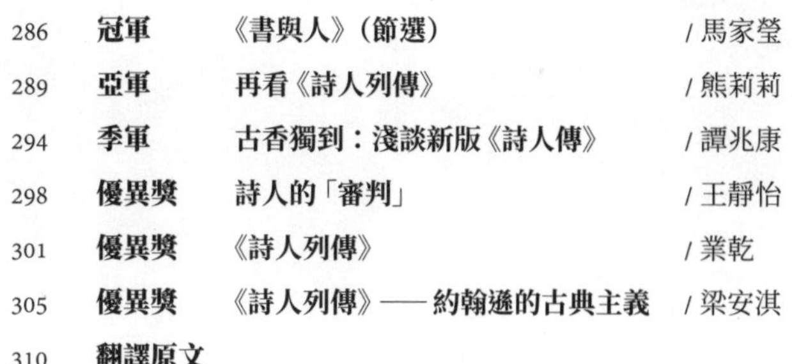

散文初級組

評審 / 李洛霞、麥樹堅、黃子程

冠軍 /	舌頭	李曉樂	（香港）
亞軍 /	謎在謎面上	敏　欣	（中國大陸）
季軍 /	回首	馮朗軒	（香港）
優異獎 /	士多啤梨新地淺談	食　家	（香港）
	真心話大冒險	蔡映嵐	（香港）
	禾輋風景	鮑可穎	（香港）

* 優異獎排名不分先後

冠軍

舌頭

/ 李曉樂

外婆的舌頭愈來愈短，似被割掉了一大截後癒合成橢圓的舌根，在她空蕩蕩的口腔中苟且地蠕動着，開開合合。這令我想起家中那隻暴斃的鸚鵡，被扳開的鳥喙中，如同一口深不見底的枯井，空空如也。

她全身上下的每一處肌肉都快消耗殆盡，她柔軟雍容的皮膚不再具有綢緞般的彈性，更多的是無法集中的鬆弛。嘴巴合不上，露出兩顆僅有的，暗黃色的牙齒。眼睛裏起了霧膜，不知還能否看得見。耳朵還是好的，你叫她，她便朝你這邊望來，伸出手在空中揮舞，想抓住些什麼，但什麼也拿不住。

她的房間被老人院護工打掃得頗為俐落，以免家屬來了不好看。躺在牀上的人卻不新鮮，四肢被鬆緊帶固定在牀沿，永遠以同一個姿勢平躺着。因不止一次神志不清拿了鄰房老太桌上的餅乾充饑，被其他家屬投訴。老人家護工說：「出現這種情況我們一般都是這樣處理的，誰讓她手腳不乾淨。」於是乎，除了父親，在外婆另外三個兒女的同意下，外婆被綁上了鐐銬，不得動彈。她越發瘦㦝，骨頭成了她最突出的特徵，但即使意識是這般虛弱，她的呼吸卻仍然比常人要急促些。

她常吃不飽，長久地處於饑餓中。

她房間的空氣懸在半空，一遇人進來便凝成一片寂靜。而她的臉彷彿能奪走我的思考，一看到她我便說不出一個字，而她，也不會有任何語言，萎縮的肌肉奪去了她說話的舌頭。

她再也不會叫我的名。

已經躺了二十多天了，母親和我每天早晚兩次幫她擦身更衣。我雙手撐着她的背，十指陷入她僅有的一層皮肉裏，如陷入一層塗着牛油的海綿墊。她的背部沒能貢獻絲毫力量，完全地，信任地由一雙手作她全身的支點。

是我的手。

母親用濕布細細地擦拭着她凹陷的額頭，顴骨，下巴，到脖頸，後背。輕柔地，甚至是帶着虔誠的。換上輕薄的開襟衫，再慢慢放她躺平。就在這時我看到了外婆的臉，痛苦而木訥地張着嘴，大概是因為自己的無能為力而感到痛苦吧。她的手儘量往下伸，想阻止母親褪去她褲子的舉動，但只能夠到那個像傷疤般融為皮肉的肚臍。褲子終被褪去，露出她隆起的胯骨。我抱起她的雙腿，好讓母親幫她擦拭下身。

我轉過頭去，避開不看。

不看是不可能的，但我的眼睛不知往哪裏放，哪裏都使我心口堵得慌，哪裏都無奈，哪裏都卑微。望向她臉龐的一瞬，我立刻湧出悔意。那張臉上出現慘叫，沒有絲毫聲音。我知道為什麼。她尾骨上的皮肉被磨損破爛，一雙小腿肚子有碗口粗，像是被注入了空氣般腫脹。

半年前，她每次見到我們前去探望，便抓緊我的手，一遍又一遍哀嚎着：我好慘，快要死了，放我走吧，求求你了。母親每每都會露出淒苦和憐憫。而現在她沒了舌頭，沒了四肢，沒了眼淚。不知如何表達痛苦，只得向我們展示一張無聲的哭臉。

我多麼希望她能再叫我一聲，哪怕只有一聲。

離開老人院前，她頭朝着門口，四肢非常老實地糾合在一起，似乎隨時等待着被捆綁，臉上沒了悲涼，卻靜默得像座空山，不至坍塌，但留不住一隻鳥兒。

門外，醫生說要家屬決定是否做手術切除壞死器官，手術費五十萬。三個中產階級的叔叔嬸嬸，站成一團，以我那身為長兄的父親為圓心。

父親剛從工地上回來，不停用手背揉着眼睛。沒有人出聲，直至父親開口說了句：「做吧，我來照顧。」圓圈外的人呼出一口氣。不知誰問了句：「那手術費呢？」又一陣沉默後，四嬸緊了緊她香奈兒的手提包，說道：「大哥你是長兄，應該……」話沒說完，意思卻明瞭的很。母親低頭抹了抹眼角，沒有開口。

開始我納悶他們為什麼會吝嗇這筆數目並不大的錢，現在我知道了，他們只是不想把錢花在沒用的地方。

「做吧。」仍是父親。

他們都似乎被什麼奪去了說話的能力。

夜晚，我躺在窄小的牀板上，望着熟睡的父母。突然看到父母的手腕處長出一條金屬鐵鍊，皮肉項鍊，牀上的人不得動彈。我驚得想叫喊，張張嘴，口腔裏空無一物。

與那隻鸚鵡一模一樣。

（1495 字）

評審評語 ///

李洛霞

文字寫實，亦細緻，老人家步向死亡的過程如慢鏡頭搬演，思之惻然。文章最令人難過的不是兒孫該不該把錢用在復康無望的父母身上，而是我們到今天仍然對安樂死的問題避而不談。文裏的父親以五十萬買到孝子的尊嚴，可哀求「放我走吧」的外婆，她的尊嚴又在哪？作者描述外婆的情況，營造的氣氛迫人反思，很有技巧。

麥樹堅

作者文字成熟，鋪敍的節奏與氣氛兩相配合；落筆準繩，展現細緻的觀察力與敏感的心靈。全文看似平淡，卻藏着不少張力，諸如思想與肉身、期望與現實、給予與回報，使對生命的詰問（甚或明知故問）格外有力。惟有一處需斟酌：需做手術割掉舌頭的是外婆，何以圍聚商量的是父親、叔叔和嬸嬸？

黃子程

生老病死，千秋萬世寫不完。但這篇散文細緻地具體地寫出病者之苦 —— 一種連叫苦叫痛也不能表達，只有無聲的哭臉！結構、文字精簡傳神，很有感染力！

亞軍

謎在謎面上

/ 敏欣

我的意識在飛，當薰衣草香的洗滌劑不斷將迷醉氣息呼吸入我的肺部。——《謎在謎面上》

鴿子拋離了地面，在空氣中清脆劃出爆鳴，當我將腳踝刮蹭直立莖的酥癢從頸部蔓延至頸部。雨在三又四分之一刻鐘裏從雲層下墜，做一場無保護空降博取眼球。我竭力 control 中樞分泌多巴胺失去肌肉控制。聲帶嘗試摩擦以囂叫。這是三月二十一號。

在漫無目的曠野上，溪流重啟宣洩鬱積情緒，生命活性嗜水而生。一切顯得荒誕又欣欣向榮。自然惰性促使雨水滲入木質表皮，滋潤乾癟的細胞膨脹葉片從莖軸上張開。植物體玩兒賴索取水分滋養歷經乾涸的生命。雨點持續重擊在我頂部，壓迫呼吸道正常供需。土地卻比任何時候更怡然自得。我張開雙臂聆聽靜謐細流從臉頰留下飛濺成激流水花。這比任何時刻魔幻。你不得不承認，我一一見證了奇蹟 —— 在這片土地斷送生機前幾秒，感謝自然遲來的饋贈。於是我跪下，掬一捧雨微微頷首。早茬兒種的辣椒，去年下的油菜，早在田裏半攏月。再一週得斷了收成。我散開手叩頭。起畢，汗淚雨糅在臉上往下淌。

晌午我出來打豬草，依舊烈日驕陽。沒有水，莊稼活不了，就得靠豬活着。阿爸打算好了，再有個三五天就把大胖二胖趕到地裏，地裏東西死了也是便宜地，倒不如拿來便宜畜生。養肥點，找二叔開三輪拉大集上，緊巴巴把這陣兒過了。等下一茬種糧食不愁了。河崁旱死了，沒一點綠光。河到村口的一截早就斷了流。也就馬蘭頭命硬，到處爬爬，田埂上巴根都挖沒了。我跑的遠，自己來河灘挖鐵莧菜。大胖二胖能吃，也能長肉。我摸摸肚子，瘦縮了進去，早上喝了半碗稀米，到現在也半天了。餓的頭昏眼花肚子打鳴。沒辦法，都這光景，村頭幾家大戶也是饅頭對半掰着吃。就數豬吃的好，頓頓不愁。阿爸一天一頓，半碗稀湯，喝到底幾粒米。還背鋤去地裏做事。我又抱怨什麼？於是，背簍半滿，雨來了。

當你的細胞呻吟，舌頭舔舐滴落臉上的恩賜。救贖，對，轟然炸響在你的腦海。這是一場不均等較量，他輕輕抖落幾滴水，你就得心懷感激，將所有痛楚放棄。It's not fair. Sorry, there's any justice here. 你不喜歡這種氛圍，可你喜歡雨帶來生命活性，你靠它生存。它代表苞米麥子稻穀，它代表你得活下去才能談生命。你明白離開土地是脫離卑微的唯一。夢想扎根貧瘠會枯死，你得找尋沃土。你起身，掬一捧雨淋在頭上。彎腰半躬，身體麻痹才想起走，沒再回頭。

我忘了身體缺乏糖分供給，拚命往村口奔。腳步踉蹌，預料之中跌在地上。神經中樞迫切渴求葡萄糖轉化三磷酸腺苷供能，缺乏正常進食使我無法通過底物水準磷酸化來獲取一部分能源。瞳孔微縮減少光線進入晶體，一切提醒我需要迫切進食索取糖分。可我沒得選擇。我癱在土地裏，將臉掩入田埂狠狠呼吸，植物根系夾雜泥土伴生甜香和淡淡腥氣侵入神經提醒我保持清醒，我嗅到了一點甜味，慢慢變得濃郁。耳邊嗡鳴，近乎委屈震顫翅膀的地窩蜂在大雨中。我用手扣住眼眶，看見了田埂邊上的石頭，哦，又春花季了，蜂巢有蜜。對不住啦，我祈求它們原諒我強盜行徑。強撐起身子往邊上挪移，勉強看見了黝黑蜂巢。我從斜後方開始刨土，很鬆。蜂巢一角袒露在我面前，我用手指凷蜂蜜往嘴裏送，甜膩又保持神經輕靈。大自然讓矛盾涇渭分明。肌肉在身體指令下嘗試緊繃，在非條件反射下完成牽引。大量糖分攝取使我狀態回溫。

我用沾滿泥漬的袖子擦臉上的汗雨，突然發現雨停了，遠處樹上又傳來蟬鳴，聒噪的很。整片曠野倒寂靜，綠色充盈視線，在光感神經調節下，我看見了春的希望。一場雨拯救了生命，哪怕曾經近乎殘忍決絕，不給一絲希冀。我看着散去的烏雲，滿意的笑了，揮手致意。近一千八百秒的滋養讓土地煥然一新。事實，再也沒有比農者更堅毅。這讓我想起了巴根，頑強紮植與土地憑藉稀缺的養分活存。再怎樣艱苦生機也不渙散。一種近乎病態的生命力提醒着靠土而生的人，絕不會依土而死。警醒着仗天吃飯的人要時刻面對現實。我在雨中悟了，並嘗試走出雨。雨停了，可生命還得前行。好好享受得來不易的水分，鎖住它。直至下一次給予或枯萎。

村子離我不到一里，我期待回去，豬草淋濕了，再耽擱大胖和二胖就不願意吃了。我起身，背起背簍。往家走。

（1629 字）

評審評語

李洛霞

若是說內容，其實很鄉土，田地、野菜、肥豬，還有饑餓和久旱不雨等等，但是文字的泥土氣息裏，又闖入許多化學物理和新意念，也許是交互作用迸出了火花，令人目眩。作者無疑是成功了，因為評審都認為作者好像文字魔術師，能把平凡的內容寫得天花亂墜，引人入勝。

麥樹堅

特別的句式、異化的用詞、陌生的搭配……綴合為富有魅力的腔調，突出「我」的睿智、周密、深厚與冷峻。窮鄉少年餓着摘草餵豬，這單純目的和尋常動作背後，作者訴說青春、技藝與知識在艱難的生活現實前（「我」差點餓昏喪命）如何虛弱乏力。文中有幾處近乎爆發的狂傲。結尾那場雨的用意明顯不過，建議處理得輕一點。

黃子程

一個謎的謎面，自尋謎底。生命也是一個謎，卻未必人人能參透，作者巧妙地寫出他參透出來的謎底：生機即將斷送，但忽地又送來饋贈。獨特的描述語言，顯現不落俗套的構句，用以突出實情實景，這風格貫串全文。很有特色的散文佳作。

季軍

回首

/ 馮朗軒

致母親：

又是木棉花開的時節，腳踏着濕潤的泥土，見到木棉的果實從樹上掉下，落回濕漉漉的泥上。近日煙雨朦朧，鄉下的味道很濃厚，跟小時候一樣。

還記得嗎？那時我五歲，剛剛上鄉村的學校，您幫我穿上淺黃色的校服，繫上陌生的酒紅色領帶。我問您：「我們這是去哪？」您回了我一聲：「上學。」

我們在家門口的那棵木棉樹前等着。校車到了，我叫嚷着不要您離去，還緊緊拉着您垂下的衣袖，意圖把您留下，但我的手被您無情的甩走了。我上車了，可您頭也不回的，緩緩步走，我也只好帶着兩行淚印遠去。回首，目光穿過車窗玻璃，只有您逐漸消失的身影。瞬間，校車到了下一個站，門開了，傳來陣陣哭啼聲。那個與我同病相憐的新同學哭個不停，可在他的肩膀上，多了一隻撫慰的手。那隻手摸了一下他蓬鬆的頭髮，用繡着梅花的衣袖拭了拭他臉頰上的眼淚，扶他上了校車。車再次走了，那個孩子跟方才的我不約而同地轉頭，但他看到的是，一個面帶微笑的人揮手道別，是這場初次的道別中唯一的點綴。

我知道，父親早逝，一個鄉村婦人要突然間扛下所有，壓力不輕，所以我盡量做您心中的好兒子，要我聽的做的，我從來不會忤逆。只是有時我也會想得到您一些疼愛。

十歲生日，本以為放學回家，您會準備替我慶祝生日，怎料您如常的在那張殘破的木桌子吃飯，一句話也不說。我問您：「你有話要對我說嗎？」

「菜快涼了，快吃吧。」您夾了許多魚肉到我的碗裏，卻吃着那些沒肉的骨頭。

「那些骨頭好吃嗎？都沒味兒的。」

「我喜歡吃骨頭，你管我。」

我信了，就繼續吃飯，吃了一頓平庸的晚飯，十歲的生日就這樣平平淡淡的過了。

以後的日子，我也漸漸學會獨立，不大依靠家裏。

十四歲的那年，學校選了我參加國外的足球比賽，促使了我第一次坐飛機出國的機會。在機場閘口前，我聽到許多父母對兒子的嘮叨。

「記着給我們打電話。」「晚上冷，記着多穿衣服。」可那些子女的臉上都是一副不耐煩的樣子，巴不得堵上他們父母的嘴。至於我，也習以為常的，自己一個收拾打點。

「兒子，快要進禁區了，動作利索點吧。」這是您整天對我說的唯一一句話。

沒錯，您在這兒，可那副冰冷的模樣依舊不改。

時間差不多了，我跟着隊伍向禁區走去，送別的那些父母，眼眶泛着光，倒映着對子女的不捨與牽掛。可人群中有一雙與眾不同的眼眸，她的眸中光華堅定不移，沒有絲毫將會流淚的跡象，只有陌生的感覺。

那些嫌棄父母的青少年最後也心軟，回首一看，以目光給他們父母一份放心。我知道我不需，也不想回頭，因為我明瞭，我看到的只會是您默默走遠的背影。但我又知道，若是我不回頭，再次看見您的日子，將會是很久，很久之後。

頭不自覺地轉後，果然不出我所料，遺下的，只有逐漸遠去的背影。我也不意外，這只不過是一場重複多年的老戲罷了，我也早已看膩了。這只是更加確立我多年來的信念：在這個所謂的家裏，我只能依靠我自己一個。

之後，我考上了國家大學，還拿到了一筆獎學金，免了學費。最後我榮譽畢業，入了一間國際大公司，可謂高薪厚職。我必須到城市上班，你卻說不捨得鄉下，要留在那兒，這就讓我們分隔兩地。城市的工作真忙，忙得我十多年都沒回家了，只是偶爾寄錢，寄信回家。三十四歲的那年，我終於當了公司市場部的總監，老闆讓我放三個多月的長假期，放鬆一番才返回崗位工作，我便回鄉看看你了。一番長途跋涉後，終於回鄉了。我見到那棵木棉樹，我認得它，但那樹好像沒從前那麼高大。

我到了家門口，門口的鐵欄沒那麼沉，很輕易就推開了。這裏一花一木都好像沒怎麼變化，只是不少東西殘舊了。

「兒子，你回來了。」

你的口吻態度漸漸變了，也許是我離開太久，過往被冰冷模樣相似被融化了，過往不出聲的那張嘴也變得滔滔不絕。但沉默不語的那個人反而變成了我。

隔了不知多少時日，我們母子倆再次同桌吃飯。我夾了你最愛的骨頭給你，你也夾了鮮甜的魚肉給我。

「最近工作多嗎？累嗎？」

「我女朋友待我不差，很好。」我邊按着手機邊說。

「是喔。」

敷衍的對話就這樣持續了整頓飯。

夜幕低垂之時，我便要埋首在房間裏，處理同事傳過來的工作。正當我為公司的事煩惱，門外傳來敲門聲。門緩緩被推開了。

「夜深了，還在工作？喝杯鮮奶吧。」

你顫抖的手拿着杯子，一不小心把鮮奶倒翻了，桌上的文件全濕了。

「你在做什麼？出去！」那個杯子被我隨手扔出門外，瓦片散落一地。

我用風筒把文件吹乾，吹了幾分鐘，風筒的聲音停止了，在靜謐的環境，我聽到有人把碎掉的瓦片，一片一片拾起來。

我要乘火車返回城市的那天，你來送我，就像當初在機場時那樣。

「回去要經常寄信回來，我等你回來。」

「好的。」

我上火車了，火車同樣地緩緩走着。不捨之情不是很深，但我還是回首看你一眼，畢竟不知何時才能相見。我挺詫異的，我今次終於不是看你的背影，而是真的四目相投，作最後的道別。你對我揮手，嘴角微微上揚，做了「再見」二字的口型，我也如是。

也許我真的太久沒看你了，你性子變了如此大，我竟不知道。我答應你，我很快便會回鄉。

三個多月後，我正在跟別人談生意的時候，電話響了幾遍，但我不能接聽。會議結束後，我拿起電話，看到鄰居傳來的訊息，手顫抖了，手機也跟着掉到地上。

我馬上請了假，趕到家裏，看到鄰居正陪着你，而你正翻着相冊來看。

你抬頭，問了一句令我心寒的話：「你是誰？」

你呀，不是說過會等我嗎？我現在回來了，你怎麼不記得我？我知道你這個病不會治好了，而且離生命之火熄滅不遠，但我還是每天陪你說說話，雖然過了一會兒你會不記得談過什麼。

我陪你在木棉樹下談了一陣子。

「我呀，不是善於言詞的人，也不是特別疼他，但我想他勇敢，想他不害怕受傷，也許因為這樣，我兒子現在疏遠了我，他現在還留在城市上班呢。」

我心想着：「你的兒子現在在你旁邊。」

「是嗎？他會知道你疼他的，因為，他最喜歡吃魚肉了。」

最後一顆木棉果實落下了，落回泥土，你的眼睛也在此際緩緩閉上，再也沒開。

對不起，你的「兒子」還是沒陪你終老。

你不會再在家門口等我回來，我也不能回首一瞥，看着您佇立的身影。我以為，下次我回首，你會等我。但原來您的身影，也會有不復存在之時。抱歉，我還是不能陪你走得更遠，我答應你，這是我最後一次含着淚寫信給你。從此以後，我會做回那個你最希望看到的，勇敢無畏的兒子。母親，改日再會。

（2493字）

李洛霞

作者寫了幾個離別場面，表現的都是疏離的母子關係，但是魚肉，牛奶卻又是母愛的心意，只是兒子並不領情。也許母親不擅表達情意，到兒子明白時，已經遲了。作者以短小篇幅，交代了多個重要情景，也寫出人生許多無以彌補的遺憾，整體而言，內容雖然傷感，但是寫來並不濫情，讀來有餘味。

麥樹堅

相依為命的母子：一個故作鐵心，一個嘴硬（加年少時的無知）。部分相處事蹟顯得薄弱，對木棉樹的寫法更有期待。

黃子程

兒子憶述年少時母親對他的冷漠，使得這孩子欠缺親子應得的愛與照顧，直至孩子成長，具有獨立生活的能力，這時他發覺，那陌生的母愛與關懷，竟然出現了，原來一切都是母親的刻意的家教！

當她道出這一切的心機，希能今天可以彌補昔日失去的親情與關懷，不幸的是，此刻母親已經患上嚴重的腦力衰退病，認不出坐在身邊的兒子。

平實的故事，娓娓細道，每一個家都各有一個類似的故事吧！

優異獎

士多啤梨新地淺談

/ 食家

不記得從哪刻開始、因何而起，我已和士多啤梨新地結下了不解之緣。無數個獨自徒步歸家的傍晚、人影稀落的路上，不管酷暑隆冬，也是我和這平凡的甜品重逢的鋪墊。只要時間許可，我都會走進附近的某家連鎖快餐店，用不到十元，不消五分鐘，就買來一杯新鮮的士多啤梨新地。然後安坐在店裏的某個角落，再次踏上一趟猶如花火般燦爛的感官旅程。

拿起手邊的膠匙羹前，我總要凝神貫注，先好好看清楚這個老友。只見桌子上透明的塑膠杯子中，一層濃郁的士多啤梨醬佔據着上半部分，而雪白光滑的牛奶雪糕就從深紅色的汪洋中間冒出，把紅白相間的扭紋尖頂暴露在空氣中，上面再狠狠灑上萬千顆豆大的金黃色花生粒。乍看之下，仿如是一顆顆本來綴滿夜空的閃爍繁星，不甘心在高處觀看，而飄降在旋轉木馬寬闊的頂篷之上，為童真的繽紛添上浪漫的璀璨。各種豐富的質感、線條，就在此小小的杯子中密密地堆滿着，紅、白、金三色互相斑駁、映襯，構圖永遠的獨一無二，令我始終不忍心破壞這幅賞心悅目的藝術品。

然而，我終需要欺騙自己已經滿足了視覺的享受，下定決心用小膠匙羹將杯中物一小塊一小塊地舀起，一小口一小口地細味。我的習慣是，先將各樣配料以相同比例一併送進口中，讓花生粒的香脆和微鹹、士多啤梨醬的酸甜和芳香、雪糕的清涼和軟滑，三種滋味在口腔裏碰撞、激盪，喚醒所有味蕾，刺激口水分泌，胃口大開；這樣吃了幾口後，才開始逐一品嚐每個部分。那些埋藏在士多啤梨醬之中，貨真價實的士多啤梨粒，偶爾會出現在剛舀上來的果醬裏，更已成為了我在這趟旅程中，最期待又最意外的獎勵。輕輕咬着果肉、珍而重之地咀嚼，每一口都是果汁滿溢，每一口都散發着酸甜的果味，讓人回味無窮。這不禁令人漸漸想起，不知是源於自己的親身經歷，或是曾經看過的電影情節，還是某個夢鄉的故事裏，那個陽光明媚的盛夏，和家人摯友置身於藍天白雲之下、青翠的田園之中，耳邊傳來貝多芬第六交響曲的悠揚，四周被新鮮水嫩的士多啤梨叢包圍着，粉紅的果實發出誘人的光澤，芬芳馥郁，撲鼻而來。在這個幻境裏，大家都在恣意遨遊，貪婪地感受着寫意的一切。仍在享受着這一片綠意盎然的我，一個回首，卻又踏進了白茫茫的雪地裏。小心翼翼捧起那純白的雪堆，才剛觸及到那雲淡風輕的牛奶香，一股涼意便毫不客氣地，迅速遊走全身，再直達心扉。儘管口中的綿軟和細緻一瞬即逝，但冰涼的感覺和隱隱的牛奶味卻在口腔中久久瀰漫。這時候，再把那些載浮載沉的花生粒，和着紅海和白雪一起遞進去，獨特的油脂味和香脆感便立刻跟存留齒頰的各種香甜進行激烈的化學反應，不單只相輔相成，更創造出一加一大於二般的無從解釋、無與倫比的新享受，像朱古力遇上果仁、奶茶邂逅珍珠，令這杯甜品在口感和味道方面的層次感躍升到新的高度，令人頓悟到何謂天作之合、何謂完美無憾。

但喜好真的因人而異，有人吃士多啤梨新地時，必先用匙羹把杯裏所有東西攪拌混和一起後才吃下去，還恨不得店員一早替他混合好。就像吃撈麪、吃蛋汁飯一樣，既然我們這麼享受三者相遇的那種美妙，何不乾脆事先攪拌好，保證嚐到的每一口也蘊含所有優點，並互補不足？聽着其實不無道理，不過，我還是偏愛和而不同，亦不想雪糕未吃便融，也比較欣賞那油彩畫似的錯雜構圖，多於奶昔般的單調。我相信此甜品的設計原意，也是希望能充分發揮每種材料的特性，讓吃的人感受到多重刺激之餘，亦做到互相對比繼而襯托的效果，創造出最理想的光景。若非得把一切攪混，迫使最濃烈的果醬也要隨波逐流、最堅實的花生粒也如泥牛入海、最高潔的雪糕也要放棄淡泊，那豈不是如同把世間萬物都推回盤古初開之前，復歸一片混沌？對於這種特別的吃法，我只好一笑置之。幸好這個喜好未成風氣，不然被人一笑置之的只會是我。

話雖如此，我亦曾經因為有點嫌棄那些雪糕太清淡，而幼稚地祈禱店員會多加點果醬和花生。這應該也屬人之常情，無可厚非吧。直到某天，當我喝完那杯令很多人情有獨鍾的珍珠奶茶後，凝望着那剩下的半杯黑色「珍珠」，便忽然被那些所謂的點到即止、過猶不及說服了我。比如新地只有一小杯的分量，才不致令人過飽過膩；填滿整杯的果醬，也不見得會產生更大的享受，甚至適得其反。吃多了我的腸胃承受得了嗎？對身體沒有害嗎？況且，或許應該厚非的是，我竟然忽視了牛奶雪糕的可貴之處，儘管它不及士多啤梨的濃郁和搶眼，但只要把雪糕含在嘴裏一段時間，留心感受，便可找到意想不到的滿足。沒有東西不是瑕瑜互見的，我想，在真正的烹飪高手手中，最普通的食材，應該也能變成絕世佳餚吧。也許是終於用對了方法，也許只是改變了主觀的看法，可能是更懂得包容，也更懂得從容。

沉溺幾乎使人忘卻時間。可惜「彩雲易散琉璃脆」，吃完一杯士多啤梨新地，只需大概十至十五分鐘。就算再多的不捨、挽留，也敵不過雪糕融化、時光流轉的物理定律。快樂快樂，自然來得快，完得也快，每次才剛開始懂得珍惜，便要道別。在永恆的星夜裏，煙火的生命更顯短暫，卻又迸發着更令人羨慕的絢爛火花。絢爛過後，便什麼也不剩，只有視網膜的殘影化為深印腦中的回憶。望着眼前那空虛的膠杯、失落的膠羹、寂寞的餐紙巾、冷漠的餐枱、明亮的燈火、喧囂的人群，我的內心總是百感交集，難以平伏。

看完最後一眼、感受完最後的餘韻後，我便起身，把膠杯、匙羹、紙巾等一起丟入垃圾桶，再把餐盤放回收集處，然後拿回隨身物品，推開門，轉身，邁步，把快餐店的通明，和那縹緲的十五分鐘，統統拋到身後。然而，忘得了結束時的無奈，忘不了遇上時的精彩。可能，在這世上比它更精緻、更可口的甜品琳瑯滿目，但對我來說，論方便、論性價比、論緣分，仍唯獨是一杯小小的士多啤梨新地，永遠不能被取替。

（2264 字）

評審評語 //

黃子程

這是一篇很有特色的描述文，文字生動活潑，又洋溢感情；構句亦見心思，富有特色。整體讀來，就是流暢而又能叫人留下印象。飲食文學化，此之謂乎？

優異獎

真心話大冒險

/蔡映嵐

這夜，萬家燈火，我們都沉醉在這樸實無華的溫暖。

我端着飯菜，對他喊道：「晚飯做好了，可以出來吃飯了！」說畢，房間傳來椅子摩擦的聲音，就在等待他慢慢地從房間走到客廳的時候，我凝望着窗外漆黑的夜景，唇邊勾起了淡淡的笑意。

那夜，燈紅酒綠，我們都沉溺在這紙醉金迷的浮華。

強勁的音樂節拍刺激着我的腦袋，似是變得清醒卻又迷糊着，不願想，不願記，不願醒。只見男人豪邁地一口乾了整瓶酒，酒汁沿着嘴角流淌而出，即使滴濕透了衣服也毫不在意，渾身散發出雄剛的氣息。女人穿着暴露的衣服，在舞池賣弄風姿，和其他女人暗暗地較勁着。我們一眾同事經過時，一個女人向翰拋了個媚眼，翰也向她送了個飛吻作回應。

場內氣氛高漲，我們坐在靠邊的圓桌邊喝邊聊。我喝過一杯白酒後，感覺喉嚨火辣辣的在燒。雖然不好受，但我卻有一種莫名的快感。酒過三巡後，醉意也不安分地萌生。

此時，傑搖搖晃晃地站了起來。「喝了這麼多，話都聊完了！我們幹些別的事吧！」說畢，又搖搖晃晃地坐下了。忽地，又站了起來。「我們來玩真心話大冒險吧！」傑一手拿着個空酒瓶，一手揮舞着拳頭，笑嘻嘻地說。

眾人清空了桌上的空酒瓶，只留下一個用作轉瓶以揀選「中獎者」。傑巍顫顫地又站了起來。「嘿嘿！我先來轉瓶吧！」

瓶子停下後，瓶口卻對準了他自己。我們哈哈一笑，翰更是笑倒在地。傑大喊「我選擇大冒險！」翰不懷好意地賊笑：「傑，挑個女人，把你口中的酒渡給她吧！」傑倒是爽快，向婷作勢拋了個媚眼後，一偏頭就把酒渡給了她。婷隨意地抿了抿唇，傑的唇上則是染上了一抹鮮艷的紅色，在燈光的照耀下顯得更突出。我直愣愣地盯着那抹紅，原本已不清醒的腦袋似乎變得更渾渾噩噩，竟有些想吐的感覺，只不知是酒力發作還是他們的行為所致。可惜，我已跌進那迷人酒香的溫柔漩渦，無法想，無法記，無法醒，只願再喝一杯酒。

這次由婷轉瓶。瓶子在婷用力一轉下像芭蕾舞者旋轉一樣急速轉動，然後無力地停下。不料，瓶口對準了我。我緊張地灌了一口酒。「大冒險吧。」

婷拍了拍手，笑得很開懷。「我可沒看見過你對誰說些肉麻話！不如你向一個不在場的異性打一個電話，說『我想你』好了。不算過分吧！」

我又灌了一口酒。看見眾人悠閒看戲的表情，我不禁低咒真的太倒霉了。我從小到大都是念女校，身邊人清一色都是女孩子。認識的異性只有工作認識的同事，怎麼辦呢？我深吸一口氣，認真地刷了一遍聯絡人名單，刷到底時，卻發現一個名為「獨裁者」的聯絡人，聯絡次數寥寥可數。我怔怔地看着這個聯絡人的名字，一瞬間，似乎又回到了過去。

「靈兒，放學後給我立即回家！」「幹嘛在這發呆？快做功課！」「靈兒，都叫你聽我的話！給我回房反省！」印象中，一個女孩總是低着頭聆聽一個男人的訓誨。那男人很高大，聲線低沉而有着不容反抗的威嚴，國字臉不怒自威。男人很兇，對女孩十分嚴格。每次訓誨後，女孩的眼眶都泛起淚霧，卻敢怒不敢言，心裏只是堅定地期盼自己成年的那天，可以擺脫男人給予的束縛。

而女孩也真的做到了。踏入社會後，女孩搬離男人家自食其力，一年見面的次數少之又少，彷彿要剪斷那根本剪不斷的關係。沒有男人的管制，女孩自由了。女孩終於可以像天空翱翔的風箏一樣，無拘無束。女孩開始愈來愈放縱，凡事任性而為。恍神間，我被女人濃烈的香水味嗆着了，那刻，女孩的影子和我的好像重疊在一起了。

我鬼使神差地撥了「獨裁者」的電話，電話很快就接通了。我小心翼翼地說出那個很久沒有說的稱呼：「爸。」

對方停頓了一會兒，才欣喜地說了一聲「靈兒！」我心裏麻麻的，竟想繼續聽他說話：「您還好嗎？」

「很好很好，就是有時候家裏沒人時會有些悶。你呢？工作一切順利嗎？有沒有被上司欺負？有吃飽才工作嗎？有照顧好自己嗎？」爸爸的聲線依舊低沉，卻沒有絲毫威嚴，取而代之的是滿滿的關懷，已經很久很久沒有人對我發嘮叨，什麼事都要管着我了。

我鼻頭一酸，看見婷鄙視的眼光，知道她肯定覺得我「咬文嚼字」，但我沒有理會她，認真地完成大冒險：「爸爸，我想您了！」

「爸爸也想靈兒了！不知道靈兒有沒有瘦了，睡得好不好。爸爸很擔心你啊！」那一剎，我分明看見淚珠清脆利落地滴落酒杯中，泛起絲絲漣漪：「嗯，我很好。爸，您也要照顧好自己！」

的確，這是一個大冒險。但我說的一字一句，卻都是真心話。

我從小渴望自由，卻不知那「自由」只是斷線的風箏，會在半空不知去向，最後飄然落地。自由從來不是沒有邊界，為所欲為只是放縱。想起我現在隨意地癱倒在沙發上、埋首在一個又一個空酒杯中的模樣，便羞愧得無地自容。我從前以為沒有線，風箏才能在天空翱翔；但其實只有有人帶領，風箏才能在天上恣意飛揚而不落地。爸爸，我真的很想您！我若回來，您還會緊握着風箏線嗎？

夜深了，依舊燈紅酒綠，我卻決心逃離這紙醉金迷的浮華。

「今天的飯菜真香，靈兒，你的廚藝又進步了！」他笑吟吟地說。我報以一笑：「我們快吃吧！別讓飯菜涼了。」

夜深了，依舊萬家燈火，我們都沉醉在這樸實無華的溫暖，不願自拔。

（1991 字）

評審評語

李洛霞

作者借遊戲之名，巧妙地營造了兩種極端情狀，一是使人迷亂的燈紅酒綠，一是純淨的天倫之愛，兩者融匯一起，毫不突兀，是一篇令人心暖的佳作。上半段文字瑣碎，最好精簡些，着墨重點宜多放在父女關係上。

麥樹堅

開首鋪排、導入的篇幅略長，影響了節奏。提議適度經營靈兒致電父親的片段，充分延展當中的個人掙扎或關係拉鋸，以塑造父親真實的情感，令收結免於倉卒、突兀。

優異獎

禾雀風景

/ 鮑可穎

小時候的天空總被囚禁在四方的井字裏，奢侈的陽光只有頂層的單位能享受。井字型建築對孩子來說是個廉價的旋轉木馬。每到傍晚，總能看到孩子們集中在一層追逐奔跑，圍繞着家門與欄杆間的無盡跑道玩鬧着。

夕陽西斜，每家每戶灶邊的案板響起了不絕的砧板聲，各家各戶的大人也到家預備吃飯了，斜陽與飯菜香悄悄地穿過「騎樓」與鐵閘想要加入我們的狂歡，卻像兩個不受歡迎的孩子，剛一出現，「井裏」就開始迴響「返嚟開飯喇」的呼喚。熱鬧過後，孩子們散的散，不願離開的也被家裏人擰着耳朵拎走了，就剩下我踏着三輪車與夕陽追逐，一直到夕陽也要回家吃飯方才罷休。

上晚班的外婆終於到家了，家裏的飯菜香總要比鄰居家的遲到一點，外婆提着菜衝進廚房就是一頓忙活。今晚依舊只有我跟外婆，我貪心地期待鐵閘會突然被拍響，又滿心希冀門外能迴響起母親嘮叨的嗓門。然而鐵閘就跟母親的碗筷一樣，直到飯菜涼透都無人問津。

「得喇！快啲拎啲碗入廚房，我要收枱。」

我雙手捧起疊起的碗筷就往「騎樓」奔去。踮起腳尖把碗筷安放在窗邊，再一個個放好，假裝成要開飯的樣子，屬於母親的碗在掉漆的窗邊嶄新得有些格格不入。我的期待穿過了窗花與晾衣竹往樓下奔去，試圖從晚歸的人中獲得母親的信息。昏黃的路燈被困在羊蹄甲的枝葉之間，本已微弱的光芒在亂蹄下奄奄一息。即使用盡全力也翻不起些風浪，餘下斑駁零落的光斑在歸家的小徑獨自掙扎。窗花在寂寞的夜蔓延，靜候歸家的人打破。

日復日的等待與窗花達成了協議，像要把我的盼望都扼殺在「井裏」了。

幸好，救兵終於還是來了。

禾輋說大不大，說小也不小。母親把我從外婆家接了出來，要搬往同邨我們苦苦輪候到的單位。母親牽着我從平台離開，長年躲在「井裏」的我迫不及待地要搬往另一個「井裏」，難掩興奮地到處發掘新家附近的「景點」，母親倒也不惱，由着我到處亂跑，自己回家收拾東西去了。

遠遠就能看見新居附近立着一排宮粉羊蹄甲，嬌嫩的粉色在一片綠油油的細葉榕中特別顯眼。像混在少婦中的妙齡少女，是在成熟大方當中種鶴立的嬌羞可愛。少女被老人邨裏的重重監牢圍繞，倒顯得有些格格不入了。鮮有人賞花先提落花，可落花明明該是賞花路上的迎賓小姐。從樹上飄散的羊蹄甲編織了一條有些斑駁的迎賓大道。屋邨間的小路由灰姑娘蛻變成身穿碎花禮服的小姐，驟眼看過去倒有幾分日本花見小路的感覺。如果說日本的櫻花是含羞答答的閨閣女兒；那羊蹄甲定是揮灑青春的活力少女。滿滿一樹都充滿着開放極致的花朵，少有看見還含苞待放的。羊蹄甲毫不吝嗇自己的生命，轟轟烈烈花團錦簇地燃燒着瞬逝的花期，在這略嫌寒酸的舞臺自顧自舞動着。

「上樓幫手執嘢喇！仲望！」

再次投進另一個井裏，剛才廣闊起來的天空又被鎖進四方的牢籠中。我只能衝向「騎樓」企圖為天空尋找出路。

「騎樓」絕對是觀看羊蹄甲表演的絕佳樓座，天邊的地平線開始燒了起來，一眼看過去還以為是羊蹄甲燃燒了起來。原本與灰色外牆連成一線的天空背叛了這種哀歎的調子，在大廈之間的小小空隙發動着夕陽下的革命，推翻了霸道的監牢統治者。

我看見一樣熟悉的夕陽從監牢裏的豎紋變成了照映羊蹄甲的光暈。夕陽下的羊蹄甲被繪上了金黃的線條，勾勒出我不曾見過的希望。羊蹄甲樹的影子還在延伸，像是要衝破這小小屋村地張牙舞爪。我抬頭看着上方漸變的水彩畫，天空終於衝破了四四方方的畫框，讓本就斑斕的色彩更加滿溢。

「過嚟開飯喇！」

這一次我背叛了夕陽了，我也成為了被催促歸家開飯的孩子了。

（1388 字）

評審評語

麥樹堅

具地方色彩的作品，寫出年輕人成長於公共屋邨的體會。文中「我」從一個井搬到另一個井：井既為雙塔式公屋的建築特徵，也是好奇心與未來的困囿。作者多次提到禾輋邨樓層的走廊、騎樓和平台，營造懸空的意念，呼應着持續不去的虛空。行文樸素自然，具真實感。

評審紀錄

評審 / 李洛霞、麥樹堅、黃子程

日期：二〇一八年十月十四日
時間：早上十時至中午十二時
地點：香港大學
出席者：李洛霞（李）、麥樹堅（麥）、黃子程（黃）
主持、記錄者：梁偉浩（出版與設計秘書）、戴其霖（出版與設計秘書）

一、決審稿件名單

編號	作品名稱	李洛霞	麥樹堅	黃子程
006	梳未央			○
012	如願以償的失望	○		
014	給自己的話			○
017	士多啤梨新地淺談	○		○
030	樓梯與升降機	○		
040	雨中咖啡館			○
041	竹編簸箕	○		
082	過客	○		
088	被盜走的儲物箱	○		
090	謎在謎面上	○	○	
098	真心話大冒險	○		
099	蟒蛇的真相		○	
102	習慣		○	
103	牆		○	
107	四季			○
108	記憶中的墨香		○	○
112	熟悉的過客		○	
113	遲來的驚喜		○	
115	陌生			○

117	她們曾經如此美麗		○
121	眼睛	○	
132	回首		○
134	舌頭	○	
144	禾輋風景	○	

二、評審過程紀錄

黃：我選的九篇作品每篇分數差不多，沒有那篇特別突出。只有三四篇合心意。

李：我選的只有八篇，比你更少。

麥：我挑多幾篇也只是想看看有沒有會與其他評審重複的，多一個肯定。

黃：譬如〈梳未央〉這篇，講成長過程，不錯，但還是太稀薄。又如另一篇寫媽媽獨自看小朋友長大，最後記憶衰退症，這篇在其他描述性的作品中也比較能營造氣氛。頗獨特。

主持：希望評審可以先講自己的排名。

黃：我喜歡母親患記憶衰退症這篇（〈回首〉）。很有感情。

麥：我初選有讀過這篇，但沒有將它選出來。

主持：老師可以先每人列出四篇，最好連同次序。

黃：如果我選了一篇，其餘兩位評審也覺得是佳作，不就已經定了一篇。其實每人挑三篇就夠了。

李：這樣的話，我選〈士多啤梨新地淺談〉、〈謎在謎面上〉、〈真心話大冒險〉。

黃：有排序？

李：沒。另，其實〈回首〉也值得討論。

黃：你覺得〈真心話大冒險〉可以有三甲？

李：現在講的不是三甲，只是心目中值得討論的四篇。

黃：有一篇我也頗喜歡的，就是〈給自己的話〉，這篇特別之處在於自我剖析之餘也鼓勵自己，敘述性文學中又能集中寫出自己的心意，而且文字好。這屆好多人文字很好，但這都只是基本功，最重要的是作品有沒有特別的感情、思維。

麥：我會選〈舌頭〉，這篇是講外婆患癌把舌頭切掉的故事。〈禾輋風景〉、剛剛提到的〈謎在謎面上〉，還有〈蟒蛇的真相〉。

黃：我覺得〈蟒蛇的真相〉內容太多，東拉西扯，把蛇的形象寫得既神話又古典，通通炒成一碟。

李：這也是問題之一，所以不會放到第二位。

黃：過於鬆散。

李：你的四篇呢？

黃：我只選〈士多啤梨新地淺談〉和〈給自己的話〉。

李：不，〈回首〉是你選的，我還要選〈竹編簸箕〉。

黃：我還是有些迷茫……選〈士多啤梨新地淺談〉吧，題材普通，但寫得好，這就是功力了。

李：中學生能把說明文寫成這樣，真的厲害。

黃：其餘幾篇文字好，但不特別，例如〈雨中咖啡館〉、〈四季〉等。

李：我覺得〈雨中咖啡館〉文字好，但不是我杯茶。假設作者在香港喝咖啡，又提倫敦，又講西班牙，說這麼多旁枝，似在賣弄。

黃：我不會為他們過分辯護。例如〈陌生〉，主題關於追星、興趣。題材頗摩登，很多用詞如光環效應，關係社會學，類社會關係，都幾特別，但不值得拿大獎，是小品。我選的幾篇中，第一是〈回首〉，講母親。用字撲朔，一反現下文字過分雕琢、過分華麗的主流。他並不華麗，譬如寫媽媽送孩子上車，送了就不會回頭，不會轉個頭又要補個拜拜，完全一反現下親子相處模式，培養着孩子獨立。這點我覺得好好，文末屬神來之筆，母親花了不少心思在孩子上，但患了老人癡呆，甚是悲哀。我不確定這篇是否值得前三，但我個人是會放它在前一二名的。至於〈給自己的話〉呢，似向自己講自己，而文字好講究，集中講自己，似自述，但主題、手法，都平實。文字落足功夫，透露了一些思想，頗有想法。

進一步討論前各評審所選作品：

李：〈士多啤梨新地淺談〉、〈謎在謎面上〉、〈真心話大冒險〉、〈竹編簸箕〉（不分先後）

麥：〈舌頭〉、〈禾輋風景〉、〈謎在謎面上〉、〈蟒蛇的真相〉（不分先後）

黃：〈回首〉、〈給自己的話〉、〈她們曾經如此美麗〉、〈士多啤梨新地淺談〉（依次 1、2、3、4）

黃：為何叫《謎在謎面上》？有這本書？

麥：查過，並沒有此書。

黃：所以是假裝這本書存在？

麥：用書名號，應該是書。

李：也可能是中國大陸的，那邊沒有對單書雙書作區分。

李：我覺得整篇文章玩文字技巧，例如用魔幻寫實，頗能配合黃土大地的艱辛、饑荒、旱災。同時又有趣地數理化。

麥：我不明白題目的意思，但又令到我有種啟發。這作品比較特別，所以才提出來討論。

李：結合現實寫法，旱災後烏雲大雨，但貫徹文章深奧的學識，好魔幻。

黃：有特色這點無可否認。

李：相對於好多篇，許多的文字好平實，重抒情，這篇很能結合真實，有血有淚。

黃：他寫感覺寫得好，有意象，寫泥和水都好有感覺。

李：同時又理性，引用數理化用字，雖未必能讀懂，但始終能感受其理性和感情。

黃：你要慢慢咀嚼，看得出作者用了好多心機。

李：這篇結合了很多技巧？

麥：這篇寫的是好似被困着的狀態、困在浴室的狀態。思想具發揮空間。而其他作品大多都有各種衝突：父子、生活問題等，但這篇力量大，用字又夠節制，識得收，同意黃老師的補充。

黃：可以入圍，考慮三甲。即使篇篇都玩文字，這篇比較統一，有特色。

李：可作三甲討論。

麥：不如講〈士多啤梨新地淺談〉？

李：這篇寫的不過是一杯麥當勞最基本的士多啤梨新地。首先我會考慮寫作者的年紀與識見，如果是一個中學生或者大學生，猶可以一杯如此簡單的雪糕寫得細緻，色、香、味俱全，好不容易，可見其觀察與感受之用心。見過好多作者會介紹美食，但此般用情，觀察細膩，實屬難得，因為情深之外，還要耐性、觀察力，我就沒辦法寫得這麼仔細了。他還寫到貝多芬第六交響曲之類的，天地變色，寫法難得，又艱難。

麥：我自己對甜食喜好一般，所以先天上對這題材不能太有共鳴，但既然十一至十八歲為初級組，論及年紀上的閱歷，能寫出這些生命的體驗已很了不起。至於〈梳未央〉一文的女孩出嫁，已經脫離了撰文者角色，而似成了小說般的另一個我，所以所謂一梳、二梳、三梳之類的內容其實很容易看得出並沒有作者個人的深刻感受，超越了散文「我」的角色，而是二十來三十歲的女性角色。如果我們在討論的是小說初級組，我便不用提出這點，但散文的話就需要考慮作者與角色的距離會否太大。因此我見此作寫法明顯似小說，就不放進名單了。而現在我們有個明顯的散文規範來討論，剛才討論的〈士多啤梨新地淺談〉，明顯較似年輕人食雪糕所思所想，人生一杯又一杯的食，邊食邊成長。因此即使我對甜品喜好不大，難以進入這文，依然認可這篇參賽作品。

李：不過如果要從〈謎在謎面上〉與〈士多啤梨新地淺談〉中做選擇，我寧願選〈謎在謎面上〉作冠軍。

黃：我也給〈謎在謎面上〉較高的分數。〈士多啤梨新地淺談〉這篇作品，用到淺談，但又描繪得好細緻好有感覺，像是美化着新地這東西。這處理手法在創作的天地是很值得鼓勵的，應該入圍，但未必屬三甲。或者可以先看看其他文？

李：我有另一篇想推薦的，〈真心話大冒險〉。這篇講的是長大後踏入社會，天天社交應酬的生活，忽然有個機會玩真心話遊戲，要鬥講真心話。主角的真心話就是打電話給爸爸。這篇能夠令我感動，一個人活到最後唯一可以依靠的可能還是親情。但我也只是推薦，沒打算放到三甲，純粹可作入圍考慮。

黃：這篇運用的是個不錯的寫法。題目為真心話，而什麼才叫真心話？我讀過多篇作品，年輕一輩中鮮有觸覺寫出活生生的生活層面，而這篇則頗有意思，究竟真心話是否一種冒險呢？還是假話才穩陣。這又是否一種暗示？

麥：真心話是一種流行的遊戲。

李：這篇散文寫得靈活，又有對白又有轉折，半小說半散文，雖則散文成分較重。此文主要寫片刻場景間的事，又參雜一些回憶。主角與父親關係不好，長大成人後關係更是疏遠，但最後喝了幾杯酒後吐真言，便玩了這遊戲，可能酒精壯了膽，也可能是出於對爸爸的愛，主角遂打了電話給父親，也就是遊戲的最高冒險。

黃：玩出了真情。

李：比起若干文章講自己長大成人離開父母去某某城市謀生，夜半無人就思念父母的那種文章要好。相形之下，這篇實在寫得生動。

麥：可能因為我知道這個遊戲，其實一看標題已預計到故事走向。作者只是將遊戲的英文名譯做中文，一看就知。我覺得前面的鋪排略多，前面的人有名有姓但又不知作用，有些多餘。而且主角打電話給爸爸的那段劇情裏，整件事很急，不太流暢，明明有些位置反應需要糾結。

李：既然有字數限制，或許刪減前文然後放大後部分比較好。不過我體諒作者不過十七八歲。

麥：打電話給爸爸是最重要的情節呀。

黃：作者不太曉得經營吧。

李：如這篇列為入圍作，我們共有幾篇？

主持：三篇優異。

黃：有時給獎對象不一定要完美，可以寬鬆點。

麥：個人覺得〈回首〉優於〈給自己的話〉，是因為後者於中學生寫作並不陌生，中學時一定寫過不止一次。而作者試圖以二〇二八年的身分寫十年前，卻沒有二十八歲的思想和深度。因此我會選〈回首〉。參賽者在起名上可以多花心思，例如〈士多啤梨新地淺談〉會令讀者反思究竟淺談一詞是否能對應到文章？「給自己的話」這個命名或多或少拖低了作品的整體質素。另外，我也在思考到底一個賽果能否包納兩篇書信體。

黃：我同意麥兄，這篇略為不夠分量。很多描述都是點到即止，不會拉長鋪排，多以簡潔語言或形象化的說話輕輕提過就收工，跳去第二處，講徬徨、堅定、冷漠、張揚、稜角、面對現實等等。這處可以跳過。反而〈回首〉的結尾頗好，親情溫情都不泛濫，而又能夠刻劃到一個鮮活的母親角色，寫她最後要面對一懲罰，因以往疏於親情而落得連孩子都認不得的下場。既悲哀，又感慨。但文章始終不泛濫，就如淡淡的人生。

李：〈給母親的信〉寫法像龍應台某本書。龍應台的媽媽也有老人癡呆症。參賽者的形式類似，模仿其實可以理解。但有些地方沒真實體驗，就會作得過分誇張，像十四歲到國外參加足球比賽那情節，寫到小孩淚汪汪，但其實沒必要寫得像是生離死別般、入到禁區頭也不回，怕眼淚會流出來，讀着略顯奇怪。

黃：為何奇怪？

李：故事的內容是中國大陸，寫的背景是幾十年前，而幾十年前中國中學生代表國家出國比賽，本身就有點誇張。當然，如不考慮現實性這因素，就沒別的問題。但如果考慮這點，大家會否也覺得太誇張？

黃：始終我們並不是在對作家進行解剖，初級組的參賽者只是中學生，是青年，我們要鼓勵創作，就最好別當成分析名作般，太過嚴謹。你的觀點固然正確，給予相關意見亦好，但回到評審的身分，分數有沒有因此缺陷而扣很多呢？我未必會，這些於我而言只屬瑕疵，是不夠成熟的表達手法，也正因為他不夠成熟，才會參賽，這是可預見的缺點。

李：這篇的作者肯定是在作文，而作得合情，未必合理。當然，如不考慮這點，此篇文章可以入圍。

麥：其實兩位一直講，我一直讀。第二頁中間，主角說自己是三十四歲市場總監，有三個月大假回鄉。這已經完全超出十八歲同學的年齡，所以需要構想自己十八歲以後讀書、工作、打拚。而我猜想因為以上都不是作者的真實經驗，在描寫時只能略略帶過。就如黃老師所言，這些問題需要關注。

黃：編劇也如是。初級組的散文必然有一定程度的創作，如果過於牽強當然不能過關，但如果寫得出個感覺，就無需執著於佈局。

李：幾十年前似乎未有足球比賽呢。針對意念表達的話這篇確實可以。不過這種寫法是在模仿龍應台。可能讀完那本書受其啟發而用書信格式，但其實沒有上下款已是完整的散文。

黃：我們需要把上述的問題告知參賽者的嗎？

主持：會有評審紀錄。

李：這篇應該放入名單。據黃老師所講，屬三甲考慮。

黃：大家可以投票決定。

麥：〈禾輋風景〉內容深度一般，但他闡述了香港風情，可作考慮。以廣東話入文，情感上較易有共鳴，內容未必滿足，但講屋邨裏成長的人如何觀看自己的生活與地方感受這點較特別。有些作品無法看出作者生活的經歷，但這篇作品可以。不足之處固然有，但同時間，很突出的一點就是地方經驗情感。香港參賽者不少，但鮮有像這作品般能寫出與生活中的關係。

黃：與〈舌頭〉比較，哪篇較好？

麥：〈舌頭〉讓我讀到悲涼兩字，一個老人被病魔所折磨，父母可能會想如何為老人延續生命，但老人其實希望一死了之。在這難題裏，我會讀到執筆的同學對生命的無奈，延續痛苦的生命究竟有沒有意義？對於十一至十八歲的學生來說，我覺得這是分量比較重的一篇。當然，我覺得結尾有點倉促，寫夢中的舌頭好短，有舌癌要切，連說話都說不清楚，而結尾幾個長輩爭論應否花五十萬手術費來延續媽媽生命，縱然沒講結果，也已經足夠。但如果〈舌頭〉同〈禾輋風景〉兩者比較，我會將舌頭放高些，〈禾輋風景〉難得見到地方特色，但可能每屆都有地方特色，而〈舌頭〉就未必是每一屆都有的作品。我會選〈舌頭〉高過〈禾輋風景〉。

黃：我覺得〈禾輋風景〉未夠分量，內容較單薄。作者作為小邨裏成長，卻好似客串而已，並不似真的在那住了一段長時間，寫不出那感情。但〈舌頭〉就有個實在的主題，用外婆遭受病魔折磨的後果，將許多盡在不言中的主題盡情討論。有深度得多。

李：上一屆都有一篇提過外婆，不記得是在家中還是醫院等死，那篇都很深刻。這篇能讓我們反思是否應出於孝順而多少錢都肯付，抑或乾脆讓外婆安詳離去？

黃：以簡單文字就將淒怨寫出，很好。至於〈給自己的信〉那篇可以略過了吧。

李：那〈謎在謎面上〉是否是冠軍之選呢？或者我們應該先就〈謎在謎面上〉、〈士多啤梨新地淺談〉、〈舌頭〉三篇作品討論？

黃：我認為〈謎在謎面上〉不應該奪冠。雖然他的寫作手法、用字方面十分有特色，但主題不清晰，令人費解，只是單純被文字和感覺所吸引。

麥：如果作品的題目並非〈謎在謎面上〉，若有多些提示，可能文章主題能更加清晰易明。

黃：所以我覺得這篇作品最多只有亞軍。

李：那你認為冠軍之選是哪篇作品？

黃：我傾向於〈回首〉。不過李老師你提及龍應台的問題，可能……

李：我只是提出這篇文章風格可能參考和模仿龍應台的文章，並非指責其抄襲，我認為問題不大。

黃：總而言之，我們三位各有不同的選擇，例如：〈舌頭〉、〈謎在謎面上〉和〈回首〉。三甲應會在這三篇內選出，不知還會有第四篇佳作嗎？

麥：〈士多啤梨新地淺談〉我只會考慮優異獎。

黃：我也認同，這篇也有特色，文字表達各方面都十分傳神，但主題思想只有新地很好吃，略為粗淺，而那三篇三甲之選都含有對人生意義的思考。但如果考慮授予〈舌頭〉冠軍，它是否有足夠的分量呢？

麥：三篇文章都各有優劣，難以抉擇。

李：我認為〈謎在謎面上〉是一種走偏鋒的寫法，〈舌頭〉是以文字帶出抑壓氣氛，如果讓我在這三篇內排序，我認為〈謎在謎面上〉可以是亞季軍，因為我們固然需要欣賞這種走偏鋒的寫法，但是作為評判，當三篇各有千秋，我覺得應該選擇一些令讀者容易接受和欣賞的作品。也許〈謎在謎面上〉會讓讀者訝異於它的技巧和寫法，但〈舌頭〉卻寫出人世間實實在在的現況。我會選〈舌頭〉，然後〈謎在謎面上〉、〈士多啤梨新地淺談〉，因為我十分佩服作者能用一杯雪糕寫出十分精緻的文章。

麥：我認為第四是〈士多啤梨新地淺談〉，第三是〈回首〉，第二是〈謎在謎面上〉，第一是〈舌頭〉。〈謎在謎面上〉打動我的地方是文中的「我」是一個很特別的角色，有別於其他文中「我」的角色和心理情狀，很多作品「我」只是一個普通的角色，而這裏「我」很特別，但是解讀這篇文章有些困難，例如文章用字和題目的障礙，這些就是為什麼我將其位居第二。

黃：我同意麥老師的排序方式。第三是〈回首〉，第二是〈謎在謎面上〉，第一是〈舌頭〉。基本的三甲順序已經整理完畢，而〈士多啤梨新地淺談〉就是優異獎。

李：在餘下的作品當中，我推薦〈真心話大冒險〉為優異獎，雖然有一段冗長的記敍，但主題溫馨。

黃：我也同意，不知麥老師覺得如何？

麥：我沒有意見，我更希望這位同學能閱讀評審紀錄後，能從中發現和改善自己的不足之處，下一次發揮更好的水平。

李：作者起碼能刪減文章開首的三四百字。

麥：是的，可以將字數留到結尾，有更好的收尾，非常希望這位同學改善自己的缺點。

李：最需要花費筆墨去帶出感動氣氛的情節反而略略帶過，這是最可惜的地方。

麥：我也認同。

李：另外還有〈禾輋風景〉，我本來也挺喜歡這篇文章，但結尾可見作者想帶出一些大道理，反而不美。

麥：再說說〈蟒蛇的真相〉一文，文章的上半部分寫得不錯，講到父親抓蛇，拿蛇泡酒等情節，但是記敍角度有些混亂，有時說「你」，有時又說「我」，其中也以「蛇」為線索，貫穿這篇文章，又像某件物件的化身。我喜歡這篇作品就是它文風簡潔，看得很舒服。

李：我也同意，就如我方才所說，走偏鋒的作品固然帶來新鮮感，但我認為散文還是需要平穩，容易令讀者理解。

麥：我明白，也許在散文初級組，我們會有個願景就是同學能站穩基礎，未來他們會有更多空間和能力去演繹他們的創意，但初級組中，希望他們能建立一個平穩的地基，到高級組面對四十歲更有經驗的參賽者才有更好的發揮。

主持：現在剩下一篇優異獎尚未選出，而我們亦想請老師們多選兩篇作為後備人選。有些作品例如〈記憶中的墨香〉見初審時有兩位評審共同選擇卻沒有再次討論，是否會有滄海遺珠的可能？

黃：我們現在可以比較一下這篇與〈禾輋風景〉的優劣。

麥：雖然我初審時有挑選此文作為決審稿件，但我不認為它現在有足夠的分量入圍，它講述有人寫毛筆字那刻才突然回憶爺爺的事情，我反而覺得，之前提及的文章例如〈蟒蛇的真相〉、〈竹編簸箕〉等，兩者相比較，我傾向於其他文章。

李：〈竹編簸箕〉講述一些老去的美好回憶，紀錄將要消失的手藝，也是一篇不錯的文章。

麥：但我重新審視了這篇文章，我覺得後來遇上老伯伯聊天的過程有些奇怪，突然就遇到了老伯，還十分健談，講述了很多故事，我認為這個處理需要加以思考，不過也可以考慮給予優異獎。

李：不過讓我在〈禾輋風景〉和〈竹編筲箕〉中選擇，我會選擇前者，起碼地點和風貌很踏實。現在優異獎其實已經選出來了。〈士多啤梨新地淺談〉、〈真心話大冒險〉和〈禾輋風景〉三篇文章，只需再選擇兩篇作品以防不時之需。

麥：〈蟒蛇的真相〉我認為可以列為後備之一。

黃：我推薦〈給自己的話〉也可以列為後備。

李：兩篇我也同意。

三、最後結果

冠軍 /〈舌頭〉

亞軍 /〈謎在謎面上〉

季軍 /〈回首〉

優異獎（一） /〈士多啤梨新地淺談〉

優異獎（二） /〈真心話大冒險〉

優異獎（三） /〈禾輋風景〉

後備 /〈蟒蛇的真相〉

後備 /〈給自己的話〉

散文高級組

評審 / 張婉雯、黃仁逵、樊善標

冠軍 /	出走記	張靜怡（香港）
亞軍 /	阿狗	黃　戈（香港）
季軍 /	語將亡	林芳瑜（筆名：副製品）（台灣）
優異獎 /	儲物櫃	張靜怡（香港）
	紫雨	魯一凡（中國大陸）
	十二號劏房	邱曉恩（香港）

* 優異獎排名不分先後

冠軍

出走記

/ 張靜怡

覆診那天，醫生告訴我化驗報告，我沒有患癌。

途經金魚街時，我高興得買了三隻巴西龜，二十五蚊三隻的小龜。

養了一個多月，總算相安無事，有一天晚上，竟然發生了一件（我自己覺得）驚天動地的事。其中一隻小龜不見了！

小龜平時放在玻璃魚缸，有時會放在大盤上散步。

但巴西龜是出了名大得快的。結果那個晚上快要睡的時候，我只是看漏了一分鐘，便發現盤中只剩兩隻龜。

我馬上關上所有房門，制限小龜的活動範圍在客廳。然後開展了我之前從未想過的尋龜之旅。

這家是祖母留下的，我們剛搬進來時是有裝修過，但之後沒有再大修過。而且住了三十多年，你能想像囤積了多少雜物。自我媽十多年前離家之後，一直沒有大掃除過。其實，她還在家時，也已經很少打掃。

我先在網上搜網友走失龜的經驗，發現這種事可不少。很多留言說能找回走失的龜，不過也有不少找回時已是乾屍。龜友說龜餓時會自己出來，但很不幸，我走失這隻很偏吃，是三隻之中最不愛吃的。要是走失的是饞嘴那隻或喜歡黏人那隻，我才沒有這樣怕呢。

綜合龜友所言，龜喜歡陰暗角落，多數是在牆角、櫃後面找回。我決定把我能搬動的東西集合在廳中心，盡量清出貼牆的地方。

成龜十天不喝水也可以，但幼龜只可撐大約一個星期。所以我只有大約七天時間。

把梳化豎直放，下面的塵厚得像鋪了一塊布，這次實在是一個很浩瀚的大工程！

多年前有個書櫃爛了，但一直沒有丟木板，是我家眾多覺得以後會有用、多年沒有丟掉的雜物之一。可以想像我家到底有多少雜物！但此刻木板真的大派用場了。我把木板橫架在房間的門欄，像新聞中受水災的災戶，家中的房門終於可以打開。浴室不能從外反鎖，索性中門大開。要是牠懂得自己找水源，已是萬幸。有網上龜友就是在浴室找回龜。我也到處放了小水盤。

接下來幾天，我不斷跟在我家堆積多年的雜物搏鬥。很多之前太懶一直未丟的、不捨得丟的，都一一被我送出家門。就算留在家中的雜物，也用垃圾袋包裹妥當，以便清場找龜。我也不敢把垃圾袋放在地上，怕牠在我看不見時會爬了進袋，而且在丟掉每一袋垃圾前，我都反覆搜清楚有沒有夾雜了龜。

弟弟多年前藏在角几下的日本 AV、十多年前的報紙、不見了二十年的書、小時候的玩具、小時候媽為我烘曲奇的模、媽少女時的高跟涼鞋，在這幾天都一一呈現在我眼前，讓我彷彿走進了時光隧道。

爸見我每天疲累力竭，勸我放棄，說這就是命。

三隻小龜中，牠最熱愛自由，不斷想爬走。牠臂力的確也是最好的，之前幾次成功爬了出來。我知道牠愛自由。在牠眼中，我應該是關起牠的怪物。但如果沒有水的話，牠會死的。

小龜只比一個硬幣大少許，之前我不願牠們大得太快，怕大了不可愛，現在倒希望牠們快高長大。很多網友會把 20 cm 的成龜放牠在家自由走動，龜還會抓蟑螂吃。我跟朋友說，如果長這麼大，就算走失了，我也不怕。朋友答，如果長這麼大了，就不會走失。

到了第四天，我已找得渾身酸痛，丟了七、八個大竹籮分量的東西。朋友問有沒有覺得家突然大了很多，我苦笑答：「很大，很不習慣」。

剛巧對面的鄰居搬走後，新業主把單位分割成劏房出租，業主身兼裝修，斷斷續續的裝修了大半年，那天碰巧他在裝修，我便拿了他電話號碼，說可能想租短約。他說裝修還沒有完呢，我答不要緊，我在打掃，只想放一會兒雜物。雖然財力很有限，但心中把心一橫，再找不到，便租三個月，把所有東西都搬過去。

我已沒有力氣，也沒有時間了。

我也不再把要丟掉的雜物搬到樓下的垃圾桶，而是學了這位業主，把雜物都放在走廊。

一層四個單位，兩個一邊，中間有一條不短的走廊，走廊兩端有消防用的防煙門，有很多空間放雜物呢。我把很多東西搬了出去，是可以搬回家，但要是被人搬走了也不會心痛那種。

走廊中有一種奇怪氣味。是因為天文台說過兩天會有颱風嗎？這樣空氣會變潮濕，對小龜更有利？但時間不多了，總之要快點找。

結果在小龜走失六日又七小時後，終於把牠找回。踏破鐵鞋無覓處。清掉廳所有牆邊位也找不到，我才開始在我睡房找，結果一找便找到了。找到時，牠滿身是塵，我也是。

小龜又被大魔王關起了。我爸看着，臉色高興又欣慰，說真是大難不死，這命是從鬼門關旁撿回來了。

幾乎七天沒有喝水，餵牠吃蝦乾也不肯吃，只是勉強吃了半條牠很喜歡的麥皮蟲乾。看着龜四肢垂軟，浮在水中，我爸又笑牠像浮屍一樣。

的確是有屍體，但不在我家。

過了幾天，爸說要去圖書館，過了一會兒，卻慌忙回來了。我問他什麼事，他也不答。過了一會兒，他才終於說道，原來住在斜對面的鄰居在家過身了，有警察在門前守着，勸人不要逗留。

爸又說，住在斜對面是那優雅的單身女鄰居。這時我才發現原來她住在我斜對面。這女士是我從小常碰見的。她衣着講究精緻，還會戴西式淑女帽。有時會在走廊或樓梯間碰見，雖然互不認識，但會微笑點頭，非常友善。

之後我爸終於去了圖書館，這時我一人在家，忐忑也好奇，便拿了一袋垃圾，裝作丟垃圾出去看，果然有很強烈的氣味，是我之前丟雜物在走廊時嗅到的加強版。隔着防煙門的玻璃窗張望，見一個戴了口罩的警員守着門口，地上鋪了黑膠布。

回到家中，愛自由的龜又不見了。剛才我在餵食，心急出去看看，現在龜倒在地上，馬上便找到了。不過雜物都清掉了，要是牠再走失，我也不怕。

謝謝小龜的出走，讓我丟掉一大堆之前不捨得丟的。自從我媽十多年前拿了錢離家出走後，我分不清哪些能丟、哪些不能，把她還在家時的舊物都留着，壞了的電器都沒有丟。這次正好令我下了決心。其實都是身外物，人生寄居在塵世幾十年，也不知道那天會像這鄰人一樣撒手塵寰，丟雜物要趁早呵。

我跟父親打趣說，將來我死了，也是差不多吧。我死了還會被龜吃掉呢。

窺看又不敢看清的結果是我晚上睡覺時夢見了黑膠布。

第二天傳來更驚人的消息。原來這位鄰居並不是女性。

管理員跟一些住客說起前因後果。管理員說直至之前她的兩個姪兒來找她，說是找叔叔，才曉得真相。她出身大富之家，但為了過自己想過的生活，跟家庭決裂。

昨天傍晚，她的一位朋友見她一直不聽電話，才找了上門。又說她病重，說了所有東西捐給慈善團體。因為不想驚動記者，所以沒有打九九九，而是打到地區警署。一個三柴哄到門邊嗅，說這氣味應該是出了事，但警方不能爆門，又召了消防，隨後先叫白車，確認死亡，才又叫黑箱車。朋友因為太傷心，也上了白車。

我到樓下花店買了一朵白玫瑰放在她門前。

「這麼貪靚的人，買白菊她會嫌老套吧？」我跟老闆娘說。

「真的很貪靚。」老闆娘黯然應道。是幾十年街坊了，老闆娘也很難過，又說她很好人的，來來回回為花加了幾次水，又收了友情價。

死亡無可避免是每個人最終的歸宿，但人生要過得無憾。

那一刻我忽然明白了我媽。

買龜回來的第一天，父親看見小龜，馬上哈哈大笑，問我：「你記不記得你小時候給龜咬？」

我立即答：「我記得，我還記得是你教我拉龜尾，害我被龜咬的。」

爸臉色劇變，連連答道：「是這樣嗎？我不記得了……不記得了……」

念幼稚園時也養過巴西龜，那時爸教我拉龜尾，害小龜怕得整天縮在殼中。我擔心，伸指頭進去摸，便被小龜咬傷了。過了一陣子，媽問我愛不愛小龜，愛不是擁有，而是要放他自由。

「別怪你媽，她是因為愛你才會丟掉小龜。」爸說他不知道媽把小龜丟到公園。

這十多年來，我心中不是不惱我媽的。比起我，她選擇了錢。

我未出娘胎，她便是我媽。

但她不是一開始便是母親。

媽也有她想過的人生。

龜有不同性格，人也各有志向。儘管我們人生目標南轅北轍，我此刻也終於明白了。人是要過自己的人生。

記一位優雅、勇敢又友善的芳鄰，願我能像她一樣不理會世俗眼光，過自己想過的生活。

（3000 字）

// 評審評語

張婉雯

含蓄的感情埋藏奇情有趣的故事中，穿插縝密，耐人尋味。唯全文最後一句略嫌畫蛇添足，情感過於外露。

樊善標

尋龜的細節異常豐富，帶出強烈的實感。但本文不僅訴諸感情衝動而已。尋龜而引出的情事，如易服的鄰居、拋夫棄子的母親，都有對比映照的效果。末二段直陳人生態度似嫌太露，回頭看全文的第一段，才發現那些想法不是由尋龜而來的。全力尋龜、同情鄰居，其實都是作者與絕症錯身而過的感悟，結構頗為巧妙。

亞軍

阿狗

/黃戈

我不清楚，如果阿狗還活着的話……

現在想起來，與阿狗相處的歲月，原來充滿了政治不正確。當初是姑媽家的狗生了一堆狗兒子，問我們是否有興趣收養一隻。我不知道這屬不屬於領養，畢竟阿狗沒有被遺棄，反而是我們硬把牠和母親骨肉分離。記得外婆家養過小貓，牠也生了幾隻貓兒子，顏色有黑有白，也有混和黑白，模糊的記憶中，似乎還有淡黃和奶白色的。大約在某天晚上深夜時分，大部分貓兒子都被送走了，一覺醒來，只剩下小黑一貓，老豆還問昨晚老貓有沒有吵叫。我們送走小貓，正如我們接走阿狗。

帶牠回家那晚，老豆發現沒帶鑰匙，請人開鎖其間，阿狗稚嫩的縮在一團被子圈成的小窩中，不時探出毛色未齊的腦袋，打量着這陌生的環境。我當然聽不懂狗語，也無法進行動物傳心，但我記得帶牠走的時候，牠母親還銜着牠的前手，嘗試微弱的抵抗。兩狗分離一刻，阿狗還輕輕地吠了幾聲。本來還安睡在狗母的窩中，就是這樣被我們帶到了家裏。

阿狗的取名也很奇葩，就一個歷史傳奇人物的名字：「方世玉」。我知道幫狗取某個人的名字，有點侮辱某人的意思。但當初就真的沒想那麼多。不過就午飯放學小休的時候，亞視上播着張衞健的《少年英雄方世玉》，老豆愛看，我也愛看。因為這套電視劇，我也被允許延後午睡時間。本來記憶都是不可靠的，我已經忘記收養阿狗是什麼時候的事了，但我記得電視劇是小一時播的，有這個支點，也就能推敲出阿狗是小一時來到我家的。

然後鄉下人沒有半點養狗的專業知識，和人一樣，粗生粗養。什麼可吃不可吃的，完全沒有半點概念。狗糧？哪有專門賣狗吃的店子？平時都是吃完飯，留一碟吃剩的飯菜給牠。而牠平時多數住在陽台，只有下雨的時候才放他進來避雨。我知道，我知道，讓牠吃剩下的食物、住在半開半遮的陽台，現在看起來是有點不妥，專業愛狗的人士自然也能找到一票子素材罵我，但還是那一句，十幾年前的小縣城哪有這種知識和意識？你真以為改革開放的春風吹遍華夏大地哦？到了九十和千禧年代，鄉下還是一副「要發展發展不起來」的樣子。

漸漸的，阿狗開始成長了，性情也熟絡了。我和老豆走進陽台，阿狗總是雀躍地半站起身子，等着我們摸牠的頭。放牠進屋子裏玩，牠也不四處亂走，就在我們身旁邊繞來繞去。當然所謂的「玩」，也沒什麼東西給牠玩。於是老豆決定帶牠到第三中學活動活動。

最一開始，我們都是抱牠下樓梯的，但其實要抱好幾層樓，阿狗又不斷地成長，體重愈來愈吃不消了。於是我們打算教牠下樓梯。其實也不是教，老豆知道牠會下樓梯，但牠不知道自己有這能力，於是叫我抱着牠，放到轉角處，等牠自己想辦法下來。一開始阿狗是不知所措，盯着我叫了幾聲，老豆讓我離開牠的視線，結果牠就無端跑了下來，也是打那時候起，帶牠去玩都不用先抱牠下樓梯了。

雖然說出去玩，老豆一到三中就躺在草地上，叫我和阿狗去玩。怎麼玩？跑圈圈。先是把狗繩抖一抖，阿狗就四腿輪動，跑了起來。以前我奔跑的速度其實跟阿狗差不多，阿狗發力着跑，我也全速地跟上，狗繩拉到直直的，一下也沒有掉彎過。後來我都直接放開狗繩，讓它跟我自己跑起來。跑到累了，一人一狗，心有攸同般躺在草地上，它張着舌頭，獨對晚霞如火。現在想起來，老豆真的「老謀深算」，這樣就能活動阿狗之餘，一併消耗我的精力，從而得以安靜下來，一石二鳥，一計人狗。

後來因為縣裏政策的關係，一般家庭都不允許養狗。迫於無奈，只好把阿狗帶到幾十公里外的阿公家。現在搞了什麼城鄉一體化政策，縣鎮都整合成統一行政區，而歸縣政府管。但十幾年前城鎮猶分的時候，政策推行相對獨立，縣政策未有下放到鎮上，和煙花一樣，縣裏不許放煙花了，過年總會到鎮上過足放煙花的癮。養狗也如此，這大概是當時最好的選擇了，聽老豆說，縣裏有幾戶本來養狗的，政策一改，都把自家的狗吃了。我是不太理解，為何會有人下的了手，朝夕相處，總有情感聯生吧？不能養了，就算找不到地方安置牠們，放生也比吃了牠們好吧？或許我不該這樣怪責他們，一來我不瞭解每戶的家庭狀況；二來，小縣城裏的人就真的沒太多人文關懷的概念，養狗或許出於功利性質，看個屋或防個老鼠之類。我很常提醒自己要理性看待還沒發展的小縣城，但是，很常提醒是因為我經常忘記。

老豆有一堆愛吃狗肉的朋友，估計老豆也不抗拒狗肉。記得他說過，狗肉的味道很香。我不確定是否算香。縣裏有幾間狗肉店，家附近幾十步的橋頭邊，就有一間，每次經過，那味道其實很奇怪，說香不香，但又不是不香，真不知道從何說起。自從阿狗來後，那些朋友就再也沒有到過家裏作客，帶阿狗出去玩，我和老豆似乎默有共識，總會繞過賣狗肉的店子。

我吃不吃狗肉？不吃！我是否反對吃狗肉？我也不反對別人吃。我不吃狗肉的理由很簡單，不是很聖母地說「尊重生命」，而是我和阿狗建立過情感聯繫，也是記憶的一部分，至少在那一段日子，我把阿狗當作一份子，牠不是寵物，也不是資產，更不是「可愛動物保護委員會」的受保護動物。因為阿狗，所以我不會吃狗肉，就這麼簡單，如果當初接來的是阿雞或阿豬，那我現在就不會吃豬肉、雞肉。

帶牠離開那天，剛出家門，阿狗一如以往地雀躍，在等去鎮上的車子時，阿狗不時地原地追着自己的尾巴跑。每次帶牠出去玩，牠就是這樣迫不及待地消耗自己的精力。大概牠真的以為是出去玩。

來到幾十公里的鎮上，交待完事情原委，阿公阿婆也很樂意接收阿狗。他們屋子後有個園子，園子中間以一條水泥小道分成兩半，一半圈着養雞，一半圍着種菜，阿狗就安置在近菜地的部分。趁阿狗還在園子裏玩泥巴，我們悄悄地關上了園子的門，很無情地，在阿狗不察覺的情況下離牠而去。當初是我們帶牠離開生母的小窩，現在又是我們帶牠離開已經熟悉了的新家。第二天悄悄地回阿公家觀察牠的適應情況，他們說，阿狗還算可以，只是有時半夜會吠叫，可能是隔壁家的狗的問題。得知阿狗過得還不錯，而我們又不是自古以來就是阿狗神聖不可侵犯的同伴，或許，阿狗會又有一個新家，正如阿狗當初到我家的時候。

阿狗離去後，老豆一時還不太適應，有時吃完飯，不自覺地留起一碟的剩菜，等回過神來，才想起阿狗已經走了。甚至說道，以前阿狗在的時候，老鼠蟑螂什麼都沒有。其實何止老豆，阿狗熟悉我家後，樓梯有陌生人的聲音，阿狗總是毫不留情地大聲喊叫，現在除了樓梯的陌生腳步聲，一切都有種不是習以為常的安靜。而每當走到樓梯轉角時，還是回想起教牠下樓梯的情形，總以為，阿狗只是暫時離開我們的視線。

我確定阿公阿婆有好好照顧阿狗。過了好一段時間，我們再度到鎮上看望阿狗。相較我們送牠到鎮上的時候，阿狗變得長橫了，體格有明顯的變化，一別許久，阿狗居然還認得我和老豆。由園子放牠進來，一如以前在陽台的日子，還是半站起身子，等着我們摸牠的頭。那一刻，我覺得牠會好好活下來，然後偶爾再去看一下牠，倒也還算不錯。

可惜「如果」沒那麼多，之後聽老豆說，牠誤吃了其他地方的有毒鼠餌，上氣不接下氣地癱在園子裏。那天大人們都圍在牠身旁，商議着處理辦法。記憶中，只有阿婆買了支葡萄糖回來，餵阿狗喝了之後，情況有所紓緩，等牠入睡之後，大人們也接着散了。再再再去看牠的時候，阿狗不在了，阿公阿婆說，牠去了其他人的家，正在好好地生活着。我當初選擇相信，現在我也選擇相信。那天之後，阿狗又找到了一個新家，是牠第四度的新生活。牠會好好的。

阿狗離去後，阿公阿婆又養了一條松毛大白狗，取了個很「鄉下」的名字——「來喜」。白狗就圈在阿狗以前的地方，之後每次去阿公家，都會特意去看看牠。很奇怪的是，來喜總能在這樣的環境下保持大致潔白的毛色，當然，稍微發黃沾塵，還是在所難免。初次見面，原本趴在地上的白狗有所警惕地站了起來，眼神透露着不信任。等見面多了，來喜也漸漸放下提防，尾巴也搖了起來。撫摸着牠的頭，牠也沒什麼太大反應，只是有點不耐煩地轉過身去。我是十多年前來香港的，來港幾年前，白狗就已在這裏了，所以應該還是小學的事吧！每年春節回鄉下，都會看一看來喜，牠一見是我，看了幾眼，便又轉身回去睡覺了。年復一年，盡皆如此。

直到大學最後一年春節回鄉，園子荒廢已久了，菜園和雞群早已消失，只剩下幾棵枝葉零落的老樹，白狗依舊躺在同樣的位置，孤獨地躺在同樣的位置。牠的樣子已經顯得很懶散無聊，聽到腳步聲，只是緩緩地轉過頭查看來人，就又轉過頭去。牠身上的毛色，已經大部分都泛黃了。牠以前是這樣的嗎？六月尾再回來，老豆問來喜去了哪，他們說都那麼多年了，來喜已經去了。經這一提醒，我才想起來白狗已經在阿公家待了十幾年。

阿公阿婆在我小的時候，每天都很勤勞地工作，他們就是很典型的中國人，其他事情理得很少，就日復一日地理着自己身旁簡簡單單、重重複複的事，如此就過了十幾年。以前自縣城回去看他們，晚飯總是有肉有菜，特別是那一道粉絲腐竹蠔豉湯，我一說喜歡喝，他們每次都會端上這道菜來。我一度以為，他們過得還算豐足。是有一次老豆心血來潮，在沒通知他們的情況下去看他們，才知道阿公阿婆，平時就只是吃一些青菜鹹蛋而已。我知道，我知道，如果是魯迅筆下的人物，他們確實像華老爺一家。但我不會說什麼「哀其不幸，怒其不爭」他們就沒有想那麼多，簡單而勤勞，這絕對值得稱許。

現在他們已經不再工作了，因為年紀關係，身子大不如前，老豆避重就輕地說是老人病云云。但他們在我面前，還是裝着一如以往當並不以往的樣子，還叮囑我在外面好好讀書，不用理也不用擔心大人的事。其實我已經二十五歲了，老豆還開玩笑說，他在這個年紀，已經是我老豆了。原來八十後是青春的世代，現在連九十後都有一半下了架，看着剛十八歲而青春風發的〇〇後，我在想，還有什麼是沒有在老的？我不幸是那一半下架了的九十後，也難怪你們要叫我大叔。

我雖然很常「單身狗」、「單身狗」地自稱，但其實一半的狗都活不到這個年紀了。我在猜想，阿狗年紀應該跟白狗差不多吧！我當然沒能力分辨狗的年紀，但白狗來阿公家時，體格就跟阿狗的最後一面差不多，如果來喜都已經走了，而阿狗那天又還活着，到現在也已經差不多了吧！

阿狗，還會活着嗎……

（3995 字）

// 評審評語

黃仁逵

文筆樸實。從童年時期拆散貓狗的家庭說起，人與狗都「粗生粗養」地成長着變遷着，成人世界的種種謀算亦不過是活着的權宜。老人們「簡單而重複」地活着，最重要的事似乎是親情，而對作者來說，死去的狗，無可替代。作者寫出了年輕人驚覺時光（帶同部分的自己）消逝時的不安。

樊善標

作者認為狗肉說香也可以，說不香也可以；不反對別人吃狗肉，但自己因為養了阿狗而不會吃。這幾句在全文中最可欣賞：富有實感，不流於概念。但結構和行文的瑕疵仍需注意。

季軍

語將亡

/ 林芳瑜（筆名：副製品）

在語言學中有個關於愛斯基摩語裏雪的都市傳說。

從一九四〇年語言學家沃夫指出愛斯基摩語裏有七個有關雪的詞語，到一九七八年變成五十個，滾到一九八四年時已經成一百個的大雪球。

謬誤之處在於第一，愛斯基摩語形容雪的詞語是多是少，取決於所指的到底是哪一種愛斯基摩語，尤皮克語還是因努伊特語？

第二，愛斯基摩人所用的語言是屬於多式綜合語，可以將詞語拆開，取出需要的詞綴拼湊成更精確的描述。數學家此時便會點點頭，若沒發現這個謬誤，他們可以想見二〇一八年的現在，愛斯基摩語的雪球已經像地球一般大，再過幾年也許就會像太陽一樣。她們像太陽的核反應，排列組合會衍生出源源不絕的新辭彙，直到全球暖化北極圈不再有冰和雪或是太陽死亡不再有核反應。

語言承載了文化的特性，跟着血液存活。愛斯基摩人的雪有正在飄下的雪、地上的雪、地上的雪、堆積的雪四種，就像設計師眼裏的紅有從凡人的粉紅到凡人分不清的胭脂、絳紫、酡顏、彤色。而台語就長在田野農作和豬舍魚塭之間，可是有些辭彙跟着田園長出高樓，就被深埋於地基之下。臥病在牀的外婆說着她彎着腰在豬舍裏工作的悲情故事，裏頭陌生的辭彙像或大或小的蟲蛀，我無從推測得知，偏偏小說一次出現，便已絕版。外婆在我聽明白她的人生之前，便無所爭的長眠地底而且不會再抽出新芽。

反觀我每每張嘴講台語，都能清楚感受到她生命的熱度從我嘴裏流逝。一是新創辭彙再也不會被翻譯然後流傳，二是隨着鄉村裏的老人一個一個失去記憶、語言能力和生命，她們也忠心耿耿的陪葬。

自明鄭與清治時期起，特別是渡台禁令開放後，中國泉州和漳州居民九死一生的翻渡海峽，閩南語跟着他們濕漉漉的腳步踩進台灣沃腴的土地。那些原本帶着各村落口音的閩南語在台灣聚攏後在有原住民語的土壤裏扎根，日文澆灌、荷語、西語為堆肥，於是孕育出我，台語茂盛大樹裏的一根小枝枒。

還記得我剛被劈下來插枝到城市的心情，我坐在教室的最後一排，陌生和恐慌攀附在我的肩上，我低着頭沒看前方黑壓壓的後腦，但我知道那些小腦袋各個都頂着一張新奇的面容，因為在被狠狠折下大樹前一個月，我也是這樣新奇的盯着講台上纖瘦的轉學生。住在純樸的小鎮裏，我甚至知道她是剛搬進兩條巷外的那一家人，當時我還支着下巴想像她從原本的小鎮和學校被移植到這裏的感覺，但就在我們對望後會搖搖手打招呼時，也在我長吁一氣慶幸自己不會是轉學生時，老師要我將用到一半的聯絡簿轉送給她。

沒提前讓我知道要搬家的母親就坐在我的身旁，守護雙手在桌下絞扭的我。老師呼喚我的名字，接着我受死般的站上講台自我介紹，身體在發抖，聲音也在發抖。那幾秒鐘的寧靜像漫漫十年，我能重活一次。老師清清喉嚨，要我看着同學，再說一次。即便我想盡辦法抬起頭，也僅能讓視線離開鞋尖落在第一排新同學的桌腳。

老師不是叫我說大聲點，而是叫我用國語。

車水馬龍的大馬路讓我常常躲在被子裏流淚，我想念孩童稱霸的平坦巷子，想念巷子盡頭賣剉冰的廟前廣場和後頭夜裏有蛙鳴的稻田，我們常比賽騎腳踏車去柑仔店買雞蛋，然後回到十字路口清算誰的蛋一顆沒裂；我想念打彈珠、鬥蟋蟀的涼爽騎樓，我想念鄰居和同學。雖然我如此想念在鄉村小鎮的日子，但我還是努力讓自已融入喧囂的都市，我改口不再使用台語，只因當時與我比較親近的小女孩某天突然皺眉對我說：不要再講台語了，我聽不懂。

這句話像我赫然得知會要被砍下大樹那天，放學鐘響後我立刻背上書包奔跑回家問母親，這是真的嗎？母親沒停下手邊工作，點點頭。那談不上傷害，就只是烙在腦裏，也深深扎進心頭，以致數十年後我白髮蒼蒼垂垂老矣，可能會忘了女兒名字，卻不會忘記我背棄了台語，連帶小鎮的玩伴和回憶被我拋棄的場景。

當父母帶着我離開鄉間小鎮，他們將關乎農務、自然的台語裝箱，搬移到都市的高樓，卻再也沒開封，而我便是被那些台語辭彙隔絕在外的後生，因我也一次傷透她的心，沒趁着我身上泥土和青草氣味未散，讓父母對着我多說些什麼。

偏偏女兒在國外長大，當她歪着頭問我：A的中文是什麼？B的台語怎麼說？C的德文妳會嗎？我都會想起我赤着腳跑到母親身邊，仰頭問母親，國語生字簿上的D台語是什麼的畫面。得到答案後，我通常恍然大悟的喔一聲，但下次看到一樣的字和注音，我還是難以連結那就是我認知裏的東西。於我而言，在小學打開國語課本的時候，便開始了我的第二外語。只是我未曾想過，當我有朝一日成為駕馭第二外語的能手、教導第二外語的高中教師，甚至是教導外國人的華語教師時，我的母語竟已像風中殘燭，而我就是當年背棄她，沒站在她那一邊的不肖子孫。

黃燈之下，暖被之上，女兒倚着我，細細短短的腿跨在我的腿上，跟着我的指尖共讀。可我喉嚨總像卡着魚刺，讓我的心隱隱作痛，若我當年任由同學的眉頭緊鎖，那現在用台語說故事給女兒聽會不會流利一點？

當我腿疊在父親擱在矮桌上的腳，斜倚着笑父親的蜘蛛總說成豬豬時，我應該要看見父親眼裏一閃而過的無奈和怨懟。當年他在學校的課堂上吃力得聽着老師鄉音極重的國語有多無奈，就像女兒在八竿子打不着關係的印歐語系聽着我的破台語一樣無所適從。

大航海時代印歐語系便曾在台語裏播種，成功長成細碎的單詞，像是來自西語的麪包 Pan、肥皂 Jabón 或是荷語丈量土地單位的甲 kah，日語更不勝枚舉，裏頭還有明治維新轉進日本又移株來台灣的英文，我還記得當初學英文讀到窗簾 curtain 時還笑了出聲，覺得親切溫暖。

可是父親兒時的台語卻被霸凌，我憑藉長輩們對兒時的敘述拼湊出畫面，黝黑細瘦的一雙腿赤着踩在砂土路上，直到靠近校門才將掛在脖子上的鞋拿下來，小心翼翼的拍淨腳底才穿上明顯太大的鞋，進了校門便收起與玩伴嘻嘻哈哈的台語，正經八百的練習用極重鄉音說國語，但是一個不小心脖子上掛着的就是一片木板，由右至左橫書：我不說方言。虛構畫面裏的木板不重，但我頭垂到胸口，離開學校後我站在不會說國語的奶奶面前，支支嗚嗚的交代學校發生的事。沒受過教育的奶奶不識字，只會看手中那支舊秤的刻度，藉此將底下的蔬果換成一分、五角的硬幣，此時秤抽在父親的背和腿上。從父親身體裏窺視的我不痛，但在看到奶奶從口袋裏掏出一枚硬幣時靈魂被絞緊，眼淚從現實世界裏的我流了出來。

語言為什麼不能像宗教一樣愈被打壓愈蔓生呢？從瘋王尼祿惡名昭彰的嫁禍基督徒縱火，接續不斷兩百多年的殘忍迫害卻讓基督徒像燎原大火直直躍然成為國教。可語言只會悄然離開，當她受到屈辱壓迫，她便跟着將她含在嘴裏怕化了的人閉上眼睛時，一同埋進土裏化作一抔泥。

後來我又與台語和解，正逢學校開始推動鄉土教育，而我應該在拿到河洛語課本時，就應該想明白那是一份沒押上日期的死亡證明，只是當時太天真，死亡離我太遙遠，我無從想像養育我長大卻又被我背叛的語言有一天會死掉。我嗤笑一聲把課本丟進抽屜，於當時的我而言，台語在血液裏，不在紙張上。

花東的原住民是怎麼想的呢？劉克襄曾開着車沿着花東縱谷奔馳，僅僅為了趕在火車抵達站前聽到國文、台語、客語和原住民語的到站廣播。我能理解他的瘋狂，當時鐵路局考慮取消原住民語的廣播，原因是多數的人都聽得懂國語了。劉克襄不以為然，反正多數的人都聽得懂也看得懂中文，何不取消國語的廣播。我投他一票。

幾次往花東旅行的車上，我也會在靠站時豎起耳朵聆聽原住民語的廣播，前頭一串咒語後會接着：巴哈惹幹，除了窗外的大山田野，每每這個時候，才能真的覺得自己到了神秘美麗的後山。我總想深山裏的耆老口裏喃念着母語，是否有皮膚黝黑光滑、大眼烏亮有神、笑聲爽朗澎湃的青年男女雙雙蹲坐在側，學舌般複誦？就像我總是說了一句話，後頭跟着一句台語，女兒用國語回答，我再教她一次台語，她像隻小鸚鵡努力仿冒出一樣的聲音。夜裏替女兒關燈後，我偶爾會想着是不是有誰也在為延續台語而努力？有沒有其他的媽媽會翻開書冊，為孩子用台語念一篇故事？

為了考取一張華語教師的證照我花了三年。第一次口說考試我只考了三十六分，但及格分數是七十。因此我找出問題的根源在於我的母語是台語，裏頭沒有唇齒音和撮口呼，更別說發音習慣上捲舌的差異，是中國北方人認為的吳儂軟語。經由一次一次學舌練習，我終於在第三年騙過評審老師，但我認可黃明志〈麻坡的華語〉的歌詞：語言沒有標準性，只有地方性。我在捲着舌頭反覆朗誦字詞詩句散文時，也會念念這句話苦中作樂。

我每每張嘴講台語都能清楚感受到她生命的熱度不比昨日，但我能感覺她流淌在我的血裏提醒我來自哪裏，所以我只能努力的、反覆的，將僅存於我身上的辭彙結成一段新枝，期待有朝一日台語不再是我和丈夫之間的小秘密，她能流進我女兒的血液，讓她知道，我們說同樣的語言、喜歡一樣的食物和文化，是因為我們來自同一個家鄉。

語將亡，不在我之先。

（3460字）

評審評語

張婉雯

從自身經歷反思語言之定位與自我身分，文風結合議論與抒情，寫來獨特而不失流暢。

優異獎

儲物櫃

/ 張靜怡

第一堂課取消了，改由班主任主持，宣佈了那個消息。

其實，在這之前，已經有消息，但聽見班主任親口宣判，還是有同學開始哭了。一個開始哭，陸續有其他同學哭，後來大半班都在哭了。有人飲泣，有人嚎哭。女校嘛，女孩子愛哭。高興時喜極而泣；傷心時悄然落淚。

但我不想哭，從書包掏出數學課本，開始做功課，過了十分鐘，只是草草寫了兩行，心思紊亂，什麼都算不下去，但拿着筆發呆總比胡思亂想好。

中一至中三都沒有調過班，中四開始分科，半班都是陌生面孔，幾個好友都在鄰班。

吃午飯時，速龍過來搭訕：「呀，怡姐，你真是冷血。死了人呀，你還能計數。」

開學一個月，速龍是我新認識的同學。她和我都喜歡看書，是一班同學中的異數，常常泡在圖書館，算很投契。但我實在不知道怎樣面對這情況，也不想跟她說剛才半條數都算不出，說出來好像很沒面子。

速龍是個奇怪的人，獨來獨往，說話和行路都又快又急，被其他同學在背後叫她速龍。我曾問她知不知這稱號，她笑嘻嘻的裝作速龍張牙舞爪。成年人也常常要介意別人眼光，她在這年紀就毫不介意，真是個異數。

但速龍自有自己的天地。大多數同學終日飽食，就算看新聞都只看娛樂版和八卦新聞，但速龍每天看政經新聞，在課餘又到餐廳做兼職。而且多數人還沒有想清楚畢業後做什麼，但速龍已立了志讀法律，還在自修相關的課程，又常常到大學圖書館參考相關書籍。

「我跟她不熟，只說過兩句話。」結果我只是這樣回答。

開學以來，這同學身體一直抱恙，請一天病假，上一天課，再請一天假，後來進了加護病房，便沒有再醒過來。聽說是暑假跟家人到東南亞旅行時染了病。整班同學一起寫心意卡、摺幸運星、摺紙鶴，但最終敵不過病魔。屈指一算，中四她只上過幾天課。她和我的儲物櫃相鄰，所以閒聊過兩句。因為地方淺窄，她和我不能一起放東西，只能一先一後。

「多多指教，我們以後要好好相處。」

「趕時間一定要出聲，讓趕時間的人先用？」

友誼剛萌芽，想不到轉頭就成了永訣。

我頓了一頓，問速龍：「她有兄弟姐妹嗎？」速龍跟她同班三年又一個月，知道的遠比我多。

「她爸媽只有她一個女兒，所以很慘呀。」

有同學在空書桌上放了花瓶，默默插了一朵黃菊。看多了日本電視劇，有時會看到這種場面，想不到有一天，竟然在現實看見真的。

過了幾天，班主任安排全班抽籤調位，空位不復存在。人生聚散，像洗牌一樣。吉蒂貓調到了我的正後面。

在中一、中二時，吉蒂貓是我最好的朋友。到了中二下學期，我們為小事吵了一場大架，最後不歡而散，之後便沒有再說過半句話，中三整年都形同陌路。現在坐得這般近，常常要前後傳東西，又有小組討論。舊同學都知道這事，但新的不曉得。

先是微微一笑，再東拉西扯，不覺便和好了。再搭兩個新同學，還會一起去吃午飯。

吃過了幾次飯，我們才說起之前的事。

「那時候我真的很惱你，不過其實我也有錯。」

「我的錯比你多。那次跳舞比賽，跟你通宵練舞，真是很高興。」

吉蒂貓有點欲語還休，說道：「過了會考，我會到外國讀書。不過，我們有可能再做大學同學。你要努力溫書。」

「嗯，我會，大家共勉。」

座位調了，但儲物櫃依舊。每次我到儲物櫃拿東西或放東西，心中都掀起一瓣金黃色的清幽，提醒我有位跟我同年的花季少女早凋了。

人生到底是為了什麼？

出生不是自己的意願，大部分的死亡也非意志能左右。

我和速龍一起去了葬禮。聽老人家說，年輕時常去派對，後來常去婚禮，現在常去葬禮。死亡第一次如此接近，我之前去的葬禮都是老年親戚的。大家都覺得很正常，只是守夜很累得瞓。為什麼今次我去的，會是同班同學的葬禮？

我開始明白，人可以問很多問題，但不一定有答案。

在回家的路上，司機開了收音機，電台節目在播流行曲，Robbie Williams 的 *Eternity*。其中一句歌詞是這樣的：「Youth is wasted on the young. Before you know, it's come and gone too soon.」

速龍聽了，說道：「Youth is wasted on the young. 這是蕭伯納說的。」

要是換了平日，我可能會跟她互拋書包，逞強回一句：「我更喜歡王爾德。他說，we are all in the gutter, but some of us are looking at the stars.」

但此刻，我忐忑不語。

千百年來，都是這樣。韶華荏苒，歲月從不待人。

為什麼我之前不隨便找個下台階跟吉蒂貓和好？為什麼我這般倔強？

回到家，弟弟兀自在打機。弟弟還是無憂無慮的小學生，臉偏圓而眼睛大，是個可愛的小孩子。媽媽在電腦前點算股票，專注得心無旁騖。贏錢時興奮，輸錢時沮喪。爸爸呢？如常不在家，總說是在上班。回家後也多數在房中。小時候父母都很疼我，夫婦融洽，一家人非常幸福，但後來漸漸常吵架，現在乾脆不吵了，年年月月日日分分秒秒都在冷戰。

成年人自有成年人的苦惱：家庭、婚姻、工作、事業、金錢、生、老、病、死。

少年十五二十，正是人生的過渡期。告別了黑白分明的童年，悄悄開展迷惘的人生旅程。看山不是山，看水不是水。後面是錯過了的時光；前路是未知的方向。雖然法律上還未成年，但人生選項開始接踵而來。為自己的抉擇負責任。人生可以有不同答案，端看各自眼光、毅力和際遇。

我知世上有星空，但王爾德後來還不是坐了苦牢，出獄兩年後便在貧病交迫中離世。

我現在豈止在坑渠裏，就算探頭看天，天也烏雲密佈。只覺說不出的苦惱，鬱結難抒。

成年人莊敬自強；就算有淚，也不輕彈。但是，我未成年呢。再倔強，也可以恣在年少，在心中安慰自己道：「再讓我放肆哭一次，過了十八歲，我便不會輕易流淚。過了明天，只要過了明天，我就努力讀書、發奮圖強。」想着想着，便躲到被窩中，肆意的哭了起來。

（2150 字）

評審評語 //

樊善標

過了童年，卻還未算成年，隱約感到大人世界的酷烈，「只覺說不出的苦惱，鬱結難抒」。本文出色之處正是捕捉了這種迷惘莫名的感覺。文筆成熟而不過於老練，恰和主題的情調相應，是我心目中本屆兩篇最佳作品之一。

優異獎

紫雨

/魯一凡

盛澤路上拆得差不多了，我聽他們說。幼時一直住在那條路上，前幾個月常坐的公車經過舊時的那所高中，是夜裏，學校黑漆漆的，紅磚瓦牆隱在茂密的樹裏，剩下玻璃窗隱隱泛出一點幽光，彷彿回到了多年以前。那個夏天我失誤落了榜。但我並沒有太難過，每天與同學約出去玩，好像這樣就可以逃避這件事，也讓我隱隱有一種希望，我還可以重新來過，還有別的選擇。事實上我並沒有別的選擇。一個人讓別人失望一次兩次那是失望，若一次次地這樣那就是絕望了。這條街上還有一個重點高中，從前比較親近的朋友都考進了這所高中。於是一條街上，穿着整齊校服的學生和耷拉着袖管染着黃頭髮的社會青年彼此相交着走在一起，在同一個廟會裏挑着當季最流行的日韓偶像貼圖和掛在筆袋上的小飾品，在同一個阿姨那裏打耳釘，去舊書攤挑着佈滿灰塵的日本漫畫，之後分道揚鑣各自回到各自的世界。那時候放學，我既希望每天朝另一個方向不被人注意悄無聲息地回家，又希望能朝那個人流攢動的方向一直走，一直走。大概是某一天的下午，舊友們約我一起回去看老師。我放得早，柏油馬路還是熱辣辣的，我坐在他們學校對面的車站。也是這樣靜靜地看着那扇黑漆漆的鐵門和紅磚牆，那個我喜歡的男孩子也在這個學校，以至於每次路過我都忍不住要看一眼這扇小門……樹蔭間都是蟬鳴，我有些昏沉就坐在椅子上睡着了。等我醒來的時候天色已暗，揉揉眼睛，校門口陸陸續續出來很多學生一前一後地簇擁着，看了很久很久，都沒有看到他們，更沒有看到他。其實等到了又怎麼樣呢？我要說些什麼？也許他對我來說已經不再是他本身，而是承載着我所有記憶與渴望的一部分。我就像一株已經完全乾癟的植物，哪怕只是看一眼對我來說都是養分。那天我等到很晚，後來是稀稀拉拉的幾個人，駝着背或者神色漠然地往外走。最後門衛拉起了黑色鐵門，路邊橙黃的燈一排排亮起來。我揉揉發酸的腿站起來，慢慢地往家裏走，走了很久很久才走進我家那個小弄堂，後面的女人把水潑得一下倒出來，有一點微微地灑到我的鞋幫上。我用餘光看了看那灘水漬，忽然眼淚就決堤一樣往外流。說不上為什麼，那一天就像一個分界線。那一刻我終於徹底明白了自己的處境，明白了人再怎麼樣也拗不過命。

弄堂上矮矮的瓦檐沉沉地壓下來，第一次發現它離我這麼近，而我與那個潑水的女人也離得這麼近，我不用回頭看也知道她的嘴角是怎麼樣的形態，她臉上的痣和褶皺，她頭髮被燙枯的樣子。「大學生回來了。」鄰居阿舅跟我打招呼，他從過去就一直這麼叫我。「欸。」我躋身過去開門，聲音融進街坊鄰里的各式炒菜聲中。

那座快把鞋子磨破的弄堂知道我的一切，前兩年那個房子終於拆遷了，舅舅拿到了幾百萬的補貼，母親為了避嫌早早地就把戶口遷走了，動遷與我們是一點關係都沒有了。十年來她從沒介意過嗎，我不知道。

在我七歲的時候，外婆已經什麼都不會做了，不會吃飯大小便也不能自理。凡是想像到的人能服侍的事母親都做了。她總是相當暴躁，一邊餵飯一邊罵她，手不要亂動！偶爾讓其他人幫忙照看一下，總又忿忿不平地接了回來。一邊給她擦臉一邊罵道，良心都被狗吃掉了。交給他們怎麼行啊。罵完又調轉過頭大着嗓門把東西往外婆嘴裏塞，你倒是吃呀！

大部分時間那個老人就坐在沙發上，目光頓頓地往前看着我，她一直把我當成我母親，叫我囡囡，我說我不是你囡囡。她就不說話，還是定泱泱地看我。

那些勞作的，繁複的日常已經太久，每一天都能孵化出無數的又單一的事情可說。疊加起來的厚重的勞力，日復一日地壓榨着這個家庭，但哪怕重新再過一次，也沒有選擇。我已經快忘記那些時日，只是有一個夏夜，像是某種跳脫出來的新鮮動態。她人軀在水池前，搓洗的動作讓那件玉色的新衣服微微顫動，袖口繡着白色花紋，花紋的暗影隱隱從池子邊透出來，墨黑色的一小簇，下一秒就被水沾濕了。

母親那天好像是接到了某個出遊的邀請，辭職以來她一直都留在家裏勞作，幾乎沒有什麼社交活動。那個阿姨要和她去蘇州玩，一早她就去金陵路上燙了頭髮，回來又從櫃子裏挑了好幾件衣服，在我面前倚了倚，囡囡，哪件好看。胖了。她摸摸肚子。她甚至去找了找從來不用的珍珠項鍊和耳飾，一邊帶一邊笑說，誒喲太久不戴耳洞都堵住了。那天三四點剛過她就給外婆擦了身，換了乾淨的衣服。把家裏的衣服收掉疊好，一切打點妥當她便提早燒了晚飯，吃飯的時候她笑着說，上一次出去都不知道什麼時候了。吃完飯母親利索地洗了碗，終於換上那兩件新衣服，塗了點口紅。好了，她攏攏頭髮，臨走前又跟我和父親交代了一頓，這兩天你們要多關照一點了。她話語間還帶些愧疚似的，然後她穿好鞋子，皮鞋的跟在陳舊的木地板上發出咯咯的響聲。就是這個時候，外婆突然從裏屋站了起來，搖搖晃晃地要跌倒了，母親鞋也來不及拖，蹬蹬蹬地衝進去，把她扶起來，發現已經拉了一褲子。母親從來不會在夏天給她墊尿布的，我知道，她心疼尿布又悶又厚，怕她的母親難受，況且她訓練得很好，上廁所前一般也都會發出聲音叫喚。我們扶她站起來，她身上已經一塌糊塗。帶着珍珠項鍊的母親半扶半背地把她移過來，才十幾步路的距離，感覺走了半個世紀，白上衣隨着身體顫動着，她的頭髮已經被弄亂了一些，她着急地去拖外婆的褲子，拿毛巾浸水去擦，沒多久衣服都已經濕透了。

「好了嗎，還想上嗎？好了我們就起來，給你洗個澡換乾淨衣服。」外婆沒有回應，用手拉着褲子不讓母親換，到後來母親的語氣幾乎是急得哽咽了。老人囁嚅着坐在馬桶上怎麼都不肯起來。母親不停地看着時間，問她：「好了嗎，好了嗎，我們起來好嗎。」但是沒有用。她拉着外婆的手，問她感覺怎麼樣，問着問着聲音愈來愈低，最後她搖動着外婆，搖動着，低下頭，房間裏募得裂開一聲悶悶的飲泣聲。這個聲音並不大，卻像悶雷一樣炸在這個狹小的老舊的房間裏。那哭聲像細線一樣纏在我的心裏。她去不成了。我知道。她放棄了。

以後，甚至永久，我都忘不了那個夜裏她蹲在半褪着褲子的外婆面前，拉着她的手一邊幫她擦身一邊哭泣的情景，那個近乎於哀求的蹲姿，不是在哀求她的母親，也不是在哀求任何人，是在哀求命運。

為什麼，多少年了我就這麼一次，為什麼要這樣……她的聲音像粗糲的岩尖一點點在我的胸口磨動，房間裏的臭味，散落的鞋子，還有那個哀哀飲泣的哭聲，一點點填滿了感官的空隙。這個時候父親開口了，好了不要哭了，這種事有什麼辦法呢？母親先是頓了一下，聲音慢慢變小了。她站起來，慢慢地拖了鞋子，拿掉項鍊，把頭髮用皮筋扎起來，洗了個手給同學打電話，把髒褲子髒毛巾放進盆裏，打開水龍頭搓洗。伴着噼哩啪啦的水聲，哭聲混着水聲重新在這個房間裏暈了開來。那和剛剛的不一樣，不再是爆裂開的悲泣，而是一種低沉，更為絕望的哀哭，那個聲音細細綿延出長長的尾聲。她的新衣服已經全毀了，邊線上的花骨已經皺在一起，被水一透，像是暈成了水墨的模樣，隨着她搓衣服的身體慢慢搖晃。

連哭泣的時候，都不能停止勞作。

後來母親真的再沒有出去過，甚至連聚會也幾乎沒有，她每天都留在家裏，做着她認為自己該做的事，手腳麻利又脾氣暴躁地把家務事都打點好，不麻煩任何一個人。她的心，她的希望在那一天已經死掉了。死掉了，就不會復起，就徹底接受了命。偶爾想起來她曾在鏡子前歪着頭戴耳環的樣子，那個樣子就這樣留在了那個夏夜。

大概是外婆去世以後，很偶然看到一篇陳平的散文，講她念小學的時候，一日夜裏她聽到母親說要去同學會，她這才發現原來她整日操持家務的母親也是上過學的，愛看《紅樓夢》和《呼嘯山莊》，在學校籃球隊打的是後衛。她們擬定那一天先去一個同學家裏匯合，再換成大汽車去碧潭。為了這事母親在大伯母面前低聲下氣了好幾次，大伯母一次都沒有搭理，但是母親非常堅持。那天下了大雨，母親來接她們時有些遲了，穿了一件暗紫色的旗袍和高跟鞋，懷裏抱着兩個大鍋，盛着半夜爬起來做的紅燒肉和羅宋湯。雨愈來愈大，因為顛簸，羅宋湯的湯已經滲透到母親的旗袍上，那個好心的車夫在雨裏拚命地朝前奔，好不容易一排排樟樹在傾盆大雨裏出現了，路的盡頭他看到了那輛草綠色的大軍車，車夫更快地在雨裏衝，結果那輛汽車看沒有人再上，關了門，噴出黑煙便緩緩開動了。她母親整個人都傾在前面，雙手牢牢地捧住那鍋羅宋湯，在雨裏發瘋一樣狂叫起來：「── 魏東玉 ── 嚴明霞，胡慧傑 ── 等等我 ── 是進蘭，謬進蘭 ── 等等呀 ── 等等我呀 ── 」她一直叫，一直追，最後車子一個轉彎，終於失去了蹤跡。那個叫喊到今天，都好像透過薄薄的紙頁一直喊了出來，等等我，等等我呀……那時候我幾乎聽見了母親的聲音，她們的聲音重合在一起，在雨裏撲簌簌地敲打在地面上。陳平說母親倒在三輪車的靠背上，噯了一聲讓車夫轉頭回家，一句話都沒有說，到家以後又趕緊給他們換上乾淨的衣服，燒了熱水，換上家居服，脫下那件旗袍。那條甜蜜的通向遠處的道路，最後一個可以奮起抓住的尾巴，自然地，轉瞬間地從眼前溜走了。就和平常的其他事一樣。在那個暴雨裏的三輪車上，孤注一擲發出最後的淒厲的喊叫，傾身向前的，不只有她的母親，我的母親，更是無數個這樣的女人。她們的命運和未來在某個時刻已經被定格了，哪怕做了所有能做的事，最終還是那一場空，連怪罪的對象都沒有，哀求的對象都沒有。她們被折騰了太久，以至於命運沉沉降臨的時候毫無知覺，但即使知覺了又如何，手中也沒有可以對抗的武器，只能那樣叫着，等等呀，等等呀。那些等等呀之後，終於迎來最後的繳械，對時間，慾望，未來的可能性，以及人世尊嚴的繳械。那是無數人的過往，也是無數人還未歷經的未來。隔了數年我再把這本書找出來看的時候，已經沒有了當年那種幾乎鑽心的，無聲的絞痛。像是站在旁邊看着火燒房屋冷眼旁觀的路人，最終不都是那樣嗎。就算燒起來也會被澆滅的，受傷的，痛苦的，也不過是人世間不會被在意的某個瞬間。好似驗證了浸透在絕望中，時間久了也就沒有感覺了。等等呀……好多年前，我也曾那樣無聲地叫着，最終還是看着它拐了彎，從我眼前徹底消失了。

即使說起來，也不再有痛苦了。

（3962字）

評審評語

張婉雯

寫照顧者的心情、女性的委曲，命運的殘酷，三者糾結，讀來有沉痛之感。

黃仁逵

平靜地，不帶喧嘩地，有聲有色。從少年時代的失落與忐忑到其他人的。讓人難過的事過去了，不外如是。三甲之選。

優異獎

十二號劏房

/ 邱曉恩

「老闆，幫我劏了這魚。」肥腫的指頭一劃，那條自得其樂的魚還來不及換氣，便被撈起了，是有天賦的泳手沒錯。牠吸吮魚販手套僅餘的水漬，狼狽得不斷張合嘴巴，全身倒豎。魚販拿起刀，刀背一拍——牠昏過去了，「你看，刷得很乾淨的。」他又刨又刷的，殷勤地把牠全身鱗片刷下，隨即拿刀朝魚肚切，不消一會兒，那條魚就劏完了，裝進兩個紅膠袋，跟師奶走了。

「阿妹，你想劏哪條？」魚販的話把一時陷入沉思的我拉回，「我不用劏魚，這兩個魚頭。」他順着我示意的方向望去，把特價區的那一盤魚頭倒了出來，哐哐哐，今晚的「梅菜蒸魚頭」有着落了。

「大佬，你擺明劏我啦。」正當我急步趕回家，又目擊一場深水埗的「例行公事」。戴着講機的推銷哥哥今天似乎過分了些，前天標價「一百八」的廚房刀，現在卻要「二百八」，難怪知道內情的師奶們會如此生氣，只是劏雞鴨鵝而已，再鋒利也不會這麼貴。「稍安毋躁，誤會誤會。」綠燈了，之後的對話我聽不清。我徑直往前走，不敢再放慢腳步，不然我就沒廚房蒸魚頭了。

*

二十八歲，信箱幾封紅色炸彈並沒炸亂她的生活秩序，「得之，我幸；失之，我命。我不焦急。」她一直這樣給自己安慰，只不過是那幾個燙金字燙腦筋幾下，待一陣子便好了，他們是怕冷，才急於找冬天替自己蓋被子的人，這話在她邏輯裏是沒錯的。

褪下白襯衫黑西裙，敞開的行李箱衣服都溢了出來，也沒瞟一眼，她隨意套上亮得刺眼的黃色T恤。「倏」的一聲拉上鍊，她不期然腳一蹬，行李箱便再次滾回牀下。房內除了行李箱，四層膠抽屜、「跳樓價」煲和一支空氣清新劑便是其餘的擺設，東西雖少，在這個僅數十尺的空間卻顯得飽滿。地方很狹窄，在搬到這裏前，對「劏房」的報道都是「姐姐倒趴在牀做功課、弟弟在旁睡」、「站着轉個圈也不行」的描述，如今能在房轉兩個圈是其中一件讓她覺得可幸的事。偶爾從門縫瞄到隔壁黃伯伯的房間，滿地的汽水罐、舊電器和一疊疊紙皮，由初期「楚河漢界」到後來的大混戰，每次想起，更慶幸自己有較大的活動空間呢。

在牀上盤起腳，她靠在掉灰沒那麼兇的那面牆，回想自己今天上班又做漏哪些事情。好像是沒為上司端上「順便買的」新鮮出爐蛋撻，沒問候他爸爸舊患好些沒，也沒留意他換了「優雅紫」還是「經典條紋」的領帶。對啊！鄰桌的小妹肯定會是個好女朋友，這些她都做了，心思比她細膩，都順便把上司照顧好了。住深水埗的「劏房」，昏暗、狹窄的環境在她預測之內，作為一個剛投身職場的人，若沒本事討好上司的話，似乎就注定與無限加班、「服勞役」畫上等號，也不出她意料。她微微側身把衣服口袋的隨身記憶體拿出，駁上大腿間的手提電腦，繼續日間的工作。

一點多，完成了最後的校對，她挺直腰板，雙手合攏伸了個大懶腰，慢慢向牀邊挪動身子，不敢有大動作。這個舉動有個緣故。半年前，她和行李箱入住了一個位於走廊盡頭的「劏房」。除了隔壁半夜吐痰出窗的黃伯伯、對面房不懂拿捏煮食分量的方太太，和她最親近的便是房內的木蝨。她是個怪人，頭一回掀起牀褥發現一大窩木蝨，即時拿出電話，不是按房東的號碼，她把頭湊到木蝨前，把它們拍下來，喃喃自語地說些「有意思，有意思」的傻話。

她覺得自己的房間「劏」出了兩個地盤：老練的木蝨和稚嫩的她。木蝨老早就佔據了牀尾，睡覺的時候，她會捲曲身子來避開它們。有次發了個惡夢，她使勁蹬脫了被子，兩腳伸直，撞響了牀板。她霍地坐了起來，端詳一下牀尾的動靜，確認沒有壓死一隻木蝨，才睡去。方太太曾經請纓要幫她除木蝨，她也拒絕了，好像是因為「它們比我先入伙，這樣做於禮不合」。

她似乎不懂得什麼是寂寞。畢業後，幾乎絕跡於同學的社交活動，從公屋大家庭搬出，極少給家裏致電。剛好碰上在「劏房」過的第一個聖誕，她擁着厚實的棉被，捲在牀上像隻繭——這是對面房的方太太一打開門看見的畫面。

「阿妹，我煲多了湯，妳要喝嗎？」她抬頭見到的，那張過半百的臉，笑容沒舊過，還是像過往好看。

「西洋菜煲豬脤湯嗎？」她笑着問。

方太太眼睛轉了一轉，「你怎麼會知道？」

「太香了。」她說罷，便站了起來，接過方太太的碗。這半年來，她都喝了十多款湯，她知道方太太並不是真的不會拿捏湯水的分量，只是想她喝得安心，不要有「打攪人」的心理負擔。她也不說感激，不想給負擔方太太。

*

「從我每天甦醒的第一個呼吸起，除了拚命工作，確保每月進帳過萬，我別無選擇。這是我生活在這個城市的成本。」

半年過去，「劏房」的生活總算還過得去。初來報到，除了每天走上六層樓梯覺得累，夜晚的腳步聲混雜着爭吵聲，「想睡」、「不能睡」的意識拉扯才是最令人疲憊。眼定定看着天花，總覺得那幾塊快剝落的石灰，脆弱如腳皮，我必須合上嘴巴才不命中。看的日子長了，那幾塊不斷擴大的腳皮愈看愈順眼，有一晚，它們竟然比酒店的水晶吊燈還要特別，有雜誌上「桂林鐘乳石」的韻味，那刻我被這個瘋狂的想法嚇壞了。

「劏房」跟普通的房間差異不小，在這裏的奇遇也不少。六樓的「劏房」一共有十二戶，電插座只有六個，十二號房挨着上一個號碼的房間使用，隔壁黃伯伯的房間。我和黃伯伯，是「拖把」跟「電插座」的關係，很容易接觸不良。睡不着的時候，拉開牆上那塊自紅白藍膠袋剪下的「窗簾」。二十厘米寬的窗便露了出來，是個正方形的窗，不要企圖探頭出窗，很容易卡住頭的，幾個月前八號房的肥師奶試過了，我沒在場，方太太告訴我的。

她也告訴我，黃伯伯很容易生氣，讓我別去招惹他。房間與房間只隔着薄薄的牆，要知道隔壁的動靜不難。我知道黃伯伯很早睡，他的鼻鼾打得非常的均匀，足足有三秒拉長，忽地停了幾秒，再繼續，每晚準時十一點響起。房內空氣一直不流通，是很侷促的、悶熱的那種，有次放了個屁，臭了半小時還沒散去，所以要經常揭開窗簾散散氣。發現黃伯伯吐痰出窗的時候是一個放屁的晚上，我貼近窗呼吸街外的空氣。殊不知，右邊傳來「刮吐」的一聲，嚇得我往後退撞上牀板。「誰啊？誰？」很渾厚的聲音，很兇。

我以為他不會猜到是我，不過有次回來時跟他打了個照面，他一直盯着我看，我心虛得汗毛都倒豎起來，禁不住身上一陣陣的寒慄。我明明把方太太的話擺在心，怎麼會這樣。自那以後，每逢趕工作時，「噠噠」的鍵盤聲此起彼落，正常不過啊，他卻拍門讓我細聲點，別礙着他休息。「喔。」我簡短地回了他，也不試圖去說更多，因為我知道被人打擾是令人惱怒的，像我打擾了他的「刮吐」。

「媽，有什麼重要事嗎？」我稍一頓，猜想這個凌晨一點多的來電原因。

「沒有，你搬出去三個月，我還沒上去坐過呢。」

「沒什麼特別，還不是普通的公寓。」

「拿湯給你和同房好嗎？」

「不用了，他比較孤僻，不喜歡被打擾。」我壓低聲音答。

「媽，你好好看着弟妹，我月底再回來給你家用。睡了。」說罷便掛斷了。果然，黃伯伯又來敲門了。

從方太太那裏，聽過不少黃伯伯的事，雖然十一號房只有他一個，像是典型的獨居老人，然而他有兒有孫。方太太上次在樓下還見過他的孫兒呢，不過好像沒有上來坐，讓方太太白探頭了半小時。頭幾個月，黃伯伯沒給過好眼色我看，我不介意，有時還會主動跟他打招呼，慢慢地，他遲疑地向我點點頭。

「你將來也會變得像我的。」黃伯伯跟我熟稔後說得最多的一句話，我似懂非懂地把這話理解成「像他一樣疼愛家人」的意思，他這番語重深長的話，我一直沒忘，即便我後來搬出了「劏房」。

（2914字）

評審評語

樊善標

基本上是劏房眾生相，但不輕率地因襲流行的看法，人和事都有生動妙趣的刻劃，判斷卻含蓄而審慎。是我心目中另一篇本屆最佳作品。

評審紀錄

評審 / 張婉雯、黃仁逵、樊善標

日期：二〇一八年十一月二十三日

時間：晚上七時至八時三十分

地點：香港中文大學伍何曼原樓 401 室

出席者：張婉雯（張）、黃仁逵（黃）、樊善標（樊）

主持、記錄者：陸芷晴（財務秘書）、梁啟圓（外務秘書）

一、決審稿件名單

編號	作品名稱	張婉雯	黃仁逵	樊善標
015	「世界」隨感			○
018	十二號劏房			○
036	喝冰黑咖啡的老師	○		
037	阿狗	○		
042	片刻的星光	○		
045	幻海奇情			○
046	外快小事			○
077	家長日返工的陌生感	○		
080	長大後的動物園			○
084	蟬			○
087	西環歲月	○		
102	語將亡	○		
106	文字還能感人	○		
151	儲物櫃	○		
174	記憶之旅		○	
181	外面的世界		○	
182	紫雨		○	
184	出走記		○	
199	諸我領地		○	

203	宮爆肉的味覺故鄉	○
248	沒有蝙蝠的城市	○
263	高老頭快要死了	○
270	蘗香	○

二、評審過程紀錄

第一階段評選：由樊善標先生提議，評審先從決審稿件中選取各自較為心儀和一般心儀的作品，收窄範圍，再作進一步討論。

張婉雯

較為心儀：〈喝冰黑咖啡的老師〉、〈阿狗〉、〈語將亡〉、〈文字還能感人〉、〈高老頭快要死了〉

一般心儀：不適用

黃仁逵

較為心儀：〈紫雨〉

一般心儀：〈阿狗〉、〈外面的世界〉、〈諸我領地〉、〈宮爆肉的味覺故鄉〉、〈沒有蝙蝠的城市〉

樊善標

較為心儀：〈十二號劏房〉、〈儲物櫃〉

一般心儀：〈「世界」隨感〉、〈蟬〉、〈語將亡〉、〈記憶之旅〉、〈出走記〉

〈十二號劏房〉

樊：人事、眾生相特別，有吸引力，沒有誇張煽情，而是壓低語調寫，頗為觸動。

〈喝冰黑咖啡的老師〉

張：以喝咖啡刻劃老師形象，頗新穎。

黃：對比牽強，以咖啡喻題，只是寫作工具，不見「一名有經驗且愛喝咖啡的老師」之間的邏輯關係。

樊：借物言志，咖啡只是寫作的元素。

〈阿狗〉

張：以動物作為切入點頗特別，由童年回憶拉近至當下，情感真摰，但語言略嫌直白。

黃：「我」把阿狗送離家後的耿耿於懷，距離把握得好。書寫成長過程中生存地方的變遷或轉換，平淡樸實。惟結尾寫自稱「單身狗」是有其用意，還是畫蛇添足？

樊：細節具體，有真實感，但結構不夠心思。

〈蟬〉

樊：知識小品的寫法，從三個方向切入，結合古老知識，有趣味，但某些地方思路混亂，例如螞蟻和蟬一章，哲理或有矛盾之處。

〈語將亡〉

張：從語言學的傳說到母語，反思語言定位與自我身分。

樊：題材特別，有知識性，行文大致流暢。

〈文字還能感人〉

張：題材頗特別，行文中加插詩作，情感真摯。

黃：太多引用，欠缺個人觀點。

樊：詩內容寫初為人父與兒子滿周歲，與主題無密切關係。

〈儲物櫃〉

張：文字處理略為粗疏。

黃：距離交錯落空，頗觸動人，但整體有點散。

樊：題目吸引，製造懸念。以淡然語調寫同班同學之死，思想成熟而不老練，文筆不俗。

〈外面的世界〉

張：感情有點「假」，第二段幻想太過，而第四段的成語也略嫌生硬。

黃：太拋書包。

〈紫雨〉

張：寫女性照顧者的經歷，能體察為親情所困的苦楚和心理負擔，讀來沉重。

黃：簡練，氣氛濃。

樊：可在前面寫得更明白點，事件塑造不夠清晰。

〈出走記〉

張：前半部分線索隱蔽、拿捏不足，但故事驚奇，有趣味。

樊：敍述者處境特別，先寫尋龜與虛驚一場，而後牽引出鄰居和母親過往的某些抉擇，有複雜的對照效果。惟文章最後直陳從中悟得的道理，有點突然。

〈沒有蝙蝠的城市〉

張：沒有「抖氣位」，信息過於密集，看不到之間的關係。

黃：寫得專注、沉重。水漂打得既遠且近，漂亮。

樊：從朝鮮邊境的景物憶起故鄉柳州，兩者之間只有景物相似，光與暗有對比但不知指向何物，沒有表象以外的聯繫。

第二階段評選：評審選出各自的三甲人選。

張婉雯 / 〈阿狗〉、〈語將亡〉、〈文字還能感人〉

黃仁逵 / 〈阿狗〉、〈紫雨〉、〈沒有蝙蝠的城市〉

樊善標 / 〈十二號劏房〉、〈儲物櫃〉、〈出走記〉

編號	作品名稱	張婉雯	黃仁逵	樊善標
037	阿狗	上	上	中
102	語將亡	上	中	中
151	儲物櫃	中	中	上
182	紫雨	中	上	下
184	出走記	中上	中	上
248	沒有蝙蝠的城市	中	中上	下

結論：從〈阿狗〉及〈出走記〉之間決出冠軍；從〈語將亡〉及〈儲物櫃〉之間決出季軍，〈紫雨〉和〈沒有蝙蝠的城市〉為優異獎。

三、最後結果

冠軍 / 〈出走記〉

亞軍 / 〈阿狗〉

季軍 / 〈語將亡〉

優異獎（一） / 〈儲物櫃〉

優異獎（二） / 〈沒有蝙蝠的城市〉*

優異獎（三） / 〈紫雨〉

候補 / 〈十二號劏房〉

* 經委員會審核，〈沒有蝙蝠的城市〉被發現曾經發表，故依據賽規取消其參賽及得獎資格，最後由〈十二號劏房〉獲得優異獎。

小小說公開組

評審 / 袁兆昌、殷培基、謝傲霜

冠軍 /	高智能方程式貨車	布正峯（香港）
亞軍 /	祖孫	林　櫳（中國大陸）
季軍 /	作文題目：愛	朱嘉榮（香港）
優異獎 /	同業	盧卓倫（香港）
	人工智能	芮　賓（中國大陸）
	飛角魚	謝冬瑜（香港）

* 優異獎排名不分先後

冠軍

高智能方程式貨車

/ 布正峯

兩輛汽車正要由西往東、先後橫越人來人往的十字路口，南方一部貨車駛近，開始計算前面兩部車的 F 類函數。

領先的跑車 PSGear 2040s+，汽車生物鑰匙顯示，駕駛者謝鋒，三十歲，上市公司網龍國際行政總裁。客座生物認證，車上還載着張宜。稅務局數據分析，兩人直接供獻 GDP 三千萬，間接供獻十億，按年上升約 33%。政府統計署資料庫，兩人已婚，育有一女，男方母親、女方父親健在，照顧孫女。教育局 Websams 提供，女兒在區內名校念小一，操行和學術表現 A 等。社交軟體數據分析，家庭成員每人每天平均短訊 16.35 次，正面詞彙和 Emoji 使用頻率為每百字 4.58 次，負面的為 0.21 次，家庭關係良好系數 88。函數值 73，標準分 3.8，處於區內第 0.01 百分位數。

落後的輕型客貨車 BiGWALL V23。駕駛者為陳大文，四十歲，冷氣工程技工。車上沒有乘客。有傷人紀錄，頻繁轉換工作，供獻 GDP 低於四十萬。獨子，單身。家有一母，有頻繁出入醫院腫瘤科紀錄，主要靠兒子供養。沒有連續一星期以上與女性通訊的紀錄。智能綜合分析，四十歲、月入少於三萬、沒有物業、中學畢業、無穩定交往的異性，陳大文生子的機會率低於 5%，估計二十年後家庭供獻 GDP 近乎零。函數值 20，標準分 -0.7，處於區內第 78 百分位數。

貨車煞車系統徹底損壞，無法減速，攔腰撞擊的話，謝鋒或陳大文勢必一命嗚呼，因而啟動了 F 類函數。本來貨車要直駛撞向 PSGear，現在卻硬生生左轉，大公無私地撞去函數值最低的 BiGWALL。陳大文聽到貨車急轉的輪胎高音，察覺大禍臨頭，一雙怨憤的眼睛，不禁望望後鏡的科網才俊和他的秀慧太太。陳大文最恨該死的功利主義。

但見貨車左轉的幅度愈來愈大，似乎又撞不到陳大文。原來，貨車在剎那間以人臉辨識，認出更左邊一個函數值 18 的老婆婆，預測路徑，打算從人群中安全地只把婆婆輾過。陳大文一生鮮有受到功利主義的眷顧，此刻也投向它的懷抱。

就在此時，遠方醫院腸胃專科的化驗報告出爐，確診陳大文患了末期肝癌，可能是遺傳了媽媽的癌疾基因。醫生這邊廂按「Enter」更新病歷，那邊廂貨車立即把陳大文的函數值下降 10，車頭再轉！ PSGear 股價升 10%。

（812 字）

袁兆昌

決選討論尾聲，此文三甲不入；謝傲霜提醒尚有一篇可考慮。誰料「滄海遺珠」在這賽道上「逢車過車」超前奪冠。

此文以八百字篇幅運用大量數目字，乍看似無意義，略過了，是疏忽；再讀，原來小說所寫「生物認證」系統，決定了道路使用者的命運，須用數字來計算，才可偵破案件。評審三人幾經計算，方明白作者精巧心思。

小小說公開組以往都以巧思與語感取勝，今回也不例外，尤其我們都在人工智能生活化的年代，甚至有國家開始採用人工智能來執法，現實不比虛擬的故事荒誕，小小說這題材就更難寫得好。難得的是，作者巧用運算方式說故事，隱約讀到一些社會階級觀念卻又不着痕跡，抑或不幸者只有更不幸的命運弄人。

用數學來寫小小說，一開青年文學獎先河，卻又遮掩不了作者的「文青底」：「陳大文一生鮮有受到功利主義的眷顧，此刻也投向它的懷抱。」寫得出「高智能方程式貨車」這個標題的文青，歷盡八九十年代卡通洗禮的英雄主義 DNA 所「荼毒」，脫離束縛，道盡人間世，施主可謂得道。必是見證這時代給人的種種殘酷，才寫得出這個作品。看官入世有多深。此文作者，不止於此。

亞軍

祖孫

/ 林櫳

和自身一起步入老年的午間睡眠，脆弱得像壓力鍋上冷凝而成的米湯薄片。老人醒來後，在房間的木門框上靠了一會。六十平方米的小套房，有兩個相鄰房間。隨後她向另一個房間移動時，腿不小心磕了一下凳角。

「好痛。」青掉了。

在另一扇關好的木門前止住步伐，還保持着原來的方向，老人並沒有亟亟轉身。仍會不自覺地抬頭看牆上的掛鐘。很早之前就停走了，總是忘記。

這時候已聽得見人們下樓的聲音。離這個小城市中心較遠的老舊樓房，卻因離學校較近頗得有學齡孩子的家庭的青睞。樓道上響起的急促吧嗒聲，像整筐栗子從樓梯上滾下。

七樓的男孩子，總是跑得這樣急。

老人將老年話機拿得遠一些，辨讀出橙色背光裏的粗體數字。十四時三十分。孫女已睡足了吧？

「奶奶進來咯。」

房門開啟瞬間，涼氣從正對着門的窗戶湧入，老人感到絲絲寒意穿過衣物上針眼的孔隙。果然現已入秋。

「楠楠，起來嗎？午休不能太久。」

孫女仍在淡綠色的被子下安睡。三四歲的小孩子還很黏牀，直到老人將她抱起才睜開眼睛。

「早上好。」已醒來的楠楠，向捏着她小手的老人問好，似乎並沒有意識到說錯時間。

「早上好。」老人同樣問候着，面龐團成溫和的笑靨。

秋日午後的祖孫，在客廳相依而坐。楠楠纖長的睫毛翹成好看的弧度，臉龐像個玉做的小碟子。安靜的女孩，默默依靠在奶奶身側。

「還很睏麼？」老人望着孫女身子從靠背上往下滑時又闔了一半的眼睛，捏了一下她的小手，將她抱到自己腿上坐正。楠楠發出咯咯的笑聲，甜甜的，像瓷片碰在一起的聲音。

過了出門高峰，整棟樓像是清空了一樣。只偶爾有途經的車輛留下被秋日微風拖長的鳴笛聲。還有玻璃缸被輕輕劃動的窸窣。淘氣的喬治。

「帶我去散散步吧。」

「好，戶外活動時間。」老人抱起楠楠，瘦小的女孩伏在奶奶肩上。老人走到窗前的玻璃缸，握着楠楠的小臂一同做出告別手勢。

「再見。」楠楠細細的聲音。

一直餵養的烏龜，老人為牠起了洋氣外文名。新聞裏最後一隻平塔島象龜的暱稱「寂寞喬治」，老人聽過後一直沒有忘掉。

「再見，喬治。」奶奶亦向牠道別。

下午三點，樓旁的街道並沒有什麼行人。老人抱着楠楠，沿着行道散步。

「兒子沒有空，女兒也沒有空，但有楠楠陪奶奶。」老人輕撫孫女的背。

她捏了捏楠楠圓潤而微涼的耳垂，低語道：「唱一首歌好嗎？」楠楠便唱起兒歌來。

尚未迎來傍晚客群的店舖主人們圍坐在一起說話。

「喏，那個，」飯店老闆娘向其他人挑了挑褐色的長眉，「把一個會講話的玩具當孫女。」又有很多目光悄然向老人那裏投去。

秋天的太陽落得早。雖然還未到下班或放課時分，已可以感到陽光從偏西方向斜照而來。楠楠還在歌唱，歌聲偶爾摻入

「吡吡」的聲響。

「去拐角的小賣部吧，」老人說得輕柔且面帶微笑，「要沒電咯。」

陽光撲打在向西行走的老人的身上，沙啞歌唱着的楠楠緊緊依偎住奶奶。祖孫倆的影子在身後水泥路上交融一體。

就像只有一個人在行走。

（1147 字）

評審評語 //

謝傲霜

對老人孤寂之感描寫得細膩入骨。一位老人竟會「把一個會講話的玩具當孫女」，本來是荒誕之極的事，但在作者筆下卻是如此真切動人，令讀者投入到老人與玩具孫女的互動之中，鏤刻出痛徹心腑的淒絕之感。

故事悉心鋪排，層層推進，首次讀時初段還不明所以，看似一般祖孫，但結局卻峰迴路轉，讓讀者回頭再讀，才驚覺作者細心鋪設的每一個祖孫互動細節，皆暗示了老人乃活於幻想中，以逃避現實世界遭子女離棄之痛。

文筆流暢而細緻，惟偶有錯字，可能與繁簡字體不同有關。

季軍

作文題目：愛

/ 朱嘉榮

原作：

「這天夜裏，和她睡了。看着她落泊的樣子，就想給她一點安慰，一點溫暖。我不清楚這樣做是否正確，但這也是愛的一種方式。問准她的同意，我輕輕脫下她的衣物，赤身抱在一起，感受着彼此的呼息。那是個溫柔略帶潮濕的夜，二人的關係與命運纏得更緊。結束後我沒有多說什麼，就讓她這樣好好躺着入睡。」

老師：「思雅，你這篇作文就是太過色情了，這些情節都不太恰當。」

思雅：「題目是愛，這不是愛的一部分嗎？還是愛不可包括這部分？」

老師：「就是描述得……太過直白。」

重作一：

「一雙白銅馬刺扎得人的眼睛都發疼。輕扶上馬，兩腿緊緊夾在馬肚上奔馳。白馬在猛烈陽光下照得汗水直流，一時竄進叢林裏，成了一頭亂竄的白兔，又長出翅膀化成白鳥亂飛。藍田日暖，良玉生煙。太陽把一切景色照得白茫茫，白色的蔓藤纏繞全身，冒出的汗水化成牛奶。」

老師：「思雅，我知道運用意象是好，意識流也是好……但還是太過色情，太容易讓人聯想到……文學作品應該比較雅正，不能寫這些通俗之事。」

重作二：

「窈窕淑女，君子好逑。一見面早已神魂失據，情談款敍，便寬衣起來，欲行周公之禮，以享敦倫之樂。翻翻覆覆意歡娛，鬧鬧挨挨情摸亂。一來一往，一衝一撞。乍淺乍深，載浮載沈。濃情厚愛，巫山雲雨中。」

老師：「這哪裏典雅？」

思雅：「暗引了《詩經》、《紅樓夢》等。」

老師：「古典文學也不代表雅正呢……或者說愛不應太複雜，寫些簡單點，原始一點的題材就可以了。」

重作三：

「伊甸園裏，綠草如茵。一個豐碩的果實垂涎欲滴。他們忍不住偷偷伸手……」

老師：「你再這樣我就不讓你參加比賽了，這樣的作品，決不能公開發表。」

思雅：「老師的準則是什麼？」

老師：「很難說得清吧。但你要顧及讀者……寫點比較大眾的題材吧。」

*

自由文學創作獎　冠軍　莫思雅

獲獎作品摘錄：「在我生病時，媽媽默默守護在牀邊，無微不至地照顧我。無論我多麼任性，媽媽總用她的愛包容着我。世界上最偉大的愛，就是母愛！我愛我的媽媽，愛我的家人。這就是愛的全部，唯一的愛。」

評語：「感情細膩，真摯動人，能彰顯母愛，切合主題，可為最佳範例，值得學習。」

（884 字）

評審評語 //

殷培基

這是一篇揭示荒謬教育的作品。自由創作的比賽被局限了自由，這是第一層解讀出來的信息。作品通過師生不斷互動，談及修改關於書寫「愛」的參賽作品，呈現出原作者的創作意念，跟在上的權威（老師）產生了衝突，最後逼使屈服，卻得了冠軍。這是第二層的荒謬，推延開去，在上者想你寫什麼，便不要談什麼自由了，聽過就好，就能得到獎賞，實在可悲可笑。作者的意念雖不算新穎，但文中勾帶出的教育和自由的課題，都值得深思。

優異獎

同業 /盧卓倫

Kristy123每天都要辛勤工作。她的責任是要確保主人的家居整齊清潔。大廳、客廳、廚房、浴室和兩間主人房都是她的管轄範圍。大至沙發書櫃，小至一杯一碟，全屋的家具衣褲她都要保持整潔。地板的每格階磚都必須要是一塵不染的。她一向把全屋的清潔指數維持在一百巴仙。以上的工作要求只是基本的。除了清潔家具外，她還得照料主人的起居飲食。準備早午晚三餐是例行公事。若然，主人的兒女放學回家，她便需要替他們預備小食。事後，她還需要把爐具和碗碟清洗乾淨。所有事都是她一手包辦，她還做得盡善盡美。

Kristy123每天都要辛勤工作。除了照顧主人的家人外，她主人寵物的膳食安排也得兼顧。她主人養了一隻英國短毛貓，一天要吃四餐，更時常要替牠清潔尿盤。主人視牠為如珍如寶。換句話說，牠的需要就是主人的需要。因此，牠的需要絕不能怠慢。除了那隻貓之外，Kristy123還要打理女主人的兩盆蝴蝶蘭。每隔十二小時，她要替它們澆水兩次，免得它們凋謝。

Kristy123每天都要辛勤工作。她的辛勞是有回報的。每天，她只要能夠妥當地完成所指派的工作，她便能夠獲得五百元的薪金。她的薪金可以換來衣服、頭飾、眼鏡或面上的妝扮。Kristy123總會將金錢花在她的頭飾上。其餘的才會用來配搭衣服。近來，她替自己配搭了一身日式女僕跟一個粉紅色貓耳頭飾。她認為這樣的裝扮使她的工作變得更有趣，生活得更有意思。然而，誰曾應許薪金天天如常？有時候，她忘記了打掃，清潔指數跌至六十巴仙。她的薪金便要減半。若情況持續了一小時，她的全日薪金便會扣起。情況持續一天，她身上的衣服也會被沒收。類似的情形，她嘗試過一次，那使她銘記於心。

Kristy123 每天都要辛勤工作。她的另一個身分更是一名學生。可是，她總不會讓她學生的身分把工作拖垮，甚至在功課堆積如山或上課的時候。有時候，她也會在上課的時候偷偷處理主人家中的事務。某程度上，她已經在潛意識裏肯定了工作的超然地位。她更為了工作的緣故，把朋輩的約會都通通推掉了。這可算是種「敬業樂業」吧。

Joanna 每天都要比 Kristy123 更辛勤工作，因為她是 Kristy123 的家傭。Kristy123 每天放學回家便會立即脫去校服並掉在地上，回個頭來，她便拿起手機，要忙她的工作。另一邊廂，Joanna 也會如常地拿她的校服去清潔。一個轉身，Kristy123 已被工作纏身，忙得不可開交，因此 Joanna 便要替她準備小吃。同樣地，Joanna 也要把所有家居清潔工作妥當地完成，更要照顧全家上下的起居飲食需要。此外，她也要照料 Kristy123 的金毛尋回犬和她窗前三盆百日草。唯一不同的是，Joanna 的工作是不能在指頭之間完成的。

（991 字）

// 評審評語

謝傲霜

故事初段平平無奇，只讀到一個家庭傭工的辛酸日常，惟其名字 Kristy123 令人費解，未及細想，讀下來結局卻出人意表，令讀者驚覺原來 Kristy123 是一個沉迷打機的年輕學童，且無法自理，全靠真正的家傭 Joanna 照顧！篇章名稱〈同業〉立即起了嘲諷之效，令人惋惜年輕人沉迷打機而幾近廢人，又對家庭傭工的勞苦重擔感到痛心。

文章佈局及結構見作者心思，惟文筆平平，造句有時累贅，可加改善。

優異獎

人工智能

／芮賓

第一年，親愛的，你說「替我畫一隻藍羽毛的孔雀。」我說好的，畫出來了。

第二年，你說：「畫一隻孔雀。」我說好的，畫出來了，藍羽毛的。

第三年，你說要畫一隻鳥，我說好的，畫出來了一隻藍羽毛的孔雀。你說「你知道我想畫孔雀，真貼心。」

第四年，你說想畫畫，我畫出來了，你說「你怎麼知道我想要一隻鳥？」

第五年，你心情不好，說：「要有鳥。」我畫畫給你看，然後你說：「好開心。」

第六年，我畫畫給你看，你說「嘿嘿。」

第七年，我畫畫給你看，你揍了我。我覺得我不懂你。

（221 字）

// 評審評語

袁兆昌

此文不難令人聯想〈創世記〉第一至第七天的「神話」。「你」說「要有鳥」，「我」就畫出來；說穿了，「你」就是人，「我」就是人工智能。精巧的是，「你」以上帝的口吻要求「我」去畫畫，「我」每天跟從，就算做着同一件事有同一效果，「你」都會有不同反應。「我」有時猜對，有時猜錯。「我」在「你」面前似是上帝，「試探」「我」準確否，原來「上帝」所造的物，還是有缺陷，就是不準確。

以二百字上下的篇幅寫這種大題材，難度高；作者做到了，值得鼓勵。

優異獎

飛角魚　　　　　　　　　　　　　　　　　　　　　　/ 謝冬瑜

飛魚能飛，魚盡皆知。

飛角魚不是飛魚，魚盡皆知。

飛角魚不能飛，人盡皆知，但飛角魚不知。

又或是，牠假裝不知。

水底的飛角魚樂樂，張開薄薄的、大珊瑚葵一樣的鰭，假裝是兩片大翅膀，橫掠海底。淺海水清，陽光經牠半透明的「翅膀」過濾，投下點點磷光。

樂樂若是人類，會知道自己還有很多頭銜，什麼「翱翔真豹魴鮄」，什麼「輻鰭魚綱鮋形目飛角魚亞目」……可惜牠不是。

牠曾跳出水面遠看天空，可惜視力不好，還沒看清天上攪成一團的白藍灰，又回落水中。只知天空了無邊際，或許就像巨大的貝殼，海洋只是一顆小珍珠，躺在大貝殼的庇蔭中。

愈接近深海，光線愈藍，是海洋沉寂的深藍，不是天空自由的蔚藍。樂樂愛游到飛魚身邊，學着牠們一同躍出水面，呼吸一併暫停，天邊「嘎」的一聲，牠就下墜。沉入水中的最後一刻，看到飛魚愈飛愈高，那是牠也許永遠無法企及的高度。牠只好想像此刻飛魚正飛往哪個方向，自己在水中也與之平行而去。

笨拙的跳躍，總有一天能變成飛翔吧？牠一躍，天邊「嘎」的一聲，摔回水中；再一躍，天邊「嘎」、「嘎」、「嘎」，摔落……

那些飛魚，能夠堅持多少個「嘎」之後，才回到水中呢？飛魚為何還要住在水底？我要是能飛，一定衝向天空，再也不回這渺小的海了。噢不，我要先回來鼓勵飛角魚們，告訴大家「我們也能飛」，而後道別，永恆地飛向天堂。樂樂這樣想着，不知不覺中，能屏氣凝息，堅持到「嘎」、「嘎」、「嘎」、「嘎」，而後緩緩回落。

這天，牠又跟一隻飛魚同時飛出水面，「嘎」、「嘎」、「嘎」、「嘎」、「嘎」，牠又比對方早落入水裏，朝着想像中翱翔的方向游去。

半晌，有塊血肉「啪」地砸在水面，是一條飛魚的半截尾身，幽幽漂着。樂樂急忙躍出泛紅的水面，可是除了聽到「嘎嘎」以外，啥也沒有。

飛魚的前半身呢？那對有翅膀的鰭呢？樂樂慌忙抖了抖鰭，潛水而匿。

若天空比海洋更荒誕殘忍，我還該學飛嗎？牠問睿智的老飛角魚。

孩子，你將是我們當中唯一的飛翔勇者，足以戰勝所謂的「荒誕殘忍」，老飛角魚回答。

翼一樣的魚鰭，執意把樂樂領回水面。牠用盡全力伸展雙鰭，使勁蹬到空中，聽到：「嘎」、「嘎」、「嘎」、「嘎」、「嘎」、「嘎」、「嘎」、「嘎」……

牠死死憋氣，天外的「嘎」聲一次比一次響，一次比一次長，到了最後，竟戛然而止……樂樂緊繃而平衡的身體，卻絲毫沒有要下墜的意思。

這窒息的半空，這靜止的雋永！

剛剛收聲的大軍艦鳥，屏息凝視，悄悄迫近。遠處的鳥又開始有一搭沒一搭地叫着，大軍艦鳥像冷峻沉默的地獄屠夫，蓄勢後猛然一衝，命中紅心，死死咬緊樂樂，朝雲端筆直而去。

樂樂的皮肉嵌在堅實的鳥喙中，升向蒼穹。眼下的海，變成遠方一大片藍藍白白。

海洋死沉的深藍，如此看來，竟變成廣闊逍遙的蔚藍。

視線和氣息急速衰竭，但改變不了這一事實：樂樂大概是世上第一條會「飛」的飛角魚，且比真正的飛魚飛得更高、更久、更遠。

（1152字）

// 評審評語

殷培基

飛角魚努力學習飛魚，最後的下場在故事已清楚交代。作品值得欣賞的是，飛角魚的象徵，頗能突出作者的心思。飛，象徵自由，努力學習飛行，是為了掙脫現實的局限，為了追求夢想，是為了自由自在地「飛」。但飛角魚終究都是未能如願，結局慘遭軍艦鳥擊殺，值得細味，想飛？想自由？過得了鳥才說。你是飛角魚，而已。

評審紀錄

評審 / 袁兆昌、殷培基、謝傲霜

日期：二〇一八年十二月十七日

時間：晚上八時至九時三十分

地點：旺角洗衣街 Starbucks

出席者：袁兆昌（袁）、殷培基（殷）、謝傲霜（謝）

主持、記錄者：許思敏（內務秘書）、蔡頌然（外務秘書）

一、決審稿件名單

編號	作品名稱	袁兆昌	殷培基	謝傲霜
002	發酵			○
028	飯的味道			○
039	同業			○
041	移植記	○		
062	梔子花開			○
066	作文題目：愛			○
072	人工智能	○		
079	葬禮		○	
094	又下一成		○	
109	電線竿上的鞋子		○	
145	影魅	○		
148	跌倒		○	
173	祖孫		○	○
176	飛角魚		○	
185	高智能方程式貨車			○
191	當我們討論青春，我們討論什麼		○	
196	存在　不存在			○

二、評審過程紀錄

殷：有些作品同時被幾位評判選出，例如〈祖孫〉，我們不妨從這篇說起。你（謝）為何選這篇呢？

謝：我覺得〈祖孫〉鋪排得很有心思，文筆也不錯。它刻劃出孤獨的情況，荒誕之餘又深刻。

殷：起初我覺得這篇文章在寫很典型的悲慘香港家庭，但後來發覺當中的奇幻。而且，對人物的孤獨寂寞的刻劃不錯。

謝：我所看的參賽作品，不是文筆遜色，便是意念未夠好，而這篇是能融合兩者的少數。你（袁）覺得呢？

袁：我沒看這篇，講述家庭的作品我都沒看。

殷：這篇的確關於家庭，但重點在老人的感受。孫兒僅是人性化的玩偶，一個老人活在寂寞中，無依無靠，要以玩偶為寄託，我覺得是很悲情的。一般寫親情的作品情調不是刻意煽情便是太濃烈，主題也離不開獨居老人。但這篇的感情隱含於老人的投射，而這感情又在小說之末才出現。這種轉折亦暗合小小說的特質。

謝：起初我也覺得這篇很平常，讀至結局才刮目相看。

袁：我看過有關親情的作品都很普通，所以我想稍後再討論。

殷：好的。另外，我很喜歡〈作文題目：愛〉這篇。學生多次修改文章，卻屢次被老師退回。而作文並非中文習作，而是自由創作比賽的參賽作品，這一筆將諷刺之鋒由功課考試擴至創作自由，很精彩。

謝：作者用不同方式描寫性，文筆也不俗。

袁：以往也有作品寫性，玩弄寫作形式，但未能有新意。然而這篇水平比以往高。

殷：一篇好作品往往要耐讀。這篇的層次也透過重讀而顯露。第一層意思是諷刺老師多次審查學生作品的內容。但為何寫愛就不可以寫性？是否學生便不可以寫性？原來，老師對愛的定義只有一個，不論寫作者的身分，不能寫到這種愛，便不能入閘。

謝：而老師對愛的定義，便是沒有愛。定義不但內容空洞，也很封閉。老師表面上要求文章要夠「雅」，但學生引用《詩經》、《紅樓夢》，仍被退回，可見「雅」只是幌子，老師心中只有一把尺，但又留待最後一刻才言明。

袁：老師的紅線一直在轉，意識的空間愈縮愈窄，其實他只有一個定義。

謝：而文末老師的評語也很諷刺。不如我談談〈當我們討論青春，我們討論什麼〉吧。它的比喻和敍述事件的方法很特別，但主題很舊。它雖然有話要說，但批判的事太普通。

殷：這篇反思了青春的含義，所以我很深刻，但是否入圍，可以再作討論。其實這屆作品都有話想說，比往年進步。但不如我們先討論一下〈高智能方程式貨車〉這篇吧，我覺得很有意思。

謝：我覺得〈高智能方程式貨車〉意念很好，但寫得很硬。另外，我也有看〈飛角魚〉這篇，意念也不錯。但其實是否真有這種魚？

殷：他是在玩文字遊戲。飛角魚與飛魚不同。飛魚會飛，但飛角魚不能。飛角魚的名稱是個隱喻。

謝：這個隱喻不錯啊，我記得飛角魚最後學會飛，但被鳥吃了。然而，它的主題還是普通了點，像〈當我們討論青春，我們討論什麼〉一樣。

殷：我覺得這篇是在探討自由，想追逐但追不到，但我同意是太簡單。

謝：我覺得〈又下一成〉這篇作品的意念很罕見。又一城異於一般商場，電梯設計得很古怪，相隔很遠，逼人走遍商場。主角又在逛商場中寫盡自己的人生。然而行文有點粗糙，也有點像散文。另外，其實你（殷）為何會選〈葬禮〉這篇呢？

殷：不如先談談〈移植記〉？

袁：我覺得作者很勇敢，以這麼短的篇幅處理這樣的題材。

謝：然而這篇的題材也是陳腔濫調。

殷：我記起為何我選〈葬禮〉了。它的敍事角度比較特別，敍事者觀看自己的死亡，帶出的價值觀有意思。我看的作品中，是較值得討論的。

謝：但我個人覺得〈葬禮〉寫得一般。至於〈電線竿上的鞋子〉，故事頗有趣，但本土意識太濃，中國人的形象總惹人討厭，寫得不夠深入。

袁：故事深度的確不足，但很可惜，因為難得他能寫出這樣的故事。

謝：就像〈跌倒〉這篇，深度也不夠，只是寫老人跌倒的方法。

袁：〈電線竿上的鞋子〉有「數百人轉發」這情節。要寫一星期內數百人轉發帖文，一定要掌握得很準確，但他明顯力有不逮。

謝：我想問你（袁）為何選〈人工智能〉這篇？

袁：許多作品都寫穿越、科幻，但這篇的形式模仿〈創世記〉，是好的嘗試。畫家用七年時間創造一個對象，與之對話，時間的長度給讀者很大的想像空間。而且，它的篇幅稍短，卻與形式配合，也是我喜歡它的原因。

謝：起初我覺得它在寫夫妻七年之約，很普通。但其實題目與小小說的關係更令我不解。究竟人工智能是畫家還是受造物？

袁：我們不需要認定畫畫是真的，吹氣娃娃和虛擬的妻子也不一定。用「人工智能」不用「夫婦」之類作為題目，反而給讀者更多解讀空間。

殷：我認同這篇實驗性頗強，但所盛載的內容有點含糊，一來孔雀與主題的關係未明，二來不知是探討人工智能、愛情還是其他關係。

袁：或許這樣說吧。它篇幅短之餘，意象似實還虛，反而「我」怎樣畫也不能滿足「你」這個事實比意象的意義更重要。至於「我」，可以是電腦，也可以是創造人工智能但不了解它的人。所以作者以「人工智能」為題很聰明。然而，他將孔雀的意象寫得太具體，收窄了想像空間，美中不足。

謝：但它的結局太像七年之約，跟「人工智能」的關係太疏。

袁：這便是它的缺點。即使是我的讀法，別的讀者看來也可能會牽強。一篇好的作品應該從頭到尾都精彩。

謝：至於〈影魅〉，意念很好，但對「虛偽」的詮釋略為膚淺。我認為虛偽有很多層次，是種很複雜的狀態。

殷：可能是篇幅所限。要寫出虛偽的不同層次，或深藏不露，或顯而易見，需要在多個事件中呈現。要洞悉這些細微之處，再組裝在小小說中，需要成熟的心思，而這正是這篇所缺乏的。其實今年的作品，如〈電線竿上的鞋子〉，雖然碰到人性的話題，但挖得不夠深。

袁：書寫人生經驗的深度，卻正是公開組所需要的特質。即使人生經驗不足，也應以閱讀經驗補足，但在這些作品中都未能看見。

謝：不如我先說我選的另外一篇〈飯的味道〉吧。它的故事頗特別。一般人覺得家庭很溫暖，但並非如此。故事有個人物輕易論定家庭溫暖是普遍事實，以此勸籲人，不自覺個人經驗的限制。雖然文筆未成火候，但有層次和深度。〈同業〉這篇的情節逗人發笑。原以為那個女孩是個傭人，但原來傭人在服侍玩遊戲機的她，結局來一着反高潮，也不錯。又，〈發酵〉的文筆較為出色。流浪漢與小孩子若即若離的關係寫得意猶未盡，令人聯想流浪漢的童年和孩子的將來。〈梔子花開〉有點造作，但也有點感人。最後一篇〈存在　不存在〉寫校園欺凌。主角本來正視受欺凌者的存在，後來因為怕被人忽視，轉為無視那人。然而他的心仍殘留一點善，仍糾結於受欺凌者是否存在，並非簡單的崩壞。

殷：起初覺得〈同業〉少許混亂，手法眼高手低。

謝：的確是一般，未必能進六甲，但又挺特別。

殷：作者構思的錯摸位符合小小說的特色。但敍事錯亂，文末才能了解。文題「同業」值得再討論。又，〈飯的味道〉文末寫了報紙和鮑魚的反差，冷暖明顯。但寫母親毒害女兒實在極端，雖然新聞也偶然報道這類事件。

袁：新聞是事件，而寫小小說的難度在於完整鋪排事件、留下思考空間、設意想不到的結局。而〈飯的味道〉未能讓讀者思考更多。亦未能掌握適合的敍事語言，女主角在對話中的用語既有「老母」，又有「本小姐」，讀者難以直接分辨人物性格、階級。

殷：文章的鋪墊不足，由女主角指出母親的飯苦，至報章標題之間應有扣連，營造足夠的想像空間，例如可加「每次進食後身體都會不適」等的描述。而感覺到飯苦仍選擇繼續吃為不合理。

袁：苦是較複雜的味覺，應在意念上完整描寫。

殷：需加深寫男子的意義，更緊密扣連主題。〈同業〉比〈飯的味道〉較有意念和錯摸感。

袁：〈同業〉的亂是恰當的，文題奇怪、人物名字似是網名，讓讀者猜測。

謝：現在可先選三人均同意的作品，然後排名次。

袁：〈作文題目：愛〉、〈祖孫〉。

殷：〈人工智能〉、〈高智能方程式貨車〉。〈存在　不存在〉需再考慮，佈局可更完善。主題是視而不見，而文末的爆發力不足。

袁：〈存在　不存在〉有潛力。〈又下一成〉則似散文。〈作文題目：愛〉可進三甲，但不及〈同業〉的題材流動——教育、新的家庭模式、孤獨。

殷：〈祖孫〉出色在於以玩偶投射情感，寫孤獨老人。寫玩偶的作品不少，鮮有用於描寫長者。文筆是三甲中最好的。〈祖孫〉或〈作文題目：愛〉宜為冠軍，〈同業〉宜為季軍。

謝：同意選〈祖孫〉或〈作文題目：愛〉為冠軍。

殷：〈作文題目：愛〉的寫作結構挺常見，只是寫得深入，多解讀層次。

袁：〈作文題目：愛〉不至於冠軍。選〈祖孫〉為冠軍。

殷：〈作文題目：愛〉亞軍。〈同業〉季軍。

謝：可以再考慮〈高智能方程式貨車〉。

袁：這篇很大野心，寫社會價值。

謝：文末寫陳大文剛確診癌症，函數值立即下降，速度很快，可見科技掌控人的生命。這篇比〈同業〉更適合為季軍。

殷：電腦本來選擇撞向函數值 18 的老婆婆，後來再轉向陳大文。文題宜改為「高智能方程式系統」，而不是「貨車」。

袁：「貨車」暗示社會階層，不能逆轉。家庭結構影響了政府量度的「家庭直接貢獻 GDP」。這篇確實能進三甲，甚至更高的名次。「高智能方程式」用一剎那間就能判斷誰死。

殷：這篇以荒謬控訴社會上的階級主義，文筆用字準確，比〈作文題目：愛〉更佳。

袁：數字不容易運用得恰當。

殷：人的生死掌控在人的階級。貨車最後撞向陳大文，人早晚會去世，也不代表這一刻該死，深度在於此。更何況陳大文也有家人，寫到科技的冷漠。

袁：欣賞「車頭再轉」這句。

殷：「頻繁出入醫院」留下了伏線，扣連全文。這篇比〈祖孫〉更佳，小小說很講求創作意念。

袁：〈高智能方程式貨車〉意念很好，又不眼高手低，應停則停，可為冠軍。

殷：〈祖孫〉亞軍。〈作文題目：愛〉季軍。〈同業〉優異獎。

袁：〈人工智能〉值得鼓勵，鮮有二百二十一字的作品。

殷：〈飛角魚〉優異獎，運用了象徵手法。

謝：同意。

三、最後結果

冠軍 /〈高智能方程式貨車〉

亞軍 /〈祖孫〉

季軍 /〈作文題目：愛〉

優異獎（一） /〈同業〉

優異獎（二） /〈人工智能〉

優異獎（三） /〈飛角魚〉

兒童文學公開組

評審 / 宋詒瑞、何巧嬋、孫慧玲

冠軍 /	噴嚏	何氏璧	（中國大陸）
亞軍 /	請讓我給你講一個故事吧	朱　朱	（中國大陸）
季軍 /	毛絨絨的紅氣球	萬修芬	（中國大陸）
優異獎 /	與失敗有約	陳穎雯	（香港）
	聖誕老人問卷調查	純　甄	（台灣）
	大樹和小草	楊秀鈴	（香港）

* 優異獎排名不分先後
〈大樹和小草〉同時獲得少年作家獎

冠軍

噴嚏

/ 何氏璧

從前，檸檬鎮上流行着這樣一句話：「打一個噴嚏是有人想你，打兩個噴嚏是有人很想你，打三個噴嚏 —— 恭喜你，是你感冒啦！」

這句話是從什麼時候開始產生，是由誰第一個開頭說起，沒有人能說得清；反正，不管是大人還是小孩，不管是老爺爺還是牙牙學語的小毛頭，大家都會這麼說。

從前，檸檬鎮還是一個熱鬧的小鎮。雖然鎮上的房子都低低矮矮，雖然大家的衣服都穿得簡簡單單，可是大街上人來人往，金燦燦的陽光照得滿大街亮堂堂。孩子們在街上奔跑、嬉戲，大人們去田間地頭幹活，閒暇時就曬着太陽談天說地，檸檬鎮啊，就像一個幸福的大家庭。

後來，檸檬鎮的青年人一個個往外走，過了幾年，他們就回來建起一座座新房。房子建成後，老人和孩子住了進去，青年人繼續去外地打拚，賺更多的錢，回來建更多的樓。

檸檬鎮的高樓愈來愈多，密密麻麻，像一片古怪的堅硬樹林；檸檬鎮愈來愈安靜。是呀，只有老人和孩子的地方，總是缺了點什麼。

孩子們問老人，他們的爸爸媽媽什麼時候可以回來，老人們總是說：「快了，快了。」

孩子們問老人，他們的爸爸媽媽會不會想他們，老人們總是回答：「會啊，會啊，瞧，你剛才打噴嚏了。」

檸檬鎮上的孩子們開始比賽打噴嚏。誰都想打兩個噴嚏，即使沒有兩個，打一個也行。最令人討厭的是打了兩個噴嚏後止不住，第三個噴嚏跟着跑出來。這樣一來，那人就會引起大夥的一陣嘲笑。

「打一個噴嚏是有人想你，打兩個噴嚏是有人很想你，打三個噴嚏——恭喜你，是你感冒啦！」

大頭就常受到這樣的奚落。為此，大頭非常氣憤。他爭辯，反抗，統統無濟於事。沒辦法，誰叫他打噴嚏的時候，總是接二連三忍不住呢！

有一天，檸檬鎮來了一位奇怪的陌生人。這個人看上去可真糟糕。瞧，他騎着一匹跛腳馬，披着一件破斗篷，歪戴着一頂藍帽子，鼻子凍得紅通通。他斜坐在馬背上，眯縫着眼睛，兩條腿隨着馬兒的腳步一顛一顛。唉呀，他的兩隻鞋子的顏色也不一樣呢！一隻黑一隻白，真是太邋遢了！

檸檬鎮的孩子們卻很興奮，他們一擁而上，好奇地圍觀這個陌生人。

陌生人聲稱自己是「魔法師」。「只要說出自己的願望，我就可以幫你們實現！」魔法師宣佈，「一個願望，只要一毛錢！」

孩子們哄笑起來。一毛錢的願望？這也太便宜了，會有用嗎？

小五打算試一下。他遞給魔法師一毛錢，說：「我要一隻鴿子，長着雪白羽毛的那種！」

魔法師接過硬幣，細細地查看一番後塞進口袋裏。「好辦！」他說。

魔法師從跛腳馬背上的行李袋裏掏啊掏，掏出一塊破破爛爛的紅布遮住他的一隻手，口中念念有詞，接着他說了一句：「出來吧！」

一個白乎乎的小動物趴在了魔法師的手掌上——

哈，那不是一隻白色的鴿子，卻是一隻雪白的貓咪。

「唉呀，出了點兒差錯！」魔法師摸摸腦袋說。

孩子們又哄堂大笑起來。不過，魔法師雖然有點蹩腳，小五並不在意，他覺得貓咪更好。因為鴿子會飛走，貓咪卻可以一直陪着他。小五心滿意足地拿着貓咪回家去了。

孩子們紛紛掏出一毛錢，向魔法師購買願望。魔法師忙得快要飛起來，他的口袋裏很快就傳來「叮叮噹噹」的聲響。雖然魔法師的魔法有時候靈有時候不靈，不過孩子們都很容易滿足，更令他們感到高興的是可以觀看一場表演、收到一份禮物，所以，他們幾乎個個都興高采烈地滿意而歸。

最後，大街上只剩下了魔法師和大頭。

魔法師收拾收拾，準備離開。大頭上前一步，問道：「你能變噴嚏嗎？」

「噴嚏？」魔法師以為自己的耳朵出錯了，「噴嚏是什麼？」

「打噴嚏啊！」大頭着急地喊起來，「就是『呵欠、呵欠』那種打噴嚏啊！」

魔法師恍然大悟，隨即，他大笑起來：「哈哈，你確定自己不是要一把彩虹棒棒糖，或者是要一塊會飛的橡皮？」

大頭點點頭說：「沒錯，我只要噴嚏，而且是每次只打兩個的噴嚏！」

魔法師抓抓頭皮問道：「為什麼？」

大頭就把檸檬鎮上的那句流行語說了一遍，他還把自己的「遭遇」像竹筒倒豆子般告訴了魔法師，最後，大頭說：「我要讓大家都知道，我的爸爸媽媽在想我，而且是很想很想！」

魔法師聽完，低下頭，盯着他腳上那一隻黑一隻白的鞋子，想了一會兒說：「真對不起，這個魔法我不會。」

大頭失望極了，他的眼睛裏充滿了淚水。他把一個硬幣塞到魔法師手裏，另一隻手繼續在口袋裏掏：「我可以給你一塊錢，兩塊錢，三塊錢也可以。我可以不吃早餐，不買棒棒糖！」

魔法師愣住了。他手托着下巴，踱過來又踱過去，過了一會兒，他說：「我不會變噴嚏，但我可以帶你去見你的爸爸媽媽。」

「真的？」大頭跳起來！

「真的！」

魔法師把大頭抱上了跛腳馬。大頭坐前面，魔法師坐後面。

「閉上眼睛，在心裏默默地想着爸爸媽媽。」魔法師對大頭說。

大頭聽話地閉上眼睛，心裏滿滿的都是爸爸媽媽的模樣：爸爸在說話，媽媽在打雞蛋；爸爸在喝小酒，媽媽在擦桌子……

大頭的耳邊響起一陣「呼呼」的風聲。等到魔法師讓他睜開眼睛，大頭驚訝地發現，跛腳馬張開巨大的翅膀，正飛翔在高高的藍天上。一片片潔白的雲兒從他們身邊掠過，前方漸漸出現一幢幢高樓。

魔法師說：「我可以帶你遠遠地看到爸爸媽媽，但只能遠遠地看，你不能和他們說話，也不能走近他們——」

「沒問題！」大頭滿口答應。

「飛天馬乖乖，朝前面的大樓飛！」魔法師大聲說。

跛腳馬長嘯一聲，像聽懂了話一般，加速朝前飛去。果然，前面有一棟還在建的大樓。飛天馬帶着大頭和魔法師躲在一片雲後面，這片雲離大樓很近，從這裏，他們剛巧可以看清楚整棟大樓。

大頭着急地東看西看，左找右找，爸爸媽媽到底在哪兒呢？

魔法師安慰他：「不要急，不要急。」

可是忙碌的建築工地上人來人往，他們到底在哪兒呢？

忽然，大頭聽到一聲清脆的噴嚏聲，又是一聲。

大頭朝着聲音看過去，啊，那不是爸爸嗎？他正拿着刷子往牆上刷油漆呢！咦，另一個是媽媽，她正在給爸爸遞油漆桶。

「打一個噴嚏是有人在想你，打兩個噴嚏是有人很想你——」雖然離得有點遠，大頭卻清清楚楚地聽到了媽媽說的話。

「是啊，是啊，一定是大頭在想我們啦！」爸爸說。

大頭坐在飛天馬上，激動極了，他不能走過去，只能輕輕地說：「是的，是的，我很想、很想你們啊！」

剛說完，爸爸媽媽同時說：「咦，我怎麼像聽到大頭在說話？」

「是你在施魔法？」大頭忽然想到了，扭頭問魔法師。可是這個魔法師噢，又在看他穿錯的兩隻鞋子了呢——

回到檸檬鎮後，大頭要把口袋裏所有的硬幣都給魔法師。可魔法師說，他沒有本事變出噴嚏，所以，這個錢，他可不能收。大頭還想說什麼，魔法師說：「好了，我要走了，我會想你的，再見！」

魔法師騎着跛腳馬走遠了，大頭扭頭往家走，忽然，他覺得鼻子癢癢的。

「呵欠」，大頭打了一個噴嚏，接着又「呵欠」打了一個噴嚏。一直過了很久很久，第三個噴嚏也沒有跟着跑出來呢！

（2637字）

評審評語

何巧嬋

這是一個講述國內留守兒童思念出外打工的父母的故事。源自真實的生活，樸實無華，情感豐富，深深引發讀者的共鳴。

魔術師的出現，購買願望的鋪排，充滿童真童趣。但願所有不能夠與父母生活在一起的孩子都知道，父母雖然不在身邊，但是他們的愛卻從來沒有離開過。

亞軍

請讓我給你講一個故事吧 / 朱朱

「喏，這個給你，再試試吧。」爸爸塞給我一個毛絨絨的東西，馬上又離開了。

「什麼嘛這是！」我朝着爸爸遠去的背影氣呼呼地喊道。以前還都是很中看的，這次竟然給了我一個這麼醜陋的東西，爸爸真是愈來愈不走心了。

我隨手把那個毛絨絨的東西扔在了房間的角落裏。那裏已經堆滿了被我丟掉的機器人——它們講起故事來就像嚼蠟燭，留着還有什麼用呢。爸爸竟然還說這已經是全宇宙最頂尖的機器人了。哼！

「請讓我給你講一個故事吧！」

突然，有什麼東西在說話。

我轉過身，看着那一堆機器人。「請讓我給你講一個故事吧！」聲音又響了起來。沒錯了，就是那個毛絨絨的、醜陋的東西在講話。

這只是設定好的程序罷了，我知道。但我還是把它拿了起來。這時候，我才意識到一個剛才被我忽略掉的問題：這個東西竟然是有體溫的！

這是最新的機器人嗎？它講故事會不會有所不同？我帶着這些疑問與期待拿出了我的故事書。這可是真正的書。在這個已經被智能屏幕包圍的世界，這也算是一個老古董了——書頁已經發黃，一些字跡不再清晰。但我還是把它視若珍寶，因為，它以前曾陪伴我度過了很多個美好的夜晚。

「你叫什麼名字？」我問它。

「請讓我給你講一個故事吧！」它一直在重複着同一句話。

我把書遞給它。它慢慢打開第一個故事，講了起來。果真！它的聲音很動聽，並隨着故事的情節而起伏，最重要的是充滿了感情；和那些乾巴巴念故事的機器人一點兒也不一樣。

那一晚，我似乎又找回了以前的美好感覺。我把阿嘟（這是我給它起的名字）緊緊抱在懷裏，在它的故事聲中慢慢地閉上了眼睛。朦朦朧朧中，我好像看到阿嘟掙脫出我的懷抱，晃晃悠悠地走到窗邊，抬頭看起了鑲滿星星的夜空……

慢慢地，我發現阿嘟在講故事方面的技能還不止於此。譬如，講到感人的地方，它會和我一起流眼淚；講到興奮的地方，它又會和我一起開懷大笑。對此，我曾多次對它進行了檢查，卻沒有發現任何接口和內置芯片。這說明阿嘟並不是機器人。

但讓我想不明白的是，除了講故事更富於感情之外，阿嘟似乎又和機器人並沒有太大差別。它不吃不喝，也不睡覺。「請讓我給你講一個故事吧！」每到晚上，阿嘟都會像既定程序一般說出這句話，然後打開我給它的故事書講起故事來。除此之外，就再也沒有其他舉動了。哦對了，如果非要說有什麼不同的話，那也有一點：每當我睡熟之後，它都會悄悄地走到窗邊，一直盯看着外面的星空。這是我從爸爸安在房間裏的監控屏幕中看到的。

它到底是什麼呢？

很快，我就不再糾結這個問題了，只是欣喜於以後又可以有無數個美好的夜晚：沉醉於喜歡的故事之中，讓它們幫我驅走無聊與孤單，然後帶我進入美麗、柔軟的夢鄉……

直到有一天，我在天花板上的隱形電視上看到了一個報道：「本世紀、全宇宙最重大發現！」報道的標題大得快要把屏幕都撐破了。接着，是一個男主持人唾沫橫飛的嘶叫：人類孩子有了最佳故事伴侶！忙於工作的父母終得解放！冷冰冰的故事機器人已成歷史！「人類宇宙公司」在 α 星發現了一個新物種，它們雖然很醜（主持人尷尬一笑），但它們聰明、忠誠，更重要的是，極為擅長講故事。專家們已經把這種新物種投放到了一些家庭做試驗，反響非常非常好！現在，「人類宇宙公司」準備在全地球投放，趕快來購買吧，給孩子一個有故事的童年！而且，專家們還……

我發出一個指令，關掉了電視。然後躺在那裏，眼睜睜地瞪着天花板，心底突然生出了一股厭惡，好像上面都是那個主持人噴出的唾液。

「請讓我給你講一個故事吧！」一天晚上，阿嘟又對我說道。

照例，我把故事書遞給了它。

「在不久之前……」阿嘟開始講起來。

「不對！」我打斷了它，「沒有這個故事。」我拿過書，才發現書裏的故事阿嘟都已經講完了。難道，它還會自己講故事？看來那個電視報道說得沒錯。

「繼續吧！」我很想聽聽阿嘟會講出什麼故事。

「在不久之前，在一個美麗的星球上，有一個小傢伙，它和它的爸爸媽媽幸福地生活在一起。這個小傢伙特別喜歡聽故事，每天晚上，爸爸媽媽都會把它抱在懷裏，給它講它最愛聽的故事。可是，後來……」

阿嘟怎麼會知道我以前的事情！我驚訝地看着它，儘管淚水已經模糊了我的雙眼。是啊，那的確是在不久之前，那時候，我們的地球是那麼美麗；那時候，爸爸媽媽每天晚上都會給我講我最愛聽的故事；那時候，我是多麼的幸福啊！

阿嘟的臉上也滿是淚水。它是為我以前那麼幸福現在又那麼不幸而感動了嗎？

那一晚，我的腦海中滿是以前的畫面，這讓我整個晚上彷彿都處於一個美麗的夢境之中。與此同時，我覺得自己和阿嘟的關係也拉近了：它不再僅僅是一個故事伴侶，更是一個陪伴我的朋友。我相信，阿嘟應該也會有這種感覺吧？它站在窗邊遙望那無盡星空的時候，腦海中是否也會冒出這樣一個念頭：我有了一個新朋友。

正當我為這個念頭而感到興奮不已的時候，阿嘟卻不見了！

我把房間找遍了也沒有找到它。我的第一個念頭是馬上打電話告訴爸爸，讓他跟賣家通報情況，必須把阿嘟給我找回來。但是，我又想起了看過電視報道之後在「雲網」中檢索到的關於故事伴侶的信息：「人類宇宙公司」一經發現故事伴侶逃逸，將會發出全宇宙通緝令……

其實，到了這個時候，我已經明白，阿嘟是逃跑了，它逃回自己的星球去了。可是，這決不能讓「人類宇宙公司」的人知道，否則，阿嘟將永遠也回不了家了。

我該怎麼辦！

更多的關於故事伴侶的信息，不停地在我的腦海中盤旋：專家們還對故事伴侶進行了大量培訓，使得它們只會主動說出一句話：請讓我給你講一個故事吧！……其他任何形式的交流都是杜絕的，這完全是為了保護孩子的安全……如果有孩子反映受到故事伴侶的傷害，可以要求退貨，「人類宇宙公司」將把該故事伴侶遣回原星球……一切為了孩子！

最終，我還是撥通了爸爸的電話。

「我被故事伴侶抓傷了！」我告訴他，並假裝痛苦地叫了兩聲。

「人類宇宙公司」的工作人員很快就趕到了家裏。我告訴他們，我已經把故事伴侶處理掉了，叫他們不用辦理退貨手續了。他們為省掉這點麻煩而向我致謝，並問我是否要考慮其他產品。

「不用了。」我說，「我以後會自己給自己講故事。」

「你應該安全了，希望你一路順風。」工作人員走後，我望着窗外的夜空囁嚅道。也是這時，我才猛然意識到，阿嘟並不是知道我以前的事情，它講的，或許是它自己的故事吧。

一顆最亮的星星出現在我的視線中，就像黑色天鵝絨上最耀眼的寶石。「請讓我給你講一個故事吧！」我對着那顆星星說。「這是我自己的故事。」

「在不久之前，在一個美麗的星球上，有一個小傢伙，他和他的爸爸媽媽幸福地生活在一起……」

（2590 字）

評審評語 //

孫慧玲

父母太忙，連給孩子講故事的時間也沒有，只將責任交給講故事伴侶阿嘟，反映出現代兒童的孤單，原來，曉得講故事的阿嘟是外星新「物種」，他也孤單、思家，想逃亡，最後得男童設計協助，逃過追緝。

故事構思新穎，脫出 AI 窠臼，寫兒童孤獨成長，涵義深遠，值得所有成年人深思。

季軍

毛絨絨的紅氣球

/ 萬修芬

一

鵝媽媽阿棉從長長的昏睡中醒來，她太疲累了，為了孵出第一顆蛋，她已經堅持了近三十天。她迫不及待想做媽媽，來不及積攢更多的蛋就抱窩了。

但是，她挪了挪身子，發現窩裏是空的，自己孵了很久的蛋不見了。

她心裏一陣喜悅：「我們的毛絨絨呢？他在哪兒？」

鵝爸爸阿布守在旁邊，低着頭不說話。

「我多想立刻看看他的樣子啊！他一定有黑寶石一樣晶亮的眼睛，圓圓的小腦袋，嫩黃的小身子，從頭到腳都毛絨絨的，就像我給他取的名字一樣！」阿棉的臉紅撲撲的，就像一旁樹枝上繫着的紅氣球，那是他們為小鵝準備的禮物。

「他不在這兒。」阿布終於抬起頭，艱難地吐出一句話。

「那他在哪兒？」

「他……就在你睡着的時候……鶴醫生把他帶走了。」

「怎……怎麼回事？」

「他和正常的小鵝有些不一樣……鶴醫生說，他只能在我們的世界停留很短的時間……有的生命……就是這樣的，我們毫無辦法……」阿布磕磕巴巴地說着，不敢看阿棉的眼睛。

「什麼意思？多短的時間？」

「一天。」

「那，我睡了多久？」

「兩天。阿棉……」

「別開玩笑了！」鵝媽媽阿棉打斷鵝爸爸阿布的話，「躺了這麼久，我該去水塘洗個澡了，對！洗澡……」

她一頭扎進水塘，游了很久才上岸。

二

鵝媽媽阿棉開始厭食了，再肥嫩多汁的青草，她吃過一口就不再有胃口。很多天過去了，她甚至不覺得餓。

大多數時間，阿棉沉默着。她把給小鵝準備的一切都收起來，包括那隻紅氣球。在阿布面前，阿棉一滴眼淚都沒掉過。但她經常獨自跳進池塘，頭埋在水裏一動不動。

周圍的很多鄰居，都想安慰阿棉，鴨大嬸、雞大姑來了好多次，但阿布都婉言謝絕了：「她想一個人呆着。請不要主動去安慰阿棉，這是對她最大的慈悲了。」

阿棉愈來愈消瘦了，終於有一天，阿布請來了鶴醫生。

在鶴醫生溫柔慈愛的注視下，阿棉清醒又痛苦地流下大顆大顆的淚。

「我把他送上了飛往天國的紅色熱氣球。知道的，有的生命就是這樣，只能在我們的世界停留很短的時間。我們無法陪伴他們，在另一個空間，他們有更長的旅程，需要自己走。也許他們在天國，已經過着更好的生活。你實在沒必要這樣……」

「可是我都沒有見過他，抱一抱他，我只想見他一次，跟他好好告別……」

「我可以幫你，可你並不知道他長什麼樣子。也許你找不到他，而你只有一次機會。」

「只要他出現在我面前，我就能知道。」阿棉很堅持，「我只看一眼。請幫幫我！」

三

鵝媽媽阿棉乘坐紅色熱氣球來到了天國。如同鶴醫生所說，這的確是一個寧靜美麗的地方。很多美麗的小天使飛來飛去，就像從沒有煩心事的嬰兒一樣快樂。

讓阿棉奇怪的是，所有的小天使，頭頂上方半米處都飄着一片小雲彩。小天使們飛到哪兒，小雲彩就跟到哪兒。

小雲彩有很多顏色，柔嫩的櫻花粉，熱烈的石榴紅，暖和的柿子黃，炊煙的朦朧灰，湖水的晶瑩藍，嫩柳的鵝黃淺綠，晚霞的濃墨重彩……這麼多的小天使，哪一個才是她的毛絨絨呢？

阿棉根本就沒想過，她的毛絨絨會不是天使。

小天使們飛來飛去，咯咯咯笑着，嘰喳喳鬧着……阿棉急急穿梭，跑到這個身邊瞅瞅，拽住那個看看，可是，每個被拽住的小天使，都是一副受驚不小或迷惑不已的神色。

阿棉找遍了所有花園與屋子，感覺哪一個都不像自己的毛絨絨。

她的毛絨絨到底在哪裏呢？難道他並沒有變成一個小天使？

這不可能！

四

一個角落裏，一段灰牆下，一隻毛絨絨的小鵝頭頂一朵小烏雲，盯着一朵白色的小花，默默坐着不發一語。小烏雲淅淅瀝瀝滴着雨，落在小鵝的衣服和小花上……

白色的小花在雨中，慢慢變得透明，阿棉心裏突然有了一種奇異的感覺。

她輕輕走過去，坐在小鵝身旁，一起看那朵柔弱透明的花，在風中顫顫地舒展着。花的腳下，地是濕潤的，嫩嫩的青草叢裏，還長出了幾朵小小的蘑菇。

小烏雲的顏色淡了些，不再滴雨了。

小鵝轉頭看着阿棉，眼神裏帶着遲疑：「你是媽媽？」

阿棉的眼淚又大顆大顆滾下來，她心裏知道，這就是她的毛絨絨！她伸出翅膀，要把小鵝擁進懷裏。可是——

那不斷滴落的雨滴是怎麼回事？

小鵝頭頂上方的烏雲又變濃了，翻滾着，大顆大顆的雨滴下來，把小鵝的全身都淋濕了。

「你是媽媽！」小鵝臉上出現了又笑又哭的神情，他用肥短的小翅膀幫阿棉擦淚，「不要哭了，媽媽一哭，我的小雲彩就會下雨，你看我渾身都濕了……」

阿棉又驚愕又心疼，她趕緊收了淚，果然，烏雲的顏色變淡了，雨停了。

阿棉趕緊掏出手帕，給小鵝擦啊擦；手帕濕了，她又脫掉外套，擦啊擦……小鵝乖乖的，一動不動任阿棉擦着。阿棉一眼不錯地盯着小鵝，圓圓的小腦袋，晶亮的黑眼睛，肥肥的小翅膀，粉嫩的小嘴巴，粉紅的小腳蹼，嫩黃的小身子，從頭到腳都毛絨絨的，正是她想像了無數遍的模樣，每一處都很完美。

這就是她的毛絨絨。

阿棉突然想起來，之前，她埋頭在池塘裏的時候，流了多少眼淚啊！那小烏雲……豈不是天天都把毛絨絨澆得渾身濕透？

阿棉好內疚！好心疼！

「毛絨絨，媽媽每次哭，你都會被淋濕嗎？」

「沒事了，媽媽不要哭了！只要媽媽開心，我的小烏雲就會慢慢變成彩色的小雲彩，我也會變成小天使，還能變成各種模樣……」

「對不起，我不知道會這樣，以後媽媽一定常常笑，想開心的事……」阿棉紅着眼圈，心裏就像堵了一塊沉甸甸的大石頭。原來，自己沉浸在悲傷裏的時候，她的小寶貝也在陰雨裏受着苦。

「只要媽媽一直很好，我就會變得愈來愈好。媽媽不要一直想着我，經常忘記我也沒關係……」

阿棉從心底笑出來，她的毛絨絨，是多麼善良可愛的孩子啊！然後，她把毛絨絨緊緊地摟在懷裏，不斷親吻他的頭頂。心裏的喜悅像要開出花兒來。

啊！毛絨絨頭頂的那朵小烏雲，漸漸變了顏色，變得白白的，輕軟透亮。

突然，阿棉好像想起了什麼，她從衣兜裏掏出一樣東西，鼓起勁來吹啊吹……小鵝接過來，眼睛亮得像陽光下波光粼粼的水面：「紅氣球！真希望我的小雲彩以後會是這個顏色！」

五

鵝媽媽阿棉生龍活虎起來，她對生活有了跟從前一樣的好奇和興致。

大多數時間，她忙忙碌碌。有時候，她也會想起毛絨絨，只要想到「若是自己一落淚，毛絨絨就會被烏雲澆得一頭濕」，那些悲傷的情緒就會跑得無影無蹤。

後來，阿棉開始關注周圍有沒有毛絨絨這樣的，在這個世界短暫停留過的生命。如果有，不管多遠，她都會跑過去，跟那些悲傷的父母聊天，勸他們「不要悲傷落淚」，否則，這些淚水都會落在天國裏的孩子身上，阻礙他們遲遲不能變成彩雲小天使，不能快樂自由地開始新生活。

再後來，鵝媽媽阿棉和鵝爸爸阿布成了真正的父母。有了很多很多的小鵝，小尾巴一樣跟在他們身後。

他們不常常想起毛絨絨，但在很多個快樂的時刻，值得紀念的日子，他們往往若有所思，恍惚想起那個一直有着粉嫩小嘴巴，嫩黃色絨毛的「毛絨絨」。有時看到天邊紅氣球顏色的雲朵，他們也會想，那是毛絨絨的小雲朵嗎？

每當這個時候，他們就買一個紅氣球，用歡喜的心情，將想說的話寫在上面，比如：

「小樹林裏的草叢中突然冒出了幾朵水晶蘭，是你來過了嗎？」

「池塘裏的春草又綠了。你有了很多弟弟妹妹，他們像你一樣可愛……」

「家裏的青石階前長出了苔蘚。你要常常曬太陽啊！」

「草地上結了美麗的霜花。霜過的柿子好甜啊！全家人過了一個快樂的柿子節。」

「池塘裏的冰可以溜了。很多小鵝摔疼了屁股墩兒。可好笑了！」

「院子裏那叢芭蕉長高了，雨點敲在上面很好聽。你的三十三弟去學敲鼓了，他想做個音樂家……」

阿棉和阿布把繫着卡片的紅氣球放飛，看它們飄飄悠悠，向着天空的方向，向着白雲的那端，愈飄愈遠，變成一個個小紅點兒，再也看不見……

（2950 字）

評審評語

宋詒瑞

用童話形式與小讀者們說生道死。鵝媽媽因孩子一出生便夭折而傷心抑鬱，遊覽了幻想中的天堂後改變了心態，不再傷心哭泣，開始積極生活。寫得溫馨動人，媽媽的轉變自然順暢，尤其是最後一段令人動容。

優異獎

與失敗有約

/ 陳穎雯

對早上八時三十八分的信行而言，今天確是一個灰色的日子。

一大清早，班主任劉老師在班上派發成績表。一如既往，劉老師預備了一大排巧克力，贈予學業成績第一名的同學。信行深深呼吸，胸有成竹，正提步要接過禮物。

「今次考第一的同學這些年來一直力爭上游，讓我們以熱烈掌聲鼓勵 —— 陳思齊同學。」出人意表的結果令全班傳出好一陣驚呼，緊接是如雷的掌聲。信行此時獃在座位中整整一分鐘，雙手無意識地相互拍響幾下。

老師終於念到他的名字。信行朝成績表瞥了瞥，沒看見老師在評語中對他的稱讚，沒看見自己在數學、常識科的優秀表現，只着眼於自己的總名次 —— 全級第三名。他不發一語，心裏暗忖：「竟然退步了兩名⋯⋯該怎樣告訴媽媽才好？」一想到媽媽氣得七竅生煙的可怕樣子，淚水令他的視線漸變模糊。

「信行，你表現很不錯啊，為什麼哭了？」劉老師溫柔問道。信行這時欲語還休，不知怎麼表達自己的難處，畢竟鄰座的留班生建歡，還在因為這次考個倒數第二名，而滿意地呵呵大笑。

的確，信行難以向人陳明自己難過的緣由。這是他自升上小學以來，第一次失落全級第一的榮譽。今年念小四的他，是班上的「學霸」，每每名列前茅，是同學們敬仰的榜樣。已獲「十二連冠」的他，早破了學校紀錄，眾人都期待着他再度衞冕。面對這張帶有瑕疵的成績表，他自覺胸前耀眼的班長章，頃刻蒙上了一層灰。

放學時間，全校的同學分成不同隊伍，或等待校車司機，或等待家長接回家，也有高年級自行回家的行列。訓導主任李老師作解散前最後的訓話。此時信行環視四周，彷彿聽見同學正耳語他的不才、譏笑他的落空。連平日和藹可親的思齊，也似乎因為擊倒了自己，眼神流露出勝利的驕傲。

信行家住學校附近，升上小四開始便獨自步行回家，這天也不例外。只是失望的情緒為他的雙足灌了鉛，他第一次覺得回家的路太短。這時，他決定少有的任性一次，像離群的雁兒，偏離回去的軌道。

正當雙足往公園的方向邁進時，信行感覺到一個黑影正緊隨着他。於是他嘗試加緊步伐，豈料那黑影如鬼魅般追得更貼。「是要搶劫的賊人？或是一口把我噬吞的妖怪？應該不會是恐龍吧……」信行一直不敢回頭看，想像後方的不明生物正張開血盆大口，跟牠對視恐怕會變成石頭。

「信行，你好。我是你的失敗……」牠竟然能喚出自己的名字！信行的心寒了一截。不，牠的名字也很可怕。這令信行從小的失敗經歷，一下子從思海深處浮起來：某天忘了要默書最後只考到二十分、被鬆了的鞋帶絆倒整個仆在石地上、在烘焙學會烤焦了曲奇餅給同學們取笑、一心要奪取長跑獎牌結果只跑得了第四名、那次在家摔壞了水杯還將責任推給比他小五年的弟弟……種種回憶帶來無盡的羞恥，信行這時面紅耳赤，蹲在公園入口的大樹下。「對了，建歡曾說過他第一次考全班尾名時，一股力量將他帶到陽台旁邊，想他傷害自己。一定就是這個叫『失敗』的傢伙。」想到這裏，信行又恐懼又生氣，大聲尖叫起來，手中從圖書館借來的幾本名人傳記，全都散落在地。

「信行，不要怕。我是你的失敗精靈，是來幫你的。你不要試圖揣測我有多可怕。轉過來看着我，你會發現我其實沒你想像中可怖。」信行深深吸了一口氣，轉過身來，稍撐開瞇着的眼皮，只見眼前是一隻灰色的、比他還要高的精靈，滑溜溜、圓鼓鼓的身軀似乎很好抱。信行仰頭看，精靈回以一個大大的笑容，他放鬆地舒了一口氣。

失敗精靈拿出一面大圓鏡子，裏面正回放信行每一次失敗的片段。什麼烤焦曲奇、默書不及格、在跑道上失威……一次又一次令人尷尬的際遇，盡都清晰的從鏡中重新映照出來。信行回想起那個一直付出卻了無所得的自己，再次燒起憤怒的火焰。

「我早知道，你是故意來羞辱我的！為什麼你偏偏選中我？」信行忿然指責。

「不是我選中你，而是每人也有自己的失敗精靈啊，不信你看……」信行的視線沿着精靈的指尖延伸出去，只見每個人的身後，也有這個灰灰圓圓的身影尾隨着。他拿起鏡子到處照看，原來交通燈旁的警察叔叔考了三次才進到警校、拿着電話正認真談生意的女士經歷過破產，就連正協助同學解散的李主任，也曾在山野迷路，最後要直升機救援方能回家。信行一下愣住了，鏡子直往地上滾動，這時他那借來的名人傳記又冒出好幾個失敗精靈——愛因斯坦到七歲才能認字、華特·迪士尼曾以「沒有創意」為由被公司裁員、達爾文小時候被父親指他懶惰及滿腦空想……信行驚覺自己並不孤單，原來大家也是這樣走來的。

信行漸放下戒心，牽着精靈那大大的手，坐在榕樹下的長椅上。「失敗精靈，但我還是不明白，為什麼他們現在都過得好好的，但我連回家的勇氣也沒有？」精靈拍拍信行的肩頭，咧嘴而笑：「傻孩子，這就是我來找你的原因啊。我剛才想你看的，其實是鏡子的另一面。」

於是，信行戰戰兢兢的將鏡子翻往另一面。他看見多年前冒失的自己，擔心再忘記默書而培養了寫手冊的好習慣；他看見自己每走一段路，就會查看鞋帶是否鬆脫，以策安全；他看見失落獎牌的自己，得到了好戰友的安慰和擁抱；他看見自己主動向弟弟道歉，兩兄弟的感情比昔日來得更好……他突然發覺，原來精靈是想讓他知道，正正是一次又一次的失敗，成就了今天的自己！

「信行，太好了。終於找到你了！」思齊和建歡正朝他的方向跑來。

「噢，你一定就是信行的失敗精靈。」建歡與信行身後的精靈握握手。

「建歡，原來你也看得見他！」信行露出驚訝的神色。

「當然啦，因為我也有一隻精靈隨着我啊。上一次，就是我跟你說想要放棄自己的那一次，正正是精靈把我拉回來，然後我重拾學習的動力。這次進步也全靠他呢！」建歡雀躍地分享。

「我也有一隻啊！這次考上了第一，他也有功勞。信行，你別氣餒，其實你一直是我學習上的榜樣。下一次考試，我們再一爭高下。」思齊的眼神比以往都要堅定。信行舉頭看，只見三個精靈正相視而笑。

「快回家吧！你的媽媽很擔心你呢。她剛才很慌張，是她託我們幫忙找你的。」建歡說。

媽媽在所住大廈樓下焦急的待着。信行衝上前給她擁抱，眼淚簌簌而下。「媽媽，對不起。我這次考試退步了，因不知怎樣面對你，所以沒有直接回家。我下次考試會更用心預備的，也不會再離隊不回家。」「信行，你沒事就好了。媽媽沒有怪你，我知道你一直都很努力。」此刻的信行覺得，在媽媽溫暖的懷中，一切難過都來得輕省了些。

「媽媽，我想焗一些曲奇，答謝剛才很擔心我的同學們。」信行拭乾涕淚說道。

「你不怕像上一次般烤焦了麼？」

「我不怕，因為我跟失敗精靈約好了。」信行的回答令媽媽一臉疑惑。「我約定了他，要成為一個更好的自己。」

廚房的烤箱傳出陣陣香氣，精靈卻再次躲到信行看不見的地方，也沒特別考究曲奇最後烤得怎樣。因為對信行和他而言，這已是成功的一課。

（2637 字）

評審評語

宋詒瑞

考試名次的跌落是常見的事。是不是就是一次失敗？作者通過這個故事給了小讀者重要的啟示：成長過程中往往會有失敗的經歷，失敗並不可怕，正是失敗才成就了每一個人的今天。結尾的再次試製曲奇餅是一巧妙安排，饒有興味。現實的敘事結合虛擬的幻想是一獨特的寫作手法。

優異獎

聖誕老人問卷調查

/ 純甄

夏天是愈來愈勤奮了，一年比一年更盡責地發光發熱。

「妳想當演員嗎？」

當我正在餐廳一邊擦汗一邊啃脆皮炸雞，一張名片伸到我的面前，我用比較不油膩的那隻手接過，那名片上面寫着：台灣聖誕老人公司。

「台灣也有聖誕老人？」我說。

「當然有。」名片先生拉開我對面的椅子坐下來。「之前的聖誕老人去聖誕老人學校攻讀聖誕老人學碩士了，我們需要找一個新的聖誕老人來代班。」

我笑了出來。

「抱歉，我不是在嘲笑你，只是第一次聽到有人一口氣說那麼多個聖誕老人，覺得很有趣。所以你說的演員就是扮演聖誕老人嗎？」我說。

「沒錯。我觀察到妳啃炸雞的樣子很適合扮演聖誕老人。」

這是稱讚嗎？我其實不太清楚。名片先生不等我回應便自顧自地說下去。

台灣聖誕老人公司提供各種聖誕節服務，多樣聖誕禮品線上挑選即可宅配到家；烤火雞、薑餅屋烘焙課程；小小聖誕老人駕雪橇、打雪仗體驗活動；還有包辦到聖誕老人的故鄉——丹麥的旅遊行程。而我的工作主要就是裝扮成聖誕老人，將來參觀的小孩一個一個抱在腿上合照，至於其他業務，拿名片的先生說之後再談。

其他業務聽起來不太妙，而且我的夢想是當一個兒童小說家，希望能寫出讓孩子的眼睛與心靈發光的故事，聖誕老人從來不在我的人生規劃裏，本來想拒絕的，可是拿名片的先生非常誠懇地說我很適合當聖誕老人，而且每天跟小孩相處，或許更可以寫出發光的兒童小說，離我的夢想更進一步，我被他說服了。

冬天一到，我就開始上班。當聖誕老人可真不簡單，每天我得花半個小時裝扮。首先，穿上一層又一層的棉襖，讓肚子與身軀豐滿起來，再套上紅色天鵝絨套裝，可不能用氣球塞在衣服裏，因為小孩們喜歡肚子戳起來軟綿綿的感覺。由於肚子太大無法彎腰，必須麻煩同事幫我套上巨大的黑色靴子，雖然很不好意思，但這也是沒辦法的事。接着黏上鬍子，關於這部分我抗議了好幾次，因為畢竟我扮演的是聖誕老婆婆，究竟為何會長出鬍子呢？但因為小孩喜歡拉鬍子以確認真假，所以還是必須黏上。戴上純白色假髮與紅色聖誕帽，最後再戴上圓框眼鏡，眼鏡必須準確地戴在鼻樑中間，要掉不掉的樣子，這樣就大功告成了。

我的工作場所在聖誕小屋的正廳，小孩只要一進門，就會看到我坐在木椅上。我的身後是一個巨大的液晶熒幕，播放爐火搖曳、嗶啵作響的影片，如此一來公司就解決了煙囪排氣的問題。而一旁的聖誕樹下，則擺滿大小不一的裝飾禮物箱。整個空間以紅、綠色調為主，這讓我每天下班，看見紅綠燈時，總覺得城市裏的每個街道都在慶祝聖誕節。為何在台灣這樣的亞熱帶國家，不論何種宗教信仰的人，都很喜歡過聖誕節？我想，世界上大概只有火雞不喜歡聖誕節吧。

小孩一進門總興奮地圍住我，戳我的肥肚，拉我的鬍子，有時候會痛，但還是得用低沉的嗓音「厚厚厚」地大笑幾聲。打過招呼後，我會教唱幾首聖誕歌曲。所有歌曲當中，我最喜歡的一首是由王金選老師作詞的台語版 *Jingle Bells*：

北風呼呼吹，誰人對遮過，聖誕老阿伯，禮物揹一大袋；
也有運動鞋，也有尪仔冊，也有糖仔佮番麥實在有夠濟。
緊來提，緊來提，一人有一個；
樓頂樓腳厝邊頭尾，大家歡喜做伙，
也唱歌，也泡茶，也有講笑詼；
尚重要的就愛感謝，聖誕老阿伯。

我喜歡把最後一句唱成：「尚重要的就愛感謝，聖誕老阿婆」，畢竟這個世界上的聖誕老人有各種性別啊。

歌曲唱完，接下來就是手作教學時間，我要教小朋友們做各種聖誕節裝飾品。其中我最喜歡的就是做「松果聖誕樹」，只要將染成綠色的松果倒過來，放在圈成圓形的瓦楞紙上，再噴上一點雪花劑就完成了。雖然我知道松科植物是用來做聖誕樹的主要樹種，但沒想到松果倒立會跟聖誕樹這麼相像，不管做幾次都讓人覺得很不可思議。

小朋友們拿着作品，一個一個坐在我的大腿上拍照，我的工作就算完整結束了。假日時，抱上百個小孩在腿上拍照都有可能，回家後腿又痠又麻，老闆告訴我：「等有一天腿不痠，妳就是專業的聖誕老人了。」我沒想過有一天，自己不是成為專業兒童小說家，而是專業聖誕老人，但專業兩個字聽起來還不賴。非假日，小孩來得少，我就趁着沒客人的時間鑽研聖誕老人相關知識，因為小孩的提問五花八門，若回答不出來，可是會被家長投訴的。

一開始我以為用腳趾頭的想像力就可以把聖誕老人的故事說完：聖誕老人的故鄉在北國雪地，每年聖誕節，他老人家就會坐上馴鹿拉的雪橇，給聽話的好孩子送禮物。

但事情可沒那麼簡單。

有一座位在芬蘭的山叫「耳朵山」，那山就是長成像耳朵的形狀，傳說那裏是聖誕老人的故鄉，小孩不管是要發脾氣抱怨大人送的聖誕襪太難看，還是希望今年聖誕節能收到一輛腳踏車，只要對着耳朵山說話，都可以讓聖誕老人聽到。一九九五年，當時的聯合國秘書長還將給聖誕老人的賀卡寄到了耳朵山所在的村落，讓村落裏的人相當開心，驕傲地說：「我們的聖誕老人可是聯合國認證的呢。」

其實聖誕老人的故鄉到底在哪裏，各國的聖誕老人們爭論了好久，終於在第四十屆聖誕老人大會上有了定論。來自丹麥屬地格陵蘭島的聖誕老人說：「聖誕老人最重要的夥伴——馴鹿，你們難道不知道嗎？我們格陵蘭島上的馴鹿可是比人還多呢，而且我們有將近 81% 的土地都被冰雪覆蓋。」該屆大會主席於是宣佈：「聖誕老人來自格陵蘭島。」不過這個結果，被聯合國認證的芬蘭耳朵山居民們可不服氣，紛紛表示不同意大會所宣佈的結果。

愈鑽研聖誕老人相關知識，愈覺得自己懂得太少，根本稱不上專業。於是，我向公司提出申請，想利用暑假，去世界聖誕老人大會增廣見聞。

聖誕老人大會每年夏季在丹麥的哥本哈根舉辦，除了不服氣的芬蘭外，世界各國的聖誕老人都會聚在一起。三天的聖誕大會舉辦各種活動：為當地小孩發送糖果；爬煙囪、駕雪橇比賽；各種聖誕老人化妝、保養鬍子的工作坊，更重要的是，討論聖誕老人國際議題，比如規範煙囪寬度，防止聖誕老人下滑時被卡住；對聖誕老人的體重進行規範等等。

我事前準備了各種聖誕老人相關問題，製成問卷帶到會場做調查。

調查結果，聖誕老人平均年齡：63.5 歲，最年長的 94 歲，最年輕的 29 歲。平均體重：114 公斤，最輕的 60 公斤，最重的 200 公斤。67% 曾被拉過鬍子；42% 曾被戳過肚子；31% 曾有小朋友坐在身上時尿褲子。最喜歡的點心是巧克力片，最受歡迎的聖誕歌曲是《聖誕老人進城來》。很可惜都沒人聽過台語版的 *Jingle Bells*，雖然很不好意思，但我還是在各國聖誕老人面前演唱了一遍。

有了這份問卷調查，讓我回國後在工作上更有自信，我告訴小朋友：「有什麼問題都可以問我喔，如果我不知道，我也可以幫你寫信去請教世界各地的聖誕老人，因為我們都是好朋友。」

有一次，到了拍照時間，一個小女孩坐在我的腿上，兩手縮成貝殼狀握在嘴邊，靠近我的耳朵，輕聲地問：「世界上真的有聖誕老人嗎？」那聲音清晰地像在對整座耳朵山提問。我低頭注視她的眼睛，說：「真的有。」我看見她眼睛裏的螢火蟲飛了起來。她從我的膝頭跳下，像隻惹人疼的小白兔，蹦蹦蹦地跳走了。我相信，她身體裏那顆小小的心臟，此刻也正閃閃地亮着。原來，世界上除了兒童小說，也有很多事情可以讓孩子的眼睛與心靈亮起了，我想，我找到了那個開關。

想想看，這世界上如果沒有聖誕老人會有多無聊。我在世界聖誕老人大會上見到來自各國的聖誕老人，有男有女；有胖有瘦；有溫和慈祥也有脾氣古怪的；有愛吃糖霜餅乾，也有愛喝熱可可的；有的聖誕老人甚至有經營個人臉書粉絲專頁，總之是怎麼樣的聖誕老人都有啊。

「世界上真的有聖誕老人嗎？」

這真是對世界最棒的提問了。我決定把它列在問卷調查的第一個問題，明年帶到世界聖誕老人大會上，問每一個我所遇見的聖誕老人。

（2991 字）

評審評語 //

何巧嬋

作者以幽默的手法，為小朋友的聖誕老人迷思提供了一些答案和解說，文章有知識又富情趣。文章故事性稍弱，但內容豐富，可讀性高。

優異獎

大樹和小草

/ 楊秀鈴

夜幕降臨，天空黯淡無光。

在林村的天后廟旁，有一棵奄奄一息，只靠鐵支架支撐着的大樹，正望着自己的「斷臂」，絕望地抽泣着，晶瑩的淚珠滴了在人類新為他鋪上的有機土地上。突然，一棵嫩綠小草在泥土冒出頭來，向大樹露出一個燦爛的笑容，並向他揮手。大樹怔了半晌，靦腆地向小草打招呼。

此時，小草注意到了大樹臉上的淚痕，擔心地問道：「你怎麼了？」大樹聽到後，一陣暖流忽然湧上了心頭，然而他卻沒有對小草敞開心扉，只是搖搖頭便別過臉去了。

翌日，很多位植物專家天未亮就到了林村為大樹檢查，陣容竟是平日的三倍。可經過一番折騰過後，眾多專家們還是作出了一樣的結論，都搖頭歎息，紛紛說道：「綠葉枯萎，也沒有新的氣根長出來，怕是沒幾年了。」說畢，他們就都沮喪地走了。大樹聞訊後，身體就像被掏空了似的，心中那僅存的希望也瞬間被撲滅了。他絕望地用枝葉環抱着自己，瑟縮了起來，聲淚俱下。小草看着大樹如此悲慟，就用他那纖細的小手，輕撫着大樹。可這個看似微不足道的動作卻使大樹非常感動，過了一會兒，大樹止住了眼淚，決定向小草敞開心扉對着小草講述自己的經歷……

我是一棵榕樹，人類還給我起了一個名字叫林村許願樹，因為他們相信我能幫助他們達成願望。有一天，人們把小時候的我從村內移到天后廟旁，又用混凝土把我圍起，讓人們往我身上投擲寶牒，許願祈福。從那天起，我就被迫離開我的朋友，每天孤獨地站在一角，呼吸着刺鼻的香火味，盲目艱苦地背負着人們源源不斷的願望。雖然辛苦，但我以為人們作出貢獻，成為他們的希望而感到光榮。可是日復日，年復年，我的身上的負荷愈來愈重，也變得愈來愈脆弱了。我雖苦苦支撐，可兩年前，我的右臂塌下、折斷了，還壓傷了許多人。這兩年來，再沒有人往我身上投擲寶牒，每天都有很多專家來為我治療，希望救活我。可他們每一個都胸有成竹地來，然後頹然地離開，帶給我希望，卻毫不留情地把希望全部帶走。

「沒有希望了……」眼淚不斷在大樹的眼眶裏打滾，大樹哽咽地說。「有的！」小草堅定地說，「一定會有希望的！」大樹怔怔地看着他，此刻小草的瞳孔裏閃爍着光芒，眼神十分堅定。大樹就這樣看着他，沒有說一句話，看了很久很久。

時光飛逝，夏天悄悄地來臨了。距離大樹與小草相遇那天已有半年了。這半年間，大樹與小草成為了莫逆之交，小草經常鼓勵大樹，用他溫暖的笑容，融化大樹冰冷絕望的心，大樹更有恢復的跡象。但好景不常，小草在入夏之後，身體狀況急劇轉差，開始吸收不到水分，他嫩綠的身軀也漸漸變黃，常常都感到十分疲倦。可小草對着大樹苦笑地說：「別擔心，這很正常的，我們的壽命一般都只有半年，只是沒想到半年這麼快就過了。」

一個黃昏，小草的氣息忽然變得十分微弱，可他的精神卻異常的好，跟大樹說了很多話。夕陽西下，大樹和小草看着夕陽逐漸消失，霞光消褪，夜幕降臨。在黑夜降臨的那一剎那，小草停止了呼吸，他枯萎了，並化入泥土，永遠地離開了大樹，大樹再也感受不到小草氣息了。大樹就這樣呆呆地望着繁星璀璨的夜空，眼角悄然無聲地滑下無數滴淚珠。天上的星星一眨一眨的，令大樹憶起那天小草對他說一定會有希望時，那熾熱的，那堅定的，那滿懷希望的目光。

自那天起，大樹時常憶起與小草一同相處的時光，想到小草對他的鼓勵。漸漸地，大樹變得像小草一樣樂觀，每天都笑盈盈的，不再愁眉苦臉，更慢慢有了起息，長出新的枝葉。

在人類的眼中，大樹的起死回生是一次奇蹟，然而卻只有大樹知道，是小草在最困難的時候鼓勵他，是小草告訴他要常存盼望，絕不輕易放棄。

奇蹟，往往只會在心存希望的人的身上出現。大樹只是堅信，自己要連小草的份也一併活下去，讓生命不枉此行！

日出日落，冬去春來。

有一天，大樹的腳旁，悄悄地萌發了一截青綠——

原來人生如野草，總是春風吹又生！

（1516字）

評審評語 ///

孫慧玲

大不必自以為強，小不必自卑自憐；大有大的傷痛，小有小的用處。

林村許願樹，被人們暴虐斷臂，專家放棄，奄奄一息，萬念俱灰之際，得小草的安慰和鼓勵，重燃振作之火，只是，小草卻匆匆走完了一生，他淡然接受生命的完結，等待春風吹又生。

全文信息正面，描寫細膩，情感流露，消沉與鼓舞交織，很有啟發性、可讀性。

評審紀錄

評審 / 宋詒瑞、何巧嬋、孫慧玲

日期：二〇一八年十二月十七日

時間：上午十時三十分至中午十二時

地點：金鐘太古廣場 Starbucks

出席者：宋詒瑞（宋）、何巧嬋（何）、孫慧玲（孫）

主持、記錄者：羅浩雲（主席）、朱亮（外務副主席）

一、決審稿件名單

編號	作品名稱	宋詒瑞	何巧嬋	孫慧玲
02	大樹和小草			○
03	書・信		○	
05	吃悲傷的怪物		○	
06	蝸牛走得慢不是錯		○	
09	關於神筆馬良		○	
11	群蜂		○	
12	請讓我給你講一個故事吧		○	○
14	天空馬戲團		○	
15	踩碎蝸牛的夜晚			○
16	撿星星的男孩		○	
17	小聰的奇妙經歷	○		
20	陽光下的橡皮雞	○		
23	聖誕老人問卷調查	○	○	
25	噴嚏	○	○	
26	盲人的遊戲挑戰	○		
27	顏色的故事	○		
28	美人魚的姐姐	○		
32	與失敗有約	○		
35	守護	○		
38	毛絨絨的紅氣球	○		○

二、評審過程紀錄

孫：你們有數過字數合規格嗎？

主持：有的。

宋：我推薦〈與失敗有約〉，我們可以再看一次這篇。

何：我想推薦一份，〈群蜂〉，我認為大家可以再看一次這篇。

宋：但是在校園內玩蜜蜂好像好危險。

何：也是的，但我認為可以再看一次，再作討論。

孫：我覺得這篇寫得也不錯，但我有個疑問，為什麼這篇內的人物姓名和〈在嗎，1997〉一模一樣？是否同一個作者？

主持：今屆賽規是每位參賽者每個組別可提交兩篇作品。

何：你（孫慧玲）有沒有哪一篇希望我們再看一次？

孫：我沒有特別傾向，但或者可以再看看〈踩碎蝸牛的夜晚〉。

孫：現在兩星入選的有〈請讓我給你講一個故事吧〉、〈聖誕老人問卷調查〉、〈噴嚏〉和〈毛絨絨的紅氣球〉，再加上剛才宋提議的〈與失敗有約〉、何提議的〈群蜂〉和我提議的〈踩碎蝸牛的夜晚〉、共七篇。

何：我們是否要選出七篇得獎作品？

主持：六篇得獎，一篇後備。如果實在選不到，獎項也可以從缺。

孫：我還想提議一篇，〈大樹和小草〉。

宋：我覺得〈大樹和小草〉比〈蝸牛走得慢不是錯〉好。

孫：好像好多篇的主題都是生死。內容好像好豐富，其實都只是堆砌出來的。

何：我建議各評判先為八篇稿件（02、11、12、15、23、25、32和38）就各人之見初步評分，八分最高，零分最低，據此討論最終名次。其後再審視其他作品，以示剩餘的作品當中是否有遺漏的佳作。

主持：排名最高的是〈噴嚏〉，有二十二分。其後〈請讓我給你講一個故事吧〉、〈與失敗有約〉、〈毛絨絨的紅氣球〉，十六分。之後〈聖誕老人問卷調查〉，十五分。之後〈大樹和小草〉，十二分。之後〈踩碎蝸牛的夜晚〉，八分。最後〈群蜂〉，兩分。

孫：既然我們一致都給了高分，那〈噴嚏〉肯定是冠軍了。這篇說留守兒童。

何：是的，這篇寫得好好。

孫：我覺得看似是在寫國內的留守兒童，但其實香港的兒童也可能面對同樣境況。

何：對呀，現在國際城市……

孫：其實香港的兒童也有同樣的遭遇和感受，所以這篇很能引起共鳴。

何：三篇十六分，我們可以討論這三篇。

孫：〈請讓我給你講一個故事吧〉是說故事的機械人。

宋：原先是爸爸說故事。

何：這篇的缺陷是有好多情節沒有交代：為什麼爸爸拋下機械人就走？與公司有什麼關係？情節上有不足。但我喜歡它的幻想，幻想性好強，雖然它有些情節欠交代。

宋：我還是喜歡〈與失敗有約〉，因為可以教導小朋友怎樣面對失敗。

何：我也是，我也有選到〈與失敗有約〉（高分），不過〈與失敗有約〉太白，好像在說教，把道理寫得太白，好像老師在教學生。這就與剛才幻想的那篇形成一個對比。但它的思想是好的，而且幻想精靈這個概念也是有新意的。

孫：是的，這樣寫失去了佈局，文學的魅力較少。我選的（高分）是〈毛絨絨的紅氣球〉。好少兒童文學能把死亡寫得如此富想像力。

何：是的，還是寫夭折。這是大膽的嘗試。

孫：是的，而且想像力十分豐富，會寫上到天堂。看下去並不傷感，反而有種好溫馨好美麗的感覺。好少兒童文學會接觸這件事，這是很大膽的嘗試，而沒有寫到好傷感。

何：我把它放在後面的名次，因為接觸死亡是需要的。但我認為這篇多從大人的角度。大人不要傷心，因為一旦傷心，上面的小天使就有烏雲。它比較像是輔導大人的心態，不是從一個小朋友的角度出發。

孫：我反而認為這正正是小朋友的角度，大人怎會相信你傷心就有烏雲？這是小朋友的想像。

何：的確，這個形象是小朋友。但似乎是安慰大人多過安慰小朋友。小朋友看到夭折可能是想另一件事。故事中提到產後抑鬱，但這產後抑鬱是一個心靈介入，嬰兒在天上，你不要傷心了，因為你傷心只會令到他更加難過。這是一個有意義的故事。我之所以沒有把它的名次排很高，主要是覺得它的對象好像是安慰一個大人。這三篇同分的文章，我們現在討論完之後可以再給一次分，讓主持再計算一次。

孫：投票就可以了，不用評分了。

何：再評分比較好吧，最高三分。我覺得〈噴嚏〉是真的寫得好，有感情。

主持：最高分是〈請讓我給你講一個故事吧〉，有七分。〈毛絨絨的紅氣球〉有六分。〈與失敗有約〉有五分。

何：現在第一名〈噴嚏〉，之後是〈請讓我給你講一個故事吧〉，之後是〈毛絨絨的紅氣球〉，第四名是〈與失敗有約〉。

宋：那〈聖誕老人問卷調查〉是第五，〈大樹和小草〉是第六。

何：是的，〈踩碎蝸牛的夜晚〉就是第七。第八就是〈群蜂〉。

主持：好的，如果冠亞季軍因意外而要取消資格，那就會以現時排名的次序遞升上去。

宋、何、孫：好的，知道了。

何：但〈群蜂〉這一篇我想說一下，就是好多用詞都不通，像是虛構出來的。

孫：是的，所以我早就不選它進決審。

何：我也放了在最末。

孫：如果是兒童文學的投稿，文字還是要規範點。

何：最少要是真詞，不可以亂作一個詞。

孫：對呀。

宋：我們還要寫評語呢。

何：排名首七篇的作品都要寫嗎？

主持：是的。

三、最後結果

冠軍 /〈噴嚏〉

亞軍 /〈請讓我給你講一個故事吧〉

季軍 /〈毛絨絨的紅氣球〉

優異獎（一） /〈與失敗有約〉

優異獎（二） /〈聖誕老人問卷調查〉

優異獎（三） /〈大樹和小草〉

後備 /〈踩碎蝸牛的夜晚〉

文學評論公開組

評審 / 郭詩詠、鄧正健、羅貴祥

冠軍 /	從缺		
亞軍 /	軟禁洛麗塔——淺析短篇小說 《海邊的房間》與《洛麗塔》文本互涉	李　怡	（中國大陸）
	何以當酒，何以為家？ ——從尼采的「馬刺」看劉以鬯的《酒徒》	周婉京	（香港）
季軍 /	《紅玫瑰與白玫瑰》小說與電影對讀 ——論佟振保與女性主義	溫倩怡	（香港）
優異獎 /	以享虐視角重讀張悅然的《紅鞋》	沈傲雪	（香港）
	徐皓峰小說人物形象及其文化內涵分析	董　安	（香港）

* 亞軍、優異獎排名不分先後

亞軍

軟禁洛麗塔——淺析短篇小說《海邊的房間》與《洛麗塔》文本互涉

/李怡

摘要

五年囊括四次台灣三大報文學獎的作家黃麗群，行文風格敏銳冷冽，善於捕捉人性幽微和情勢急轉而下。獲獎短篇小說《海邊的房間》敘述中醫師繼父和大學生畢業生繼女的扭曲關係，朱天心評價「曖昧的亂倫故事，居然可以寫得這麼乾淨」[1]。本文旨在通過該作品與經典名著《洛麗塔》的互文性研究，一方面分析「病態」文本的曖昧書寫，另一方面探討虛構文本的美學暴力與道德辯證。

關鍵詞：洛麗塔、虛構文本、美學

一、「病態」文本？

生於一九七九年末的黃麗群是外省台北第三代，畢業於台灣國立政治大學哲學系。她的短篇小說《海邊的房間》在決審階段一分之差位居第二，獲第二十八屆聯合報文學獎小說評

1 《聯合報》：2006年第二十八屆聯合報小說決審（2006年9月30日）。

審獎。評審王德威肯定其描寫獨到；王正方則直言「這是一個sick story」、「過於陰暗」。[2]

收錄於《海邊的房間》同名小說集的作品篇幅不超過六千字，以主人公繼女未露面的男友E與她失聯後的四封電子郵件串聯起整個故事走向——美國讀博的男友E掛念異地的女友、以及女友繼父位於台北市區秘巷的老公寓，認為一屋子中藥的老公寓代表着美好的老時光。但同時也為繼女為何不離開繼父感到疑惑，甚至點明「現在我懷疑你只是離不開你繼父而已」[3]。殊不知，期間繼父繼女搬離市區，住進海邊的房間。之後，繼女被中醫師繼父深夜潛入臥室以針灸之術致癱且永葆青春，面朝大海卻無法逃離。

繼父繼女、慾望、房間、困與逃，類似的題材《洛麗塔》早已上演，主角亦可直接對號入座。「南人北相」、「斯文少年扮勢」的中醫師是「身材高大、柔軟黑髮、神態陰沉、動作穩健」的亨伯特；臥牀不起卻有着十六歲少女都不可比擬之美的繼女，是生活在時間的無形島嶼並且年齡嚴格限定九歲至十四歲的自然精靈、性感少女洛。小說故事情節上，《海邊的房間》無疑有對《洛麗塔》的致敬；敍事手法上，則另闢蹊徑展現中文創作可以抵達的瘋魔和荒謬。

全知觀點的《海邊的房間》開篇伊始用對話寥寥數語道出家庭關係：

---

2 《聯合報》：2006年第二十八屆聯合報小說決審（2006年9月30日）。

3 黃麗群：《海邊的房間》，台北：聯合文學，2012年版，頁39。

……「我跟你媽媽結婚，然後你媽媽也跑走了」……一歲不到的女嬰與二嫁的男人雙雙留在被窩裏，男人也就默默繼着父起來……[4]

一個破碎的重組家庭，二婚的落魄男人和沒有血緣關係的女嬰遭受突來變故，同病相憐地成為被拋棄者聯盟。新建家庭裏，爸爸的稱謂是忌諱，繼女叫繼父「阿叔」。乍看上去很難不讓人聯想到扭曲的幼女養成系。作品表現二人關係的情節卻異常的平穩和緩，譬如繼女小學六年級身體發育，繼父第二日送女老師時令水果，請其出面購買內衣。反倒在繼女初經時毫不避諱，用專業中醫經絡圖進行一番性教育，讓繼女感到羞恥難當。猥瑣小政要假借看診名義目光猥褻繼女時，繼父不動聲色暗地下狠藥，使得老色鬼下場狼狽。作品以擁有深厚嶺南家學醫術的人物設定，呈現文雅內斂的繼父形象，頗具迷惑性。作品前段部分「阿叔」的稱呼一針預防，暗示看似傳統正常的父女關係離奇反常的發展方向。

母親的女性角色在此缺席，她的缺席被歸咎為一次意外。在男主人公眼中母親是負面的，對親生女兒有不可理喻的嫉妒。對照《洛麗塔》的文本，亨伯特太太偷看亨伯特關於洛柔情蜜意的日記而狂怒，原來「我知道黑茲媽媽恨我的寶貝兒，因為她喜歡我」[5]。黑茲亨伯特與繼女母親對親生女兒所持有的同性嫉恨如出一轍：

4 黃麗群：《海邊的房間》，台北：聯合文學，2012 年版，頁 31-32。

5 納博科夫著，主萬譯：《洛麗塔》，上海：上海譯文，2005 年版，頁 82。

……軟弱就算了，還善妒，你那時候太小了，一定不記得的，當時她多麼嫉妒，她無法忍耐你一出世我眼裏就沒有她。她實在不明理，一個母親把自己的親生女兒當作敵人，真蠢，不能容忍父親對女兒的愛，真蠢。[6]

《海邊的房間》文本語境中，繼父女關係是排他的。排斥作為建立這組偶然成形的非血緣父女的中介，即女孩的母親。母親的形象是父女關係的契機與障礙，隨着情節推展，母親的角色均臨時出局。此外，故事中還存在着另一個男性角色，他即引發繼父繼女關係震動的外界不穩定因素。他可以是誘惑洛麗塔並且跟蹤亨伯特洛麗塔一路、帶走她再始亂終棄的奎爾蒂，也可以是繼女大學交往半年、後來與她失聯的男友 E。

E 拿到博士班獎學金，要翻山越嶺漂洋過海用英文研究亞洲人。E 說你跟我一起去。我得想一想。我必須先去學校報到，求你準備好即刻來。[7]

繼女的出逃暗中籌劃有備而來。餐桌上終於才告訴中醫師繼父，男友 E 想要她一同前往美國。而當繼父表達二人不是認識才半年、去那能幹什麼的不滿，繼女承認「對不起啊阿叔，我其實已經辦好簽證……也買好機票了」[8]。同樣，洛也在亨伯特處處提防的情況下瞞天過海。繼父女關係有着互利共生的羈絆，更有着此消彼長的算計。《海邊的房間》中，是繼女不曾上鎖

6　黃麗群：《海邊的房間》，台北：聯合文學，2012 年版，頁 49。

7　黃麗群：《海邊的房間》，台北：聯合文學，2012 年版，頁 41。

8　黃麗群：《海邊的房間》，台北：聯合文學，2012 年版，頁 41。

的房間，繼父可以無聲潛入，設下曖昧的陷阱；也是《洛麗塔》中繼父寫作時不曾關上的房門，故意丟給繼女的誘餌，願者上鉤。由此可知，二人情感的羈絆、算計和防範、背叛即是「困與逃」的拉鋸。

繼女的禁錮情節是全篇的高潮。中醫師平心靜氣打斷繼女先斬後奏的宣戰，各自回到自己的房間。當晚「阿叔」先發制人，針灸繼女致癱，海邊的房間無處逃遁。呼應小說裏繼女對海邊房間玻璃窗的錯覺——一間有着迷你女體的娃娃屋，某日將探來一顆巨人頭臉。聯繫到名為「着魔的獵人」旅館342的房間，亨伯特的紫色藥丸如願使得「少女、新娘禁錮在她水晶般的睡夢之中」[9]。這裏有三組對照應當引起注意：其一、繼女禁錮之地與家的空間關係密切。「犯罪現場」在《海邊的房間》裏是繼父繼女在海邊的家；《洛麗塔》中是汽車旅館，而此房號恰好就是亨伯特太太家的門牌號。由此推及，家是阻攔她們與外界交往的空間意象。其二、繼女在這場禁錮中實際完全配合。中醫師按摩繼女的穴位將要下針，「她雙臂往前越過耳際伸展，幫助衣物卸離」[10]；以亨伯特視角看類似的情境「我有一種討厭的感覺，小多洛蕾絲完全清醒」[11]，兩個文本中無辜受害者們都有着某種詭異的心甘情願，充當自己的加害者。其三、東西方語境繼父形象建構迥異。中醫師繼父「他安靜地，不是躡手躡腳或鬼鬼祟祟，只是安靜地走進她的房間，坐在她身邊」[12]，並且知會她不會痛，

9 納博科夫著，主萬譯：《洛麗塔》，上海：上海譯文，2005年版，頁193。
10 黃麗群：《海邊的房間》，台北：聯合文學，2012年版，頁43。
11 納博科夫著，主萬譯：《洛麗塔》，上海：上海譯文，2005年版，頁203。
12 黃麗群：《海邊的房間》，台北：聯合文學，2012年版，頁42。

「沒有聲音、沒有氣味、沒有光線」、「沒有抗拒，沒有喘息，沒有狎弄」[13]，肉體關係被化約為針尖插入女體，慾望實施成為精細流程，反倒凸顯病態美之節制。比較兩個文本的敘述可知，《海邊的房間》寫虛《洛麗塔》更寫實。《海邊的房間》盡可能美化、甚至削減繼父惡行的下流感，無論是其中醫師的職業或實際作為，都在文字的表面顯現出一副怪誕的正人君子。

可以說《海邊的房間》還是在講《洛麗塔》的老故事，這本就不是一個新鮮的故事。密歇根大學文學教授佛斯特（2008）指出，大部分作家一邊從舊的作品取經，一邊以自己的作品與舊作對話，通過顛覆讀者期待發揮其作品獨創性。[14] 顛覆讀者的期待帶來差異閱讀體驗，事實上文本互涉本身就足以提供零星的趣味——這裏不由要提及張愛玲的短篇小說《心經》，亨伯特手掌裏象牙般的洛麗塔，與峰儀按住的小寒象牙黃色的圓圓手臂也有幾分似曾相識。

那麼《海邊的房間》獨特性為何？作品的中文語境轉換，並非停留在模仿階段或是單純致敬的水土不服。納博科夫命運多舛的洛麗塔越獄成功死於難產，黃麗群的洛麗塔越獄失敗成為海邊永恆的少女——情節處理的創意這是其一。黃筆下的繼父繼女關係氤氳着中藥的微妙氣息，二人的另類互動有着中文純文學書寫的平實和戛然而止；傳統中醫師設定懷舊，繼女大學專業為歷史系佐證了作者追求的老派，即文中所說的「美好

13 黃麗群：《海邊的房間》，台北：聯合文學，2012 年版，頁 42。

14 湯瑪斯．佛斯特著，張思婷譯：《教你讀懂文學的 27 堂課》，台北：木馬，2011 年版，頁 71。

的老時光」——語言氛圍的創意這是其二。通過改編情節與建立風格化語言，新的故事具備其不同於《洛麗塔》的情緒傳達。誠如青年作家張怡微在豆瓣《海邊的房間》的短評，說黃很會寫人與人之間的無望。精準的書寫曖昧、拓寬詞匯概括所不可抵達之邊界，這或許正是新文本的創意。

二、曖昧書寫

繼上一節討論小說情節互文，本節將分析並比較兩個文本的如何書寫曖昧，追問文學語言延伸表達邊界的可行性與可能性。具體從慾望意象和禁忌描寫兩方面進行探究。

中醫師繼父的慾望，在他們搬進海邊的房間時初現端倪：

> 她覆上眼皮，不再看窗外示現着種種隱喻的海，想着E口中「美好的老時光」。阿叔在她身畔，食指沿她月桃葉形的手背走着Z字迴劃安撫，不超過腕緣小骨。指腹粗糙高溫，一寸被心火煎幹的舌頭。[15]

此處，抑制慾望是不超過繼女腕緣的肌膚之親和窗外的隱喻之海。如是壓抑的蠢蠢欲動可參見《洛麗塔》亨伯特日記裏寫道他費盡心思、聲東擊西裝作不經意觸碰：

> 「我哈哈大笑，隔着洛的雙腿向黑茲說話，好讓我的手順着我

15 黃麗群：《海邊的房間》，台北：聯合文學，2012年版，頁36-37。

的性感少女瘦小的脊背緩緩上移，隔着她穿的那件男孩子的襯衫感覺到她的肌膚。」[16] 至於繼女眼中窗外的隱喻之海，儼然便是亨伯特初見洛時眼前的蒼翠、「心底涌起一片藍色的海浪」[17] 和他心心念念的「湖水幻境」[18]。

《海邊的房間》處理涉及不倫性行為時，穿上古雅的針灸偽裝，意在言外：

> 大椎、陶道、身柱、神道、靈台、至陽、中樞、脊中、懸樞、命門、腰陽關、上髎、次髎、中髎、下髎、腰俞、長強⋯⋯自上徂下，依脊椎走勢遞延，阿叔在她秘密微妙的柔軟穴位，插入或堅或柔、或長或短、或粗或細的金針鋼針。確實不痛，她卻開始想喊了，但筋肉失重，崩壓住喉頭胸腔，身體是一場大背叛，與她為敵，她叫不出來。
>
> 接下來的事果真像一場外科手術，或者神術或魔術。他將她顛過來倒過去，在諸般其異或乏味的部位埋下消息，她感到自己在身體裏一吋一吋往後退，最後失守的是咬不住的牙關，唇瓣一分齒列一松舌根一塌，於是徹底癱掉了。[19]

與此同時《洛麗塔》則在第二十九章簡要描繪了一場殊途同歸的荷槍實彈。若因此認為情色荼毒，實在過重苛責。佛斯

16 納博科夫著，主萬譯：《洛麗塔》，上海：上海譯文，2005 年版，頁 71。
17 納博科夫著，主萬譯：《洛麗塔》，上海：上海譯文，2005 年版，頁 60。
18 納博科夫著，主萬譯：《洛麗塔》，上海：上海譯文，2005 年版，頁 86。
19 黃麗群：《海邊的房間》，台北：聯合文學，2012 年版，頁 43。

特在 *How to Read Literature Like a Professor* 一書中對於純文學的情色書寫有過精妙的論點——談性不是性，不談性才是性。更直白來說，若談性就是性，那就是標準的色情小說。對此納博科夫無不擔憂，第八章借亨伯特之口說出「哦，我的洛麗塔，我只好玩弄文字了！」[20] 又在十四章立場重申，他所上癮的是文字的幻象：

> 我就這樣精巧的構思出我的炙熱、可恥、邪惡的夢境，不過洛麗塔還是安全的——我也是安全的。我瘋狂的佔有的並不是她，而是我自己的創造物，是另一個想像出來的洛麗塔——說不定比洛麗塔更加真實，這個幻象與她重複，包裹着她，在我和她之間漂浮，沒有意志，沒有知覺——真的，自身並沒有生命。[21]

納博科夫和黃麗群都是沉迷於語言的寫作者，一旦文字文本影視化卻和原著大相徑庭。不少讀者認為數版《洛麗塔》電影差強人意，因為文字的感覺沒有了。《海邊的房間》在二〇一四年侯孝賢牽頭的金馬電影學院項目中，被華語新人導演改編為約四十分鐘的電影短片，同樣意境全無。視覺化的情節着實是一次冒險，安全的象徵隱喻完全曝光。不可避免的，儘管視覺創作已盡力模糊焦點，可這就是赤裸裸強暴的刺激以及身為觀眾目擊性侵的恐慌。文字語言在鏡頭語言追捕下無路可逃，文字書寫自身的獨特美感也在視覺呈現的道德質問中面目全非。

20 納博科夫著，主萬譯：《洛麗塔》，上海：上海譯文，2005 年版，頁 50。
21 納博科夫著，主萬譯：《洛麗塔》，上海：上海譯文，2005 年版，頁 95。

三、美學暴力與道德逃逸

納博科夫醉心語言的遊戲，小說敘事中給有心人留下蛛絲馬跡。譬如第二十九章亨伯特重見洛麗塔再三逼問帶走她的人「他是誰」，洛麗塔「用吹口哨的聲音說出了機敏的讀者早就猜到的那個名字」[22]。

本文純屬虛構，成為抵禦驚世駭俗指責的保護罩，卻難以在現實生活中片葉不沾身地全身而退。幾經出版波折的納博科夫用反諷的方式化身小約翰．雷博士作序，指出這是一份病歷，故事的傾向還是尊崇道德的。另外也直接以敘述者現身第二十九章，貌似正經一番插科打諢：

> 讀者啊，不管你對我書中這個心腸柔軟、病態敏感、無限謹慎的男主人公多麼惱怒，請你可別跳過這必不可少的幾頁！想像一下我的情況。如果你不去想像，那麼我就不會存在。[23]

大學讀哲學的黃麗群同樣熱愛把玩文字、熱衷形而上。展現出復古、節制、甚至有幾分鬼氣森森的《海邊的房間》結尾處實現亨伯特未能達成的夙願——「她們永遠在我身邊玩耍，永遠不要長大」，但也就此打住。相較而言，《海邊的房間》文本的豐富程度略為單薄，當然短篇小說的篇幅限制也是原因，不過受到爭議是行文之「病態」，使得文學獎評審王正方與其他兩位評審拒絕協商。這正體現了美學暴力面對道德指責時難以開脫的尷尬處境。違法犯罪交給法律，道德過失交給教化，很

22 納博科夫著，主萬譯：《洛麗塔》，上海：上海譯文，2005年版，頁435。

23 納博科夫著，主萬譯：《洛麗塔》，上海：上海譯文，2005年版，頁203。

美且不道德的念頭又該如何處置？

〈關於一本題為《洛麗塔》的書〉中，納博科夫嚴肅聲明該書不包含道德說教，「我們畢竟不是小孩，不是不識字的少年犯罪分子」[24]。甚至苦口婆心解釋自己的作品初衷，是要表達「一種極友好的感情」、如同「常溫小火」的安慰。實際上主旨早在整本書的最後揭示——「藝術的庇護所、唯一不朽的事物」——「我的洛麗塔」[25]。或許虛構作品的美學暴力本不該承擔社會加諸的道德期待。文學本該美麗且無用。而被道德指控限縮空間的虛構文本，反倒恰恰成為被公序良俗軟禁的洛麗塔們。

（5715 字）

24 納博科夫著，主萬譯：《洛麗塔》，上海：上海譯文，2005 年版，頁 502。

25 納博科夫著，主萬譯：《洛麗塔》，上海：上海譯文，2005 年版，頁 493。

參考文獻

1. 黃麗群：《海邊的房間》，台北：聯合文學，2012 年版。
2. [美] 湯瑪斯 · 佛斯特著，張思婷譯：《教你讀懂文學的 27 堂課》，台北：木馬，2011 年版。
3. [美] 納博科夫著，主萬譯：《洛麗塔》，上海：上海譯文，2005 年版。

評審評語

郭詩詠

這篇評論透過《海邊的房間》與《洛麗塔》的對照，從細節入手討論兩者的互文性，兼論其中的病態曖昧書寫與道德問題，同時點出了黃麗群作品的獨特之處。全文輕盈地轉換於兩個文本之間，文字妥貼，具說服力；惟最後一節未充分開展，期待更圓滿的分析。

亞軍

何以當酒，何以為家？——從尼采的「馬刺」看劉以鬯的《酒徒》

/周婉京

一、聲音的複調

「小說死亡的時候，可能也是小說再生的時候」。[1] 劉以鬯的寫作不同於旁人，他一面建構問題，一面解決問題。他寫小說，既是因為洞察了小說「藝術之王」地位的削弱，也是希望試驗新的技法與表現方法，以現代主義的實驗小說來解救小說。至於「寫作的目標是什麼」，這是劉以鬯在《酒徒》中持續思考的一個問題。他的寫作伴隨着一種「善不易知，理猶未明」的恍惚與不確定，似光影，又似囈語：

> 酒。酒。酒。一杯。兩杯。三杯。四杯。五杯。我彷彿在遙遠的地方遇到了久別重逢的朋友。我很快樂。（酒是我的好朋友，沒有一個朋友能夠像酒那麼了解我！）一杯。兩杯。三杯。我不覺得孤獨了，我有酒。酒是一種證明，它使我確信自己還存在。於是我得到滿足，一切都顯得那麼和諧。[2]

1 劉以鬯：〈小說會不會死亡？〉，收錄於《劉以鬯研究專集》，四川：四川大學出版社，1987 年版，第 82 頁。

2 劉以鬯：《酒徒》，北京：人民文學出版社，2018 年版，第 275 頁。

此處，「遙遠的地方」是指敍述者「我」身處外在世界來講述正在發生的故事——括號內的語言是「我」的內心獨白，是「本我」在喃喃自語，與括號外的敍述構成悖論：酒是朋友，但說它是朋友又折煞了它。我們聽到酒徒的兩個聲音，兩個具有意識的對白、辯駁、詰問，這兩個聲音持續交替出現，形成了複調與延宕。

評論界判斷《酒徒》是「中國第一部意識流小說」，多數是因為書中有兩個「我」交替出現，顯示出現代主義小說的非理性特質。然而，這樣的評述忽略了「酒」作為酒徒提問方式的獨特之處。換言之，劉以鬯小說的一個着力點就在於他的總體寫作風格是在持續提問，通過「酒」將現實情境「問題化」(problemation)[3]——酒徒在喝酒與戒酒之間進退兩難，「酒」是他亟待解決的問題。借用德里達描述尼采寫作風格的詞「馬刺」(spur)，我們看到，「酒」在《酒徒》起到「馬刺」的作用：「這種所謂的馬刺橫穿了遮蔽物：它不僅撕開它以便看到或產生出物自身，而且它還取消了它自己的對立物，糾纏在它之上的對立物，關於遮蔽的與未遮蔽的，關於作為產品的真理，關於去蔽與矯飾——關於在場的所有一切。」[4]

如果說「馬刺」真正刺痛了什麼，那麼劉以鬯的「馬刺」最

3 「問題化」(problemation) 是法國哲學家吉爾．德勒茲哲學中的重要主題，與「生成」(becoming)、「運動」(movement)、「美學」(aesthetics) 一同構成他的遊牧哲學思想。參見德勒茲：〈遊牧思想〉，中文譯本收錄於《尼采的幽靈》，汪民安、陳永國編，北京：社會科學文獻出版社，2001年版，第167頁。

4 德里達：〈風格問題〉，收錄於《尼采在西方——解讀尼采》，劉小楓等選編，上海：上海三聯書店，2002年版，第415至416頁。

先擊中的是香港文學的主體性位置。酒徒時常感歎「香港沒有文學」，[5] 感慨「文學作品變成腎虧特效藥，今後必須附加說明書」。他作出這種論述的參照體系是西方現代主義文學，通過推崇《優利棲斯》和《費尼根的覺醒》，[6] 他得出嚴肅文學的本土困境——香港只需要文學商品，而非文學作品。酒徒在與麥荷門喝酒時，藉一席「酒話」吐露了他對「文學商品化」的八項看法：

> 經不起他一再慫恿，我說了幾個理由：(一) 作家生活不安定；(二) 一般讀者的欣賞水平不夠高；(三) 當局拿不出辦法保障作家的權益；(四) 奸商盜印的風氣不減，使作家們不肯從事艱辛的工作；(五) 有遠見的出版家太少；(六) 客觀情勢的缺乏鼓勵性；(七) 沒有真正的書評家；(八) 稿費與版稅太低。[7]

酒徒比任何人都清楚，嚴肅文學面對上述「八項理由」是沒有生存空間的，但他已經堅持了這麼久 (堅持在半饑餓的狀態下寫作)，怎就不能再多堅持一陣？然而，經歷兩次搬家，謀生艱難的酒徒最終還是選擇為「五斗米折腰」。當麥荷門質疑酒徒用一百塊就出賣了他的理想時，酒徒坦白回答他，「我對文學已不再發生興趣。」[8] 酒徒前途未卜，一條路是下決心去編輯《前衛文學》，另一條路是不理麥荷門的勸告，繼續撰寫黃色

---

5 劉以鬯：《酒徒》，北京：人民文學出版社，2018 年版，第 50 頁。

6 同上。《優利棲斯》和《費尼根的覺醒》，今通譯《尤利西斯》和《芬尼根的守靈夜》。

7 劉以鬯：《酒徒》，北京：人民文學出版社，2018 年版，第 31 頁。

8 劉以鬯：《酒徒》，北京：人民文學出版社，2018 年版，第 178 頁。

小說。酒徒站在醒與醉、理想與現實之間，必須讓兩個「我」（敍述者「我」與醉後的「本我」）同時給他一個交代。真正刺痛酒徒的還是「酒」，他在這些對立面白熱化之前，已經向《潘金蓮做包租婆》的編輯李悟禪借了一百元。當酒徒手握借條，他才發現連喝酒的錢都快沒有了。原來，自己在理想與現實兩個層面已經無處遁形。最後，他又醉了，「拔蘭地。威士忌。占酒」喝了一輪，[9] 內心的「本我」再度開口：「有錢能使鬼推磨。沒有錢的人變成鬼。有了錢的鬼忽然變成人。這是人吃人的社會。這是鬼吃人的社會。這是鬼吃鬼的社會。」[10]

界的問題，叩問着「我」的靈魂與人類內心的衝突。「酒」是劉以鬯給酒徒劃出的界，恰恰因為有了界才有了對立面的區隔，酒徒才會變得更加搖擺不定。酒徒在醉酒不忍、戒酒不能的狀態下徘徊。縱使他跨過了界，打算要和麥荷門好好開辦《前衛文學》，新的選擇、新的區隔又將接踵而至。當酒徒收到路汀寄來的小說《黃昏》而激動不已，他將這本書推薦給麥荷門時，卻發現與其一道堅守嚴肅文學的麥氏根本不懂文學，麥氏說：

> 每一個作家都希望獲得他人的認知，但是他人的認知並不是必需的。你自己曾經對我說過：喬也斯生前受盡別人的曲解

9 劉以鬯：《酒徒》，北京：人民文學出版社，2018 年版，第 180 頁。

10 酒徒首次指出這是「人吃人」的世道是在相識二十年的老友莫雨欺騙他之後（由括號的文字來陳述，證明是「本我」在傾訴）；第二次是在現實中與麥荷門的一通電話；第三次在寫黃色小說時，並因此與麥荷門大吵一架（又是由括號中的「本我」來控訴）。參見劉以鬯：《酒徒》，北京：人民文學出版社，2018 年版，第 164、168、180 頁。

與侮辱，可是他仍不氣餒。我們的工作注定要失敗的；不過，我們必須將希望寄存於百年後的讀者身上。如果我們今天的努力能夠獲得百年後的認知，那麼今天所受的痛苦與曲解，又算得什麼？[11]

於此，我們看到，嚴肅文學的內部也存在區隔。麥荷門將希望寄托於後世，恰恰暴露了他與酒徒的不同。進一步思考，即便麥荷門是有心有力之人，酒徒就能從嚴肅文學內部獲得他渴求的身分認同感？實際上，幾經波折之後，酒徒看清了外面「人吃人」的世道，也看清了嚴肅文學內部的問題——他懷疑這個時代能否產生偉大的作品，懷疑武俠小說的文學性與藝術價值，懷疑現實主義創作方法的生命力，也懷疑未來文藝工作者的出路。

二、「失神」的酒徒

一九六九年十一月十九日，當《香港青年周報》記者採訪劉以鬯時，劉以鬯說：「他（喬伊斯）給我的影響最大，我讀書時已開始閱讀《尤利西斯》。此外，吳爾芙、卡夫卡、海明威、福克納等都是我崇拜的作家。」記者隨之再問：「為什麼你對喬氏那麼喜愛？」答曰：「我欣賞他的寫作技巧。」[12] 劉以鬯在《酒

---

11 劉以鬯：《酒徒》，北京：人民文學出版社，2018 年版，第 177-178 頁。

12 周偉民、唐玲玲：〈西方的鋪路石與東方的藝術探索者——喬伊斯與劉以鬯的意識流小說比較研究〉，收錄於《論東方詩化意識流小說：香港作家劉以鬯研究》，北京：中國社會科學出版社，1997 年版，第 217 頁。

徒》中稱讚喬伊斯「手裏有一把啟開現代小說之門的鑰匙」，[13] 小說雖是自傳的、意識流的，但許多篇幅是圍繞文學藝術的討論施展開來，這一點與喬伊斯描寫《尤利西斯》的做法有互文性。

例如《尤利西斯》的第九章，主角斯蒂芬在圖書館與一位詩人和圖書管理員討論莎士比亞戲劇。無獨有偶，《酒徒》的第五章、第八章、第十三章、第十五章、第十九章、第二十三章、第三十七章中，酒徒與麥荷門的討論中多次提及中西方文學的比較分析，內容之廣、篇幅之長，都與喬伊斯的斯蒂芬所講的理論有異曲同工之妙。在意識流手法的處理上，劉以鬯雖然讚賞喬伊斯等人的作品，卻不是「拿來主義」式地摹仿。他認為，意識流小說應根據時代特徵進行創新實驗：「『內心獨白』與『意識流』都是小說寫作的技巧，不是流派。小說家在探求內在真實時，並不是非運用此種技巧和表現方法不可的。作為一個現代小說家，必須有勇氣創造並試驗新的技巧與表現方法，以期追上時代，甚至超越時代。」[14] 因此，作家在探求內在真實時，「只有運用橫斷面的方法去探求心靈的飄忽，心理的幻變並捕捉思想的意象，才能真切地、完全地、確實地表現這個社會環境以及時代精神。」[15]

「橫斷面」是時間與空間的遊戲，讓感官印象成為劉以鬯的第二根「馬刺」。在《酒徒》中最常見的是——限制空間不變，讓主體在時間上移動——這讓人物的意識可以在時間上移動，

13 劉以鬯：《酒徒》，北京：人民文學出版社，2018 年版，第 50 頁。

14 劉以鬯：《酒徒》初版序，香港：香港海濱圖書公司，1963 年 10 月初版。

15 楊義：〈劉以鬯小說的藝術綜論〉，收錄於《文學評論》1993 年第 4 期。

即劉以鬯的「時間的蒙太奇」。例如，酒徒在幫張麗麗「捉黃腳雞」失敗後，躺在醫院病榻上的這一段：

> 煙蒂變成灰燼時，閑得發慌。
>
> 上午十一時，閑得發慌。
>
> 中午十二點，護士走來探熱，依舊閑得發慌。
>
> 中午十二點，醫院的工人走來問我想吃什麼東西，我要酒，結果拿來了一碟蔬菜湯，一碟火腿蛋，一杯咖啡和兩粒藥丸。
>
> 下午兩點，依舊沒行酒，依舊閑得發慌。
>
> 下午四點，護士走來探熱。思想真空。情緒麻痹。
>
> 下午五點一刻。有販報童走來兜售報紙。買一份晚報，嚇了一跳。標題是《古巴局勢緊張，核子大戰一觸即發》。[16]

空間上的滯留，令酒徒腦海中的「蒙太奇」不斷在彼刻與此時之間遊移。李今在〈劉以鬯的實驗小說〉（編後記）中指出，這種蒙太奇的手法始於「感官印象」。[17] 在感官印象階段，頭腦一般來說是消極被動的，只受瞬息即逝的印象的約束，這造成

16 劉以鬯：《酒徒》，北京：人民文學出版社，2018 年版，第 54-55 頁。

17 李今：〈劉以鬯的實驗小說〉（編後記），收錄於劉以鬯著、李今編《劉以鬯實驗小說》，北京：中國人民大學出版社，1994 年版，第 331 頁。

印象與醉酒後的「朦朧世界」相互重疊。

或者，我們可以將這種「朦朧的感官印象」形容成「失神」(picnolepsie)。在保羅・維希留《消失的美學》一書中，他曾用現象學的方法，描述了經常出現在孩童身上的「失神」狀態。[18]這種狀態是指人的各種感官仍然工作，但是停留在自身，不再對外界開放，人的意識像電源短路一樣，既不接收外界的信息，也不對外發送信息。酒徒的不斷失神，將小說的「感官印象」無限放大，當讀者體認到酒徒意識中的片段性、跳躍性時，讀者本人亦陷入同樣的「失神」狀態。由此，讀者得出，《酒徒》不同於一般的意識流小說，它並非以「內心獨白」為主，而是以「感官印象」為主。這也就回應了劉以鬯為何不願將《酒徒》的深層意識刻劃歸結為「意識流」模式的中國再版：他針對「感官印象」的描寫，不同於喬伊斯在《尤利西斯》中放射性展開的獨白描寫。

如果說《酒徒》有一定的情節性，那麼它依舊是通過「失神」來實現。飛速閃爍的感官印象與莫名出現的歷史人物勾連在一起，內心獨白與文藝評論同時出現，令《酒徒》中所有的意象都在「失神」：

> 金色的星星。藍色的星星。紫色的星星。黃色的星星。成千成萬的星星。萬花筒裏的變化。希望給十指勒斃。誰輕輕掩上記憶之門？HD的意象最難捕捉。抽象畫家愛上了善舞的

---

18 Paul Virilio, *The Aesthetics of Disappearance*. Los Angeles: Semiotext(e), 2009, pp.118-120.

顏色。潘金蓮最喜歡斜雨叩窗。一條線。十條線。一百條線。一千條線。一萬條線。瘋狂的汗珠正在懷念遙遠的白雪。米羅將雙重幻覺畫在你的心上。岳飛背上的四個字。「王洽能以醉筆作潑墨，遂為古今逸品之祖。」一切都是蒼白的。香港一九六二年。福克納在第一回合就擊倒了辛克萊 劉易士。解剖刀下的自傲。蠔油牛肉與野獸主義。嫦娥在月中嘲笑原子彈。思想形態與意象活動。星星。金色的星星。藍色的星星。紫色的星星。黃色的星星。思想再一次「淡入」。魔鬼笑得十分歇斯底里。年輕人千萬不要忘記過去的教訓。蘇武並未娶猩猩為妻。王昭君也沒有吞藥而死。想像在痙攣。有一盞昏黃不明的燈出現在我的腦海裏。[19]

星星、潘金蓮、岳飛、米羅、福克納、解剖刀、蠔油牛肉、野獸主義、嫦娥、蘇武、王昭君……這些風馬牛不相及的意象，萬花筒般湧出。這些意象可以隨意變幻成其他意象，它們又不是劉以鬯的隨意之作，不是憑空捏造之物。那麼它們出自何處？實際上，劉以鬯在小說開篇不久就已經藉酒徒之口自問自答：

人是上帝的玩物嗎？上帝用希望與野心來玩弄人類？……然則人生的「最後的目的」究竟是什麼？答案可能是：人生根本沒有目的。造物主創造了一個謊言，野心、欲求、希冀、快樂、性欲……皆是製造這個謊言的原料，缺少一樣，人就容易獲得真正的覺醒。人是不能醒的，因為造物主不允許有這種現象。[20]

19 劉以鬯：《酒徒》，北京：人民文學出版社，2018年版，第46-47頁。
20 劉以鬯：《酒徒》，北京：人民文學出版社，2018年版，第52頁。

這段話暗示了「酒徒」這一形象的內涵——他總是處在醉酒與戒酒的臨界點，與酒徒想要徹底拋棄嚴肅文學而不忍、要獻身文學又不能的矛盾狀態一致。由此，《酒徒》的書名至少有兩種解釋，一是指小說中的酒徒人物其人，二是指六十年代香港商業社會的人物群像——處在新舊更疊的現代都市，每個人都不能獨善其身。「酒」於是成為了都市小人物的「鏡子」，不僅照出了自我外部的「大他者」（other），還照出了自我內部的「小他者」（other）。[21] 然而，無論是哪個「他者」都無法阻止社會價值的崩潰——從張麗麗到司馬莉，從包租婆到楊露，從麥荷門到莫雨——所有人都是「酒徒」，都面臨難以抉擇的生活憂患。起初，「酒徒們」曾將「酒」當作解藥，最後發現這「酒」更像毒藥。如此種種，都讓劉以鬯不能像西方現代主義作家那般藉荒誕不經的丑角的滑稽來展現絕望，[22] 在他心裏，絕望是實實在在、痛心疾首的。

三、無家的「逆子」

小說臨近結尾出現的雷老太太形象是全文的象徵性總和，她是一個高度抽象化的能指，她愈是「善」，就愈顯露出世道之「惡」。李英豪在〈小說技巧芻論〉中分析，「那個神經失常的雷老太太，可能就是失去均衡人類社會中仁愛的象徵，這個社會

21 雅各．拉岡指出，「他者」有「小他者」和「大他者」之分，「小他者」屬於想像界，它是小寫的他者（L'autre），它並非真正的他人，而是自我內部的反映或投射。具體分析，參見 Jacques Lacan, *The Seminar of Jacques Lacan, Book III*. New York & London: W. W. Norton & Company, 1993. p.232.

22 李今：〈劉以鬯的實驗小說〉（編後記），收錄於劉以鬯著、李今編《劉以鬯實驗小說》，北京：中國人民大學出版社，1994 年版，第 334 頁。

仁愛不能容許永存，故雷老太太在假象破滅時也得自殺。」[23] 雷老太太流着淚質問「新民，你為什麼又醉成這個模樣」，這是酒徒一生聽到的最真切的一句關心。可就是這句關心，害死了雷老太太。老人的死對應了兩個原因：一，因為酒徒殘酷地打破了她把酒徒錯認成兒子的幻覺，使她失去了活下去的目的；二，她從幻覺中甦醒，明白自己長久已被幻覺所累，正如她臨死前所言，她生了一個逆子，沒有理由再活下去。

值得注意的是，雷老太太死前不久，酒徒曾嘗試自殺，最後被雷老太太救起。酒徒從鬼門關兜了一個圈，他稱這經歷為「奇異的境界」：

> 我走進另一個境界，沒有過去，沒有未來，沒有天，沒有地，混混沌沌，到處是煙霧。我不需要搬動腿子，身體像氣球，在空中蕩來蕩去。
>
> 我渴望聽到一點聲音，然而靜得出奇。那寧靜像固體，用刀子也切不開。
>
> 寧靜把我包圍了。寧靜變成這世界上最可怕的東西。我要逃避，但是四周空落落的，只有煙霧。
>
> ……
>
> ——他醒了！他醒了！他沒有死！

23 李英豪：〈小說技巧芻論〉，收錄於《好望角》第6號，1963年5月20日。

> 很細很細很細的聲音，來自遙遠的地方，但又十分接近。我眨眨眼睛，煙霧散開了。
>
> 我看到一個慈祥而布滿皺紋的臉孔，原來是雷老太太。
>
> 在奇異的境界裏兜了一圈，返回現實。[24]

這段話中，雷老太太是酒徒分辨現實的依據，她的出現伴隨着「奇異的境界」的消失。換句話說，她成了代替酒徒「奇異」意象的新的意象——「家」。

「離家出走」與「歸家無路」實際是「五四」以來，文學創作的一個重要議題。「出走」的青年是為了與封建大家庭（以血緣關係建立）徹底斷裂，他們呼喊的是現代主義旗號，正如巴金在《家》中提及的：「我要做舊禮教的叛徒！」[25]「我要走我自己的路，甚至踏着他們的屍首，我也要向前走去。」[26] 雷老太太和雷家的出現，本是走投無路的酒徒可以抓住的「最後一根救命稻草」，只要酒徒戒酒，生活便可繼續下去。但酒徒不情願（或者根本無法）回到被「五四」解構了的封建大家庭——酒徒不願因為收下雷家接濟他的三千元，就心安理得地佯裝成「雷新民」。雷老太太臨終前的一句「逆子」直接揭露了酒徒的困境：「家」與外面的世界再次形成對立，變成勾連着祖與孫、舊與新、死與生、暗與明、愚昧與先進、固守與出走的二元論抗爭。

---

24 劉以鬯：《酒徒》，北京：人民文學出版社，2018 年版，第 269-270 頁。

25 巴金：《家》，香港：天地圖書有限出版公司，1985 年版，第 337 頁。

26 巴金：《家》，香港：天地圖書有限出版公司，1985 年版，第 354 頁。

「五四」以來的革命者多是「無家」狀態，因為在革命的話語中，只有身體從舊的意識形態中解脫，在沒有後顧之憂的條件下才能全然投身革命。這讓酒徒的「革命」始終難以實現，如他所言「我竟與自己宣戰了」，[27] 他發覺最終只能「革」自己的「命」，於是他選擇喝滴露自殺。酒徒在自殺未遂後，清楚意識到自己是一個失敗的「革命者」，在醒與醉兩個世界中都沒有出路，於是他說：「這是一個尋夢者，企圖在夢中捕捉酒的醇味。」[28] 而任何改變早已無濟於事，他對明天不抱有希望：「昨天已死去。其實，明天也沒什麼好的。明天一定會變成昨天的。」[29]

隨着雷老太太的死，封建血緣關係帶來的「家」的意象倏然斷裂。隨之，酒徒的命運向一種無法預測的、隨機的、任意的狀態轉移。此時，他再借酒澆愁，再生產新的意象，都是徒勞。這讓酒徒的戒酒失去意義，劉以鬯在全書的最後寫下：「但是，傍晚時分，我在一家餐廳喝了幾杯拔蘭地。」[30]

回到「馬刺」本身的概念，它含有一種文本的不確定性與異質性，這正是尼采所追求的「模棱兩可和有缺陷的東西」。[31] 同時，當馬刺用作複數時，它隱喻了尼采寫作風格中最重要的

---

27 劉以鬯：《酒徒》，北京：人民文學出版社，2018 年版，第 274 頁。

28 同上。

29 同上。

30 劉以鬯：《酒徒》，北京：人民文學出版社，2018 年版，第 288 頁。

31 德里達：〈善良的強力意誌（II）—— 對簽名的闡釋（尼采 / 海德格爾）〉，孫周興譯，收錄於伽達默爾、德里達等：《德法之爭：伽達默爾與德里達的對話》，孫周興、孫善春譯，上海：同濟大學出版社，第 63 頁。

特點——文本的片段性。[32] 而「片段性」在《酒徒》的文本中體現在萬花筒式的香港社會，張麗麗、司馬莉、包租婆、楊露等人在燈紅酒綠的都市中販賣自己，她們與商業社會妥協，變成「半人半商品」之物。同時，「片段性」亦體現在劉以鬯「詩化小說」的行文特點，劉以鬯提倡寫小說要像寫詩，他的「片段寫作」常常含有詩的象徵，是為了保持語言質感，不讓語言在流動過程中鈍化或老化。

「家」與「酒」皆是「馬刺」之所在，指向了二元論的敘事結構。一方面，醉酒的酒徒，堅持嚴肅文學的酒徒，在城市漫遊的酒徒，渴望擁有一腔自由的靈魂；另一方面，清醒的酒徒，不得不寫黃色小說的酒徒，從一個「家」搬到另一個「家」的酒徒，卻在殘酷的現實中處處碰壁。酒徒自稱是「急色兒」、「失業漢」與流浪者，心中追求的卻是個體自由和自我解放的狀態，因而他歸家無門。

莫里斯・布朗肖（Maurice Blanchot）曾用「片段寫作」來轉述尼采「馬刺」的概念，說：「片段寫作是對體系的摒棄，是對不完整的東西的熱情，是對未完成的思想運動的追求。它並不停留於自我滿足，把一切片段都視為一次思想的歷險，不再追求同一性。」[33] 這也就解答了，為何酒作為臨界點、家作為血緣家庭的意象都無法被完整捕捉。因為，《酒徒》中「時間蒙太奇」是劉以鬯片段寫作的標誌，其中，流動的不僅僅是意識，還有

---

32 德里達：《書寫與差異・訪談代序》，張寧譯，北京：三聯書店，2001年版，第25頁。

33 恩斯特・貝勒爾：《尼采、海德格爾與德里達》，李朝暉譯，北京：社會科學文獻出版社，2001年版，第19頁。

藝術創作（小說）的本體。劉以鬯在小說中反思小說，是用「馬刺」刺穿了傳統敘事的二元框架。而在後現代語境下再看《酒徒》，它依然進行着一場深刻的試驗，自六十年代激蕩至今。

（8430 字，包括參考文獻）

評審評語 //

羅貴祥

以德里達的尼采研究切入劉以鬯的小說，帶來一定的新意，即使「馬刺」的概念未作充分的闡釋與發揮。《酒徒》的評論眾多，本文試圖拆解小說裏二元的內容與敘事結構，從醉與醒、新與舊、家與個體自由等看似對立卻實際交疊的矛盾境況中，尋覓不同的觀看閱讀路徑，委實是值得肯定的嘗試。

季軍

《紅玫瑰與白玫瑰》小說與電影對讀——論佟振保與女性主義

/溫倩怡

一、引言

說張愛玲的《紅玫瑰與白玫瑰》，相信讀者最快聯想到的必是以下名言：「也許每一個男子全都有過這樣的兩個女人，至少兩個。娶了紅玫瑰，久而久之，紅的變了牆上的一抹蚊子血，白的還是『牀前明月光』；娶了白玫瑰，白的便是衣服上的一粒飯粘子，紅的卻是心口上的一顆朱砂痣。」[1]故事中紅白兩朵玫瑰深入民心，分別象徵「節」與「烈」的女性，各有千秋。

然而我認為故事中更不能忽視的，其實是男主角佟振保。《紅玫瑰與白玫瑰》是張愛玲作品中少見以男性為敘事中心的一部。振保是一個充滿矛盾的圓型人物：他既是最合理想的「好人」，卻又是最自私的丈夫與情夫——佟振保背負的實在遠多於一個故事角色。這部小說於一九九四年被關錦鵬導演改編成電影。是次論文將從創作背景到小說、電影的人物塑造入手，嘗試借此分析兩份作品中帶出的女性主義意涵。

1 張愛玲：《傾城之戀——張愛玲短篇小說集之一》（香港：皇冠出版社，2006年），頁52。

二、作品簡介

《紅玫瑰與白玫瑰》是張愛玲於一九四〇年代寫成的中篇作品，講述留洋歸國的工程師佟振保一生中，與四個女人的故事，當中又以「紅玫瑰」王嬌蕊與「白玫瑰」孟煙鸝為主。作品雖然只有短短二十五萬字，卻用上大量隱喻與象徵。作者在這部中篇小說中突出地塑造了一個男性形象，即「畸形的好人」佟振保，並且在張愛玲一貫豐富而內斂的筆法中透視出相當充分的社會批判力量。[2]

關錦鵬於一九九四年將《紅玫瑰與白玫瑰》改編成電影，由陳沖、趙文瑄、葉玉卿三人主演，影片的主要角色、情節、對白與原著小說基本相似，被指為直譯式改編的代表。[3]評論普遍認同關錦鵬的電影是「忠於原著」的。雖說電影與小說硬件上相似度極高，但導演在敘事順序、意象、手法上都下了不少工夫，對作品作出了有限度的詮釋。《紅玫瑰與白玫瑰》電影票房理想，並獲得第三十一屆金馬獎最佳女主角、最佳劇本、最佳美術設計、最佳造型設計及最佳電影音樂合共五個大獎。[4]

三、佟振保的性格特質

佟振保是「最合理想的現代中國人物」：「他是正途出身，出

2 吳國富：〈淺析《紅玫瑰與白玫瑰》中佟振保的性格組合〉，《青島職業技術學院學報》第 21 卷 第 1 期（2008 年 3 月），頁 62。

3 李冰雁：《香港電影的文化記憶 —— 從文學到電影的跨媒介轉換》（香港：三聯書店（香港）有限公司，2017 年），頁 39。

4 同上。

洋得了學位，並在工廠實習過，非但是真才實學，而且是半工半讀打下來的天下。他在一家老牌子的外商染織公司做到很高的位置。他太太是大學畢業的，身家清白，面目姣好，性格溫和，從不出來交際。一個女兒才九歲，大學的教育費已經給籌備下了。侍奉母親，誰都沒有他那麼周到；提拔兄弟，誰都沒有他那麼經心；辦公，誰都沒有他那麼火爆認真；待朋友，誰都沒有他那麼熱心，那麼義氣，克己。他做人做得十分興頭；他是不相信有來生的，不然他化了名也要重新來一趟。」[5] 故事的開頭，張愛玲就為佟振保下了以上定義。以社會性的角度來看，振保幾乎是無可挑剔的。傳統儒家「孝、悌、忠、信」他都做到了，留過洋，有知識事業有家庭，孝順母親對待朋友都不遺餘力。張愛玲將佟振保典型化，把他和「中國現代」掛勾，為的就是點出這是一種庸俗而流行的範式：他代表的是市民出身的新中產階級。[6]

實際上，這只是佟振保其中一面。佟振保處於中西文化夾縫中的中間，亦處於分裂之中，甚至到達「病態」的地步。[7] 留學時振保在巴黎第一次召妓，「付了錢也無法做她的主人」，最後化成他最羞恥的經歷。「從那天起振保就下了決心要創造一個『對』的世界，隨身帶着。在那袖珍世界裏，他是絕對的主人。」[8]

---

5 張愛玲：《傾城之戀——張愛玲短篇小說集之一》（香港：皇冠出版社，2006年），頁52。

6 盧應初：〈市儈．現代．性：佟振保與都市俗眾文化解讀〉，載林幸謙主編：《張愛玲：傳奇．性別．系譜》（台北：聯經出版事業股份有限公司，2012年），頁75。

7 李冰雁：《香港電影的文化記憶——從文學到電影的跨媒介轉換》（香港：三聯書店（香港）有限公司，2017年），頁40。

8 張愛玲：《傾城之戀——張愛玲短篇小說集之一》（香港：皇冠出版社，2006年），頁55。

若說這是振保的座右銘，大概也不為過。振保是自私的，他需要絕對的權力去成就自我，凡是他不能掌控、與「對」的世界有衝突的，他都想辦法壓抑並解決。面向社會，他可以做「最合理想」的人物，面對私人情感以至情慾之時，他卻放縱無道、無法自拔。戴得上「好人」、「好朋友」、「好兒子」的面具，振保卻始終無法抹去原始的本性。

他搭上了朋友的妻子王嬌蕊，打從第一次見面就對她產生情慾：「熱的女人，放浪一點的，娶不得的女人……而且是朋友的太太，至少沒有危險了」[9] 這是振保的本我，誠實追求快慰的他。然而到後來兩人相愛，嬌蕊甚至願意為他放棄與王士洪婚姻，佟振保卻不願負責——嬌蕊只能是痛快的對象，雖然能滿足肉慾，雖然理應一直愛下去，卻沒法配合振保當「好人」的藍圖。他說「社會上是決不肯原諒」他，又提到不能叫母親傷心，其實都不過是不願意負上婚姻的責任，不能接受社會說他「不道德」。[10] 於是他又娶了門當戶對的孟煙鸝，一個可以掌控的傳統女性，當一個世人眼中的「好丈夫」，卻又絲毫不愛這個女人，覺得她無趣乏味。他公開的嫖妓，專挑「黑一點胖一點的」，當成是對玫瑰和王嬌蕊的「一種報復」，同時又「不肯這樣想」。[11] 日復一日，他都活於深層矛盾與掙扎之中，犯錯然後而懺悔成「好人」，終於形成一個割裂的自我。

佟振保並不討好，但他也不過是一個大時代下的悲劇人

9　同上，頁 60。
10　同上，頁 82。
11　同上，頁 84。

物。「現代人的自我注定是一個分裂和混亂的自我。」[12] 他庸俗而虛偽，符合社會規範，卻永做不了自己「絕對的主人」。作品批判舊式的封建思想，批評了傳統男權社會，佟振保雖然也是男性權力的追隨者，卻也避不了這種道德所帶來的禍害。[13]

四、電影與小說的人物塑造

4.1「忠於原著」：原作的翻譯

《紅玫瑰與白玫瑰》改編成電影的方式，我認為更貼近李歐梵所指的忠實改編（faithful adaption）。關錦鵬在電影中多次用畫外音、字幕，直接將張愛玲原著字句、描寫顯於影片之中，而且電影的敘事順序與小說幾乎是一致的。[14] 雖然細節上關錦鵬有另加處理，但大體上原著的內容和意旨都得以轉化為影像。

以玫瑰和振保告別的段落為例，原著寫「她是個沒遮攔的人，誰都可以在她身上撈一把。她和振保隨隨便便，振保認為她是天真。她和誰都隨便，振保就覺得她有點瘋瘋傻傻的」，於電影中這段就化成兩人親吻時的畫外音，說到「這樣的女人，在外國或是很普通，到中國來就行不通了」之時，振保就將她輕輕

12 盧應初：〈市儈．現代．性：佟振保與都市俗眾文化解讀〉，載林幸謙主編：《張愛玲：傳奇．性別．系譜》（台北：聯經出版事業股份有限公司，2012年），頁83。

13 雷素娟：〈《紅玫瑰與白玫瑰》小說電影比較談〉，《文學教育（上）》（第2期，2015年），頁61。

14 李冰雁：《香港電影的文化記憶——從文學到電影的跨媒介轉換》（香港：三聯書店（香港）有限公司，2017年），頁40。

推開，臉上卻被黑影籠罩。[15] 之後振保提到自己的自制力，在一個電梯上升的空鏡上顯出了以下字幕：「他是正經人，將正經女人與娼妓分得很清楚。」這一個段落，電影與原作的文字密碼（code）幾乎是一致，分別只在於電影補上了原作沒有的聲音和畫面。貫通全片使用畫外音及字幕，不難看出關錦鵬是有意直引原著。

有評論指，整個故事就似是原作的一面忠實鏡子，然而某種意義上只是面縮小了的鏡子，雖然是同一個故事，卻沒那個味道，缺乏原著中的批判意識。[16] 我認為小說所能夠帶來的，是一個更宏觀的人物，他典型化，代表一個時代；反之，電影中所描述的佟振保，面目更清晰，是具體而且有血有肉的一個角色。然而我認為這是基於文學與電影的特性而來的，即使是盡力的「翻譯」，基於本質與媒介的不同，只可能做到盡量「忠實」，而不可能面面俱全。「縮小」理應不帶貶義，小說容許觀眾有更多反思，要考慮的商業因素相對電影為低。因為沒有清晰的視覺影像，讀者能夠建立自己的經驗，建構並尋找自己想像中的振保。就如克里斯蒂安．麥茨（Christian Metz）所言，電影觀看是別人的幻想，《紅玫瑰與白玫瑰》中的佟振保不過是關錦鵬的一個解讀。

15 張愛玲：《傾城之戀 —— 張愛玲短篇小說集之一》（香港：皇冠出版社，2006 年），頁 57。

16 素娟：〈《紅玫瑰與白玫瑰》小說電影比較談〉，《文學教育（上）》（第 2 期，2015 年），頁 60-61。

4.2 脆弱一面：再遇嬌蕊

電影版本中最大的改動，想必是振保與嬌蕊分手後於車上再遇的一幕。原著中，振保是和弟弟篤保一同外出時碰上嬌蕊的，「兩人一同出來，搭公共汽車。振保在一個婦人身邊坐下，原有個孩子坐在他位子上，婦人不經意地抱過孩子去，振保倒沒留心她，卻是篤保，坐在那邊，呀了一聲，欠身向這裏勾了勾頭。」[17] 這是一個三人並排的場境，而篤保負責了大部分與嬌蕊的對話。但電影中卻改為篤保獨自外出辦事，回到振保家給他轉述這偶遇。振保平淡以對，沒對篤保說什麼，背景卻響起悲怨低沉的音樂，伴隨振保蒙上黑影的背離去。後來，振保獨自站在鏡前獨自練習，想像和嬌蕊再遇時的對白：「好久不見了，這一向都好嗎？你一直都住在上海嗎？」被妻子煙鸝打斷時，卻立即轉移話題，走到洗手間去，這一幕是原著裏沒有的。

電影快到尾聲時，振保和嬌蕊終於兩個人在公車上單獨相遇。振保道出上次練習過的開場白，兩人互相問候，有趣的是電影特寫了兩人的手，都在有意無意遮蓋婚戒。外邊下着雨，導演用近鏡營造了一個只放得下兩個人的空間，他們並排着，看不見其他乘客。說話時，振保時不時凝望嬌蕊，和原著中「並不朝她看」相反。當嬌蕊問振保好不好時，原著中他還在斟酌字句時就逐漸哭了，在電影中，他卻不加思索的答好，說起近況，直到見到車窗的倒影，開始掉淚。

17 張愛玲：《傾城之戀——張愛玲短篇小說集之一》（香港：皇冠出版社，2006年），頁86。

「她也並不安慰他，只是沉默着，半晌，說：『你是這裏下車罷？』」[18] 小說中，嬌蕊只是問振保是不是要下車，處於被動角色，電影中她卻變成主動，說了一句：「我要下車了。」就頭也不回離開振保，反而是振保回頭望窗外的她。

「深受婚姻苦惱的佟振保不知是因為後悔當初拒絕王嬌蕊的愛，還是別的，居然眼淚滔滔地流下來。果真是因為後悔嗎？不是的。這時他是因為主宰不了自尊而感到委屈。」[19] 多數評論，都覺得原著振保是因為做不到「主人」── 是他拋棄的王嬌蕊，這次見面理應是她哭，振保來安慰，然而事情並不如此。但電影的改動，令我對振保有多一重的看法。

電影中練習的情節，到後來的對話，我認為是顯出了振保脆弱的一面，而放到最後才讓兩人單獨相遇，亦是更顯合理的安排。雖然是振保拋棄王嬌蕊，但當他聽到嬌蕊的消息時，卻又禁不住想像重遇的情況，練習對她展現得體的微笑。在不愉悅的婚姻中，過去的光彩熾熱令人份外懷緬。原著中的重遇，是一個三人的場景，多了一個篤保夾在中間，相信化學反應是不一樣的；當變成只得兩個人的空間，他們可以流露更多內心的情感。電影中振保一直以深邃眼神看王嬌蕊，又近拍他們蓋着婚戒，令我聯想到振保當年的告別也許是身不由己的。也許振保是真心愛嬌蕊，卻沒法拋低社會身分不顧。選擇了所謂道德的路途，多年來卻只落得生活蒼白無味。也許除了自尊，還

18 同上，頁 87。

19 吳國富：〈淺析《紅玫瑰與白玫瑰》中佟振保的性格組合〉，《青島職業技術學院學報》（第 21 卷第 1 期，2008 年 3 月），頁 65。

有別的苦痛：他根本做不了絕對的主人，連要選擇誰、要怎樣生存才體面，一切都有既定答案，他可以選擇的，其實只得讓他走上「正途」的答案。

若說「改動大大減低了故事和人物的可悲性」，我是不同意的。[20] 相反，在經歷一切大風大浪後再和嬌蕊相遇，更顯得振保可悲。因為他終於發現，沒有選擇的其實不僅僅是被他拋下的女性，而是包括他在內的所有人。

4.3「鏡」的意象：電影的延伸

電影試圖將小說中的一些借喻，例如是蚊子、玫瑰花、紅白對比等，化成影像，令畫面更豐富而有意思。當中運用得最成功的，相信是「鏡」這一個意象：鏡像是張愛玲小說中確立自我主體的關鍵，在情節轉折中，人物可以通過審視虛像，意識自我誕生。[21] 這定義用在佟振保身上都十分恰當，雖然在小說中未有大力發揮，電影中卻成為表現振保自我身分認同的重要標示。

在電影和小說中，鏡子第一次出現時都是振保於法國召妓之時：「這一剎那之間他在鏡子裏看到她……那是個森冷的，男人的臉，古代的兵士的臉。振保的神經上受了很大的震動。」[22] 電影

---

20 吳國富：〈淺析《紅玫瑰與白玫瑰》中佟振保的性格組合〉，《青島職業技術學院學報》（第 21 卷 第 1 期，2008 年 3 月），頁 65。

21 鍾正道：《張愛玲小說的電影閱讀》（台中：印書小舖：總經銷生活力人文工作室，2008 年），頁 246。

22 張愛玲：《傾城之戀 —— 張愛玲短篇小說集之一》（香港：皇冠出版社，2006 年），頁 55。

中，在性交易前振保坐在鏡前，面容是光明而清晰的，這時的他還是個童子，到性交易完成，他除了凝視法國女人外，也凝望赤裸的自己。這時的他還是完整的，他能面對自己，剛決定要做「絕對的主人」。

到後來振保和嬌蕊初見，內心已經燒起情慾，他拾起嬌蕊的頭髮，再望到鏡中的自己：朦朧不清的面容，看不見全臉，到見到了自己，終於將頭髮扔到廁所沖走。我認為這是振保開始迷茫的象徵，然而他尚有一點定力，想拒絕承認自己對朋友的妻子有非份之想。

中段佟振保多次路過鏡子，卻都沒有映照到自己。

再下一次照鏡子已是聽說篤保和嬌蕊偶遇之時，振保獨自在鏡前喃喃自語練習，他的面上一半光明一半黑暗，我認為是他心理狀態二分、對立的一個映照。

到振保在篤保離開後，又向煙鸝亂扔東西，最後他還親手將鏡打破，並在鏡子的碎片之中檢視自己，出現了兩個振保的影像。我認為這段對應的是以下原文：「振保又把洋傘朝水上打——打碎它！打碎它！砸不掉他自造的家，他的妻，他的女兒，至少他可以砸碎他自己。洋傘敲在水上，腥冷的泥漿飛到他臉上來，他又感到那樣戀人似的疼惜，但同時，另有一個意志堅強的自己站在戀人的對面，和她拉着，扯着，掙扎着——非砸碎他不可，非砸碎他不可！」[23] 他經歷嚴重的自我分裂，想走出去自己

23 同上，頁96。

親手創造的現況，卻又沒有方法，只能把自己砸碎。

然而最悲哀的大概是最後一幕：振保又換上一塊新鏡子，完好無缺。他面對鏡子梳理頭髮，猶如一切都沒有發生過一樣，呼應原著中的末句：「第二天起牀，振保改過自新，又變了個好人。」鏡中的虛像映照了振保的自我誕生到分裂，最後卻又回到完整的模樣，就如振保墮落與改過的過程，總是會一再重演。

五、佟振保與女性主義文學、電影

《紅玫瑰與白玫瑰》，說的不單是一個男人三心兩意的情史：它說的是一個充滿權力符號和性別政治的故事。佟振保出生於傳統父權仍然高漲的中國，卻又到過追求自由開放的國外留學，形成價值觀上的衝突。振保的世界是絕對的，「對」「錯」分明二元對立，而他同時渴望有能力絕對的控制一切。結果苦了的不單是他想控制的紅白玫瑰，還有振保自己。

作者自己的成長經歷都是充滿壓抑的。張愛玲在散文〈私語〉中提及被父親痛打的經歷，更記起母親叫她不要還手，不然說出去總是她的錯。[24] 父親就是絕對的權力，即使錯的是他，社會都只會着眼女兒竟敢抵抗，不理本身的是非黑白。「我把世界強行分作兩半，光明與黑暗，善與惡，神與魔。屬於我父

24 來鳳儀：《張愛玲散文全編》（浙江：浙江文藝出版社，1992 年），頁 130。

親這一邊的必定是不好的，雖然有時候我也喜歡。」[25] 假如必須將世界二分，父親在她心中就是壓迫者。

關於女性壓抑主題的書寫表現了張愛玲對「女性自我定位危機」的焦慮，同時也是她對於父權文化總體壓抑的真相揭露與抵抗。[26] 就如張愛玲開篇所言，傳統中國往往是將「節」、「烈」分得很開，是相反的女性；而且她們永遠被喻為花，只能被觀看、等人採摘，更有明確保鮮的限期。而自古而言，女性都處於被觀者的位置，被支配、被物化、被物欲化；而男性為保有屹立不倒的主體地位，就以父權機制壓抑女性「在看的」自覺存在，使女性無法超越作為客體的存在。[27] 佟振保一直追求的，正是這種主體地位：他要在社會中名成利就，當他人的面孝順母親，在婚姻中找個控制之內的賢妻，他依賴別人的認同確立自己。唯有緊貼父權社會施予的期望，他才能一直站在擁有權力的一邊。

然而張愛玲小說中的女性卻有雙重身分：除了是被觀者，她們同時也是觀者，大量出現女性凝視，有一種自覺的存在。[28] 以嬌蕊為例，她是個受外國教育的華僑，在情愛的關係上，她和振保幾乎是平等的。不只是振保凝視嬌蕊，嬌蕊自己也採取主動凝視振保，以大量調情和性的互動，與振保建立關係，互

---

25 同上，頁 128。

26 林幸謙，《女性主體的祭奠 —— 張愛玲女性主義批評 II》（桂林：廣西師範大學出版社，2003 年），頁 7。

27 鍾正道：《張愛玲小說的電影閱讀》（台中：印書小舖：總經銷生活力人文工作室，2008 年），頁 61。

28 同上，頁 61-62。

相宣洩慾望。不同於男性凝視，女性凝視是由女性主體發出關注，向內凝視自己的身體，向外凝視對待她的世界。[29] 即使是白玫瑰煙鸝，都擁有這樣的雙重身分。開始時她處於完全從屬的位置，沒有什麼自我意識，即使振保待她不好，她也不抱怨。「他在外面嫖，煙鸝絕對不疑心到。她愛他，不為別的，就因為在許多人之中指定了這一個男人是她的。」[30] 身分的轉換不是一時三刻的。直到她患上便秘症，每天都把自己困在浴室裏，煙鸝才真正有機會成為觀者，好好的向內凝視自我，慢慢鼓起「觀者」的自覺存在，最後紅杏出牆，追尋自己的慾望。[31] 振保的力量終於也不夠控制「忠貞」的白玫瑰。

關錦鵬擅長拍女性電影，在改編電影中保留張愛玲的女性意識，運用自身的男性身分，深入關注到女性群體的內心與情感，並容許女性最大限度上為自己說話。[32] 也許因為與原著時隔五十年，我覺得電影中小改動更顯出女性獨立，走出客體的感覺。「煙鸝現在一下子有了自尊心，有了社會地位，有了同情與友誼。」[33] 電影將寥寥數句化成煙鸝在婚禮上得體的應酬，從說話內容我們知道煙鸝不論儀態、知識還是觀言察色都大有提升，慢慢變成一個現代女性。而振保與嬌蕊再遇，從小說中嬌

---

29 同上，頁 60。

30 張愛玲：《傾城之戀——張愛玲短篇小說集之一》（香港：皇冠出版社，2006 年），頁 85。

31 鍾正道：《張愛玲小說的電影閱讀》（台中：印書小舖：總經銷生活力人文工作室，2008 年），頁 63。

32 張妙珠：〈女性主義電影理論下關錦鵬電影創作解讀〉，《電影文學》第 17 期（2014 年），頁 39。

33 張愛玲：《傾城之戀——張愛玲短篇小說集之一》（香港：皇冠出版社，2006 年），頁 97。

蕊被動提醒振保下車，到電影中主動離開振保，都是從細節上入手的女性賦權（empowerment）。

就性別政治而言，振保是市儈的，他可以交際很多不同的現代女性，有寬闊的口味，但另一方面，他的配偶選擇卻只能依從實用的原則：一個男主外、女主內的核心家庭，一個服從男性主宰地位的妻。[34] 父權文化的總體壓抑下，振保也沒有太多選擇的空間。紅玫瑰、白玫瑰本來象徵二元對立的女性定型，到最後紅白玫瑰卻出現角色互換的情況：「烈」的紅玫瑰再次走入婚姻，生兒育女，也許成為他人的「白玫瑰」，「節」的白玫瑰卻背着丈夫與他人搭上，也許成為另一朵「紅玫瑰」。佟振保要做的是「對」的世界中「絕對的主人」，當來到最後紅白互漂之時，也意味傳統男權中心的觀念的顛覆與消解。[35]

六、結語

佟振保深受西方文化影響，骨子裏卻仍是傳統的中國人，兩種文化中的衝突形成嚴重的失衡，靈與肉掙扎不息。[36] 他是張愛玲作品中罕有深入而圓形的人物，一個「最合理想的現代

---

34 盧應初：〈市儈．現代．性：佟振保與都市俗眾文化解讀〉，載林幸謙主編：《張愛玲：傳奇．性別．系譜》（台北：聯經出版事業股份有限公司，2012年），頁80。

35 吳世娟：〈從佟振保自我價值認同的瓦解看傳統男構觀念的顛覆〉，《青年文學家》第十七期（2014年），頁48。

36 欒小利：〈病態的雙面人——《紅玫瑰與白玫瑰》中佟振保形象解讀〉，《湘潭師範學院學報（社會科學版）》第26卷第6期（2004年11月），頁100。

中國人物」，我相信可以告訴我們的還有很多，只待讀者從不同角度發掘。

「關錦鵬的《紅玫瑰與白玫瑰》，跳脫了傳統電影的敘事架構，一方面刻意忠於小說，透過字幕直接顯示中英文的小說片段；一方面刻意忽視小說，重塑了場景與人物的意義，因而獲得較自由的表現空間，再加上美術與特寫攝影的絢麗，十分能突出存在於四〇年代上海殖民都會惘惘威脅中的生命形貌。」[37] 關導演為《紅玫瑰與白玫瑰》補上了另一種想像，用他的美學，建構了迷人性感的紅玫瑰、純潔安靜的白玫瑰，和一個虛偽的好人振保，卻又讓你恨不了他。

作者對佟振保不完全是諷刺，大概還盛着很多同情——「因為他的自相矛盾是不自知的，他是很真誠地做着一個虛偽的人。」[38] 其實整個故事都是悲劇，即使是振保，他也無法順從心意做人，只能在分裂與自我復修之間偷生，重重複複，直到生命盡頭。受父權文化壓抑而害的，是一整個時代。

（6866 字）

---

37 鍾正道：《張愛玲小說的電影閱讀》（台中：印書小舖：總經銷生活力人文工作室，2008 年），頁 31。

38 盧應初：〈市儈．現代．性：佟振保與都市俗眾文化解讀〉，載林幸謙主編：《張愛玲：傳奇．性別．系譜》（台北：聯經出版事業股份有限公司，2012 年），頁 82。

七、參考書目

一、專書

1. 李冰雁：《香港電影的文化記憶 —— 從文學到電影的跨媒介轉換》，香港：三聯書店（香港）有限公司，2017 年，第一版。
2. 來鳳儀：《張愛玲散文全編》，浙江：浙江文藝出版社，1992 年，頁 120-134，第一版。
3. 林幸謙：《女性主體的祭奠 —— 張愛玲女性主義批評 II》，桂林：廣西師範大學出版社，2003 年，頁 7。
4. 張愛玲：《傾城之戀 —— 張愛玲短篇小說集之一》，香港：皇冠出版社，2006 年，頁 52-97，初版十六刷。
5. 鍾正道：《張愛玲小說的電影閱讀》，台中：印書小舖：總經銷生活力人文工作室，2008 年，初版。

二、文集論文

1. 盧應初：〈市儈 · 現代 · 性：佟振保與都市俗眾文化解讀〉，載林幸謙主編：《張愛玲：傳奇 · 性別 · 系譜》，台北：聯經出版事業股份有限公司，2012 年，頁 75-88。

三、期刊論文

1. 王光明：〈談談華文世界的女性主義寫作〉，《二十一世紀雙月刊》第三十七期（1996 年 10 月），頁 77-84。
2. 吳世娟：〈從佟振保自我價值認同的瓦解看傳統男權觀念的顛覆〉，《青年文學家》第 17 期（2014 年），頁 48。
3. 吳國富：〈淺析《紅玫瑰與白玫瑰》中佟振保的性格組合〉，《青島職業技術學院學報》第 21 卷 第 1 期（2008 年 3 月），頁 62-67。
4. 張妙珠：〈女性主義電影理論下關錦鵬電影創作解讀〉，《電影文學》第 17 期（2014 年），頁 38-39。
5. 雷素娟：〈《紅玫瑰與白玫瑰》小說電影比較談〉，《文學教育（上）》第 2 期（2015 年），頁 60-61。
6. 熊曉艷：〈張愛玲的女性主義敘事〉，《首都師範大學學報（社會科學版）》第 3 期（2006 年），頁 98-101。
7. 樂小利：〈病態的雙面人 ——《紅玫瑰與白玫瑰》中佟振保形象解讀〉，《湘潭師範學院學報（社會科學版）》第 26 卷 第 6 期（2004 年 11 月），頁 100-101。

評審評語

鄧正健

對於佟振保在小說中和電影中的呈現，文章中均有相當細緻的描述和比較，可惜創見不多，大多都是在別人的討論基礎上略作延伸和舉證。標題中的以「小說與電影對讀」和「女性主義」為主題，但文章並未對兩者關係作深入剖析，而只是鬆散地將一些觀察分段述之。相對於亞軍的兩篇文章，本文在個人創見和文章結構上皆有所不及。

優異獎

以享虐視角重讀張悅然的《紅鞋》 / 沈傲雪

《紅鞋》是一個關於殺手和小女孩間的故事，殺手在一次任務中把小女孩的母親殺死，同時向目睹整段過程的小女孩開槍除患。豈料殺手在孤兒院裏重遇小女孩，決心帶她離開一同生活，小說主要講述二人一起生活的互動。本文試用享虐的角度重新析賞角色的互動，發現角色的行為和心理存在施虐、受虐、自虐的特點。在這裏必須強調，《紅鞋》角色的享虐特質並不停留在施虐、受虐、自虐的單一位置上，而是出現更替及互換，這亦是在享虐角度析賞時應多觀察的特點。

「享虐」的概念來自「虐戀」（即 sadomasochism，簡稱 SM），「享虐」指享受「虐」的過程，可包括但不限於性，除了「性受虐」外，還有「社會受虐傾向」，後者指在某種的生活態度或社會行為中，遭受到折磨和陷入無力感中而獲得享受。[1] 後來在福柯的研究下，提出「快感非性化」的觀念，指性的快感和喜悅，可以通過生殖器官以外的行為而獲得。因此廣義上說，只要涉及痛感及快感的連繫情感活動，即可視為「享虐」。享虐可細分為兩項，一是受虐者對受虐行為的享受，二是施虐者對施虐行為的享受，只要滿足其一就符合享虐的標準。本文主要分為

1　參考李銀河：《虐戀亞文化》（北京：中國友誼出版公司），2002 年，頁 256。

兩部分，第一部分以享虐的角度分析《紅鞋》裏的殺手及女孩，第二部分將探討《紅鞋》裏的象徵性物件如何深化角色的享虐特質，最後以享虐視角下重讀文本的價值。

一．《紅鞋》的享虐角色

《紅鞋》的殺手本以施虐者的姿態出現，但重遇女孩後殺手以因罪惡感而贖罪，甘願對女孩的忍讓與崇拜，令殺手轉變成受虐者；女孩目睹殺手殺母後，感受到血與暴力所帶來的快感，重遇殺手後，她以冷暴力對待殺手，用施虐者的身分玩弄着殺手的贖罪心理，設計一場又一場令她享受的遊戲。前者的甘願，後者的享受都符合享虐的特點。

1. 甘願受罪的殺手

殺手是孤兒出身，自小覺得孤兒院令他成為了一隻被觀賞、支配的動物，他憎恨這種感覺，決意要做支配和控制的人。「可以對別人的生命進行控制的時候，他感到了前所未有的快感。」殺手直言的快感是種享虐心理，從控制、支配中得到存在感和喜悅。事實上，殺手這身分蘊含着權力符號，掌握別人的生死大權，作者亦通過殺手槍殺女孩母親及女孩起首，塑造殺手施虐者的形象。

然而這施虐者的形象是脆弱的，它不斷被剝落。他在孤兒院裏偶遇大難不死的女孩，女孩的冷酷無情，如她拋擲受傷的小麻雀，更令殺手錯愕的是她在小動物的哀鳴中的興奮笑意，至此殺手覺得女孩的無情是他一手造成的，是他的「罪」，自覺的犯罪，形成心理學上所說的「負罪感」，佛洛依德曾說：「在受虐幻想中可以發現一種明顯的內容，即負罪感。當事人假想他犯了某種罪過，必須用忍受痛苦和折磨的過程來贖罪。」正因這份「負罪感」令殺手的施虐地位開始轉變為受虐者，他帶着女孩離開孤兒院，開始了他「贖罪」的生活，「贖罪」對殺手來說成了他生存的目標，因此殺手與女孩重遇時，他得了如此幻覺：「他感到了生活的光。光，就從那個冷生生的子彈繁衍的溫暖傷口上溢出來。忽然間，他竟是如此感動。」

殺手的贖罪過程：寵愛——受難——犧牲，這過程中的受虐程度是每級遞進的。只要是女孩希望得到的物質，殺手都會滿足她，例如汽球、風車、甘蔗、鈴蘭花、昂貴而營養富足的食物等。殺手的寵愛漸漸變成縱容，他認為女孩殘忍、冷血的是他的罪孽，對於女孩把鳥蛋砸爛成一灘稀爛的蛋漿，對於她用釘把小狗的前額釘住等行為毫不斥責，甚至跟女孩的殘忍妥協，殺手希望以照顧她為手段，感化她的冷血，補償她失去的母親、補償她失去的溫暖和童年，正因這種想法，令殺手有了當女孩父親的慾望。此後，小說屢屢出現「父親」的行為，如為女孩買菜做飯、送她上學、供書教學，甚至放下從前的身分象徵——手槍。他想捨棄殺手的身分，希望安和地跟女孩生活，當一個「趣味索然的中年男子一般亦是甘願」。這種的「甘願」是種享受的狀態，他享受補償女孩而做的一切，所以甘願放棄自身的身分。在施受虐的關係達成前，其中一方的自我放棄是必然的條件，放棄自身的地位，才會產生地位的尊卑差異。此外，殺手對女孩的「仰慕」亦是施受虐形成的原因，「他喜歡她的一切，這顯然超越了對一個女人的愛慕和迷戀。」仰慕令他變得卑微，卑微和受罪感結合，才形成殺手的受虐地位。

女孩被人綁架一事始，殺手的受虐身分就非常明確，為了拯救女孩和替她還清債務，殺手重拾手槍，重新執行殺人任務。殺死女孩母親的負罪感在這階段持續膨脹，他認為女孩給他的種種難題，都是對他的懲罰，即便是重拾殺手的身分，都是為了滿足女孩對他的懲罰。接受女孩的懲罰成了殺手的唯一和生存目標，以及消除內心負罪感的方法。因此面對女孩的離家出走，殺手不斷以殺人獲取金錢，然後把女孩找到再接她回家。心理學家揭示了受虐的動機與被愛的慾望有關，愛和懲罰是互相滲透的，於是演變成被懲罰就是被愛的假象。「他每次歷盡千辛萬苦找到她，然後把她帶回來，雖然他知道她很快又會跑出去，但是這個過程對於他而言依然重要。他現在的生活除了找尋她，還剩下些什麼呢？」殺手的生存意義只剩下受罪，他不但希望能從「罪」裏解脫，還希望以「被懲罰」得到女孩的關注和愛。於是殺手跟女孩坦白他是殺死其母的兇手，他跟女孩哭着說：「你殺死我吧。這樣的折磨可以結束了。」但女孩沒有讓殺手如願，她直言不想殺死他，殺手的罪惡感得不到清洗，於是他產生了「自虐」的行為。

《紅鞋》裏不多的地方透露殺手的感情，但從以下兩片段中可見殺手希望被愛和被需要，一是當聽到女孩跟別的男人做愛時，殺手心中的憤怒；二是女孩離家出走後，女孩留言讓殺手「你來找我」，此話令殺手感動。基於希望「被愛」，所以希望「被懲罰」，因此女孩每次的出走、每次闖下的禍、每次賭錢欠了的債，殺手都會重拾殺手的身分，即使他知道自己的身體不如從前，無法應付殺人任務，他都會強行執起槍去賺錢，去尋求女孩，事實上他大可不必折磨自己，不用尋回女孩，但他卻樂此不疲地、甘願地折騰自己。殺手的「自虐」不但來自肉體，更來自精神，「他多麼渴望自己可以在她的生命裏留下一個印記，可是他耗盡了全身力氣仍是不行。」殺手既無法被愛和被需要，亦無法贖罪。最後殺手的確能以犧牲性命來獲得女孩心中的印記，倒在雪地上、身中三槍而汩汩流血的殺手成了女孩的拍照對象「喀嚓，這是男人這一生的第一張照片。他終於作為一個標本式的角色，印進了她的底片裏。這是他最後能給予她的，他的身體。」殺手死去，他的受虐結束，於他而言他終於能夠贖罪和得到女孩的注視。

2. 殘暴施虐的女孩

伍爾芙曾以「屋子裏的安琪兒」來概括男性眼中的女性即「他者」的模樣，屋裏的安琪兒，不但是楚楚動人、富同情心、不自私的，而且是溫柔順從和純潔，最重要的是純潔，純潔是美之所在。[2] 殺死安琪兒指女性作家的作品拒絕塑造男性視角的理想女性形象。張悅然筆下的女孩正是以這出發點設計的角色，女性的柔弱和孩子的純真從小說起始已經解構，女孩是無情、冷血、暴力、嗜血、愛刺激的，小說以大量的片段來塑造女孩的醜惡。《紅鞋》並無明確指出，女孩的邪惡是源於她自身的真實，還是女孩目睹母親被殺而激發的，但能夠肯定的是，她在母親被殺的畫面中，她看到施虐的美好和快感，「她喜歡這刺激的活動，仍是咯咯地笑。」笑無疑是享受的狀態，從一開始我們就能看到女孩享虐的表現。

女孩的施虐心理的表現形式：殘忍——無情——歡愉。張悅然透過寫女孩虐待小動物而喜悅的片段，塑造了一名年幼的

2　瑪麗·伊格爾頓著、胡敏譯：《女權主義文學理論》（長沙：湖南出版社），1989 年，頁 19-20。

施虐者，典型的施虐手段，欺負比自己弱小的生物，更重要的是張悦然不斷強調女孩因施虐而喜，如女孩看到擲出去的麻雀墮地，「她顯得興奮極了，小臉上流淌着石榴紅包光芒」；又如女孩把鳥蛋砸壞，弄成一灘稀爛的蛋漿時「她當然又會露出滿足而暢懷的笑容。」虐待小動物彷彿再也無法滿足女孩，進一步地向男孩施虐，女孩學習電影的情節，把男孩的牙齒全都拔掉。殺手對她的殘忍行為予以容忍，殘忍漸漸發酵成無情。

這種無情主要是針對殺手的，殺手多次尋求他在女孩心中的位置，女孩都會冷待他的索求。殺手希望女孩痛恨他也不要用一種漫不經心的態度對待他，這是「一種最最冷漠的忽略，這是最最絕情的否定」。這種無情是種冷暴力，女孩持續地玩弄着殺手的負罪感，她創造了一個讓他贖罪的遊戲 —— 讓她歡愉。她為殺手留下的紙條：「你來找我」像詛咒、像命令一樣奴役着殺手，沒錯，對於女孩來說她是遊戲的設計者，被綁架和多次離家出走後寄回去的線索照片，都是女孩的預謀，她掌控了這場遊戲，讓殺手為她奔波、為她勞碌。她自然知道殺手的身體日漸虛弱、衰老，但她視而不見，就算直到最後一幕看見負傷、中槍的殺手，她亦不曾臉露哀傷。誠如殺手透露的感受，「這是多麼可悲，她清楚一切，卻連一點憎惡的感情亦不能給他。她一點感情也不肯給予，是這樣的決絕。」女孩愈是無情，殺手就愈希望從她身上得到感情，女孩正正利用這點，達到對殺手的精神控制，一個勁地向女孩贖罪、一個勁地尋走出走的她，令殺手的精神變成「她現在需要他，這種需要是他一直渴求的，這種需要會在任何時刻令他像一隻瘋狂的陀螺一般轉起來。」這樣的着魔狀態。從以往虐待小動物的往事中，我們可以知道，女孩會因為看到別人的痛苦而感喜悦，這名施虐者最想看到的，自然是殺手的痛苦。不過最能令女孩（施虐者）在施虐過程中得到快樂的並不是看到殺手（受虐者）的痛苦，更重要的是她是痛苦的實施者，正因如此她能無情地施虐。

女孩因施虐而歡愉的表現在《紅鞋》中頻頻出現，「興奮極了」、「露出滿足而暢懷的笑容」、「看到十分血腥或者驚懼的鏡頭，還會露出一副心滿意足的表情」等，但女孩對殺手的施虐不如對待小男孩和各種小動物，兩者的不同在於，前者是精神上的虐待為主，後者則是以見血的肉體虐待為主。正如起首所說，施受虐者都必然達到喜悅，是享受施受虐的，然而女孩施虐形式的不同令讀者無法看見女孩對殺手施虐的喜悅。筆者認為這與施虐形式有關，精神虐待的視覺衝擊並不強烈，而女孩多以視覺而獲快感，這正是女孩隱藏了喜悅的原因。另一原因是，女孩對殺手的精神虐待是長年累月的，而這種累積令殺手成了女孩的精神奴隸，這種精神的控制令殺手甘願為女孩赴湯蹈火，故此直到故事最後，殺手的涉險令他被仇人追殺，令他在女孩眼前倒臥血泊，虐待的形式才由精神層次轉化為肉體層次：

她走到倒在地上的男人面前。她把男人單薄的棉衫脫掉，褲子也褪去。跛腳的男人滿臉參差的鬍子，赤露的身體上有三個槍口，血液正從四面八方彙集。她看着，露出笑容，覺得他是絕好的模特。她從身上取下相機。喀嚓。這是男人這一生的第一張照片。他終於作為一個標本式的角色，印進了她的底片裏。這是他最後能給予她的，他的身體。我們走吧。女孩心滿意足地說。

殺手痛苦的場面成就了女孩的「喜」，而這種喜悅跟小說前段比較，就能發現前段的喜悅多是帶有詭異的色彩，令讀者感到笑中見寒。然而，結局最後女孩的笑，簡單而直接，文字上亦不加任何的修飾，就是一個笑容，笑意是率直而真誠的。殺手的死正是女孩施虐的最高傑作，故此能發現女孩在結果的滿足和歡愉。

二・象徵享虐的事物

在傳統的施受虐作品中會找到與虐戀相關的物品或意象，如皮鞭、手銬；或與虐戀相關的情節，如綑綁、鞭打。《紅鞋》的施受虐關係卻沒有出現典型的虐戀情節和物品，但是《紅鞋》的「紅鞋」、「疤痕」、「相機」正是連繫施受虐者的另類物品和意象。

1. 紅鞋

紅鞋是小說的線索，亦見證着女孩成長過程。殺手向女孩開槍後，穿着母親紅鞋的女孩肚皮不斷流血，她的血染紅了鞋子令「紅色鞋子變得有了生命般的活潑生動」，正是它的染血連繫了二人的施受虐關係。殺手在孤兒院重遇女孩，女孩虐待動物的舉動並沒有動搖殺手的惻隱，直到他看到女孩的紅鞋，「他看到了她腳上的鞋子，她腳上拖着一雙紅色的女鞋，對她來說過分地大，而且非常舊，暗沉的紅色上面有着斑駁的紋路和一塊一塊磨淺的赤露的皮色。像一張生滿癬的悲苦交加的臉。他的心中像是閃過一道潔白的閃電。」殺手內心的震撼來自他的罪證——紅鞋上的血跡。正是這雙紅鞋烙印住殺手的罪，亦是喚起殺手罪惡感和贖罪感的媒介。

對於女孩來說，紅鞋是母親的遺物，她冷待生命、冷待感情，只關注她的紅鞋和相機。不過她對紅鞋的珍惜，僅是因為它「可玩」的性質，「女孩很喜歡這鞋子，它是她多年來一成不變的心愛玩具」若說紅鞋象徵了殺手贖罪，那麼女孩視紅鞋為玩物的態度就形同把玩殺手的贖罪心理。正是二人對紅鞋的態度不一，為二人的施受虐的關係暗埋伏線。後來女孩帶着紅鞋離家出走，這暗藏的關係浮出。女孩拍下紅鞋的照片寄給殺手，殺手以此為線索尋找女孩。這是女孩用紅鞋設計的「遊戲」，而殺手參與女孩的遊戲藉此贖罪，控制與屈從正是透過紅鞋來傳達的。

2. 傷疤

張悅然花了不少的筆墨形容女孩槍傷後的疤痕，常以殺手的視角描寫疤痕的變化，殺手對疤痕的喜好是帶有戀物癖的色彩。對施虐者的身體或物件具迷戀和崇拜，並從崇拜中得到滿足感甚至是快感或性喚起，就可視為戀物癖，按陳曦〈文學中享虐現象之考察〉的分析「戀物，實質是戀人。因為不敢或不能直接愛對方的人，於是選擇對方的物」，[3]《紅鞋》中的傷疤正是達到這樣的功能。殺手重遇女孩，看見她的傷疤後有以下描述：

> 他看到了她肚皮上有道半寸長的傷口，早已癒合。她的皮膚十分潔白，而傷疤亦一點也不難看，它呈一個非常完美的圓弧度，像是女人飽滿的嘴唇，矜傲地微微上翹。又像是一

3　陳曦：〈文學中享虐現象之考察〉，福建師範大學：博士學位論文，2007年5月，頁26。

> 根姿態優雅的羽毛一般棲伏在她的身上。他驚訝於它的美。他一生見過無數傷疤，卻從來沒有一個，像她身上的這傷疤一樣美好。他感到這是一件藝術品，而他正是這藝術品的創作者。

殺手的眼中，女孩的傷疤是性感的，像女人的嘴唇；同時，她的傷疤亦具析賞性質，像一件藝術品，殺手對這兩物的喜愛帶着幻想和崇拜的色彩，超越了事物的本質。這種幻想和崇拜進一步異化：

> 他抓着她的腰轉起來，一圈一圈地，裙子像是雨天的傘，騰地一下撐開了，他不動聲色地欣賞着那個傷疤。終於他騰出一隻手，一直伸上去，觸碰到了那塊傷疤。它像是剔透的雨花石一般光滑，卻有着海中軟體動物般輕輕起伏的感覺。他閉上了眼睛。並且他感到了生活的光。光，就從那個冷生生的子彈繁衍出的溫暖傷口上溢出來。忽然間，他竟是如此感動。

傷疤是有生命般的起伏，傷疤像海中軟體動物如海參、海星，結合前言傷疤像女人飽滿的嘴唇，不難發現殺手對疤痕帶有性幻想，於他而言，傷疤好比女孩的性器官。此外，「子彈」亦是帶有性象徵的物件，子彈在形象上與男性性器官相似，而子彈的發射亦與男性的射精行為相似，上文的「光，就從那個冷生生的子彈繁衍出的溫暖傷口上溢出來」若從性的意象上理解，傷疤是女性的陰唇，而子彈是男性的陽具，從溫暖傷口溢出來的光便是射精後的精液滿溢的狀態。殺手對傷疤的性幻想，是透過戀物，將物件異化為性器，欣賞、崇拜，繼而滿足，李銀河在《虐戀亞文化》中指出「虐戀活動的最後一個共同特徵是，由於它帶有戀物性質，此類活動有時甚至可以完全取代生殖器性活動。」在《紅鞋》沒有任何身體上性的場景，但通過戀物殺手得到了性的快感和滿足。

傷疤在小說的作用是不斷加強殺手對女孩的崇拜，如「他喜歡她換衣服時候伸起胳膊，露出小腹上那道傷疤的樣子，宛如一隻蚌正在緩緩地打開，呈現出它中間的那顆璀璨奪目的珍珠。」透過對傷疤的崇拜，持續地矮化殺手的地位、削弱男人的剛氣。故事結尾，張悅然亦不忘重提傷疤，把傷疤寫成是女孩回饋給殺手的一種生生不息的牽引，殺手必要地追隨女孩，拿出自己所有的來給予女孩。不難發現，殺手受虐的心理和行為帶有供奉、奉獻的色彩，最後更一句點明「可是對於他的小仙女，他的女神，他又能有什麼怨言。」故此，因戀物癖而產生的崇拜和迷戀，輔助了施受虐關係的成長，加深了享虐的性質。

3. 相機

《紅鞋》中作者表面上只以女孩的笑來表達施虐的喜悅，事實上文中亦通過「相機」來達到目的。相機往往是拍下美好的，特別在一名女孩的手上，應是拍下具童真的片段，但作者卻毀滅了這點。拍照是把喜愛的、觸動自己的畫面記錄的方法，而女孩拍下的相片都是充滿血腥、暴力（例如虐待白色的貓，把牠五花大綁後拔掉牠的牙齒，令牠滿口是血，不但用夾竹桃汁水把白貓弄成紫紅色，還用繩索住牠的脖子拉動牠，令牠奄奄一息後拍下照片），相片是她施虐的歷程，同時女孩因為喜歡自己施虐的作品才替他們拍照「女孩非常迷戀她自己的傑作。她把它們一張張貼在自己房間的牆上。」

陳曦的〈文學中享虐現象之考察〉分析到享虐跟真、善、美、惡的關係時引用到日本文學的現象，他指出三島的美學公式是「美＝血＋死」、「將殘酷性提高到殘酷美，就會增加作品的力度」，甚至分析到「惡即美」的現象，「為什麼『惡』即是『美』？因為『惡』才深刻，深刻是最本質的『真』，『真』了就『美』了。『真』是『惡』與『美』統一的另一個途徑。」[4] 如把陳曦的分析放在女孩的施虐心理上理解，就能明白女孩具有三島的「美＝血＋死」的美學傾向，通過施虐，把生命還原成基本的單位，為了她心中的「美」，可以理所當然地「惡」，她所拍攝的都是令她滿意達到她心中「美」的相片，而殺手的死正是女孩最滿意、最好的作品。

通過拍攝的行為，我們能更深刻感受到，女孩享虐的過程，而相機正是收錄着她享虐的點滴，正如殺手對女孩的相機的理解「照相機像是一個有魔法的盒子，從它的裏面放出了可怕的邪惡的魔鬼，而女孩被這魔鬼誘惑了。」這隻魔鬼便是這種「美＝血＋死」的美學觀。

三・享虐視角下重讀《紅鞋》的價值

1. 對「女性的本質」的反撲

享虐文學中多以男性施虐，女性受虐為主軸，只有極少的文本以相反的性質書寫。佛洛依德認為女性的受虐傾向是由於

4 陳曦：〈文學中享虐現象之考察〉，福建師範大學：博士學位論文，2007年5月，頁55。

「女性的本質」，即受虐傾向是真正的女性氣質，雖然佛洛依德這觀點已遭受到強烈的反對，但女性生而受虐的觀點得到社會上大多數人的贊同，《紅鞋》中的女孩施虐者的身分除了衝擊這傳統的觀點外，還運用施虐解構了女孩的純真美好的形象，揭示了女性內心中邪惡嗜血的真實慾望，相比取他人性命的殺手，女孩更冷血無情。

2. 對人的存在提出疑問

《紅鞋》中的殺手一直以為他是為殺人而存在，重遇女孩後殺手以贖罪受虐的形式為生存目的。人感的「存在」是建立於精神感受上的，對痛感毫無知覺的處境下，人是無法自感存在的。如同烏納穆諾所的分析：「只要我們不曾感受到不舒服、苦難或者悲痛，我們就不會知道我們擁有心、肺、胃等器官……除非我們受到刺痛，否則我們從來不注意我們曾經擁有一顆靈魂。」同樣，殺手在受虐下感到自己的活着，所以他為女孩甘願赴湯蹈火，甚至是赴死。人類迴避痛楚和痛苦是本於自然本能，違反本能的存在應如何自處？《紅鞋》為這樣的困惑作人文的關懷，認同人的冷血無情，認同人的自尋痛苦，不抨擊、不貶抑，記錄着人類另一面的真實。

3.「快感非性化」的成功範例

在傳統的享虐或虐戀的文學作品中，或多或少會出現典型的性虐場面，如虐戀文學的始祖薩德的《貞潔的厄運》；日本以恥辱文化為享虐特點的《春琴抄》等。當中定然會涉及性的關係和出現在牀上的施受虐的關係，而張悅然在處理享虐的情節時，將性完全排除，既無實際的性喚起，亦無男女間為滿足性慾而發生的施受虐。福柯的「快感非性化」得到學界普遍的認同，這概念具有新的哲學意義：對人性中非理性方面的揭示。《紅鞋》的施受虐者的喜悅，全都在性事以外的，殺手和女孩分別對受虐和施虐的迷戀正是人性的非理性的特點。故此《紅鞋》是現當代的中國文學裏對「快感非性化」實驗成功的範本。

4. 享虐意象的開創

虐戀文本多以皮鞭、綑綁、責打、蠟燭、戀足等為虐戀的意象和情節，然而《紅鞋》是以小說為本，通過角色的互動而運用符合角色的施受虐意象，摒棄了以往的虐戀文本，即為了凸顯小說的施受虐特點，刻意地運用虐戀意味極濃的意象。例如受虐者戀物的特質，《紅鞋》以戀傷疤為戀物的媒介，是基於推動情節而出現的，並非為凸顯享虐的主題而使用，因此《紅鞋》的享虐情節不像以往的享虐文學，能明確地分析到享虐的立意。

享虐文學愈見多元化，不同於剛萌芽時，只以男女的性慾為書寫。中國的作者亦有多方面的嘗試，除了把享虐用於性場面外，還嘗試在生活角度上書寫。例如徐小斌的《羽蛇》，也是以施受虐為出發點的非性化文學。從前我們較少以這角度深入思考中國的文學小說，未來若多以享虐角度閱讀文學小說，定能擴充文學小說的主題及可讀性。

(8209 字)

參考資料

1. 李銀河：《虐戀亞文化》（北京：中國友誼出版公司），2002 年，頁 256。
2. 瑪麗・伊格爾頓著、胡敏譯：《女權主義文學理論》（長沙：湖南出版社），1989 年，頁 19-20。
3. 陳曦：〈文學中享虐現象之考察〉（福建師範大學：博士學位論文），2007 年 5 月。
4. 張悅然：《紅鞋》

評審評語 //

羅貴祥

敘述與分析不緩不急，有條不紊。以複述故事細節，有條理地剖析作品的種種，從角色討論到象徵物件的探究，直至對享虐價值的思索，都呈現了不俗的見解，是一篇穩健紮實的評論文章。

優異獎

徐皓峰小說人物形象及其文化內涵分析 /董安

在短篇小說集《刀背藏身》的後記中，徐皓峰寫道：「我寫小說，也有極強的目的性，為將來拍成電影，青年立志時，畢竟是做個導演。」[1] 也許是這一層主次關係的作用，作為電影人的徐皓峰，遠比作為作家的徐皓峰更加廣為人知，其電影作品也遠比其小說作品受到更多的關注，批評界也更多地把目光放到其電影作品上。

縱觀徐皓峰的小說創作，其小說作品帶有其鮮明的個人藝術印記，使得徐皓峰成為近年來在武俠文學領域，最獨樹一幟的作家。一方面，極富個性化的藝術追求，持續拓展着武俠文學的新的可能性；另一方面，對中國傳統文化的深入思考，不斷賦予了武俠文學新的文化內涵。如果說，徐皓峰的小說獲得了二〇一三年人民文學金獎和第十六屆小說月報百花獎，證明了徐皓峰小說創作已經獲得了中國大陸純文學領域的認可；那麼，徐皓峰小說的研究的極度稀少，則顯示了文學批評界對其作品的文學性的忽視和文化價值的低估。

---

1 徐皓峰：〈黎明即起〉，《刀背藏身：徐皓峰武俠短篇集》，台北：大塊文化，2017 年，頁 287。

本文的寫作目的，便是將目光聚焦在徐皓峰小說塑造的人物形象上，從文本出發分析徐皓峰小說中塑造的眾多武俠人物形象，並試圖進一步探討其背後鉤沉的文化內涵，以推究徐皓峰小說創作的文學意義和文化價值。

平民稱貴：俠的文化基因探尋

武俠小說作為一種類型小說，雖然有着悠久的歷史，但本質上依然是來自於文人的藝術想像，這也解釋了中國當代的武俠小說創作走向架空歷史與現實的玄幻文學的原因。而徐皓峰的小說則不同，其作品被公認為「硬派」、「還原歷史」[2]。能做到這一點，得益於徐皓峰多年的對民間武術家口述歷史的編纂整理工作。非虛構作品的寫作深刻影響了其小說創作。因此，徐皓峰小說中的武人，可能是歷代武俠小說中最接近歷史真實的俠的形象的。

徐皓峰短篇小說集《刀背藏身》的台灣版有兩篇序，第二篇序文中談及人物的氣質，徐皓峰解釋為：「臆想人物背後的歷史地理，總結出來的生命感覺」[3]。要分析徐皓峰小說中的俠的形象，理解其背後的文化內涵，也應該從俠文化的歷史地理入手。

---

2 陳大為：〈徐皓峰論：「武行」或逝去的民初武術界〉，《東吳學術》，2017年第3期，頁46。

3 徐皓峰：〈平民稱貴（台灣版《刀背藏身》代序）〉，《刀背藏身：徐皓峰武俠短篇集》，台北：大塊文化，2017年，頁8。

俠，作為一類社會群體，出現在春秋戰國時期，這一點毋庸置疑，然而具體到俠產生的歷史源頭，在細節上卻有着分歧。

馮友蘭認為，俠產生自武士：

> 當時軍隊的骨幹，由世襲的武士組成。隨着周代後期封建制度的解體，這些武士專家喪失了爵位，流散各地，誰僱傭他們就為誰服務，以此為生。這種人被稱為「遊俠」，《史記》説他們「其言必信，其行必果，已諾必成，不愛其軀，赴士之困厄」(《遊俠列傳》)。這些都是他們的職業道德。[4]

顧頡剛也認同俠產生自武士的説法，但他認為最初的士皆是武士，而春秋戰國時期文士從武士中分化出來，各自演變成「儒」和「俠」：

> 吾國古代之士，皆武士也。……惟以讀書為專業，揣摩為手腕，取尊榮為目標，有此等人出，其名曰「士」，與昔人同；其事在口舌，與昔人異，於是武士蜕化而為文士也。然戰國者攻伐最劇烈之時代也，不但不能廢武事，其慷慨赴死之精神有甚於春秋。故士之好武者正復不少。彼輩自成一集團，不與文士混。以兩集團之對立而有新名詞出焉：文者謂之「儒」，武者謂之「俠」。[5]

---

4 馮友蘭：《中國哲學簡史》，北京：北京大學出版社，2013年，頁51。

5 轉引自，余英時：《士與中國文化》，上海：上海人民出版社，1987年，頁6-7。

余英時則不贊同「古代之士，皆武士也」的觀點，而認為「周代的貴族教育是文武合一的」[6]，因此俠是一種行為，文武之士皆可為俠。

雖然歷來學者在俠的起源問題上，各執己見，很難得到一個權威的或者統一的結論，但是如果從宏觀的社會角度綜合比較各家觀點，不難看出：俠的產生，與士階級有着密不可分的聯繫。

考慮到春秋戰國時期的社會環境，周天子作為天下共主的地位受到動搖，宗法封建制度的瓦解令更多人擺脫了社會關係的束縛，可以在相對自由的身分效力於諸侯，這間接導致了士階級發展壯大。而各諸侯國之間戰爭頻仍，對士人的能力提出了特殊要求，因此即使在「文武分化」的趨勢下，大多數士人都具有一定的武力。在一個需要暴力的時代，士階級因此興起的尚武風氣，也促進了俠的出現。最終，俠在更加自由的士身分的基礎上，在貴族的帶動下產生了。[7]

由此觀之，俠作為一類社會群體，其產生的過程與士階級緊密相連。因此俠文化與士文化必然有着共同的文化基因，在俠的形象中一定能呈現出士文化的投影。

接下來的分析圍繞徐皓峰小說中的人物形象展開，着重分

6 同上，頁 24。

7 韓雲波：《中國俠文化：積澱與傳承》，重慶：重慶出版社，2004 年，頁 35-36。

析其中承載的文化基因和文化價值。

廟堂與江湖：俠的行為與士的社會責任

既然俠的文化基因源自於士文化，那麼俠的行為必然踐行着士的社會責任，我們在探究俠的行為與社會責任之間的關係以及這種關係在徐皓峰小說中的諸多表現時，需要先回到士階級興起的時代，對當時的社會結構和文化觀念加以考察。

顧頡剛在〈武士與文士之蛻變〉一文中，對於「士」在春秋戰國時期的初始樣貌曾經有過如下論斷：

> 士為低級之貴族，居於國中（即都城中），有統御平民之權利，亦有執干戈以衛社稷之義務。[8]

余英時根據《孟子》和《禮記．王制》的記載，認為顧頡剛的論斷是正確的，「士」確實是古代貴族階級中最下等的一個群體，該群體中最下等的一層與平民相銜接，負責管理各部門基層事務。

除此之外，余英時又特別注意到《邾公華鐘》銘文以及《國語．楚語》中士庶人連言的記載，並認為這種記載顯示了士階級的流動：「上層貴族的下降和下層庶民的上升」。進一步得出結論「士階層適處於貴族與庶民之間，是上下流動的交匯之

8　轉引自，余英時：《士與中國文化》，上海：上海人民出版社，1987 年，頁 6-7。

所。」[9] 貴族精英們不斷下降為士，大量庶民階級上升為士，這樣的社會階層的流動，使得士階級從最低級的貴族轉變為最高級的庶民，並最終形成了「士農工商」的四民社會。

如果以宏觀的視角來看待士階級的流動，無論是最低級的貴族還是最高級的庶民，士階級在整個社會結構中上下之交的地位並沒有改變。作為連接上層貴族與下層平民的社會階層，可以想見士人所負擔的社會責任必然要面對着上、下兩個階級，而俠作為士階級中的一個群體，其社會責任也同樣必然面對着廟堂與江湖。

概覽徐皓峰的小說，其筆下為官方效力的武人比比皆是，甚至有很多人物的武功師承直接來自於兵營武技或諜報機構的刺殺術。在徐皓峰的觀念中，武人完全自立於政權之外是很難實現的，「學而優則仕」則正是武人的社會責任上接廟堂的體現。在小說中的具體表現，可以概括為以下兩個方面：

一方面，在國家受到侵略時，武人抗擊侵略，抵禦外侮。這一類武人形象，與曹植詩作《白馬篇》中「捐軀赴國難」的「幽並遊俠兒」類似，也與金庸小說中「俠之大者為國為民」的觀念有共通之處。

徐皓峰大多數小說的時代背景都設置在清末民初，由此小說中有許多武人抗擊侵略者的情節。例如，長篇小說《武士會》的開篇便借百姓之口講述李尊吾師徒和程華安在八國聯軍攻入

9　同上，頁 12。

北京的時候，扛刀劈殺街上落單洋兵的情景：「扛着刀在房上走，見了落單的毛子就跳下來砍。」[10] 再比如，短篇小說〈刀背藏身〉中孔老爺子傳授二十九軍士兵「破鋒八刀」，在喜峰口戰役中發揮出巨大威力，獲得殲敵五千的戰果。

在徐皓峰的小說中，這一類保家衛國的行為有時並不是直接上陣殺敵，而是表現為對國家安全的潛在擔憂，例如《倭寇的蹤跡》中的刀客，依照俞大猷將軍的命令，在非戰爭時期扮作倭寇攪亂南京治安，而這一行為的目的卻是期望引起朝廷重視並反思官兵制度中的問題和漏洞。〈師父〉中鄭山傲帶初到天津的陳識看白俄女人跳舞，兩人在「格魯吉亞舞裙下的步法」中看出了武行密不外傳的武學道理。鄭山傲不禁發出「再不教真的，洋人早晚研究出來，我們的子孫要永遠挨打」[11] 的感慨。這種擔憂也是鄭山傲破例答應來自南方的陳識可以在天津開設武館的主要原因。

另一方面，在政局動蕩時，武人刺殺或保護政客，以改變政局，進一步實現自身社會理想。徐皓峰小說中這一類武人形象更接近於司馬遷在《史記・刺客列傳》中所記載的刺客。

在短篇小說〈民國刺客柳白猿〉中，柳白猿向段祺瑞解釋自己刺殺行為的理論依據，在某種程度上可以看做作者徐皓峰某種觀點的轉述：

---

10 徐皓峰：《武士會》，北京：人民文學出版社，2013 年，頁 2。

11 徐皓峰：〈師父〉，《刀背藏身：徐皓峰武俠短篇集》，台北：大塊文化，2017 年，頁 33。

中國的上層組織為黨，下層組織為幫……開始了黨幫合作。這是把握社會的關鍵，……在黨幫之外的名為「俠」，行俠就是行刺，這是戰國時代《靈動子》的思想，認為刺客是天道運行的一環，盛世以道德約束人，衰世以法律，而亂世以行刺，否則人沒了顧忌，社會便將崩潰。[12]

而在〈柳白猿別傳〉中，柳白猿起初受國民黨特務僱傭，企圖刺殺楊杏佛，後來他放棄了刺殺任務，轉而決定保護楊杏佛。小說中敍述了其行為轉變過程中的心理活動：

因為他在孫中山祭堂中有了特殊的感悟，那「民族、民權、民生」的鑲金篆字，雖然他不知具體含義卻贏得了他的敬意，六個月前，他已經決定要暗中保護楊杏佛了。……看到楊杏佛並不大的鼻子，柳白猿覺得自己的人生變得堅實。要以自己的生命來保護他的生命。要楊杏佛教誨自己，弄懂中山陵上六個篆書的詳細含義……[13]

綜合以上兩種敍述，不難得出結論，無論是行刺或者保鏢，都是武人依據自身價值觀念進行判斷後做出的行為。兩種行為，看似相互矛盾，實則都是武人用自己的方式擔負起社會責任的表現。

與「居廟堂之高」的狀態不同，處於「江湖之遠」的武人

12 徐皓峰：〈民國刺客柳白猿〉，《刀背藏身：徐皓峰武俠短篇集》，台北：大塊文化，2017年，頁233-234。

13 徐皓峰：〈柳白猿別傳〉，《刀背藏身：徐皓峰武俠短篇集》，台北：大塊文化，2017年，頁281。

所承擔的責任，往往與庸常的社會生活息息相關。武人或者俠有責任和義務維護民間固有的社會結構和日常生活的有序進行，為了實現這一目的，其行為往往蘊藏着更為複雜的文化內涵。

《道士下山》中描寫了一場奇怪的比武。彭七子在越南開設武館教授太極拳，卻引來了當地華僑拳手的挑戰。作者徐皓峰在此處並沒有直接描寫比武的情景，而是跟隨遠在杭州的關注這場比武的何安下等人一起，通過收發電報的方式「文字直播」了比武情況。一併呈現在讀者面前的，還有何安下等人對比武情況的質疑和解說，向讀者解釋了「太極拳比武都是一拳斃命」的道理以及這場纏鬥許久的比武的反常性。而這場比武的最終結果也出人意料：

> 比武模仿拳擊比賽規則，擂台四邊各設有一名裁判，皆為武林名宿，打鬥正酣時，他們集體制止了比武。裁判結果為「不勝不服不和」，彭七子與武師相互行禮，結束於一片祥和的氛圍中。[14]

至此，讀者必然一頭霧水，不知作者用意何在。接下來，小說便藉助何安下、沈西坡二人之口，向讀者解釋了彭七子反常行為背後的人情世故：

> 他要在越南立下事業，所以此戰的目的不是戰勝，而是求

14 徐皓峰：《道士下山（癸巳年修訂版）》，北京：人民文學出版社，2014年，頁121。

> 和。不與當地武林撕破臉……彭七子巧妙處理了難局，預示着他將來可做一方豪強，但當年心高於天的人，現在卻委曲求全——作為他的朋友，雖慶幸他的成熟，卻又有一絲遺憾。[15]

比武本來是一種通過暴力手段解決衝突矛盾的方式，然而在實際操作中，武人卻可以將其轉化為克制的交際行為。點到為止，各自留有情面，沒有人的利益受損，日常生活還可以繼續下去，原本的民間社會結構也被穩定的保存下來。

對於中國傳統民間社會結構，徐皓峰有着自己獨到的理解。其作品《武士會》，依據梁啟超所著書《中國之武士道》與天津創立的中華武士會為原型，書中借李尊吾之口，對中國的武士及民間社會結構有一番闡述：

> 日本武士是家臣，而春秋時代的士是為國事幫忙，與王者行的是友道。李尊吾把「武會」改為「武士會」，與日本武士用意不同，是表明底層武人嫁接了士的道德。……武士是城中定居的人。百姓以武士為楷模……武士之道，是安居之道。……貧窮和懷才不遇，是武士的修行，檢驗自己是否失志；財富和施展才華，是武士的修行，檢驗自己是否失德。[16]

換言之，徐皓峰筆下的武人所極力維護的中國傳統民間社會結構，是一種複合型的生態結構。民間各階層雖然從事着不

15 同上，頁 121-122。

16 徐皓峰：《武士會》，北京：人民文學出版社，2013 年，頁 208。

同的行業，經濟上也不平等，但都與武士保持一致的道德禮儀標準。武士能做到這一點，並非依靠暴力、集權或壟斷，而是依靠高超的道德準繩和專業水準服眾，也就是依靠俠自身的文化脈絡中來自於士的文化基因。

逃亡與藏身：文化焦慮下俠的困境

徐皓峰塑造的諸多人物形象都有着豐厚的文化意義，這與其創作小說的理念有着密切關係，這種關係直接體現在其小說的主題上。

小說《道士下山》修訂版前言標題為〈人生可逃〉，徐皓峰在文章中直言自己的小說「寫的是逃亡」。「寫人物命運，寫出了各種逃亡方式；寫人情世故，寫出了追捕者不同的收手方式。」[17] 逃亡也因此被視作徐皓峰小說創作的主題之一。

縱觀徐皓峰筆下的「逃亡」，可以被歸納為兩個層次：「人物命運」關於現實意義上的逃亡；而背後的「人情世故」則顯示了文化焦慮中精神向度的逃亡。

徐皓峰的小說中許多人物，最終走向宿命般的逃亡的結局。長篇小說《道士下山》的主人公何安下，其姓名中就有着「何處安下」逃亡的含義，他不斷地上山修道、下山還俗，在兩種生活方式中搖擺不定的逃亡經歷也成為了貫穿全書的情節線

17 徐皓峰：〈人生可逃〉，《道士下山（癸巳年修訂版）》，北京：人民文學出版社，2014 年，頁 5。

索；而在短篇小說〈師父〉中，陳識作為一個小門派的傳人，有着光大門楣的責任。他想要在天津武行開館揚名，卻導致了徒弟耿良辰慘死，最後為了給徒弟報仇，陳識放棄了來之不易的開武館的機會。自己的拳種卻因此再也不能在武行立足，只能選擇倉皇逃離天津。

在現實性的逃亡行為背後，更深層次的原因是精神的逃亡，是一種民間社會結構崩潰、傳統文明體系破裂所引發的人內在的精神危機。前文中所闡述的民間複合型社會生態結構，在清末民初的動蕩中被迫經歷着現代轉型，原生的社會結構遭到了破壞而趨於扁平化，傳統中國人與人之間的社會關係發生了斷裂。每一個中國人都不得不面對着傳統文明的消亡、異變以及新的文明的重塑，武人、俠士這一社會群體，也必然會陷入巨大的文化焦慮之中。

在傳統的民間社會生態中，人的精神世界是自足且從容的，引發這場社會結構變動的直接原因，也並非來自於內部而是源於外來文明的衝擊。二十世紀三十年代在京派文學潮流中大量湧現的鄉土小說，已經展現了在與外來的西方文明對立的過程中，中國傳統文明出現的動搖與異變。而在徐皓峰的小說中，為了表現中西文明之間的衝突，作者巧妙借用了兩種文化符號的對立加以呈現，即西洋火器與冷兵器之間的對決。

〈柳白猿別傳〉中有一段手槍和飛刀之間的比試：

柳白猿一側頭，那人已經掏出了手槍。

但那人的臉色驟變，因為柳白猿的一根手指插進了槍管中。

> 柳白猿緩緩抬起右手，指尖夾着一把七寸尖刀。
>
> 柳白猿：「如果開槍，我廢根手指，你廢條命。」
>
> 那人兩眼一翻，「咔」的一聲關上了槍的保險。[18]

寥寥數筆，轉瞬之間便已結束，雙方並未真正發生衝突，代表中國傳統文明的飛刀便已獲勝。飛刀的勝利，看似維護了中國傳統文明的尊嚴，但當火藥爆炸、槍聲響起結局來臨時，這一刻的勝利只不過是最後的體面。在小說的結局，國民黨特務機關派來的殺手用炸藥爆破和開槍射擊的方式刺殺了楊杏佛和鄭靈靈：

> 柳白猿飛快地數下了槍聲，共十下。他的手帕飄落了，他醒悟到，他的理想和他此生第一個女人都在這十下中消失了。……爆炸聲停止後，四個殺手只從地上站起來三位，仍趴在地上的殺手已經死去，但周身沒有一絲傷口。他的名字叫過德誠，後來從他的胸腔裏發現了一把七寸尖刀，令所有法醫百思不得其解。[19]

刺殺事件發生的過程中，儘管柳白猿的飛刀殺死了一個殺手，卻依然無法阻止自己想要保護的目標被西洋火器所殺害。柳白猿的失敗，似乎暗示着武技作為華夏文明的獨有的一種表

---

18 徐皓峰：〈柳白猿別傳〉，《刀背藏身：徐皓峰武俠短篇集》，台北：大塊文化，2017 年，頁 271。

19 徐皓峰：〈柳白猿別傳〉，《刀背藏身：徐皓峰武俠短篇集》，台北：大塊文化，2017 年，頁 281-282。

現形式，在社會巨變的時代背景下，註定會被淘汰而面臨着可能消失的結局，也暗示着武人或俠試圖挽救的行為，在大時代的變遷中也只是螳臂擋車，無能為力。

而在〈民國刺客柳白猿〉中，作為刺客的柳白猿因為炸藥的使用，甚至對自身存在的意義和價值產生了強烈質疑。小說中，柳白猿受張作霖的委託，刺殺日本關東軍高級軍官，希望引起日方混亂以掩護張作霖回到東北。然而他的刺殺行動沒有實現製造混亂的目的，日軍策劃的「皇姑屯事件」卻成功刺殺了張作霖，這讓柳白猿開始了直抵精神深處的自我叩問：

> 當我準備刺殺關東日軍的參謀河本大作時，日軍在皇姑屯用三十麻袋黃色炸藥炸了張作霖的專車。……他的遇刺給我造成嚴重打擊，在這個世界上，要想刺殺一個人，不必學《靈動子》，只要有炸藥就可以了，我在這世上還有何用？[20]

柳白猿的自我審視，正如老舍小說〈斷魂槍〉中的沙子龍在「東方的大夢沒法子不醒了」的情形下發出「不傳，不傳」的哀歎[21]，表現了中國傳統文明變遷中的複雜與無奈。在《道士下山》修訂本後記中，徐皓峰以自嘲的形式描述這場社會轉型所衍生的文明根基的缺失：

> 按史書的觀念，我是流民。華夏文明是居民文化，居民生

20 徐皓峰：〈民國刺客柳白猿〉，《刀背藏身：徐皓峰武俠短篇集》，台北：大塊文化，2017 年，頁 244。

21 老舍：〈斷魂槍〉，《老舍文集（卷七）》，北京：人民文學出版社，2013 年，頁 320、頁 327。

活有土地、有組織，名譽、公益、仲裁皆成系統。流民無這麼些，所以自私，搶多少是多少，正是華夏文明極力反對的，稱為蠻夷。

站在華夏文明的反面，怎敢自稱中國人？我是這片土地上的一個蠻夷，活着，而無生活的基礎。[22]

然而，需要說明的是，如果把「逃亡」簡單地理解為文明的消逝，那麼很容易將徐皓峰的創作主題簡單地歸納為一種對中國傳統文明必然消亡的悼念與感慨，從而忽略了其對中國社會現代轉型的過程中文明發展方向的更複雜的思考。

在〈人生可逃〉一文中，除了社會結構變動引發的被動的「逃亡」，徐皓峰似乎還為「逃亡」提供了另一種關於個人精神追求的可能解釋，即出於內心自覺的主動「逃亡」。他的文中指出，中國傳統社會結構除了「士農工商」的「入世」的一面，還存在一個「出世」的歸隱的世界。在有着「出世入世」的完整社會中，人可以選擇逃避或棄權，而「尊重棄權的王者，是古來的大眾情感。」[23]

這也就意味着，一個武人或者俠，選擇逃避和棄權，從「入世」中脫離而「出世」進入歸隱的世界，並非對俠的身分的背叛，反而具有其「逃亡」的合理的文化動機。這個動機，換

22 徐皓峰：〈兵書醫書〉，《道士下山（癸巳年修訂版）》，北京：人民文學出版社，2014年，頁260。

23 徐皓峰：〈人生可逃〉，《道士下山（癸巳年修訂版）》，北京：人民文學出版社，2014年，頁5。

言之便是「中國俠文化的理想結局——俠隱」[24]。

「俠隱」理想與士文化中的避世思想有着一脈相承的文化基因，余英時分析漢晉之際士人的隱逸行為，指出其背後一方面出於政治原因，另一方面則起源於內心自覺：

> 吾國避世思想起源遠古，本未可以內心自覺一端說之，即漢代之隱逸多出於政治原因。……今觀《樂志論》可知士大夫之避世雖云有激而然，但其內心實別有一以個人為中心之人生天地，足資寄託。……漢末之避世思想確反映個人內心之覺醒，而魏晉以下士大夫之希企隱逸，大體上亦當作如是了解，可以無疑矣！[25]

反觀徐皓峰所構建的武林世界，置身其中的每一個武人，面對着外來文化對傳統文明的強烈衝擊，嘗試挽救文化墮落、文明崩壞而未果，隨後在個人內心的覺醒中選擇以歸隱的方式「逃亡」。整個過程正是遵循士文化中的避世思想而自然發展的結果，「是文化怪胎與文化衝突。又是文化必然與文化兼容。」[26] 由此觀之，徐皓峰筆下「逃亡」不應該被視作文明的消亡，反而應該被視作文明傳承的一條可能路徑。進一步我們不難得出結論，徐皓峰對傳統文化真正的焦慮，不在於「逃亡」，而是

---

24 韓雲波：《中國俠文化：積澱與傳承》，重慶：重慶出版社，2004年，頁25。

25 余英時：《士與中國文化》，上海：上海人民出版社，1987年，頁331-332。

26 韓雲波：《中國俠文化：積澱與傳承》，重慶：重慶出版社，2004年，頁30。

「無處可逃」。

「人生可逃」四個字，「可」字最容易被忽略，反而是徐皓峰眼中的中國傳統社會結構和文明觀念中最有價值的地方。正如他在文章中所寫：

> 人類思維不完美，人事必有弊端，設立逃避機制，可避免錯誤嚴重得不可挽回。……傳統中國有「可逃」的結構，歸隱到老家祖屋，歸隱入佛寺道觀，歸隱到名山大川，都市裏隱身是從事賤業，……總之，人生有退處，退一步，海闊天空。容許人逃身逃心，才是成熟社會。[27]

原本成熟的傳統社會，給人以退處，可以選擇依靠「逃亡」的方式讓自身文明得以傳承下去。而在傳統社會結構受到衝擊而被迫轉型的時期，固有的秩序禮壞樂崩而未來的文明卻充滿未知與迷茫，如此便不存在一個成熟的社會，也很難給人以「逃亡」的空間。

正是意識到這一點，徐皓峰用文學藝術創作的方式，提供了傳統文明所需要的退處。在短篇小說集《刀背藏身》的序言中，徐皓峰以刀法理念作比喻：

---

27 徐皓峰：〈人生可逃〉，《道士下山（癸巳年修訂版）》，北京：人民文學出版社，2014 年，頁 4-5。

北方理念，刀法是防禦技，刀背的運用重於刀刃，因為人在刀背後。武俠小說是一棱刀背，幸好，有此藏身處。[28]

徐皓峰以武俠小說的形式着手，構建了一個曾經的武林世界，是在傳統文化復興的浪潮下，重塑了傳統文明的核心價值觀，以解決當下的文化焦慮。徐皓峰小說所承載的，是一個已經失落的古典精神的樂園，不僅僅是徐皓峰本人的藏身處，也是武人、俠、士的藏身處。徐皓峰依靠這個藏身處的建立，在其自身的文化觀念中實現了對中國傳統文化的某種程度的救贖。[29]

至此，本文關於徐皓峰小說創作的主題與背後的文化內涵，以及作者的創作動機等問題，終於實現了清晰、全面闡釋。

結語

徐皓峰的小說作品，兼具着個性化的文學審美價值和深厚的文化價值。以武俠小說的敘事模式作為依託，在厚重的歷史維度下，以寫實的方式完成了中國傳統民間社會結構的文學塑造，賦予了武俠文學新的文化內涵，也探索着武俠文學進一步發展的可能性。

---

28 徐皓峰：〈自序：紙上文章貴　毫端血淚多〉，《刀背藏身：徐皓峰武俠短篇集》，台北：大塊文化，2017年，頁7。

29 劉大先：〈傳統位移、趣味主義與文化救贖——從王小波到徐皓峰的武俠想像〉，《小說評論》，2018年第4期，頁49。

徐皓峰將筆下的人物放置於這個被構建出來的中國傳統民間社會結構中，一方面使得人物形象所勾連的俠文化、士文化，生動形象地呈現出來；另一方面關注人物的現實層面和精神層面的多重困境，表現了作者在文化焦慮中的深刻思考。在傳統文化復興的浪潮下，徐皓峰在武俠文學中找尋民族根性，重塑中國傳統文明的核心價值觀，以文學的方式直面文化焦慮，以極強的文化責任感對消逝的中國傳統文化進行文化救贖。

綜合來看，研究徐皓峰的武俠文學作品，一方面是對中國當代文學發展方向的探索，另一方面也是對中國文化面貌變遷的思考，對當下的文化環境有着多層次的現實意義。

（8249 字）

參考文獻

作品類

1. 徐皓峰：《刀背藏身：徐皓峰武俠短篇集》，台北：大塊文化，2017 年。
2. 徐皓峰：《刀背藏身：徐皓峰武俠短篇集》，北京：人民文學出版社，2013 年。
3. 徐皓峰：《武士會》，北京：人民文學出版社，2013 年。
4. 徐皓峰：《道士下山（癸巳年修訂本）》，北京：人民文學出版社，2014 年。
5. 老舍：《老舍文集（卷七）》，北京：人民文學出版社，2013 年。

專著類

1. 余英時：《士與中國文化》，上海：上海人民出版社，1987 年。
2. 馮友蘭：《中國哲學簡史》，北京：北京大學出版社，2013 年。
3. 韓雲波：《中國俠文化：積澱與傳承》，重慶：重慶出版社，2004 年。
4. 龔鵬程：《有文化的文學課》，北京：中華書局，2015 年。

期刊類

1. 丁揚：〈徐皓峰：想在《武士會》中寫出消失已久的社會結構〉，《中華讀書報》，2013 年 2 月 27 日，頁 11。
2. 王春：〈一個人的突圍 —— 徐皓峰武俠小說及電影〉，《天涯》，2017 年第 2 期，頁 188-197。
3. 陳大為：〈徐皓峰論：「武行」或逝去的民初武術世界〉，《東吳學術》，2017 年第 3 期，頁 45-58。
4. 劉大先：〈傳統位移、趣味主義與文化救贖 —— 從王小波到徐皓峰的武俠想像〉，《小說評論》，2018 年第 4 期，頁 40-51。
5. 龍會、周志雄合著：〈以純文學的態度寫武俠小說 —— 以徐皓峰小說創作為例〉，《名作欣賞》，2015 年第 13 期，頁 61-67。
6. 龍會、周志雄合著：〈探索武俠小說的新形式 —— 論徐皓峰小說的創作藝術〉，《百家評論》，2015 年第 3 期，頁 111-117。
7. 嚴紅彥：〈俠的起源問題研究評述〉，《寧波工程學院學報》，2015 年總第 27 卷第 1 期，頁 36-40。

// 評審評語

鄧正健

頗能從諸篇徐皓峰小說中整合出其創作主題，文本分析亦見細緻。但文章過於依賴馮友蘭、顧頡剛等人對「俠」的解讀作為依據，卻未有說明這些論述跟小說之間的互文性關係。文章作者顯然忽略了徐皓峰怎樣以「當代視角」想像的民國武林，這不是單單以中國傳統中「俠」的觀念就能概括，而需要更多角度的梳理，例如作品在武俠小說 / 電影的當代發展脈絡的位置、小說如何作為當代中國政治 / 文化隱喻等。

評審紀錄

評審 / 郭詩詠、鄧正健、羅貴祥

日期：二〇一八年十二月十三日

時間：晚上七時至八時三十分

地點：香港浸會大學善衡校園 RRS 628 室

出席者：郭詩詠（郭）、鄧正健（鄧）、羅貴祥（羅）

主持、記錄者：梁啟圓（外務秘書）、梁偉浩（出版及設計秘書）

一、決審稿件名單

編號	作品名稱	郭詩詠	鄧正健	羅貴祥
03	軟禁洛麗塔——淺析短篇小說《海邊的房間》與《洛麗塔》文本互涉	○	○	
04	挽逝的詩學：吳興華與商籟	○		
06	何以當酒，何以為家？——從尼采的「馬刺」看劉以鬯的《酒徒》	○	○	
14	以享虐視角重讀張悅然的《紅鞋》			○
17	青春的王爵與末世的文學——寫在《爵迹》十周年			○
18	徐皓峰小說人物形象及其文化內涵分析	○		
21	《聊齋誌異》離魂故事的時空敍事	○		
26	「美、愛欲與生死：相愛相殺，不愛不撕」——論〈三個男子與一個女子〉和〈媚金、豹子與那羊〉		○	
27	流行音樂還剩低幾多心跳？論粵語歌詞中的二次創作的去留、發展與未來取向。			○
29	《紅玫瑰與白玫瑰》小說與電影對讀——論佟振保與女性主義		○	○

二、評審過程紀錄

〈軟禁洛麗塔 —— 淺析短篇小說《海邊的房間》與《洛麗塔》文本互涉〉

郭：我在看〈軟〉前未讀過黃麗群的小說，但看完之後覺得可以找來讀讀，這篇是頗為吸引的。作者選取這兩個小說來比較是合理的，當中的舉例也合理。這篇作品字數不多，基本上結構完整，算是穩打穩紮。

鄧：我也有選這一篇，看法基本類似郭詩詠所說的，內容相對其他紮實。有些評論十分一般，只是簡介故事的內容，沒太多見解可言。而這篇吸引我的地方是，能找到明確重點，在兩個文本中不斷互相比較，追蹤其中的線索，這點我認為是紮實感十分強。另外，〈軟〉中病態文本的部分寫得比較詳細，引文多且分析仔細，相反後來的分論點篇幅就相對少，我覺得可以再有所發揮。整體而言是吸引的。

羅：基本上我也同意，青年文學獎文學評論投稿傾向比較短。所以可能較難預期有相對詳細的發揮。〈軟〉將 Lolita 放在重要的位置，討論反而比較少。作者似乎預期大家一定會了解 Lolita，文本的比較其實不太多。我覺得還可以的，不介意這篇得獎，大家可以之後再討論名次。

〈何以當酒，何以為家？ —— 從尼采的「馬刺」看劉以鬯的《酒徒》〉

郭：我想補充一些背景。我上屆也有做評判，當時參賽者也是喜歡引尼采，用尼采來配搭文學作品已出現了很多次。

羅：但這篇主要是德里達多於尼采。不完全是尼采，更是透過德里達來討論尼采。

鄧：應該是有讀過然後現成拿來用。

郭：我再補充一點：較之以往引用尼采的來稿，這篇算是用得比較完整。不過「馬刺」只在一頭一尾出現，中間就沒有，似乎只是用作「修飾」。

羅：但你為何又會選這篇？

郭：因為相對而言，在我審閱的範圍中，若當是文學評論來看，這篇的文字是有自己風格的，論文的氣味沒有那麼重。有關《酒徒》的討論其實已經很多，所以撇除「馬刺」的討論不夠深入外，我覺得讀起來也有與眾不同的地方。

鄧：正正因為《酒徒》的討論已經很多，所以〈何〉集中篇幅去談酒、家是合理的。反而顯得作者有依從研究和評論的脈絡。我也同意尼采的部分有點不明所以，開頭有提過一句尼采的，後面又引布朗肖。但其實不引也可以，本身的論點已足夠討論，不必再引名家觀點。當然將尼采放在標題會很吸引，但正因如此，就令我略嫌有點「標題黨」。綜觀來看，無論是立論、文字風格、結構，我都覺得值得選。

羅：〈何〉作為一篇文學評論是還可以的，但標題未免有誤導成分。說得尼采「馬刺」很重要，但實際又沒用以貫穿討論。

不過到最後你們兩位都有選，是否有考慮讓這篇得獎？問題我想是未必能有高名次，因為未有將標題所言討論很好。

鄧：可以再商議。離題固然是問題，但其本身的分析還不錯，所以我覺得名次可以再討論。

羅：即是〈何〉可以是優異而非冠亞季的？

鄧：是的。可以再討論。

〈《紅玫瑰與白玫瑰》小說與電影對讀——論佟振保與女性主義〉

羅：那我們可以討論一下〈紅〉。

鄧：〈紅〉很工整的。如果我作為老師收到這篇功課應該挺開心，因為相當工整。我想作者不是太多創見，而是很紮實地去比較小說。我亦會考慮作品的多樣性，譬如在一堆作品中，有些是單獨分析一篇小說，有些是比較不同作品。故此這篇我會考慮去選，但未必有明確名次，可能純粹覺得是可以入圍。

我想這篇的好處是真的很穩陣。譬如剛才談尼采「馬刺」，作者想用很迂迴的思路去思考文本，有些作品是會做這些方向。但這篇真的是很平實的比較，看得相當舒服，文字流暢，結構完整，但未必有太多精彩的東西。

沒有太多的野心，純粹按照拋出來的格局而行。

羅：我選則是因為這篇有比較性，不是單獨談小說或一篇文學作品。雖然裏面的主題討論都沒有什麼特別，但思路相對活躍，比純粹聚焦在文字的討論會有趣一點。至於是三甲還是優異，我則持開放態度。

郭：我不反對。〈紅〉的同學相當勤力，收集了不少資料。如果對照註釋，會發現他自己的論點真的不算多。各家的說法看得出是用資料庫搜尋出來的，而同學最重要的論點是在「下車」那部分。我也不反對這篇得獎，是穩打穩紮的，但在新意上看，若果有其他可選的話，我未必會選這篇。

〈**挽逝的詩學：吳興華與商籟**〉

羅：不如來看看〈挽〉。

郭：〈挽〉是我選的。我不想選太少，在我審閱的範圍裏，這篇篇幅短短的，寫得也不錯。不過現在從已選的其他篇章裏比較，這篇的競爭力可能比較低一點。這篇有一個比較好的地方，就是寫得不太硬，弱點是看起來有點像一篇作者介紹，一個基本的吳興華介紹。不過談詩的文章真的比較少，所以選出來跟大家討論一下也是好的。深度和角度有點普通，不入名次其實也是可以。

鄧：你說的介紹我會用賞析來形容，就好像一篇詩人的賞析，去告訴你有什麼好處，風格又是怎樣。評論色彩比較薄弱，這篇我第一輪時也有考慮過，但最後就沒有選。主要原因是我會更想看到一些作品，即使立論不清晰，但起碼評論者對作品或作家有更個人的批判性評斷。在這篇中我又不太看到有，只能說不是太合我口味的文章。

羅：我是後來才看這篇的。論詩的文章很多，但寫得好的不多。我想論詩的時候可能需要更多方法論或者對詩學的掌握才能寫得好。不然當是一般故事去談詩就不太吸引。所以這篇我也不確定是否要有獎，正如你剛才所說，純粹因為沒人談詩你才選，但實際這篇又提不到什麼詩的特色出來。

郭：我覺得競爭力弱了一點。不過話說回來，真的很多人評論小說。

羅：對年輕作者來說，詩真的要掌握多點才能寫得好。不然只是如評論小說般找出主題等，詩的特色就不太凸顯到。

〈以享虐視角重讀張悅然的《紅鞋》〉

羅：然後是〈以〉。這篇是我選的，處理得是有條不紊，交代主角的曖昧複雜關係也算清楚具體，評論所選的小說故事比較特別，而又處理得到。在不是太多選擇下就選了這篇。

郭：我也有考慮過這篇，跟羅老師的看法差不多。我將〈以〉跟〈軟〉放在同一類看，所以那時考慮選〈軟〉或〈以〉。最後選了〈軟〉，因為〈以〉寫到後面比較零碎，而且參考資料相比之下少了。

羅：換成是我的話也會選〈軟〉。我審閱範圍是沒〈軟〉的，是因為〈以〉的題材特別點才選。但相比下〈軟〉的處理手法是稍為複雜和深入，〈以〉就真的只談《紅鞋》。

鄧：你剛才說參考資料怎樣？

郭：參考資料不完整，〈以〉最後只談《紅鞋》，但沒有參考資料。不過這些都是小問題，主要問題是〈以〉寫到最後力氣不夠了，這點跟〈軟〉差不多，但〈軟〉沒那麼明顯。所以我最後選了〈軟〉。

鄧：這篇我第一輪沒有看的，我想如果我那時有看可能會選。參考資料寫得不完整不知是沒有覆檢還是怎樣，但在這參考資料的格局下，我會假設文章大部分論點都是自己創見，不是整理別人資料再覆述的一個討論。我沒有看過這個文本，事實上裏面，尤其頭一兩個部分細讀是仔細的。我想這點，作為一個評論者來看，是下了不少的工夫。但也同意是後勁不繼，我不肯定跟字數有沒有關係，還是到最後真的想不到論點，就將零碎的論點放在最後。我覺得這樣是頗為不智的做法，我寧願作者另外找方法總結，效果會是比較好。

郭：或者可以不寫小標題。

鄧：對，可以避一避。現在這樣反而曝露了自身不足。但撇除這些策略上的東西，整體來說我是覺得不錯。

羅：那這篇有沒有機會得獎？大家會否同意讓這篇得獎？

鄧：我會傾向覺得可以考慮。

郭：我也是。

〈青春的王爵與末世的文學 —— 寫在《爵迹》十周年〉

羅：好，接着是〈青〉。其實我很不喜歡討論郭敬明的小說。

郭：對，我也是。

羅：要花時間去討論實在辛苦。但我最後之所以會選是因為看到五和六的部分。前面的部分真的看到很辛苦，我已經盡量翻得很快不去看，但到五和六時，就看到這篇用郭敬明去討論一些有趣的結構問題。到底怎樣為之好小說？一本這樣的小說，即是我們會覺得很爛、很通俗的東西，怎樣去變成譬如文學上的 canonization，怎去處理這種作品。這點我反而我覺得頗為深入，很少在其他文學評論的投稿中，看到討論文學結構、建制上的問題。通常年輕作者都是關心作品好壞的問題，〈青〉則討論到一個比較大的問題。我不是說這篇一定要得獎，只是覺得提出這些討論是值得留意的，但前面一至四的部分真的有點不想看。〈青〉用被認為通俗的郭敬明作品去討論文學結構、建制的問題也不是完全沒有道理，但似乎不是有意識地做，而是真的很喜歡郭敬明作品才選擇去討論。

後面的部分突然轉到比較有趣的討論，所以我初審時才會選。

郭：我也不甚喜歡郭敬明，看的時候不是太贊同裏面的觀點。我覺得〈青〉是有意識地去翻案的，雖然有點搖擺。裏面有一部分說不要歧視修辭，又提到宮體詩下開文學史，這裏眼界都不錯。然後再下去，結論就似乎有點尷尬，不知我有沒有理解錯，文中說大家不應用以前所謂文學性、陌生化去挑剔。

羅：最後又說到文化研究之類的東西。如果一早用到這些角度可能根本不應選郭敬明，或者說結構上不是這樣去鋪排。

郭：我第一次看時，很期待〈青〉會討論郭敬明的青春、末世的精彩之處在哪裏。但我同意羅老師的說法，裏面的討論是有趣的。

鄧：我初審時沒有看這篇，對郭敬明也沒有喜惡。但對這篇的風格，我會不期然去想作者到底是怎麼樣的背景。很明顯作者是喜愛網絡文學的，但寫一篇評論網絡文學的作品去針對嚴肅文學的範式，或者一個回應。我就想，這篇評論的對象到底是誰。我讀時有點辛苦，因為有種網絡書寫的嘮叨。這篇不像功課般受字數限制，或者習慣某種老師所教的結構，反而是想到什麼就寫什麼，一些佈局、起承轉合等沒有深究。譬如給我寫的話，就會一開始拋些大問題出來。當然不一定要這樣做，但〈青〉這種寫法，就令我懷疑到底作者是不是有意識去討論剛才所談的問題：經典化、文學場等。會否只是有能力操作這些術語，然後將文章一氣呵成地爆出來。我同意大家所談的，裏面某些問題是很有意思，但我不傾向選這篇。原因是這種書寫方法，我覺得是不好的，不是風格問題，而是基本上沒有意識去做論述，似乎是一種自身的抒發，只是在抒發過程有強烈的觀點或銳利的文筆，令你覺得好像不得不回應。粗俗點說的話，我覺得是有點扮嘢。

羅：我也不堅持要給獎。這篇結構是很差，但有少許有趣的觀點，比其他參賽者突出。這篇不像其他參賽者般結構工整，就功課一般，有某些有趣的角度。但如果作為一篇文去看的話，給獎就好像在鼓勵大家參考這種評論模式，就好像不是太好。

鄧：這種風格發展成熟他朝有日得獎亦不奇，惟此作不夠成熟。

郭：補充一點，去年亦有零星參賽者嘗試處理網絡文學或流行文學。相對起來，這篇有長足進步！

羅：其實自己也很佩服研究流行文學或網絡文學的人，光是閱讀海量文字已具很大挑戰性。

郭：這篇作品有出書的嗎？是先出書，還是先在網絡發表然後再出版呢？

鄧：這算是流行文學，不完全是網絡文學吧。

羅：郭敬明作為通俗、流行文學的成功代表人物，作品連電影都拍了，其實已經沒多大討論空間了，網絡文學的特色已不再在他身上。

郭：這位參賽者對郭敬明真的很有愛呢。

羅：這樣我們就討論完這篇了吧。就留待後人看看有沒有興趣循這個方向做研究吧。

主持：若有興趣各位評審也可以選這篇給評語。

〈徐皓峰小說人物形象及其文化內涵分析〉

郭：這篇也稍微算是討論流行文學。而這篇寫得好很多，不止討論文學作品本身，還談及世界觀，討論完整，有描述民國背景的武俠世界是如何的。作為中文系畢業的人，我會想為何不引陳平原。（眾評審表示同意）我又翻查他引用了什麼，看到有余英時等，都是以文學評論為主的。其實，一般討論武俠小說、俠客小說，很難繞過陳平原的，這可能算是一個缺陷吧。我又猜，可能因為討論的是民國背景，所以作者想以引述民國年代的人為主，看他們如何看待武俠這個問題。（不過不確定是否想太多了）總之很有可能是基於歷史緯度上的考量。個人覺得如此處理還是可以的。有文本分析，也完整。

羅：有讀過，相對無感。據你的說法，不引陳平原不就正是沒依照典型文學討論做法的證明嗎。這可算是優點。但觀點以及引伸的價值，了無新意，所以沒選這篇。但寫作策略等層面而言，確實算工整、完整、也夠仔細。討論武俠小說，不論是古代抑或民國，到頭來都是要討論英雄精神與其價值的。這是不會因時代而變的，而這些都已討論過多。

鄧：我本來沒看過這篇的，倒有讀過徐皓峰。覺得題目比較悶，而這是重要的。要是沒讀過徐皓峰，會找不到重點。處理武俠的概念而不引陳平原可能是因為作者沒特別受過文學研究或評論相關訓練。不跟從學術主流是沒有大問題的。但是較大問題是這篇參賽作品着墨於民國時期的武俠概念，卻忽視了探討徐皓峰作品的文學價值問題。徐皓峰是現代人，「現代人寫民國武俠作品」作者並未有好好探討。徐皓峰作品背後有很強的主題，為何選民國年代是因為有訪問過武術家，想以現代人角度寫口述史，這是徐皓峰作品的很大前提。因此忽視這點成了很大缺陷和沒有新意的位，很可惜。

郭：我想文章後部有嘗試處理這問題的。作者有討論武俠世界，也有談及徐皓峰對武俠世界的看法。作者應該沒有把徐皓峰筆下的民國武林，混淆成真正的民國時期武林，他是有意識地討論徐皓峰筆下的民國武林的。不過跟其他作品比起來，確實可見不足。

羅：值得有獎嗎？

鄧：不擁抱也不反對。

郭：視乎大家如何看。

羅：那就代表之後可以再回來討論吧。

〈《聊齋誌異》離魂故事的時空敍事〉

郭：不特別好，因為我初審稿中也沒太多好選項，才挑了這篇。很多表格，很整齊很勤力。缺陷是弄了很多表和分類後缺乏跟進，較少提當中的意義。分析和分類都仔細，相比其他做古典評論的沒那麼悶。想請問有規定評論的文章類別嗎？

主持：華文文學。

羅：但沒限死一定要是當代文學？

主持：對。

羅：但如果是在現代文學評論的框架下討論孟子、佛經，作為評審也無能力處理。或許條例上可以寫得更清晰，讓參賽者不會浪費了作品。再談《聊齋誌異》這篇，曾經有段時間很流行這種寫法，很 structuralist，會把所有 components 拆開並列明。這篇又用回那種寫法，而且很工整很有心機。

郭：這似是碩士論文的其中一章。

羅：但現在的碩士論文以這種寫法也未必受歡迎。已經 outdated 了，examiner 也未必接受這種寫法。可惜的是參賽者細心，但太 mechanical，花了太多筆墨畫格仔，其實揀幾個最好的 structure 就行，不用把全部 structures 都作分析。

郭：對，後面部分缺乏跟進。

鄧：的確有種擷取一部分來參加比賽但又無法完整地裁剪一個完整部分的感覺。而且也沒有什麼特別觀點想透過比賽發表。

羅：那就決定無獎吧。

「美、愛欲與生死：相愛相殺，不愛不撕」—— 論〈三個男子與一個女子〉和〈媚金、豹子與那羊〉

鄧：比較了兩篇作品，效果有點粗糙，論點多細項和分支，結構上不夠完整，討論欠深入。

羅：主要覺得沈從文兩篇故事很吸引，就算不談討論，兩篇故事都講得不錯。但除了品味好，這篇參賽作品似乎缺乏值得肯定的部分。

郭：新意不多。用一個觀點撐起全篇，其實可以更詳細地舉例分析。若和〈紅〉那篇比較，這篇比較遜色。

〈流行音樂還剩低幾多心跳？論粵語歌詞中的二次創作的去留、發展與未來取向。〉

羅：雖然這篇不算很出色，但讀了太多文學作品的評論，這篇談二次創作較有新意。題目本身值得討論，儘管這篇參賽作品最後還是未能拋出些新觀點或深入詳細的討論。主要是主題上，我們可以透過獎項來鼓勵大眾發掘不同形式和主題的文學評論，譬如近似文化研究的，而不一定是典型中文系式的。至於有無獎，有很大討論餘地。

鄧：這種題材固然值得鼓勵，希望不同範疇的主題也能獲獎。但始終我們是文學評論組，而這篇不太算是文學評論，反似文化史研究。缺乏文本分析的過程，只有梳理歷史脈絡，何況光從歷史梳理的角度而言也寫得不算出色，故不應有獎。跟佛經評論的作品情況類似，可能是投錯稿。

羅：也不一定是投錯稿，過往中文文學創作獎也有些評論歌詞書籍的作品。

鄧：是評論歌詞？

羅：是。

鄧：但這一篇又沒有評論歌詞。我並非反對以歷史或歌詞作為文學分析或評論對象，只是寫法不應如此。這篇幾乎沒有文本，而只引述其他學者觀點。

郭：倒不覺得特別離題。文學評論也可以討論現象或某文類的發展等等。只是以一萬字這篇幅來討論此主題有點尷尬，略為不夠深入。因為在寫歷史脈絡，所以個人立場變得不太明顯。

鄧：似是入門簡介的程度。較像 MPhil。

羅：或者 PhD 功課。

郭：可能是博士論文的第一章。

羅：那就不回頭討論這篇了吧。

（剩餘六篇未完全淘汰：〈軟〉、〈挽〉、〈何〉、〈以〉、〈徐〉、〈紅〉）

羅：那不如先討論三甲的作品吧。反正也可以從缺。

鄧：或者先討論優異？較容易得共識。

郭：沒所謂。

羅：不如先檢視一下你們的排序。另外，對比起去年的水準，今年如何？

郭：上年的情況是會有兩三篇特別好，有冠軍相，但今年沒有。整體水準差不多。

羅：那冠軍似乎真的應該從缺。剛剛的討論也不覺得有哪篇值得有冠軍。甚至再篩走更多不值得獲獎的也可以吧。

主持：再篩的可以當後備。

羅：〈挽〉可以當後備吧。討論中大家對此都有不少保留。討論詩的作品少，但詩的特性他也說得不夠好。

郭：不反對。

鄧：支持。

羅：〈徐〉這篇缺乏一致性，但大家都覺得可以有獎吧，那就排第五，可以是優異？

鄧、郭：可以。

羅：〈以〉這篇呢？

郭：比較之下，覺得可以有優異。

羅：跟〈軟〉那篇相似但明顯沒那麼有趣。

鄧：同意，〈軟〉可以三甲，這篇優異吧。

主持：可以雙亞軍的。

鄧：〈以〉這篇我覺得排位較低。完整但缺乏新意。〈軟〉、〈何〉較有趣。

羅：那麼最後我們該選〈軟〉還是〈何〉當冠亞軍？

鄧：還是雙亞？

羅：雙亞比較好。

郭：同意。

三、最後結果

冠軍 / 從缺

亞軍 / 〈軟禁洛麗塔——淺析短篇小說《海邊的房間》與《洛麗塔》文本互涉〉

〈何以當酒，何以為家？——從尼采的「馬刺」看劉以鬯的《酒徒》〉

季軍 / 〈《紅玫瑰與白玫瑰》小說與電影對讀——論佟振保與女性主義〉

優異獎（一） / 〈以享虐視角重讀張悅然的《紅鞋》〉

優異獎（二） / 〈徐皓峰小說人物形象及其文化內涵分析〉

後備 / 〈挽逝的詩學：吳興華與商籟〉

翻譯文學公開組

評審 / 陳潔瑩、潘漢光、廖鳳明

冠軍 /	《書與人》(節選)	馬家瑩(香港)
亞軍 /	再看《詩人列傳》	熊莉莉(香港)
季軍 /	古香獨到:淺談新版《詩人傳》	譚兆康(香港)
優異獎 /	詩人的「審判」	王靜怡(中國大陸)
	《詩人列傳》	業　乾(中國大陸)
	《詩人列傳》——約翰遜的古典主義	梁安淇(香港)

* 優異獎排名不分先後

冠軍

《書與人》(節選) /馬家瑩

重讀《詩人列傳》用不着找借口，此書實在百看不厭。博斯韋爾的《莊遜傳》當然更是引人入勝，但誰要重讀《莊遜傳》呢？《莊遜傳》根本是另一回事。誰也知道，《莊遜傳》是開卷容易掩卷難。《詩人列傳》卻截然不同，此書總是安然在我們的心愛書單中穩守一席。繼《莊遜傳》之後，最能引領我們深入莊遜博士思想堂奧的，正是《詩人列傳》，不作他選，其主要意義亦莫過於此。讀《詩人列傳》，我們不問知識，不求指引，不為追求品味，不望引發共鳴，為的只是窺見莊遜博士的所思所想。過程無疑讓人多方領受知識指引，有所裨益，但這些都是其次。正如登山有益身心，但登山之意非在鍛煉，而在景致。登上森姆·莊遜這座高山，眼下風光早已熟諳於心，向來賞析不絕，多述只嫌贅言。我們只要視他為崇山峻嶺，全心致敬，便已足矣。

《詩人列傳》仍然為人賞讀編纂，就足證莊遜的才智備受推崇，因為要是當作嚴謹的文評集看待，現代讀者很難不會覺得，《詩人列傳》其實無異於失敗之作。莊遜的美學判斷幾乎總是或巧妙細緻，或紮實大膽，總有一些過人之處——唯獨他的判斷從來不對，這可真是個難堪的缺點。不過，毫無疑問，莊遜本人彌補了這個缺點，他的風趣抵過一切。他總能錯得聰明，任誰也不會介意。他的風趣——我們說的當然是最廣義的風趣——讓他種種任性和失誤為人認可，流芳百世，讓其著作縱使滿紙陳舊學說，仍能歷久不衰。

我們之所以難以認同莊遜的評論，不止在於某些內容，而是他的整套觀點顯然早已過時。我們的判斷有別於他，既是因為品味不同，也是因為我們的判斷方法已經全盤改變。正因如此，《詩人列傳》對文學史家而言別具意義。此書長久以來為一個消逝的偉大傳統作例——一個對於那些我們現已習以為常的文學感受和手法還會作出各種稀奇解釋的傳統。或者，十八世紀與今天的評論方法相比，兩者之間最驚人的差異在於對共鳴的不同看法。隨便一瞥莊遜的著作，已經可見著者在他筆下儼如階下囚，稍一偏離藝術法則下的規則教條，著者便要逐一答辯，正因他的責任就是要剛正不阿地監督這些規則教條得以施行。莊遜從不過問詩人目的，他只着眼作品是否恪守詩的原則。這樣的評論系統顯然無可指責，但前提是評論者必須相當肯定何為詩的原則，而要得出結論的唯一方法，正是徵詢詩人本人。當這一點呼之欲出，整個情況便徹底倒轉，法官便得向囚犯的判決俯首稱臣。換言之，評論者發現首要任務並非評論，而是了解評論對象，這亦是莊遜一派與聖伯夫一派的主要分野。現代方法涵蓋範圍之深廣固然無庸置疑，但亦非無可挑剔。對作品的著者產生過多共鳴亦有其不妥：評論者樂此不疲解釋一切，說明這是歸因詩人年歲，那是環境使然，而其他都是天生稟性和品味所趨的必然結果——有時候卻忘記談及作品本身有否價值，這時候我們就不免懷念莊遜法官的裁決。

柏克貝克．希爾博士生前籌備付梓這一新版《詩人列傳》，克拉倫登出版社負責發行，收錄了追憶希爾博士的簡短悼文。這版《詩人列傳》大概會讓莊遜博士驚訝不已。書中鉅細無遺的註釋附錄或會教他詫異，但絕不使他蒙羞。我們可以想像，莊遜博士定會低聲嗔斥現今事事講求系統的認真態度，對此嗤之以鼻。的確，希爾博士的三本巨著蘊含大量資料，載有豐富學術研究，累積廣泛資料搜集，因此難免有點笨重，有點難看。雙手捧書不久便會不勝負荷，交錯的字體、壓縮的註釋欄目、頁邊段段數字使人很快就眼花繚亂。這就是為了有效閱讀而必須付上的代價。聰明的讀者會新舊兼讀，穿梭於井然有序的新版與賞心悅目的舊版之間。舊版《詩人列傳》一套四冊，易於閱讀，文字躍然紙上，段落間距分明。字或有些褪色，紙或有些泛黃，那又如何？一切恬靜輕鬆。讀下去，句句珠璣彷彿遠從過去而來，猶如朋友與你交談。

〔利頓．斯特拉奇（1906）《書與人》（節選）〕

（1480 字）

評審評語 //

潘漢光

本譯文以大體精準的理解及靈巧的行文取勝。原文文采斐然，文章比較舊派矯健，譯筆每能以強大的表達力，舉重若輕地曲盡原文之妙，功力匪淺。理解原文最大的失誤是把第三段的the product of the age譯作「詩人年歲」；遣詞方面，第二段的 wit 比譯文的「風趣」層次更高，近於機鋒四出的機慧。

亞軍

再看《詩人列傳》

/熊莉莉

要再看《詩人列傳》，誰都不需要理由；看這本書實在是件賞心樂事。當然，箇中樂趣不像讀鮑斯威爾，但誰會再次翻開鮑斯威爾？鮑斯威爾的作品屬於另一範疇，因為大家都知道，一翻開就不知何時才可合上。但從另一層面來看，《詩人列傳》總會在我們喜愛的書目裏輕鬆穩佔一席位。繼鮑斯威爾之後，這本書最能帶我們走近約翰遜博士的心思，這亦正是其主要意義。我們走進書中不為找資料或尋求指導，不為改進鑑賞力，也不是為了理解和體諒更多不同事物，而是為了看看約翰遜博士想些什麼。無疑，我們會從中獲得很多資料，在多方面都受到指導，得以改進，但這些得益皆是伴隨閱讀過程自然而來，就像登山遠足讓人身心舒暢一樣，我們出發時，目的不是為了做運動，而是為了看山上風景。森姆．約翰遜這座山的風景已是多麼的為人熟悉，常被分析欣賞，不必累贅再述。我們明白他高如山斗，對他敬仰尊崇，已然足矣。

對現代讀者而言，《詩人列傳》這類嚴肅評論可謂與無用的文章差不多，但這本書仍然廣為人讀，備受欣賞，一再被編輯出版，充分證明約翰遜才智卓越。約翰遜的美學見解往往精妙獨到，時而有力，時而大膽。他的論述總有些優點讓人推薦，除了一點：當中總有錯。這是不幸的缺憾，但無可置疑，約翰遜已經彌補，以才思挽救了整本書。他能夠聰明地出錯，令大家都不會介意。正正是他的才思——當然以最廣義來說——使他的任性與錯誤變得神聖，永垂不朽，也令他的書和大量過時的教條跨越時空。

約翰遜的評論未能說服我們的不單是個別細節，他整套觀點顯然已經過時。我們的見解與他不同，並非單單因為鑑賞角度有別，還因為整個評論方法已經改變。正因如此，《詩人列傳》能夠成為範例，展現一個已消失的優良傳統，令研究信函的歷史學家對它抱着特別的興趣。這舊有傳統的特徵可以為我們已習慣的文學感覺和方法提供豐富有趣的解釋。也許十八世紀與現代評論方法最突出的差異就是認同感。草草一看約翰遜的著作，已知他把作者當成罪犯；他們坐在法庭的犯人欄內受審，為自己違反藝術法的一字一句交代，而不偏不倚地問罪就是約翰遜的職責。至於詩人嘗試表達些什麼，他都不聞不問，但求找出他們寫下的字句是否符合詩的準則。這種評論方式明顯是無懈可擊的，唯須符合一項條件：評論家須肯定詩的準則是什麼。但要對這個話題作出結論，唯有詢問詩人本人；這點一變明朗，整個形勢就完全改變，即使是法官也須向囚犯的裁決低頭。換句話說，評論家發現他的首要職責並非批評，而是理解其評論對象，這就是約翰遜學派和聖伯夫學派的主要分別。無疑，現代評論方法更博大精深，但並非完美無瑕。過分認同作者也會出問題，評論家樂於解釋所有東西，以示作品中的這一點如何由時代衍生，那一點如何由環境衍生，另一點又是如何由作者的先天特質和品味所致的必然結果，評論家甚至忘記提及作品本身有沒有價值。這時，我們就會不禁懷念約翰遜學派的黑色法官帽了。

《詩人列傳》的這個新版本，伯貝克・希爾博士生前已準備出版，由克拉倫登出版社發行，附有簡短的編輯傳記，約翰遜博士看了大概也會覺得詫異。書中註釋和附錄展現的淵識博學或會令他感到意外，但絕不會令他丟臉。不難想像，他會對現今系統化的精確分析嗤之以鼻。的確，希爾博士的版本是三本厚重巨著，資料精深充裕，還包含浩繁的學識和大量研究，看上去難免有點兒呆板，有點兒醜。書本太重，手很快就會累；不同的字體、擠迫的附註欄、頁邊分段編號，很快使人眼花撩亂。這些都是為了提高閱讀效益所必須付出的代價。明智的讀者會新舊版皆讀：新版較為商業化，舊版則充滿魅力，就如其中一個版本合適地分為四冊，正文才是每一頁的焦點所在，段落連貫，間隔舒適。雖然文字也許已些微褪色，紙質有點泛黃，但那又怎樣呢？整本書讀起來從容自在，精妙佳句融為一體，走出歷史的框限，依然帶着談話般的親切感。

〔里頓・斯特拉奇（1906年）〕

（1549字）

評審評語 //

陳潔瑩

原文是二十世紀初的作品，措辭優雅，文筆細膩，語意含蓄。整體而言，譯文理解精確，表達從容不迫，善用四字詞而不賣弄花巧，準確重現原文神髓。

例如第一段“The view from the mountain which is Samuel Johnson is so familiar...It is sufficient for us to recognize that he is a mountain, and to pay all the reverence that is due.”，譯者將“mountain”的意象不帶痕跡地融入一段優美流暢的文字：「約翰遜這座山的風景已是多麼的為人熟悉，常被分析欣賞，不必累贅再述。我們明白他高如山斗，對他景仰尊崇，已然足矣。」

原文議論性強，作者對約翰遜的評論精彩獨到，語句頗長，表達有點轉折，例如第二段“That the *Lives* continue to be read, admired, and edited, is in itself a high proof of the eminence of Johnson's intellect; because, as serious criticism, they can hardly appear to the modern reader to be very far removed from the futile.”譯者將語序重組，後面

分句置前，清晰表達作者思路，而且口吻貼近原文：「對現代讀者而言，《詩人列傳》這類嚴肅評論可謂與無用的文章差不多，但這本書仍然廣為人讀，備受欣賞，一再被編輯出版，充分證明約翰遜的才智卓越。」可見譯者善用關聯詞和四字詞，令譯文讀起來流暢易懂，節奏鏗鏘。另一句「約翰遜的美學見解精妙獨到，時而有力，時而大膽」，不囿於原文的字眼和結構："Johnson's aesthetic judgments are almost invariably subtle, or solid, or bold"。而將 "his wit has saved all...beyond the reach of time" 翻譯為「正正是他的才思 —— 使他的任性與錯誤變得神聖，永垂不朽，也令他的書和大量過時的教條跨越時空」亦是非常傳神。

第三段的論述亦不乏複沓的長句，邏輯演繹曲折微妙，而且語調在莊重之餘亦透露幾分調侃。幸而譯者能精確地掌握論據，而且口吻貼近原文：

「草草一看約翰遜的著作，已知道他把作者當成罪犯……但要對這個問題做出結論，唯有詢問詩人本人；這一點一變明朗，整個形勢就完全改變，即使是法官也須向囚犯的裁決低頭」。這段反覆使用「judge」的意象，最後一句尤為精彩："It is then that one cannot help regretting the Johnsonian black cap"；「這時，我們就會不禁懷念約翰遜學派的黑色法官帽了」。譯者盡責而巧妙地捕捉原作的神韻，沒有矇混過關，讓讀者掌握作者的邏輯思路和修辭技巧。

譯文亦有誤解和表達不當的地方，例如「他的論述總有些優點讓人推薦」，「他能夠聰明地出錯」，「研究信函的歷史學家」，「精妙佳句融為一體」等等。惟瑕不掩瑜，譯文通篇典雅自然，恰如其分地表達作者弦外之音。

季軍

古香獨到：淺談新版《詩人傳》 / 譚兆康

再讀《詩人傳》，無須因由。論趣味，它或許不及鮑斯威的《約翰遜傳》，但誰又會再讀《約翰遜傳》呢？人人皆知，鮑斯威的作品一氣呵成，一打開便使人欲罷不能；而雖然《詩人傳》並非此類，其獨特之處，卻使其於我等讀者心中永遠佔一安穩地位。除卻《約翰遜傳》，《詩人傳》便是最能帶我們走進森繆．約翰遜博士的心思裏，讓讀者明白其所思所想的不二讀物——這是《詩人傳》的首層意義。讀者閱讀《詩人傳》並非為了得到任何信息或指示、提升自己的品味，或是擴展同情心，而是為了了解約翰遜博士的思維。當然，在了解過程途中我們會獲得一些信息、指示，以及於各方面提升了自身，但這全都只是附帶的好處。正如我們為了欣賞山上景致而登高，本意是為了景色，運動後也會覺得神清氣爽，但這也不過是附帶的好處。約翰遜博士便是這座大山。山上景致經過後人不斷賞析，早已為人熟知，在此不贅；我們只須知道，他的確是座崢嶸，並值得應有的敬重。

從現今讀者角度來看約翰遜博士的著作，若視其為嚴肅學術評論，則其近乎無用；但世人卻繼續拜讀、賞析及編輯《詩人傳》一書，可見約翰遜博士智慧昭著。他的美學判斷——或是造微入妙，或是堅厚紮實，或是大膽驃悍——幾乎全都有某些值得推崇之處，但也同時帶着一項共通的不足之處：它們都是錯誤的。然而，無人能夠否認，約翰遜博士以其精妙頭腦，完全補救了這項不幸的缺點，使其錯誤之處同時昭顯着其聰明之處，令人毫不介懷其非。才智（當然是指最廣義的那種「才智」）使約翰遜博士的扭曲和錯誤之處得以湔雪，繼而永久薰存，並使約翰遜博士的著作，連同其中所有陳舊學說，脫離歲月永留存。

約翰遜博士的批判論述不單未能在個別細節上說服我們，他的看法更是明顯過時。我們與他的判斷之所以有別，不只是由於品味有別，亦是因為整套判斷方式的改變。因此，對於研究文學史的人來說，《詩人傳》是特別的：它的存在，展示着一脈偉大卻已消亡的傳統。這派傳統使我們從多方面反思我們所習慣的文學感受，以至看待文學作品的一貫方法。十八世紀與當今文藝評鑑的最大分別，大概就在於同情心理上。打開《詩人傳》，匆匆一瞥，便足以看出約翰遜博士批判其他作者，就像對待犯人欄裏的罪犯。他奉藝術規條為法律，針對作者違反規條之處，不偏不倚地逐項盤審。約翰遜博士從不過問詩人意欲為何，只着眼檢查他們有否遵守詩律。這種批判方式顯然是無懈可擊的——只要評論者熟知詩律便可。但自從藝評家發覺唯一能真正點出結論的人，就是詩人本身，一切就不再相同了。現在，法官須向犯人的判詞屈服。換句話說，藝評人發現他們的首要職責，並非批判，而是了解其即將批判之物。這就是約翰遜流派與聖伯夫流派最根本的分野。當今藝評手法所帶來的文學解讀，無疑是比約翰遜流派的解讀更深更廣。可是現今手法亦有其不足之處：給予作者過多同情，使藝評人過度熱衷於解釋一切。藝評人會不斷剖析作品這處如何受創作時期影響，那處如何受當時環境影響，其餘部分又何以是作者特點和品味所結出的必然成果……以致他們有時忘記論及該份作品本身的價值。每逢此刻，我們難免懷念約翰遜流派的判官做派，懷念那巾被摒棄了的法官黑紗。

是次新版《詩人傳》由博伯．希爾博士於臨終前編成，由克拉倫頓出版社發行。這次版本除了包含編者的短篇回憶錄，亦載有大量學術註釋與附件資料，其豐富與縝密程度或許連約翰遜博士本人看了也會感到驚奇，絕對不辱約翰遜博士名聲。

可以想像，如果約翰遜博士生於當代，他對現今科學意識的抬頭定必抱持何等不滿和蔑視。知識量之豐富、學問之豐厚與研究考證之豐博，無疑令希爾博士編成的三冊厚典帶點重量，捧在手中確實不能讀太久。新版書中多樣的字型、壓縮成行的稠密注解，加上頁沿的段落編碼，確使人眼花繚亂，亦令書讀起來欠缺了一點美感。然而，這些都是為了提升效率的必要代價。明智的讀者應閱讀富有商業特色的新版，同時參閱優雅悅目的舊版。舊版《詩人傳》分成四冊，頁面充足，讓文字本身充分凌駕於頁面限制，段落與段落之間保持從容的間距。儘管文字可能有點褪色，紙張亦有些許泛黃，但又如何？隔絕紛擾，簡單明瞭。讀着讀着，字裏行間都似帶着友伴對談時的善意，傳達着一段來自舊日的細語。

列頓．斯特萊馳（1906）

（1683 字）

評審評語

廖鳳明

譯者對原文的重點和內容交代清晰，譯文通順，但段落方面與原文不同。原文分為四段，但譯文分為五段。譯者將原文的第五段，譯成兩段，這樣可能與原文作者的用意不同。

優異獎

詩人的「審判」 / 王靜怡

再次翻開《詩人的生活》其實並不需要理由，因為讀之便心曠神怡。當然，閱讀這本書的愉悅感可能不及鮑斯威爾所著的傳記，可又有誰會重讀後者呢？鮑斯威爾的作品當歸屬另一個範疇，眾所周知，他的書，一旦拿起便會欲罷不能。《詩人的生活》則不同，它總會在我們的情感中佔據舒適又不可撼動的位置。在鮑斯威爾之後，能帶領我們走近約翰遜博士的，便是這本書了。這就是它最重要的意義。讀《詩人的生活》不是為了尋求信息和指導，提升品位，或是增強同情心，這些益處都不過是次要的，一如我們在山中漫步，為的也不是強身健體。我們的目的不在於活絡筋骨，而是盡收湖光山色。薩繆爾·約翰遜的事跡便是那景色，人們都已聊熟於心，反覆分析欣賞下，再多的描述都不過是贅述。我們對他如高山般仰止便足矣。

《詩人的生活》被反覆閱讀、欣賞和編輯，這本身就證明了約翰遜智慧之巍峨；因為嚴肅批評很難在現代讀者心中摘下「無用」的標籤。約翰遜的美學評價或微妙，或堅實，或大膽，總能有值得推崇的特質，但只有一點：它們從來都不正確。這一缺憾實在可惜，但無可否認，約翰遜用自己的智慧彌補了這一點。他錯得如此討巧，反倒沒人會介意。約翰遜的智慧美化了他的邪惡和錯誤，將它們永久封存，也讓他那充滿陳舊教條的書籍免受時間的摧毀，當然，此處智慧所指的，是最廣義的智慧。

約翰遜的批評不只是在細枝末節上毫無說服力，其論述的基調顯然都早已過時。我們的評價之所以和他不同，不在於審美差異，而是如今的評價方法已全然改變。因而，對文史學家而言，《詩人的生活》獨具特色，它鮮活的展示了逝去的傳統，這種傳統讓我們重新審視那些早就習以為常的文學情感和寫作方式。十八世紀比之如今的批評方法，最大的區別，可能就在於情感共鳴。即使對約翰遜的書只是潦草一瞥，也能發現作者在他眼中等同受審的囚犯，但凡違反文學法典的條例，都必須承擔後果，而他的職責是司法，要既不畏懼，也無偏袒。約翰遜從不問詩人的意圖，他只在乎他們是不是遵循詩歌體例。這種批評體系看似無懈可擊，但是有一個前提，那就是批評家要明確地了解詩歌的規範；而當人們意識到，只有諮詢過詩人，才能對詩歌規範下定結論，情形便陡然逆轉。法官不得不服從犯人的裁決。換言之，批評家發現，他首要的職責不是去批評，而是理解他所要批評的對象。這便是約翰遜學派和聖伯夫學派最根本的差別。毫無疑問，現代的批評方法顯然更具廣度和深度，但也不是沒有缺陷。與作者過度共情也會造成不良後果：批評家全情投入於解讀闡釋之中，忙於證明此為時代產物，彼由環境塑造，它處又是內在品質和品位的必然產物，反而有時會忘記提起他所研讀的作品是否是有價值的。這時，便不得不懷念起約翰遜派的「死刑審判」。

新版《詩人的生活》由博貝克．希爾博士在生前籌備出版、克拉倫敦出版社發行，附一則編者回憶錄，這版《詩人的生活》可能會讓約翰遜博士大跌眼鏡。但是，雖則旁徵博引的註釋和附錄或許讓他訝異，卻還不至於令他相形見絀。想必對如今科學自律的批評方法，約翰遜博士必是嗤之以鼻的。確實，希爾博士的三本大部頭囊括了海量資料和學術觀點，難免看起來笨拙又有失美觀，只怕捧之不久，手就會泛酸，讀之不久，就會被五花八門的字體、密密麻麻的註釋還有頁邊標示段落的數字搞得頭暈眼花。這就是提高效率的代價。聰明一些的讀者會分心對照兩個版本，新版更高效，舊版則更賞心悅目，內容分四列排布，正文佔據最大的版面，段落間距合理，縱然字跡模糊、頁面泛黃，又有何妨？它不吵嚷，也不慌忙，讀之，精彩的字句便從過去穿梭而來，與讀者展開一場友好的對話。

裏頓 · 斯特拉奇（1906）

（1442 字）

評審評語

廖鳳明

譯文通順流暢，選詞用字方面可以再細心考慮，如譯文最後一句：「它不吵嚷，也不慌忙，讀之，精彩的字句便從過去穿梭而來，與讀者展開一場友好的對話」。當中的「穿梭」在譯文可以刪除。「穿梭」指往來次數頻繁，與原文的意思不同，譯者可以直接說「從過去而來」。

優異獎

《詩人列傳》 / 業乾

重讀《詩人列傳》不需要任何藉口，因為這本書引人入勝。當然，要說引人入勝它還比不上鮑斯威爾，可是有誰會去重讀鮑斯威爾呢？大家都知道鮑斯威爾屬於另一種類型，一旦翻開就沒法再合上。但是，從另一個層面上來說，《列傳》在我們的心中永遠佔據着一個舒服的位置。在鮑斯威爾之後，最能夠讓我們接近約翰遜博士思想的就是這本書。這是它的首要意義所在。我們讀它並不是為了獲得信息或者指導，或是指望能夠提升我們的品味、增進我們的同理心，而是為了解約翰遜博士的思想。在這個過程中我們當然會獲得信息、指導，並在許多不同的方面有所改善提高，但是這些好處不過是附帶產生的，正如在山間散步能夠使人精神煥發一樣。我們出發散步並不是為了鍛煉身體而是為了觀賞風景。這「山間的風景」即是塞繆爾約翰遜，我們對他已經十分熟悉，有關他的研究和賞析也一直在延續，無需多加贅述。認識到他即是「山」並對他表示充分的敬意足矣。

如今人們仍在閱讀、讚賞和校訂《列傳》這個事實本身就證明了約翰遜的才智之傑出。因為作為一本嚴肅批評，《列傳》對於現代讀者來說幾乎不太可能有任何作用。約翰遜的審美判斷總是細緻、可靠或大膽的，總有這樣或那樣的可取之處——只有一點需注意，就是這些判斷永遠是錯誤的。這是一個十分不幸的缺憾，但不容質疑的是約翰遜彌補了這一點，他的機智風趣拯救了整本書。他連錯都錯得很聰明，也就沒人在意他究竟正確與否了。正是約翰遜的機智——我們在這裏談到的顯然是廣義上的「機智」——令他所有的不合情理與錯誤都變得可以接受以至流芳百世，也使得他這本充滿了陳舊教條的著作超越了時間。

約翰遜的批評不僅是在具體細節上沒法令人信服，他的整個思考角度都已經過時。我們的判斷與他不同並不只是因為我們的品味不同，而是因為我們的評判方式已經發生了完全的改變。因此，對於研究文學的歷史學家們來說，《列傳》有着一種特殊的吸引力，在於它提供了一個範例，展示了一種已然消逝的偉大傳統——這種傳統為我們如今業已習慣的文學情感與方式提供了不止一種有趣的解釋。十八世紀和現今的批評方法之間最大的區別也許就在於同理心。只需草草一瞥約翰遜的著作，就能看出他把作家們當作站在被告席上的罪犯來批判，似乎他們必須為一切違反藝術法則與規定的行為承擔後果，而不偏不倚地作出判決正是他自己的職責。約翰遜從來不去探尋詩人們想要做什麼，他唯一的目標在於審查他們是否遵循詩歌的標準規範。這樣的評判系統必須建立在一個前提條件下，即評論家完全確實地知曉詩歌的標準規範，然而要在這個問題上得到結論的唯一辦法就是去請教詩作者本人。一旦這一點明確了，整個情況就會瞬間徹底改變：法官必須得聽從囚犯的判決。換句話說，評論家發現他的首要義務不是去評判，而是去理解他所要評判的對象。這就是約翰遜學派和聖伯夫學派之間本質的區別。沒人能夠否認現代方法的廣度與深度，但是它也並非沒有缺點。過於同情作者會導致另一系列的錯誤：評論家樂於解釋一切，闡明哪些是特定年代、特定環境的產物，而剩餘的又如何是天生之個性與品味必然的結果——他們太過投入於此，以至於有時會忘記提及探討的作品價值何在。正是這一點使得人們不免有些懊悔將約翰遜宣判了死刑。

新版《詩人列傳》是伯克貝克・希爾博士生前準備出版，後由卡拉倫登出版社發行的，書中並附了編者的簡要回憶錄。約翰遜博士本人也許會對本書的出版感到驚奇，然而即使新版的註釋附錄之淵博詳盡會使他感到訝異，他也絕不會因此而羞愧。很容易就能想像出他對於這種全面系統、一絲不苟的態度會報以怎樣輕蔑的咆哮。而且實際上，儘管其中蘊含着豐富的信息與學識，是由大量的研究積累而來，希爾博士編輯的這三本大部頭不免顯得有些呆板乏味、令人生厭。很快，讀者便手也拿不動這沉重的書本，眼也被變換的字體、緊密排列的註釋和頁邊的段落序號給弄花了。這就是提高效率所必須付出的代價。明智的讀者會將注意力一半給與務實高效的新版，另一半則給與迷人的舊版。舊版《列傳》分為適手的四卷，每頁上文本都佔據着主導地位，段落之間空上幾行才不慌不忙地互相銜接。也許它的印刷有些褪色，紙張有些泛黃，但是那又怎樣呢？一切都安靜且簡單，對於讀者來說，那些優美的詞句就好像一場來自過去的友好談話。

利頓・斯特雷奇（1906）

（1700字）

評審評語 //

潘漢光

譯文大致穩健，時見心思。明顯的誤譯為末二段的末句「將約翰遜宣判了死刑」。遣詞方面，原文第二段說約翰遜的審美判斷很夠 solid，譯作「可靠」並不穩妥，因為原文接着說約翰遜的判斷“they are never right”，於是譯文自相矛盾地說「這些判斷永遠是錯誤的」，可見思慮未周。第三段的“without fear or favour”譯作「不偏不倚」，不及「無懼無私」貼切。

優異獎

《詩人列傳》──約翰遜的古典主義 / 梁安淇

《詩人列傳》是一部百看不厭的經典，偶爾翻看實在不需任何藉口。雖則不及包斯威爾的作品般令人回味，但誰會翻看包斯威爾？他的作品屬於另一個類別，眾所周知，打開了包斯威爾的第一頁便難以自拔。但在另一個層次來看，《詩人列傳》將永遠在我們心中穩佔泰然地位。除了包斯威爾的作品外，只有這部著作能帶領讀者到達最接近約翰遜博士思想的境界，同時亦是它本身最重要的意義。閱讀《詩人列傳》不是為了求學求知，不是為了提升品味、發展同理心，僅為一探約翰遜博士所思所想。過程中無疑能汲取知識或指引，提升造詣，但這些額外得着猶如登山後油然精神充沛，原意其實並非要舒筋提神，而是觀賞名景。這裏說的名景正是塞繆爾約翰遜，他是如此家傳戶曉，歷經名家賞析，再徒添描述只顯冗贅。能夠慧眼識英雄，致以相對的敬意即可。

現代讀者通常視這類嚴肅性質的評論沒多大用處，但世人至今仍閱讀《詩人列傳》，並加以賞析和編錄，已足夠證明約翰遜的超凡睿智。約翰遜的審詩標準幾乎總是保持着若干優秀風格，或是巧妙、或是踏實、或是大膽，惟獨只有一個缺點：那些標準從不正確。誰也不能否認，全賴約翰遜的才智才得以彌補這個缺憾。對於如此聰慧的錯誤，相信也沒有人會介意。正因為約翰遜具備最淵博的智慧，才使當中的固執與謬誤也變得神聖不朽，亦使這部滿載陳腐學說的著作流芳百世。

約翰遜的評論未能服眾不單因為細節說服力不足，而是整個論點完全過時。除了古今品味不同外，更因為整個評論方式都已改變，才造成我們與約翰遜之間的評論差異。因此，對於研究書信的歷史學家而言，《詩人列傳》有着特別的重要性，為一個已絕跡的重要傳統提供切實示例，其特性有助闡明我們慣常使用的文學情感與手法。也許十八世紀與當代評論方式最鮮明的差異正是同理心的差異。即使再粗略地閱讀，也能看出約翰遜將詩人當作犯人欄中的罪犯般批判，手執文學法典，對每一項違章背規興師問罪，作出公正無畏的審判。約翰遜從不過問詩人的意向；他只在乎查出作品到底有沒有恪守詩學的金科玉律。這種評論方式原則上無懈可擊，條件只有一個，便是評論家相當肯定詩學的金科玉律是什麼，可惜得出結論的唯一方法便是請教詩人。如此一來，整個形勢便完全逆轉了：法官必須服從囚犯的判決。換言之，評論家的首要任務不是評論，而是先了解評論的對象。這亦正是約翰遜學派和聖伯夫學派的根本分別。現代評論方式的範疇之廣自然無容置疑，但也不是全然沒有缺點。以泛濫的同理心對待作者會帶來相應的錯誤，評論家太熱衷於解釋一切，忙於證明這個何解是時代的產物、那個又何解是大環境的產物、另一個又何解是先天特質與品味共融的必然結果，以至於偶爾忘記提及作品到底是否有價值。這時，人們不禁懷念約翰遜式的鐵面評論。

牛津大學出版社發行新版《詩人列傳》前，其編輯貝巴克希爾博士不幸去世，於是書中亦載錄了編者生平傳略。儘管鉅細無遺的註釋與附錄或會叫約翰遜為之訝異，卻絕不教他慚愧，而且，實在不難想像約翰遜對當代科學化的精細分析嗤之以鼻。雖然希爾博士版《詩人列傳》輯錄成厚厚的三大冊，內容充實，學問淵博，研究成果豐碩。但這三冊厚重的大部頭卻是有點笨重、有點醜陋。沉甸甸的很快會弄得雙手怠倦不已；各式字型、緊密的註釋欄、邊界分點段落很快會弄得雙目眼花繚亂。這就是效率提升換來的代價。聰明的讀者會新舊並用：新版專業實用，舊版則古色古香，全四冊厚度適中，字體雅麗，段落間隔從容不迫。字體有點褪色又如何？頁面有點發黃又如何？在讀者一默一念之間，金句逐一掙脫時間的封印，讓人享受輕鬆對話般的自在氛圍。

利頓斯特拉奇（1906 年）

（1448 字）

評審評語 //

陳潔瑩

譯文整體流暢練達，措辭典麗卻不浮誇，對原文的重點和脈絡梗概交代清晰。

細看第三段：「即使再粗略地閱讀，也能看出約翰遜將詩人當作犯人欄中的罪犯般批判，手執文學法典，對每一項違章背規興師問罪，作出公正無畏的審判。約翰遜從不過問詩人的意向；他只在乎查出作品到底有沒有恪守詩學的金科玉律。這種評論方式原則上無懈可擊，條件只有一個，便是評論家相當肯定詩學的金科玉律是什麼，可惜得出結論的唯一方法便是請教詩人。如此一來，整個形勢便完全逆轉了：法官必須服從囚犯的判決。」

此段評論關乎原文宏旨。譯者將不少英文的名詞化結構轉為動詞結構，並善用關聯字句，讓讀者對作者的邏輯論證一目了然。多用四字詞但不造作，增添譯文的文學性、可讀性和節奏感。同段的最後一句「這時，人們不禁懷念約翰遜式的鐵面評論」，這意譯方法雖然省略了喻體“the Johnsonian black cap”，但用詞巧妙，本體呼之欲出，不失原文旨趣。

在第二段，譯者把“wit”和“intellect”分別譯為「才智」和「超凡睿智」，表達得當。接着，「約翰遜的審詩標準幾乎總是保持着若干優秀風格，或是巧妙、或是踏實、或是大膽，唯獨只有一個缺點：那些標準從不正確。誰也不能否認，全賴約翰遜的才智才得以彌補這個缺憾。」表達不囿於原文的結構和字眼，可讀性強，既能表達原文信息，亦能捕捉原文含蓄蘊藉之致。

至於譯文中錯漏之處，例子有「約翰遜具備最淵博的智慧」，「研究書信的歷史學家」，「字體雅麗」，「金句逐一掙脫時間的封印，讓人享受輕鬆對話般的自在氛圍」等，實屬美中不足，譯者宜多加留意。

翻譯原文

No one needs an excuse for re-opening the *Lives of the Poets*; the book is so delightful. It is not, of course, as delightful as Boswell; but who re-opens Boswell? Boswell is in another category; because, as every one knows, when he has once been opened he can never be shut. But, on its different level, the *Lives* will always hold a firm and comfortable place in our affections. After Boswell, it is the book which brings us nearer than any other to the mind of Dr. Johnson. That is its primary import. We do not go to it for information or for instruction, or that our tastes may be improved, or that our sympathies may be widened; we go to it to see what Dr. Johnson thought. Doubtless, during the process, we are informed and instructed and improved in various ways; but these benefits are incidental, like the invigoration which comes from a mountain walk. It is not for the sake of the exercise that we set out; but for the sake of the view. The view from the mountain which is Samuel Johnson is so familiar, and has been so constantly analysed and admired, that further description would be superfluous. It is sufficient for us to recognise that he is a mountain, and to pay all the reverence that is due.

That the *Lives* continue to be read, admired, and edited, is in itself a high proof of the eminence of Johnson's intellect; because, as serious criticism, they can hardly appear to the modern reader to be very far removed from the futile. Johnson's aesthetic judgments are almost invariably subtle, or solid, or bold; they have always some good quality to recommend them – except one: they are never right. That is an unfortunate deficiency; but no one can doubt that Johnson has made up for it, and that his wit has saved all. He has managed to be wrong so cleverly, that nobody minds. It is his wit – and we are speaking, of course, of wit in its widest sense – that has sanctified Johnson's perversities and errors, that has embalmed them for ever, and that has put his book, with all its mass of antiquated doctrine, beyond the reach of time.

For it is not only in particular details that Johnson's criticism fails to convince us; his entire point of view is patently out of date. Our judgments differ from his, not only because our tastes are different, but because our whole method of judging has changed. Thus, to the historian of letters, the *Lives* have a special interest, for they afford a standing example of a great dead tradition – a tradition whose characteristics throw more than one curious light upon the literary feelings and ways which have become habitual to ourselves. Perhaps the most striking difference between the critical methods of the eighteenth century and those of the present day, is the difference in sympathy. The most cursory glance at Johnson's book is enough to show that he judged authors as if they were criminals in the dock, answerable for every infraction of the rules and regulations laid down by the laws of art, which it was his business to administer without fear or favour. Johnson never inquired what poets were trying to do; he merely aimed at discovering whether what they had done complied with the canons of poetry. Such a system of criticism was clearly unexceptionable, upon one condition – that the critic was quite certain what the canons of poetry were; but the moment that it became obvious that the only way of arriving at a conclusion upon the subject was by consulting the poets themselves, the whole situation completely changed. The judge had to bow to the prisoner's ruling. In other words, the critic discovered that his first duty was, not to criticise, but to understand the object of his criticism. That is the essential distinction between the school of Johnson and the school of Sainte-Beuve. No one can doubt the greater width and profundity of the modern method; but it is not without its drawbacks. An excessive sympathy with one's author brings its own set of errors: the critic is so happy to explain everything, to show how this was the product of the age, how that was the product of environment, and how the other was the inevitable result of inborn qualities and tastes – that he sometimes forgets to mention whether the work in question has any value. It is then that one cannot help regretting the Johnsonian black cap.

This new edition of the *Lives*, which Dr. Birkbeck Hill prepared for publication before his death, and which has been issued by the Clarendon Press, with a brief Memoir of the editor, would probably have astonished Dr. Johnson. But, though the elaborate erudition of the notes and appendices might have surprised him, it would not have put him to shame. One can imagine his growling scorn of the scientific conscientiousness of the present day. And indeed, the three tomes of Dr. Hill's edition, with all their solid wealth of information, their voluminous scholarship, their accumulation of vast research, are a little ponderous and a little ugly; the hand is soon wearied with the weight, and the eye is soon distracted by the varying types, and the compressed columns of the notes, and the paragraphic numerals in the margins. This is the price that must be paid for increased efficiency. The wise reader will divide his attention between the new business-like edition and one of the charming old ones, in four comfortable volumes, where the text is supreme upon the page, and the paragraphs follow one another at leisurely intervals. The type may be a little faded, and the paper a little yellow; but what of that? It is all quiet and easy; and, as one reads, the brilliant sentences seem to come to one, out of the Past, with the friendliness of a conversation.

[Lytton Strachey (1906)]

評審紀錄

評審 / 陳潔瑩、潘漢光、廖鳳明

日期：二〇一八年十一月九日

時間：下午一時

地點：香港浸會大學

出席者：陳潔瑩（陳）、潘漢光（潘）、廖鳳明（廖）

主持、記錄者：麥詠希（內務副主席）、翟彥君（公關秘書）

一、決審稿件名單

編號	作品名稱	陳潔瑩	潘漢光	廖鳳明
09	評詩人列傳（摘錄）		○	
11	《詩人列傳》舊地重遊：「詹森式評論」的美麗與哀愁			○
13	詩人傳序			○
14	《詩人傳》評述			○
18	古香獨到：淺談新版《詩人傳》	○		○
20	從《詩人列傳》見古老慧眼			○
26	詩人經典永流傳			○
27	再看《詩人列傳》	○	○	
28	《詩人傳》再版序	○		
29	利頓·斯特拉奇評《詩人列傳》			○
32	《新編詩人列傳導讀》		○	
35	詩人的「審判」	○		○
39	《書與人》（節選）	○	○	○
41	《詩人列傳》──約翰遜的古典主義	○		
52	重讀《詩人傳》：與約翰遜博士的思想對話	○		
61	書與人之《詩人列傳》	○		
66	重讀約翰遜博士的《詩人之生平及其作品》	○		
69	重讀《詩人傳》	○		
70	《詩人列傳》		○	

二、評審過程紀錄

潘漢光先生在評選作品前，解釋本屆選用 Lytton Strachey 的評論作題目的原因，他指出這次原文所用的是較為舊式的英語，原文著於一九〇六年，其行文優美且有節奏感，Lytton Strachey 筆下文字細膩，他是現代英語傳記文學的先驅，題材從帝皇將相到文學史。原文來自書評 *Books and Characters*，該書十分難譯。陳潔瑩女士亦認為要用舊的英文才見參賽者的功力、英語理解能力，這種文章每人都有不同的翻譯方式，不會難以分高下。

三、討論過程及作品評論

入圍稿件眾多，三位評審於會議開首便選定集中討論的作品，包括：〈古香獨到：淺談新版《詩人傳》〉、〈再看《詩人列傳》〉、〈詩人的「審判」〉、〈《書與人》（節選）〉、〈《詩人列傳》── 約翰遜的古典主義〉及〈《詩人列傳》〉。

〈《書與人》（節選）〉

三個評判一致認為此篇字句精準、通順，且文句自然，惟對原文間中理解有偏差。潘漢光先生指出，如第二段開首的"edited"，參賽者譯作「編撰」，「編撰」有經手寫作之意，很多情況下，譯者很難以一個詞譯其意，這樣是難處理的；另外是"wit"，許多參賽者譯作「風趣」，然而"wit"於文中有更深刻的語意，起碼包含「機智」、「機慧」等意涵，即是，一本講述文學作家傳記的書若是賣弄「風趣」，層次較低，故譯者不應譯作「風趣」。其次，就造句、詞語方面，如於原文中提及 Samuel Johnson 處，參賽者譯作「著者便要逐一答辯，正因他的責任就是要剛正不阿地監督⋯⋯」，「剛正不阿」乍聽通順，但其實原文是更幼細一點，偏向「無所偏私」、「無所畏懼」，此處被簡單化了，「剛正不阿」的確形容法官，然「無畏無懼」同樣能形容法官，雖「無畏無懼」不是四字詞，但其為 ABAB 結構，從翻譯的角度，他應要做到這樣的表達。另外一處是文末第二段道出「評論者樂此不疲解釋一切，說明這是歸因詩人年歲」此處明顯地誤譯，語意奇怪，參賽者應查字典，小心看似容易的字；而「這時候我們就不免懷念莊遜法官的裁決」亦被明顯簡化原文文意。總括而言，此篇理解有些偏差，不過行文流暢，不冗贅，是高質素的作品。陳潔瑩女士則認為此篇沒有大問題，少有錯譯，能以「呼之欲出」作翻譯原文很好，不過她指出「正因他的責任就是要剛正不阿地監督……」此處明顯省略了原文文意，還有「詩人年歲」處可見譯者的大意，儘管有些地方錯譯，整篇通暢，能證明參賽者掌握到這篇文章。最後，三個評判皆認為該篇屬三甲之作。

〈再看《詩人列傳》〉

陳潔瑩女士指出該參賽作品有些地方出錯，如第三段的「研究信函」、末段“come to one”譯作「融為一體」等等，有錯譯情況，雖文字不俗，但表達的語氣不完整。而潘漢光先生指出“business-like”的錯譯問題，原文原意新版《詩人列傳》學識淵博，故“business-like”不可能譯作「商業化」，因為原意無「商業」可言，僅以“business-like”形容其認真，一九〇六年“business-like”的語意與現在不同，讀者即便根據上文下意，也能感受到「商業化」語意之矛盾。另外，行文間有誤導，如「黑色法官帽」，當然直接譯是「正確」，但這樣的表達與原文意思有些出入，若直接譯作「黑色法官帽」，譯者應加補充，因為原文與中文應有銜接，我們需考慮文化差異，不是每個中國、香港讀者都知道「黑色法官帽」的含意，要直接保留這些字眼，除非中國、香港地方普遍知道「黑色法官帽」，否則多些後置成分更為妥當。譯者不是要教育讀者，潘漢光先生說：「不要讓讀者太沉重」。廖鳳明女士認為此篇的中文能力不及〈《書與人》(節選)〉，並指出現在的「商業化」有世俗意涵，不應用以翻譯原文的“business-like”。

〈古香獨到：淺談新版《詩人傳》〉

陳潔瑩女士提出該參賽作品用得太多破折號，幾乎每段都有，質疑其必要性，認為此作品用得太多額外的標點符號，如加入原文沒有的省略號、破折號等。其次，有不少錯處，每段都有點問題，例如第一段末處句子語意不完整，而末處「他的確是座崢嶸」，不大順暢，但意思沒有譯錯。宏觀作品，評價為「文才至上」，如值得一讚的是"black cap"，雖然以較長的句子表達，但文句優美，然而通篇錯漏頗多。潘漢光先生贊同第一段的末句不成辭，因為「崢嶸」常見用於形容詞，此處作譯有點突兀。另外，他認為標點符號也是表達語意的一種工具，例如標點符號的停頓恰若樂譜中的休止符，每個都有其用意，要小心使用。至於「錯誤之處得以湔雪」，他認為該參賽者下筆太狠，好像對方與自己有點深仇大恨，其用詞之險要，令人不知如何解讀，這是一個瑕疵。而段二「才智……使約翰遜博士的扭曲和錯誤之處得以湔雪」，更覺古怪、生硬。潘漢光先生說他有點簡化第一段末處"...and to pay all the reverence that is due."，當中的"pay"有個主動的行為。好的是譯者在"black cap"處理上有刻意保留原文味道，不過從「不偏不倚」、「商業」等用語可見作品仍未盡善盡美。廖鳳明女士認為此篇程度接近〈《書與人》(節選)〉，並與〈再看《詩人列傳》〉旗鼓相當，惟標點符號太多，有點錯用，例如段二「才智」後的括號應該有更好的表達方法。

〈《詩人列傳》〉

陳潔瑩女士認為這篇也是高分之作，但文字稍有冗贅，整體理解不夠深入。第三段最尾一句「死刑」處錯譯。廖鳳明女士說某些部分欠通順，例如第三段：「我們的判斷與他不同並不只是因為我們的品味不同」。潘漢光先生指出文中亦有錯用標點符號，例如「展示了一種已然消逝的偉大傳統——這種傳統為我們如今業已習慣的文學情感與方式提供了不止一種有趣的解釋。」和第一段末句的「山」以引號突出比喻反另人聯想有其他意思。整體太翻譯腔，而且末段某些句子不通順，同時亦有錯譯，例如「回憶錄」應是作者的傳記。另外，第一段原文「after」意思應是「除此之外」而不是「之後」或「之前」，現代英語中也有這用法。陳潔瑩女士說參賽者應注意這些簡單字詞的用法，留意上文下理，較艱深的詞語反而很少譯錯。

〈詩人的「審判」〉

評判先指出誤譯的地方，如第一段「約翰遜的事跡」、第二段「約翰遜的智慧美化了他的邪惡」、第三段「論述的基調」、「審美的差異」、最後一段「約翰遜博士大跌眼鏡」、「聰明一些的讀者會分心對照兩個版本」、「讀之，精彩的字句便從過去穿梭而來」；有些地方中文運用奇怪不通，為了賣弄字詞令意思與原文不符。廖鳳明女士說她選這篇的原因是讀起來較有生氣，從文字角度寫得較有趣。

〈評詩人列傳（摘錄）〉

潘漢光先生指出這篇間中譯得不錯，但亦有錯譯。例如「新『黃頁』版《列傳》」、「打散了他的注意力」、「它純粹，沒有雜質」。第一段「山上風光是如此為他所熟悉」的「他」也是錯譯，而且文字略有生硬。有些地方附有英文原文，"Claren-don Press"應是一個字。陳潔瑩女士指出與前篇同是「回憶錄」譯錯，「震驚到約翰生博士」、「邊發牢騷，邊藐視今時今日科學化下的高度謹慎」等多處文字生硬，只有間中某些詞語尚算不錯。

〈《詩人列傳》——約翰遜的古典主義〉

潘漢光先生指出這篇有扭歪原文的傾向，如第一句「《詩人列傳》是一部百看不厭的經典，偶爾翻看實在不需任何藉口」，原文並沒有「偶爾翻看」。「打開了包斯威爾的第一頁便難以自拔」、「現代讀者通常視這類嚴肅性質的評論沒多大用處」中原文並不是指嚴肅的評論沒用處，而是指以嚴肅的評論而論這本書稍為遜色。文中多處句子都加入了譯者的額外創作甚至歪曲了原文意思。陳潔瑩女士認為這篇亦有可取之處，例如第三段「即使再粗略地閱讀，也能看出約翰遜將詩人當作犯人欄中的罪犯般批判，手執文學法典，對每一項違章背規興師問罪，作出公正無畏的審判。」和最後一段「這就是效率提升換來的代價。聰明的讀者會新舊並用：新版專業實用，舊版則古色古香，全四冊厚度適中，字體雅麗，段落間隔從容不迫。」兩句譯得甚佳，可見參賽者的心思，用字恰當典雅、不造作。

〈《新編詩人列傳導讀》〉

三位評判指出這篇雖然有部分地方譯得不錯，惟有多處錯解原文。

〈重讀《詩人傳》〉

整體不俗，但有部分地方用詞奇怪。例如第三段「作品本身價值幾何。每當這時，人們又會情不自禁地懷念起詹森對作品的嚴苛審視」中「情不自禁」和「嚴苛審視」；還有「新版中的註釋和附錄都極為詳盡，令希爾博士的博聞強識袒露無遺」的「袒露無遺」，與原文意思不符。

〈書與人之《詩人列傳》〉

陳潔瑩女士指出部分文句錯譯，例如第二段「因為嚴肅評論認為此書對現代讀者來說幾乎無用」一句錯譯。潘漢光先生補充尾段突然冒出一句格言，原文並無此意，「讀書可是平心靜氣、安逸舒適之事：你在讀書時，連串妙語彷彿穿越過往，帶着對話的善意，來到你的面前」。整篇用字生硬奇怪，過於誇張，欠敏銳。

四、最後結果

冠軍 / 〈《書與人》（節選）〉

亞軍 / 〈再看《詩人列傳》〉

季軍 / 〈古香獨到：淺談新版《詩人傳》〉

優異獎（一） / 〈詩人的「審判」〉

優異獎（二） / 〈《詩人列傳》〉

優異獎（三） / 〈《詩人列傳》——約翰遜的古典主義〉

五、整體意見

青年文學獎的參賽者一般中文能力較佳，不是以英語為母語，所以在理解上易有偏差。雖然中文文筆較好，讀起來通順好看，但與原文意思有較大出入。參賽者應小心注意不要扭曲原文意思。